快乐学电脑系列丛书

快乐学电脑——五笔打字与 Word 排版

甘登岱　主编

清华大学出版社

北　京

内 容 简 介

本书是一本精心为电脑办公用户打造的五笔打字与文字处理入门与提高图书。全书以键盘操作、五笔打字、Word 2007 的功能及其在实际工作中的应用为导向，用生动的实例、形象的图解、通俗易懂的语言，循序渐进地介绍了五笔字型输入法以及使用 Word 2007 编排文档的方法。

全书共分 11 章，内容主要包括电脑基础知识，键盘指法练习，五笔字根详解，汉字输入讲解，简码与词组输入方法，Word 2007 基础操作，文本的输入与编辑，文档的基本格式设置，文档的高级格式设置，插入图片、图形与艺术字以及使用表格。

本书附带一张多媒体教学光盘，它采用语音讲解、视频演练的方式，介绍了如何操作键盘，如何使用五笔字型输入法以及如何使用 Word 2007，使读者学习起来更加轻松。

本书非常适合广大电脑初学者和电脑办公人员使用，也可作为高职、高专相关专业和电脑短训班的电脑基础培训教材。

图书在版编目(CIP)数据

快乐学电脑——五笔打字与 Word 排版/甘登岱主编. —北京：清华大学出版社，2008.12
(快乐学电脑系列丛书)
ISBN 978-7-302-18501-7

Ⅰ. 快… Ⅱ. 甘… Ⅲ. ①汉字编码，五笔字型—输入—基本知识 ② 文字处理系统，Word—基本知识
Ⅳ. TP391.14 TP391.12

中国版本图书馆 CIP 数据核字(2008)第 136218 号

责任编辑：章忆文 宣 颖
封面设计：山鹰工作室
版式设计：北京东方人华科技有限公司
责任校对：李玉萍
责任印制：杨 艳

出版发行：清华大学出版社   地   址：北京清华大学学研大厦 A 座
　　　　　http://www.tup.com.cn   邮   编：100084
　　　　　社   总   机：010-62770175   邮   购：010-62786544
　　　　　投稿与读者服务：010-62776969,c-service@tup.tsinghua.edu.cn
　　　　　质 量 反 馈：010-62772015,zhiliang@tup.tsinghua.edu.cn

印 刷 者：北京密云胶印厂
装 订 者：北京国马印刷厂
经　　销：全国新华书店
开　　本：185×260 印　张：17.75 字　数：427 千字
　　　　　附光盘 1 张
版　　次：2008 年 12 月第 1 版   印　次：2008 年 12 月第 1 次印刷
印　　数：1~5000
定　　价：33.00 元

前 言

作为一名专业的电脑办公人员，熟练地进行文字录入及文档编排处理是必不可少的技能。本书通过精炼、通俗易懂的语言，以及众多的实例，为大家介绍五笔字型输入法及文字处理软件 Word 2007 的使用方法。其中：

- 第 1 章主要讲述电脑的组成部件，打开、关闭电脑的方法，Windows XP 操作界面，以及鼠标的使用方法。
- 第 2 章主要介绍键盘的有关知识、正确的打字姿势和正确的打字指法，最后进行了一些指法练习。
- 第 3 章介绍如何安装和启用五笔字型输入法，五笔字型输入法输入汉字的原理、五笔字根的键盘分布以及五笔字根的快速记忆方法。
- 第 4 章主要介绍使用五笔字型输入法输入汉字的分类、输入键名字的方法、输入成字字根的方法、输入单笔画汉字的方法、输入键外字的方法、末笔识别码的使用和万能学习键——Z 键。
- 第 5 章主要介绍简码的输入、词组的输入、手工造词的方法和重码的输入。
- 第 6 章主要介绍如何启动 Word 2007，Word 2007 工作界面各组成元素的名称及作用，文档的保存、关闭、打开与新建方法，以及获取帮助的方法。
- 第 7 章以制作会议计划书为例，主要介绍 Word 2007 基本使用方法。包括输入文本的方法和技巧，以及文档的基本编辑方法。
- 第 8 章以制作求职自荐书和大字横幅为例，主要介绍文档的基本格式编排方法。包括文档基本格式的设置，以及文档的页面设置与打印输出。
- 第 9 章以制作员工手册、店铺租赁合同以及杂志页面为例，介绍一些文档高级编排知识。如格式的复制方法，添加项目符号和编号的方法，使用样式快速统一文档格式，对文档进行分页、分节与分栏，以及为文档添加页眉和页脚的方法。
- 第 10 章以制作贺卡、手抄报、流程图以及艺术字为例，介绍文档美化方法。主要包括在文档中插入与编辑图片的方法，绘制与编辑图形的方法，插入 SmartArt 图形，以及艺术字的使用。
- 第 11 章以制作课程表为例，主要介绍 Word 2007 中表格的制作与编辑方法。

另外，为了帮助读者快速掌握五笔字型输入法，书中给出大量五笔拆分汉字练习，并在附录中给出练习答案，以及 86 版五笔字型单字编码，86 版字根键盘分布图，五笔字型汉字编码流程图以及二级简码表。

我们随书附赠一张精彩的多媒体教学光盘，它通过语音讲解、视频演练的方式，使读者轻松学习键盘录入、五笔字型输入法以及 Word 2007 的使用方法。

本书由金企鹅文化发展中心策划，甘登岱主编。参与本书编写的人员还有郭玲文、白冰、丁永卫、姜鹏、孙志毅、朱丽静、常春英、郭燕、白雁君、章银武、李鹏等。如果你在学习的过程中遇到困难和疑问，欢迎与我们联系。E-mail：jqewh@163.com。

编 者

多媒体教学光盘的使用方法

(1) 读者可以用以下几种方法来运行多媒体教学光盘。

● 启动电脑进入操作系统，将光盘放入光驱，光盘会自动运行并播放片头影片。单击鼠标可跳过影片，进入多媒体教学光盘主界面。

如果将光盘放入光驱后，电脑没有反应，那是您的光驱没有设置成自动播放模式，为此，可首先单击"开始"按钮，选择"所有程序"→"附件"→"Windows 资源管理器"。

● 打开资源管理器，在左侧窗格中单击⊞ 🖳 我的电脑 图标，再单击光驱图标 🎮 我的光盘 (I:)，打开光盘文件目录，在右侧窗口找到"Start"文件，双击便可运行该光盘(如果您的光驱读盘不畅，请将光盘中的内容全部复制到电脑上再播放)。

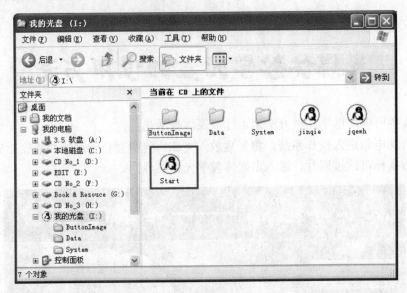

(2) 单击相关教程导航按钮，可以打开教学窗口。

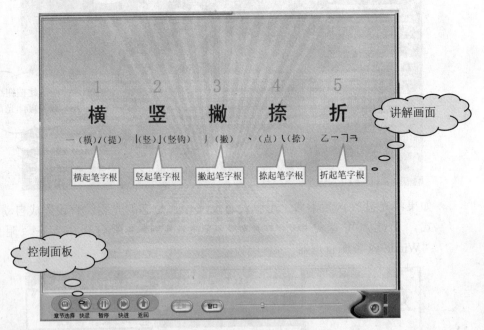

(3) 教学窗口中控制面板中各播放控制按钮的功能说明如下。

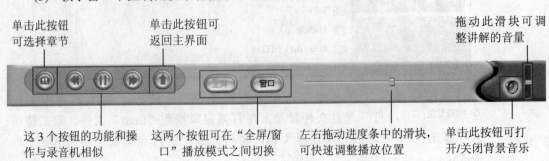

单击此按钮可选择章节

单击此按钮可返回主界面

拖动此滑块可调整讲解的音量

这3个按钮的功能和操作与录音机相似

这两个按钮可在"全屏/窗口"播放模式之间切换

左右拖动进度条中的滑块，可快速调整播放位置

单击此按钮可打开/关闭背景音乐

目　录

第1章　从了解电脑开始 1

1.1　认识电脑 1
1.2　启动电脑 3
1.3　认识 Windows XP 的桌面 4
1.4　如何使用鼠标 4
　　1.4.1　认识鼠标 5
　　1.4.2　把握鼠标的姿势 5
　　1.4.3　鼠标的基本操作 5
1.5　关闭电脑 7
练一练 8
问与答 8

第2章　正确的打字姿势与指法 10

2.1　认识键盘 10
2.2　正确的打字姿势 12
2.3　正确的打字指法 13
　　2.3.1　基准键位 13
　　2.3.2　指法分区 13
　　2.3.3　击键方法 14
2.4　指法练习 14
　　2.4.1　小写英文字母练习 15
　　2.4.2　大写英文字母练习 16
　　2.4.3　数字练习 17
　　2.4.4　特殊符号练习 18
　　2.4.5　输入英文文章 18
练一练 19
问与答 21

第3章　五笔字型输入法入门 22

3.1　安装与启用五笔字型输入法 22
3.2　五笔字型输入法是怎样输入汉字的 23
　　3.2.1　汉字的笔画与偏旁部首 23
　　3.2.2　五笔字型的字根 25
3.3　五笔字根的键盘分布 25
3.4　五笔字根的快速记忆方法 26

　　3.4.1　五笔字根口诀 26
　　3.4.2　五笔字根口诀的含义 27
练一练 30
问与答 34

第4章　练就五笔输入神功 36

4.1　输入键名字的方法 36
4.2　输入成字字根的方法 36
4.3　输入单笔画汉字的方法 37
4.4　输入键外字的方法 37
　　4.4.1　汉字的结构 37
　　4.4.2　汉字的拆分原则 38
　　4.4.3　输入键外字 39
　　4.4.4　汉字拆分示例 40
4.5　末笔识别码的使用 44
　　4.5.1　汉字的字型 44
　　4.5.2　末笔识别码的定义 45
　　4.5.3　汉字的拆分实例 46
4.6　万能学习键——Z 键 46
练一练 47
问与答 51

第5章　快速输入汉字的捷径 53

5.1　简码的输入 53
　　5.1.1　什么是简码 53
　　5.1.2　一级简码 53
　　5.1.3　二级简码 54
　　5.1.4　三级简码 54
5.2　词组输入 55
　　5.2.1　双字词 55
　　5.2.2　三字词 55
　　5.2.3　四字词 55
　　5.2.4　多字词 55
5.3　手工造词的方法 56
　　5.3.1　手工造词 56

5.3.2 词组的删除与修改 58

5.4 重码字的输入 58

练一练 59

问与答 62

第6章 Word 2007 入门 66

6.1 启动 Word 2007 66

6.2 Word 2007 操作界面详解 67

6.3 退出 Word 2007 69

6.4 创建专业型的"平衡简历"文档 70

6.4.1 新建文档 70

6.4.2 保存文档 71

6.4.3 关闭与打开文档 74

6.5 如何获取帮助 75

练一练 77

问与答 77

第7章 文本的输入与编辑 85

7.1 输入文本——制作会议计划书 85

7.1.1 输入文字 85

7.1.2 输入特殊符号 87

7.1.3 插入日期和时间 89

7.2 文本的编辑——编辑会议计划书 .. 89

7.2.1 选择文本 90

7.2.2 删除与修改文本 91

7.2.3 移动与复制文本 92

7.2.4 文本的查找与替换 94

7.2.5 文档浏览与定位 98

7.2.6 操作的撤消、恢复与重复 99

练一练 100

问与答 100

第8章 文档的基本格式设置 105

8.1 制作求职自荐书 105

8.1.1 设置字符格式 105

8.1.2 设置段落格式 108

8.1.3 设置边框和底纹 112

8.2 制作大字横幅 115

8.2.1 设置纸张大小 116

8.2.2 设置页边距和页面版式 117

8.3 文档预览与打印 119

8.3.1 打印预览 119

8.3.2 打印文档 120

练一练 121

问与答 121

第9章 文档的高级格式设置 129

9.1 制作员工手册 129

9.1.1 使用"格式刷"复制格式 130

9.1.2 项目符号和编号的应用 131

9.2 制作店铺租赁合同 135

9.2.1 内置样式的应用 136

9.2.2 自定义样式的应用 138

9.3 制作杂志页面 143

9.3.1 设置分页与分节 145

9.3.2 设置分栏 147

9.3.3 设置页眉与页脚 150

练一练 155

问与答 156

第10章 插入图片、图形与艺术字 160

10.1 制作祝福贺卡 160

10.1.1 插入图片与剪贴画 160

10.1.2 编辑图片与剪贴画 163

10.1.3 设置图片的形状、
边框与效果 169

10.1.4 图片的三维旋转与
三维格式 170

10.2 制作手抄报 172

10.2.1 绘制图形 173

10.2.2 编辑图形 174

10.3 制作流程图 178

10.3.1 插入 SmartArt 图形 178

10.3.2 编辑 SmartArt 图形 180

10.4 制作"水中倒影"艺术字 182

10.4.1 插入艺术字 182

10.4.2 编辑艺术字 183

练一练 185

问与答 186

第 11 章　在文档中插入表格 194

　11.1　制作课程表 194

　　11.1.1　插入表格 194

　　11.1.2　输入与移动、
　　　　　　复制表格内容 195

　　11.1.3　编辑表格 196

　　11.1.4　美化表格 205

　11.2　表格的其他应用 208

　　11.2.1　绘制斜线表头 208

　　11.2.2　表格与文本之间的转换 209

　　11.2.3　表格排序 210

　　11.2.4　表格计算 211

　　练一练 213

　　问与答 214

附录 A　86 版五笔字型单字集 221

附录 B　86 版五笔字型键盘
　　　　字根分布图 260

附录 C　五笔字型汉字编码流程图 261

附录 D　86 版五笔字型二级简码表 262

附录 E　第 3、4、5 章
　　　　"练一练"答案 263

快
乐
学
电
脑

第1章 从了解电脑开始

本章学习重点

☞ 认识电脑

☞ 打开与关闭电脑

☞ 认识 Windows XP 的桌面

☞ 怎样使用鼠标

电脑是人们的好帮手,也是我们练习打字及从事文字处理工作的得力工具。下面,我们就从认识电脑开始,学习如何操作电脑。

1.1 认识电脑

电脑主要是由主机、显示器、键盘和鼠标几部分构成的(参见下图),除此之外,我们还可根据需要为电脑配置音箱、打印机、扫描仪等外部设备。

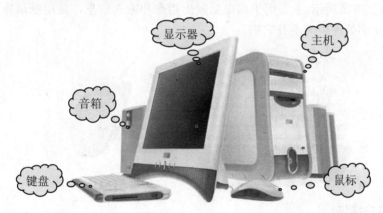

1. 主机

主机是整个电脑的核心部件,它相当于人的大脑,主要负责处理各种信息和数据。右图显示了主机箱前面板主要按钮及指示灯的名称和功能。虽然主机的外观样式千变万化,但这些按钮的功能是完全相同的。

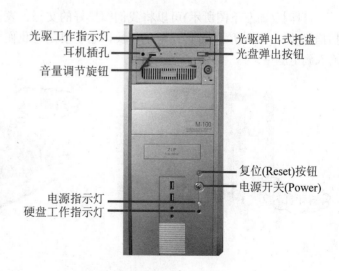

2．显示器

　　显示器是电脑最主要的输出设备，用于将主机运算或执行命令的结果显示出来供我们查看。目前，我们常用的显示器有两类(参见下图)，一类是 CRT 显示器，一类是液晶显示器，与 CRT 显示器相比，液晶显示器的优点是没有辐射，但它不如 CRT 显示器颜色艳丽。

CRT 显示器

液晶显示器

3．键盘和鼠标

　　键盘和鼠标(如下图所示)主要用于向电脑发出指令和输入信息，是电脑最重要的输入设备。我们进行文字处理也离不开它们。

4．打印机与扫描仪

　　打印机(如左下图所示)可以将我们编排好的文档、表格及图像等内容输出到纸上。而扫描仪(如右下图所示)与其作用正相反，它主要是将我们要进行处理的文件、图片等内容输入到电脑中。

打印机

扫描仪

第1章 从了解电脑开始

本章学习重点

☞ 认识电脑
☞ 打开与关闭电脑
☞ 认识 Windows XP 的桌面
☞ 怎样使用鼠标

电脑是人们的好帮手，也是我们练习打字及从事文字处理工作的得力工具。下面，我们就从认识电脑开始，学习如何操作电脑。

1.1 认 识 电 脑

电脑主要是由主机、显示器、键盘和鼠标几部分构成的(参见下图)，除此之外，我们还可根据需要为电脑配置音箱、打印机、扫描仪等外部设备。

1. 主机

主机是整个电脑的核心部件，它相当于人的大脑，主要负责处理各种信息和数据。右图显示了主机箱前面板主要按钮及指示灯的名称和功能。虽然主机的外观样式千变万化，但这些按钮的功能是完全相同的。

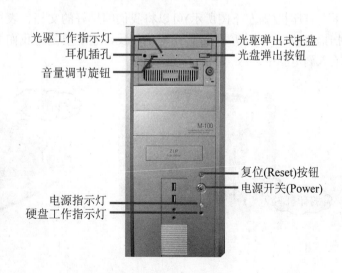

光驱工作指示灯
耳机插孔
音量调节旋钮
光驱弹出式托盘
光盘弹出按钮
M-100
ZIP
复位(Reset)按钮
电源开关(Power)
电源指示灯
硬盘工作指示灯

2. 显示器

显示器是电脑最主要的输出设备，用于将主机运算或执行命令的结果显示出来供我们查看。目前，我们常用的显示器有两类(参见下图)，一类是 CRT 显示器，一类是液晶显示器，与 CRT 显示器相比，液晶显示器的优点是没有辐射，但它不如 CRT 显示器颜色艳丽。

CRT 显示器

液晶显示器

3. 键盘和鼠标

键盘和鼠标(如下图所示)主要用于向电脑发出指令和输入信息，是电脑最重要的输入设备。我们进行文字处理也离不开它们。

4. 打印机与扫描仪

打印机(如左下图所示)可以将我们编排好的文档、表格及图像等内容输出到纸上。而扫描仪(如右下图所示)与其作用正相反，它主要是将我们要进行处理的文件、图片等内容输入到电脑中。

打印机

扫描仪

第1章 从了解电脑开始

本章学习重点

- 认识电脑
- 打开与关闭电脑
- 认识 Windows XP 的桌面
- 怎样使用鼠标

电脑是人们的好帮手，也是我们练习打字及从事文字处理工作的得力工具。下面，我们就从认识电脑开始，学习如何操作电脑。

1.1 认识电脑

电脑主要是由主机、显示器、键盘和鼠标几部分构成的(参见下图)，除此之外，我们还可根据需要为电脑配置音箱、打印机、扫描仪等外部设备。

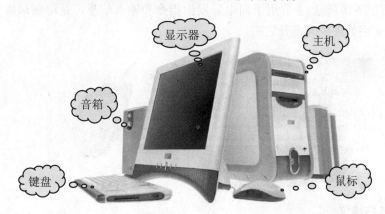

1. 主机

主机是整个电脑的核心部件，它相当于人的大脑，主要负责处理各种信息和数据。右图显示了主机箱前面板主要按钮及指示灯的名称和功能。虽然主机的外观样式千变万化，但这些按钮的功能是完全相同的。

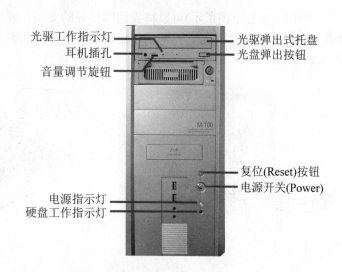

2. 显示器

显示器是电脑最主要的输出设备，用于将主机运算或执行命令的结果显示出来供我们查看。目前，我们常用的显示器有两类(参见下图)，一类是 CRT 显示器，一类是液晶显示器，与 CRT 显示器相比，液晶显示器的优点是没有辐射，但它不如 CRT 显示器颜色艳丽。

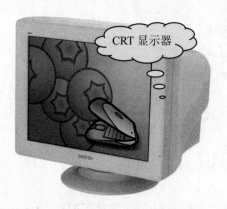

3. 键盘和鼠标

键盘和鼠标(如下图所示)主要用于向电脑发出指令和输入信息，是电脑最重要的输入设备。我们进行文字处理也离不开它们。

4. 打印机与扫描仪

打印机(如左下图所示)可以将我们编排好的文档、表格及图像等内容输出到纸上。而扫描仪(如右下图所示)与其作用正相反，它主要是将我们要进行处理的文件、图片等内容输入到电脑中。

1.2 启 动 电 脑

现在，我们就开始电脑学习之旅吧。首先，打开电脑，看看里面都有什么。

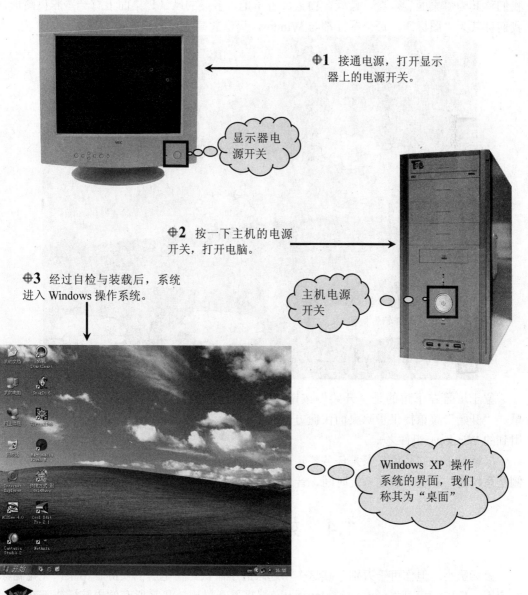

⊕1 接通电源，打开显示器上的电源开关。

显示器电源开关

⊕2 按一下主机的电源开关，打开电脑。

主机电源开关

⊕3 经过自检与装载后，系统进入 Windows 操作系统。

Windows XP 操作系统的界面，我们称其为"桌面"

提示

　　根据启动过程的不同性质，启动过程又被分为冷启动和热启动。冷启动是指机器尚未加电情况下的启动，以上开机过程(直接按主机电源开关开机)称为冷启动；而所谓热启动是指机器在已加电情况下的启动，通常是在机器运行中异常停机，或死锁于某一状态中时使用。热启动的操作方法是按一下主机箱前面板上的复位(Reset)按钮。

快乐学电脑

1.3　认识 Windows XP 的桌面

　　Windows XP 启动以后，映入我们眼帘的是 Windows XP 的操作界面(如下图所示)，我们称其为"桌面"。看，蓝天、白云、青草地，多美的风景！桌面上有一些彩色图形，我们称其为"图标"，每个图标都与 Windows 提供的某个功能相关联。

　　位于屏幕左下角的是"开始"按钮，单击"开始"按钮可弹出"开始"菜单。"开始"菜单提供了除桌面快捷方式以外的另一种快速打开程序的方法，是我们经常用到的 Windows 组件之一。

　　屏幕最下方的蓝色长条是任务栏，主要用于显示当前正在运行的任务名称。任务栏右侧是系统栏，那里一般是系统时间、音量调节图标以及一些特殊程序的寄居地。

1.4　如何使用鼠标

　　鼠标虽小，但你可千万别小瞧这个不起眼的小家伙。在电脑的实际使用中，无论是家庭应用、电脑程序开发还是漫游 Internet，都离不开鼠标，几乎所有的电脑操作都在鼠标的"掌控之中"。

　　打开电脑，你会在屏幕上看到一个白色的小箭头，我们称其为鼠标指针。而我们手中的鼠标就是用来控制它的移动的，如果你能很好地控制鼠标指针，也就控制了电脑。

1.4.1 认识鼠标

早期的鼠标一般只有两个键，即左键和右键(如左下图所示)，现在大家常用的鼠标为"三键"鼠标，即在左右两个键之间添加了一个滚轮(如右下图所示)。

提示

鼠标滚轮主要用于某些特定场合，例如，在浏览网页时，单击鼠标滚轮可进入页面自动浏览状态，通过转动滚轮则可滚动浏览网页。

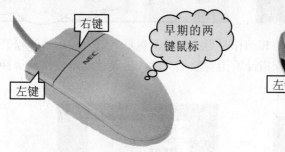

1.4.2 把握鼠标的姿势

正确的把握鼠标的方法是：食指和中指自然放置在鼠标的左键和右键上，拇指横向放在鼠标左侧，无名指和小指放在鼠标的右侧，拇指与无名指及小指轻轻握住鼠标；手掌心轻轻贴住鼠标后部，手腕自然垂放在桌面上，操作时用手带动鼠标做平面运动，如左下图所示。

对于带滚轮的鼠标，要滚动滚轮，使用食指轻轻按住滚轮并前后滚动即可，如右下图所示。

1.4.3 鼠标的基本操作

下面，我们学习几种鼠标常用的操作。

● **移动**：握住鼠标，在鼠标垫上随意移动，称为"移动"，此时屏幕上的鼠标指针也会随之移动，从而移到要选取的对象上(如菜单、文档的指定位置等)。

● **单击**：又称"点击"，首先移动鼠标，将鼠标指针指向某个对象，用食指快速按下鼠标左键后再快速松开。单击操作通常用于选定某个选项或按下某个按钮(参见左下图)。

● **双击**：双击顾名思义就是两次单击，即用食指快速地连续按两下鼠标左键。它常用于启动某个程序或任务，打开某个窗口或文件(参见右下图)。

单击"开始"按钮打开"开始"菜单。

双击"我的电脑"图标，打开"我的电脑"窗口。

● **右击**：右击即单击鼠标右键，其动作是用中指按下鼠标右键，然后快速松开。右击常用于触发一个与当前鼠标指针所指对象相关的快捷菜单，以便快速选择命令(参见下图)。

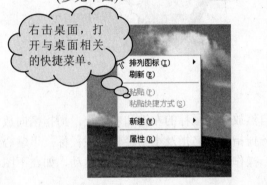

右击桌面，打开与桌面相关的快捷菜单。

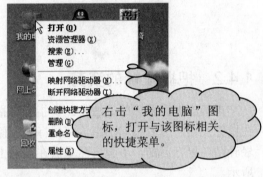

右击"我的电脑"图标，打开与该图标相关的快捷菜单。

● **拖动选择**：在执行文件操作或进行文档、图像编辑时，常常利用拖动选择操作选择要处理的一组文件或文档中要处理的内容。拖动选择的操作方法如下。

⊕**1** 在要选择的对象左上方按住鼠标左键不放。

⊕**3** 释放鼠标左键，矩形区域中的所有对象都被选中。

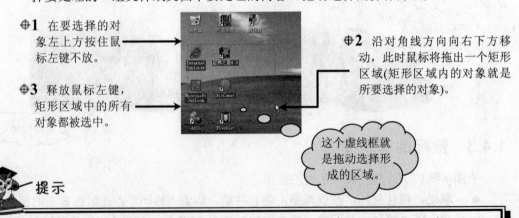

⊕**2** 沿对角线方向向右下方移动，此时鼠标将拖出一个矩形区域(矩形区域内的对象就是所要选择的对象)。

这个虚线框就是拖动选择形成的区域。

提示

　　当需要对某一类对象或一个区域做同一种操作时，经常会使用这项操作。当然，鼠标的选择方向不一定是从上至下，也可以是从下至上、从右上至左下等，但都是沿对角线移动。

● **拖放操作：** 拖放操作由两个动作组成，拖动与释放。拖动是在起始光标位置按下鼠标左键(选中一个对象)不放，同时向目标点移动鼠标，此时被选中的对象将随着光标移动。在到达目标点后，释放鼠标左键，被选中的对象将移至释放鼠标左键的位置(参见下图)。因此，该操作通常用于移动目标。

提示

在大部分情况下，如果在执行拖放操作时左手按下 Ctrl 键，则在将对象移动到目标点的同时，在其原来的位置仍会保留一个相同的对象，也就是将对象复制了一份。

1.5　关闭电脑

电脑使用完毕后要及时关闭。但是，在关闭电脑之前应首先检查一下有无正在运行的任务或尚未保存的文档。如果有的话，应首先执行完或终止执行任务，并保存好文档，然后再关闭电脑。

关闭电脑的方法有两种：一是直接按电脑的电源开关；二是执行下述操作步骤。

提示

直接按电脑电源开关的关机方法会对电脑的软件系统造成一定损害，因此我们通常不会采用，除非发生死机或其他意外情况。

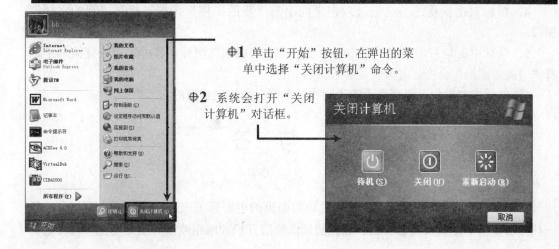

⊕1 单击"开始"按钮，在弹出的菜单中选择"关闭计算机"命令。

⊕2 系统会打开"关闭计算机"对话框。

- 单击"关闭"按钮，Windows 将安全关闭电脑。
- 单击"重新启动"按钮，可使电脑重新启动。
- 单击"待机"按钮，电脑进入节能状态，显示器关闭。当我们需要使用电脑时，只需移动鼠标或敲击键盘即可唤醒电脑。该选项经常被用于笔记本电脑。

练 一 练

1. 电脑主要由哪几部分组成，它们各自都有什么作用？
2. 简述启动与关闭电脑的操作步骤。
3. 在下图的图注框中填入相应的内容。

4. 鼠标双击操作练习：通过双击桌面上的"我的文档"图标，打开"我的文档"窗口。
5. 鼠标单击与右击练习：右击桌面上的"我的电脑"图标，在弹出的快捷菜单中选择"资源管理器"命令，打开"资源管理器"窗口。
6. 鼠标拖放操作：将桌面上的"回收站"图标拖放到桌面的右下角。

问 与 答

问：什么是软开机和软关机？

答：平常我们都是通过按电脑主机箱前面板的电源开关来启动计算机，现如今，新一代主板提供了键盘或鼠标开机、调制解调器唤醒开机和网络唤醒开机等功能，通过这些全新的方式来开机的方法，称为"软开机"。

　　所谓软关机，是指按常规方法关机，即用软件来结束正在执行的任务，发出关机指令，从而退出操作系统，并发送电流脉冲使电源关闭来达到关机或重新启动的目的。

　　问：长时间不用电脑时应该怎么办？

　　答：如果用户长时间不使用电脑，应完全切断电脑电源，如拔掉主机及显示器电源线或关掉插座开关。

　　问：如果电脑无法正常关机该怎么办？

　　答：如果电脑不再对用户的指令做出任何响应，即电脑出现了我们常说的"死机"现象。要强制关机，只需持续按住电源开关 4 秒钟以上即可。我们也可以直接按一下主机上的复位(Reset)按钮重新启动电脑。

第2章 正确的打字姿势与指法

本章学习重点

☞ 认识键盘
☞ 正确的打字姿势
☞ 正确的打字指法
☞ 指法练习

要想行云流水般地操作键盘，从而成为打字高手，首先要掌握正确的打字姿势与打字指法，然后勤于练习，就能运指如飞！本章，我们从认识键盘开始，具体讲述如何操作键盘。

2.1 认识键盘

在操作电脑时，键盘是使用最多的工具，各种文字、数据等需要通过键盘输入到电脑中，而我们平常所说的打字都是通过键盘来完成的。

市场上键盘的种类和外形繁多，根据键盘按键的总数来分，常用的键盘有 101 键盘、103 键盘、104 键盘和 107 键盘，但这几类键盘之间的差异并不大。

以常用的 107 键盘为例，所有按键分为如下几个区：输入键区、功能键区、特定功能键区、方向键区、辅助键区和键盘指示灯区，如下图所示。

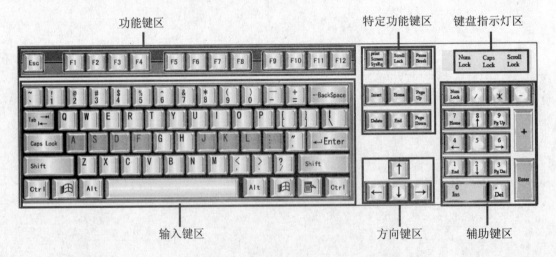

1. 输入键区

输入键区是键盘的主要组成部分，主要用于输入各种字符。输入键区有 61 个按键，包括字母键、控制键、数字符号键和空格键，具体说明如下。

数字符号键　　　字母键　　　　控制键

控制键　　　　　　　　　　　　　控制键

空格键

字母键(A～Z)：键面上标有英文大写字母，按下某个字母键，就可输入相应的字母。

数字符号键：主要用于数字和符号的输入。其键位上有两个符号，呈上下排列，上面的称为上挡符号，下面的称为下挡符号。

退格键(BackSpace)：位于输入键区的右上角，在编辑文档时，按下该键，可删除位于光标左侧的字符。

回车键(Enter)：主要用于命令的执行。在输入文字时，按下此键可将光标移至下一行行首。

"开始"菜单键：标有 Windows 标志，在 Windows 操作系统下，按下该键可以打开"开始"菜单。

制表键(Tab)：可使光标向左或向右移动一个制表的距离(默认为 8 个字符)。

大写锁定键(CapsLock)：用于控制大、小写字母的输入。

Ctrl 和 Alt 键：这两个键单独使用是不起作用的，只能配合其他键一起使用才有意义。

上挡键(Shift)：用于大小写字母的临时切换和输入数字符号键中的上挡符号。

2. 功能键区

功能键区位于键盘的顶端，包括 Esc 键和 F1～F12 键。

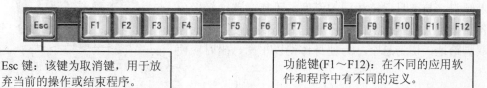

Esc 键：该键为取消键，用于放弃当前的操作或结束程序。

功能键(F1～F12)：在不同的应用软件和程序中有不同的定义。

快乐学电脑

3. 方向键区

方向键区中的键主要用于移动光标。

←、→键：按下这两个键，光标向左/向右移一个字符。
↑、↓键：按下这两个键，光标向上/下移动一行。

4. 特定功能键区

特定功能键区位于输入键区和辅助键区的中间。

屏幕打印键(Print Screen)：将屏幕的内容输出到剪贴板或打印机。
屏幕锁定键(Scroll Lock)：在 DOS 系统中用于使用屏幕停止滚动，在 Windows 操作系统中基本不用。

暂停键(Pause)：使正在滚动的屏幕显示停下来或中止某一程序的运行。

插入键(Insert)：反复按下该键，可在"插入"与"改写"状态之间转换，多用于文档的编辑操作。
删除键(Delete)：删除光标右侧的字符。

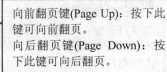

向前翻页键(Page Up)：按下此键可向前翻页。
向后翻页键(Page Down)：按下此键可向后翻页。

首键(Home)：光标移到当前行的行首。
尾键(End)：光标移到当前行的结尾。

5. 辅助键区

位于键盘的右下角，也叫小键盘区，主要用于快速输入数字，输入时只需右手单手操作即可，方便财会和银行工作人员。其中包括数字锁定键(Num Lock)、符号键(+、-、*、/)、双字符键和回车键(Enter)。

数字锁定键(Num Lock)：用于控制数字键区上下挡的切换。当按下该键时，Num Lock 指示灯亮，表示此时可输入数字，再次按下此键，指示灯灭，此时只能使用下挡键。

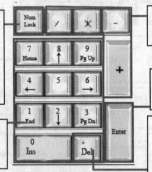

按下这些键可输入相应的符号或进行相应的数学运算。

与输入键区的回车键功能一样。

双字符键(0～9)：当 Num Lock 键打开后，按下双字符键可输入数字。

当 Num Lock 键打开后，按下该键可输入句点，否则其功能与 Delete 键一样。

2.2 正确的打字姿势

初学打字时，应注意保持正确的击键姿势。良好的姿势可以提高打字速度，减少疲劳程度。

正确的打字姿势是：上臂和肘应靠近身体，下臂和腕略向上倾斜，与键盘保持相同的斜度。手指微曲，轻轻放在与各手指相关的基准键位上，座位的高低应便于手指操作。双脚踏地，切勿悬空。为使身体得以平衡，坐时应使

刚开始学，一定要坐正了，养成良好的习惯！

身体躯干挺直略微前倾，全身自然放松。

正确的打字方法是"触觉打字法"，又称"盲打法"。所谓"触觉"是指打字时敲击字键靠手指的感觉而不是靠用眼看的"视觉"。采用触觉打字法，就能做到眼睛看稿件，手指管打字，各司其职，通力合作，从而大大提高打字的速度。

> 这就是"盲打法"。

2.3 正确的打字指法

掌握了正确的打字姿势远远不够，还要学会正确的打字指法，这也是提高输入速度的必要前提条件。下面，我们从了解键盘的基准键位开始，逐步学习掌握键盘的指法分区及击键方法。

2.3.1 基准键位

基准键位是指 A、S、D、F、J、K、L、; 8个键，操作键盘时，应首先将各手指放在其对应的基准键位上。

提示

> 　基准键位中的 F 键和 J 键称为定位键，在这两个键上各有一个凸起的小横杠，便于用户手指在离开键盘后迅速找到基准键位，将左右手食指分别放在 F 和 J 键上，其余手指依次放下就能找到基准键位。

2.3.2 指法分区

在基准键位的基础上，对于其他字母、数字和符号都采用与基准键位相对应的位置来记忆(参见下图)，其目的是使手指分工操作，便于记忆。操作键盘时，应严格按照键盘的指法分区规定敲击字键。

快乐学电脑

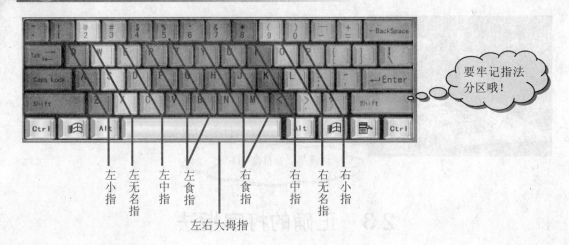

要牢记指法分区哦!

左小指　左无名指　左中指　左食指　右食指　右中指　右无名指　右小指

左右大拇指

2.3.3　击键方法

打字时,手指微曲成弧形,轻放在与各手指相关的基准键位上,手腕悬起不要压在键盘上,击键时是通过手指关节活动的力量叩向键位,而不是用肘和腕的力量。输入时应注意,只有要击键时,手指才可伸出击键,击毕立即缩回到基准键位上(参考下图)。

各就各位,做好准备!

 提示

　　打字时要有节奏、有弹性,不论快打、慢打都要合拍。初学时应特别重视落指的正确性,在正确和有节奏的前提下,再求速度。

2.4　指法练习

通过前面的介绍,我们已经掌握了键盘的基本操作方法。接下来我们就利用"写字板"进行指法练习,它是Windows操作系统自带的一个简单的文档处理软件。

2.4.1 小写英文字母练习

1. 打开"写字板"程序窗口

⊕1 单击"开始"按钮，在"开始"菜单中选择"所有程序"→"附件"→"写字板"命令。

⊕2 打开"写字板"程序窗口，在该窗口的左上角有一个闪烁的光标，此时，我们就可以输入文字了。

 提示

启动"写字板"程序后，应确认任务栏右侧的输入法图标显示为▦，即英文输入状态；若非如此，可按 Ctrl+空格组合键(在按住键盘上 Ctrl 键的同时按下空格键)将其切换到英文输入状态。

2. 基准键位按键练习

将手指轻放在 8 个基准键位上，固定手指位置，从左手至右手，每个指头连击 4 次指下的键，拇指击两次空格键，当 8 个字符都击键一遍后，屏幕显示如下。

aaaa ssss dddd ffff jjjj kkkk llll ;;;;

输入 8 个基准键上的字符，要注意以下两个问题。

(1) 在练习时，始终要保持正确的姿势，可提高打字速度，减少疲劳程度。两目专注原稿，两手指稳、准、快地敲击，敲毕及时回位，经过多次重复后，即可形成深刻的键位印象并使动作协调。

(2) 练习过程中禁止看键盘，应集中视线于文稿，估计显示器上的信息快到行末时，要用眼睛余光扫视行尾，以便及时换行。换行时，用右手小指击 Enter 键后继续练习，检查输入的正确与否。

练习输入下列内容：

add sad dad fall lass add kfls dlak daklkdf jklafjk asdflkj

快乐学电脑

kkdd ssll aall sajkl fdsajkl; dkjf aslk fsla ;lkjfdsa jkl; fdsj
fak; fak; fak; fak; kljdfs asdf aslkj; dsafd askj; dajk aslk;

3. 练习 G、H 键

G、H 两个键夹在 8 个基准键的中央，相对应的手指是左食指、右食指。输入 G 字符时，在基准键 F 上的左手食指向右伸一个键的距离击 G 键，击键结束后，手指立即收回，放在基准键位 F 上；输入 H 字符时，用放在基准键 J 上的右手食指向左伸一个键位的距离击 H 键，击键完毕后手指回到基准键位上。

练习输入下列内容：

fgf jhj fgf jhj fgf jhj fgf jhj fgf jhj fgf jhj fgf
gas gas gas head head ;; head gife gife gife gild
haaf haaf ;; had had hade hade hades hades keek

4. 练习输入上排字母键

位于基准键上方的 Q、W、E、R、T、Y、U、I、O、P 这 10 个字母键，均为手指向上移动一个键位击键，然后再回到基准键位。由于 R 和 T 键都用左手食指击打，Y 和 U 都用右手食指击打，击键时，注意基准键 F 与 R、T 键以及基准键 J 与 U、Y 键之间的角度和距离。

E、W、Q 键分别对应左手的中指、无名指和小指，I、O、P 键对应右手的中指、无名指和小指，击键时，分别用相应的手指向左上方移动一个键位的距离击键，然后回落到相应的基准键上即可。由于小指击键力度通常不足，会导致击键准确度差。因此，要多练习小指力度，才能使小指运用灵活。

练习输入下列内容：

see see see ill ill ill ked ked ked kill kill kill
ftfrf ftfrf jyjuj jyjuj ftfrf jyjuj ftfrf jyjuj ftfrf jyjuj
aqa sws ;p; lol aqa sws ;p; lol aqa sws ;p; lol

5. 练习输入下排字母键

位于基准键下方的 Z、X、C、V、B、N、M 这 7 个字母键均为手指向下移动一个键位击键，然后再回到基准键位。由于 V 和 B 键都用左手食指击打，N 和 M 键都用右手食指击打，击键时，注意基准键 F 与 V、B 键以及基准键 J 与 N、M 键之间的角度。

C、X、Z 键分别对应左手的中指、无名指与小指。击键时，分别用相应的手指向右下方移动一个键位的距离击键，然后回落到相应的基准键上即可。

练习输入下列内容：

fvf fvf fbf fbf fvbf fvbf bvf bvf jnj jnj jmj jmj
dcd sxs aza dcd dcd dcd sxs sxs sxs aza dcd sxs
cake next zero school fox color notice zeta zoo quick

2.4.2 大写英文字母练习

要输入单个大写字母，如果所输入的字母由右手负责，可用左手小指按左边的 Shift 键，输入完后放开小指回到基准键 A 上；如果所输入的字母由左手负责，可用右小指按右边的 Shift 键，输入完后放开小指回到基准键(;)上。

要输入全部大写字母，可首先用左手小指按下 Caps Lock 键，此时键盘右上方的 Caps Lock 指示灯会亮，如下图所示，此后输入的字母将全部为大写字母，再按一次此键则恢复为小写字母输入方式。

这就是 Caps Lock 键及键盘右上方的指示灯。

(1) 练习用右手打大写字母键，用左小指按左边的 Shift 键，输入完后放开小指回到基准键 A 上。

Pick Look Mother Help Your If Name Initial Jabber Mobiles Lobster Keap Knife Hade Use Lesson Painting around People oil these Yesterday Until question Jabot

(2) 练习用左手打大写字母键，用右小指按右边的 Shift 键，输入完后放开小指回到基准键 ";" 上。

Get Ready Activity Children Further Stead Then They Baby Round This With Away Verse Very Gold City Eace Eager Billy Dog That Buy Goat Sweetes Cart

(3) 连续输入大写字母时，只需按一次 Caps Lock 键即可。

ONCE UPON A TIME THERE WAS A RIDH MAN WHOSE WIFE LAY IN BED VERY SICK.

ELEPHANT AND HIPPOPOTAMUS BOTH TUGGED SO MIGHTILY THAT THE VINE STRETCHED TIGHT.

2.4.3　数字练习

数字键 1、2、3、4、5、6、7、8、9、0 位于输入键区的最上方，可分成左右两大部分，分别对应左右手的各个手指。根据不同的情况，可采取两种不同的击键方式。

如果要成批地输入数字，我们就将这些数字键当作基准键处理，即将 "12345" 看作 "ASDFG"；将 "67890" 看作 "HJKL；"。输入数字时，将手指轻放在对应的数字键上输入即可，这样可以提高输入数字的速度。

如果要输入数字和字符混合的内容，可按照常规的方法输入数字，也就是说，输入数字时，必须从基准键出发，击键完毕后再回到基准键。

在小键盘区输入数字时，将右手食指放在 4 键上，中指放在 5 键上，无名指放在 6 键上。食指负责 7 键、4 键、1 键；中指负责 8 键、5 键、2 键；无名指负责 9 键、6 键、3 键；右手大拇指负责 0 键。

2.4.4 特殊符号练习

符号键大多都是一些双字符键，双字符键上位于下方的符号可用其所对应的手指输入，如 "," 、 "." 和 "/"，可分别用右手的中指、无名指和小指从基准键出发向右下方移动一个键位的距离击打；双字符键上位于上方的符号则需在按下 Shift 键的同时击打该键输入，与输入大写字母时的方法相同。

```
, . / [        ] / . ,        ' ] [ /      . ' [ ]        . , / [
< ? > "        } { { " ?        > } { <        > ? " }        { : < >
! @ # $        % ^ & *        ( ) ! #        % & ( @        $ ^ * )
```

提示

在中文输入状态和英文输入状态下输入的上挡符号并不是完全相同。下表给出了在中文状态下和在英文状态下敲击相同的符号键的结果。

中、英标点符号对照表

对 应 键	英文标点符号	中文标点符号	对 应 键	英文标点符号	中文标点符号
`	.	。句号	Shift+`	～	～
,	,	，逗号	Shift+1	!	！感叹号
;	;	；分号	Shift+2	@	·居中实心点
Shift+;	:	：冒号	Shift+3	#	#
Shift+/	?	？问号	Shift+4	$	￥货币符号
Shift+"（第 1 次）	"	"左双引号	Shift+5	%	%百分号
Shift+"（第 2 次）	"	"右双引号	Shift+6	^	……省略号
'（第 1 次）	'	'左单引号	Shift+7	&	—
'（第 2 次）	'	'右单引号	Shift+8	*	*星号
Shift+,	<	《左书名号	Shift+9	(	(左小括号
Shift+.	→	》右书名号	Shift+0	)	)右小括号
\	\	、顿号	Shift+-	+	——破折号

2.4.5 输入英文文章

分别练习了大写、小写和特殊符号的输入，下面练习输入一段英文文章。

The Sweet Taste of Summer

From the king's table, it didn't take long for ice cream to become popular worldwide. American presidents Thomas Jefferson and George Washington were both big fans of the dessert. In fact, Washington paid almost US $200 (a huge sum in his day!) for a vanilla ice cream recipe.

The biggest problem with ice cream was how to serve the sweet treat. Most vendors sold it in tiny glasses called "penny licks." However, customers often broke or stole the glasses, which cost vendors a lot of money.

The invention of the ice cream cone solved this problem. Many people believe ice cream cones were invented at the 1904 St. Louis World's Fair. There, ice cream and waffle vendors combined their products and served ice cream in portable waffle cones. Records show, however, that ice cream was already being served in edible containers as early as 1888.

Today, ice cream is eaten from Taipei to Tunisia to Toronto. In most places, chocolate, strawberry, and vanilla are bestsellers. In Japan, though, ice cream comes in an amazing range of flavors. Chicken wing, eel, or wasabi ice cream, anyone?

练 一 练

1. 键盘分为哪几个区？简述各区按键的功能。
2. 基准键位是指哪几个键？
3. 简述各手指所负责的键位。
4. 打字时应注意哪些问题？
5. 启动"写字板"，进行以下英文指法练习。

ftf ftf ftf ftf ftf ftf ftf ftf ftf frf frf frf frf frf frf frf frf frf
jyj jyj jyj jyj jyj jyj jyj jyj jyj juj juj juj juj juj juj juj juj juj
fbf fbf fbf fbf fbf fbf fbf fbf fvf fvf fvf fvf fvf fvf fvf fvf
jnj jnj jnj jnj jnj jnj jnj jnj mnj mnj mnj mnj mnj mnj mnj mnj
ftr ftr ftr ftr ftr ftr ftr ftr ftr ftr ftr frt frt frt frt frt frt frt
jyu jyu jyu jyu jyu jyu jyu jyu jmn jmn jmn jmn jmn jmn jmn
kill kill kill kill kill kill kill kill derd derd derd derd derd derd
sws sws sws sws sws sws sws ;p; ;p; ;p; ;p; ;p; ;p; ;p; ;p; ;p;
lol lol lol lol lol lol lol lol dcd dcd dcd dcd dcd dcd dcd
aqa aqa aqa aqa aqa aqa aqa aza aza aza aza aza aza aza aza
sxs sxs sxs sxs sxs sxs sxs sxs

box box box box box box box ver ver ver ver ver ver ver ver

fag fag fag fag fag fag fag fag member member member member
job job job job job job job job number number number number
girl girl girl girl girl girl girl girl text text text text text text text
red red red red red red red red ice ice ice ice ice ice ice ice

page page page page page page page lake lake lake lake lake lake
orange orange orange orange orange kind kind kind kind kind kind kind
ultima ultima ultima ultima ultima hope hope hope hope hope hope
yell yell yell yell yell yell yell table table table table table table table
good good good good good good fish fish fish fish fish fish fish fish
drag drag drag drag drag drag circle circle circle circle circle circle
west west west west west west quaff quaff quaff quaff quaff quaff
around around around around around seven seven seven seven seven
eight eight eight eight eight eight xyst xyst xyst xyst xyst xyst xyst
zone zone zone zone zone zone zone

That afternoon all the animal were gathered at the lake to drink.

But all the while he was longing to dance, for a nes tickly feeling ran through him, and he felt he sould give anything to be able to jump about like these rabbits did.

Have her count to find out how marry are in the bag.

Then have your child count to find out how many are in the bag.

6. 练习输入下面一篇英文文章。

WASHINGTON (Reuters) - While critics at home and abroad press the Bush administration to scrap any invasion of Iraq, the Pentagon and Congress are squabbling openly over the price of war -- and peace when the shooting stops.

Cost estimates of $61 billion to $95 billion for a short, intense conflict and cleaning up the mess were leaked by unidentified administration officials on Monday, but Defense Secretary Donald Rumsfeld said accurate forecasts were impossible despite sharp barbs from Democratic lawmakers.

Even within the Defense Department, civilian leaders and the Army's top general were at odds this week over the size of any post-war occupying force of mostly-U.S. troops.

Some lawmakers warned that the cost of post-war peace could be even higher than the price for thousands of spent bombs and cruise missiles.

Army Chief of Staff Gen. Eric Shinseki told the Senate Armed Services Committee he estimated it would take "something on the order of several hundred thousand" troops to keep the peace in a country the size of the U.S. state of California.

"We're talking about a post-hostilities control over a piece of geography that's fairly significant, with the kinds of ethnic tensions that could lead to other problems," the general said.

A day later, Rumsfeld told reporters that figure -- especially for U.S. troops – "is far from the mark," adding that other countries had promised to take part in any stabilization effort in the event of a war.

OFF THE MARK?

"Second, it's not logical to me that it would take as many forces ... following the conflict as it would to win the war," he added after defense officials said there were now over 200,000 U.S. troops in the Gulf region ready for any order from President Bush to launch an invasion.

"People are entitled to their own opinions," Rumsfeld told reporters at a news conference on Friday when asked about the Shinseki estimate. He said he had not discussed the issue with the general, but laughed when pressed on whether the officer was in trouble with his civilian boss.

"No. Come on, absolutely not. What are you trying to do, stir up trouble?," the secretary quipped.

But Deputy Defense Secretary Paul Wolfowitz also weighed in on Shinseki's remarks in testimony before the House of Representatives Budget Committee.

"Way off the mark," Wolfowitz said, stressing that it was too early to predict the need.

And on the cost of a war, he added, this "is not a good time to publish highly-suspect numbers."

The problem for Bush and Rumsfeld, however, is that they will have to soon go to Congress to seek funds for war, possibly right after any shooting starts.

"There's a lot of uncertainty here. And as long as there's uncertainty, predicting costs up front is next to impossible," analyst Steven Kosiak of the private Center for Strategic and Budgetary Assessment told Reuters.

The center has put out a range of cost scenarios ranging from $20 billion for an intense one-month war using 175,000 U.S. troops to $85 billion for an unlikely six-months conflict requiring 350,000 American soldiers.

问 与 答

问：如何在按下 Caps Lock、Num Lock 键时增加响铃？

答：打开"控制面板"窗口，双击"辅助功能选项"图标，打开"辅助功能选项"对话框。切换到"键盘"选项卡，选中"使用切换键"复选框，然后单击"确定"按钮。

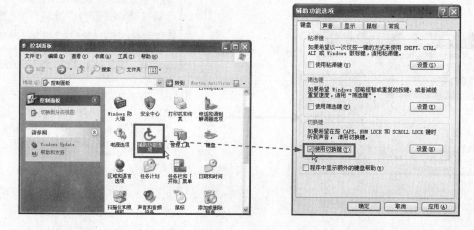

第3章 五笔字型输入法入门

本章学习重点

☞ 安装与启用五笔字型输入法
☞ 五笔字型输入法输入汉字的原理
☞ 五笔字根的键盘分布
☞ 五笔字根的快速记忆方法

86 版五笔字型输入法是目前使用人数最多的一种五笔输入法，并且许多其他类型五笔输入法的编码规则也都是按照王码 86 版五笔字型输入法来开发的。本书就以 86 版五笔字型输入法为例讲解五笔字型输入法的使用方法。

3.1 安装与启用五笔字型输入法

默认情况下，Windows XP 操作系统中没有提供五笔字型输入法，因此在使用之前，我们需要将其安装到电脑中。下面我们介绍从 Office 2000 安装盘中安装五笔字型输入法的方法，操作步骤如下。

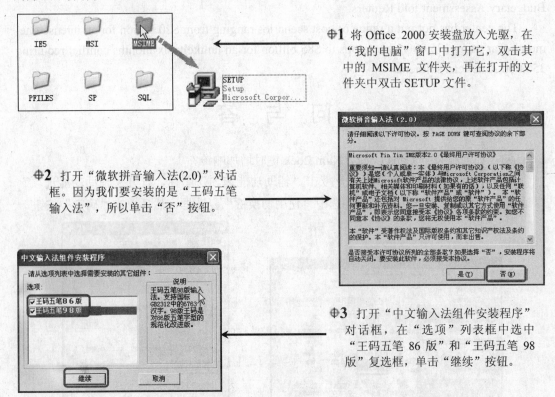

1 将 Office 2000 安装盘放入光驱，在"我的电脑"窗口中打开它，双击其中的 MSIME 文件夹，再在打开的文件夹中双击 SETUP 文件。

2 打开"微软拼音输入法(2.0)"对话框。因为我们要安装的是"王码五笔输入法"，所以单击"否"按钮。

3 打开"中文输入法组件安装程序"对话框，在"选项"列表框中选中"王码五笔 86 版"和"王码五笔 98 版"复选框，单击"继续"按钮。

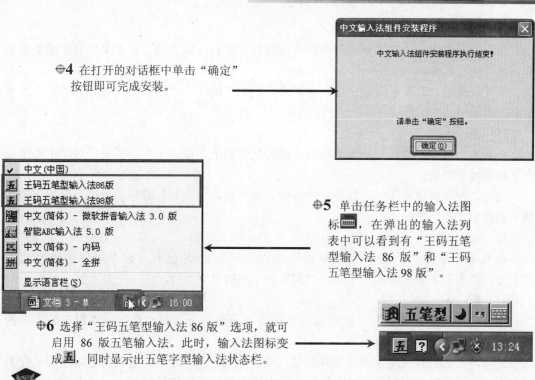

⊕**4** 在打开的对话框中单击"确定"按钮即可完成安装。

⊕**5** 单击任务栏中的输入法图标🖮，在弹出的输入法列表中可以看到有"王码五笔型输入法 86 版"和"王码五笔型输入法 98 版"。

⊕**6** 选择"王码五笔型输入法 86 版"选项，就可启用 86 版五笔输入法。此时，输入法图标变成五，同时显示出五笔字型输入法状态栏。

提示

> 获取五笔字型输入法有多种方法，你可以从提供软件下载的网站下载五笔字型输入法的安装程序，也可以到软件经销商处购买安装光盘。

3.2 五笔字型输入法是怎样输入汉字的

五笔字型输入法是一种形码输入法，它将汉字进行分解归类，找出汉字构成的基本规律，将汉字分成三个层次：笔画(5 种)、字根(125 种)和汉字(成千上万种)。在五笔字型输入法中，我们只需把要输入的汉字拆分成已知字根，然后敲击这些字根所在的键，即可将汉字输入进去。

3.2.1 汉字的笔画与偏旁部首

1. 汉字的笔画

汉字的笔画是指书写汉字时不间断地一次写成的一个线段。按照书写方向来划分，可分为 5 种基本笔画：横(一)、竖(丨)、撇(丿)、捺(丶)、折(乙)。

提示

> 两次写成的不叫笔画，只能叫"笔画结构"；一个连贯的笔画不能分开。

1) 横(一)

在五笔字型中,"横"是指笔画的走向为从左向右,如"卖"、"未"等字的首笔画都属于"横"笔画。

另外,提笔"㇀"在五笔字型中也视为横,如"现"、"场"、"特"、"冲"等字左部的末笔画。

2) 竖(丨)

在五笔字型中,"竖"是指笔画的走向为从上到下,如"十"、"下"等字中的第二个笔画都属于竖笔画。

另外,左竖钩被视为竖,这是一个特例。如"利"、"到"等字的最后一笔在五笔字型中都属于"竖"笔画。

3) 撇(丿)

在五笔字型中,"撇"是指笔画的走向为从右上到左下,如"川"字最左边的"丿","毛"字最上方的"丿","人"字左侧的"丿"等。

4) 捺(乀)

在五笔字型中,"捺"是指笔画的走向为左上到右下,如"八"、"极"等字中的"乀"笔画均属于"捺"笔画。

另外,"点"在五笔字型中均视为捺(包括宀中的点),因为其笔画的走向也为从左上到右下,如"学"、"家"、"冗"等各字中的点都视为"捺"笔画。

5) 折(乙)

在五笔字型中,一切带转折的笔画都归为"折",如"飞"字中的"乀","习"字中的"㇆","乃"字中的"㇖",右竖钩也为折,如"以"字中的"乚","饭"字中的"㇂"等。

提示

> 上述 5 种笔画的变形体不拘一格:比如竖笔画可能拉得很长;折笔画则包括了一切带转折的笔画。因此在判断笔画的种类时,要特别注意根据笔画的书写方向来判断。

在五笔字型输入法中,为了便于记忆和排序,我们分别用 1、2、3、4、5 作为五种笔画的编码,如下表所示。

汉字的 5 种笔画

编 码	笔 画	笔画走向	笔画及其变体
1	横	左→右	一(横)㇀(提)
2	竖	上→下	丨(竖)亅(左竖钩)
3	撇	右上→左下	丿(撇)及其变形体
4	捺	左上→右下	、(点)乀(捺)
5	折	带转折	各种带转折的笔画,如乙㇆㇆㇖㇉乚㇂乀

2．汉字的偏旁部首

汉字最基本的组成单位是笔画，人们将一些由基本笔画组成的相对不变的结构归纳为所谓的偏旁、部首，再由基本笔画和偏旁部首组成汉字。如我们平常所说的"木子——李"、"日月——明"等。在五笔字型中，这些偏旁、部首被称为字根。

3.2.2　五笔字型的字根

由若干笔画连接或交叉所形成的，类似我们在查汉语字典时所用的偏旁部首就叫字根。汉字可以拆分出很多字根，五笔字型输入法根据其输入方案的需要，精选出125种常见的字根，加笔画字根5种，共130种。把它们与键盘上的25个英文字母键建立一一对应的关系，作为输入汉字的基本单位。我们可以通过敲击这25个字母键把汉字输入到电脑中。

在五笔字型方案中，字根的选取标准主要基于以下几点。

(1) 首先选择那些组字能力强、使用频率高的偏旁部首，如：王、土、大、木、工、目、日、口、田、山、纟、禾、亻等。

(2) 组字能力不强，但组成的字在日常汉语文字中出现次数很多，如"白、勺"组成的"的"字可以说是全部汉字中使用频率最高的，因此，"白"被作为基本字根。

(3) 绝大多数基本字根都是查字典时的偏旁部首，如：人、口、手、金、木、水、火、土等。相反，相当一些偏旁部首因为不太常用，或者可以拆成几个字根，便不作为基本字根，如：比、风、气、足、老、业、斗、酉、骨、殳、欠、麦等。

(4) 除了125种基本字根外，有时一种字根之中还包含几个"小兄弟"，它们主要如下。

字源相同的字根：心、忄；水、氺、八、氵等。

形态相近的字根：艹、廾、廿；已、己、巳等。

便于联想的字根：耳、卩、阝等。

3.3　五笔字根的键盘分布

在五笔字型中，将125个基本字根按起笔的类型(横、竖、撇、捺、折)分为5类，每一类又分为5组，共计25组。同时，将键盘上除Z键以外的25个字母划分为5个区，将这5类字根分别放置在5个区中，每一类的5个组又分别与每一区中的5个键位相对应(参见下图)。

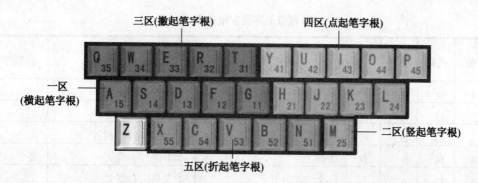

其中，区号和位号的定义原则如下。

(1) 区号按起笔的笔画横、竖、撇、捺、折划分，如禾、白、月、人、金的首笔均为撇，撇的代号为3，故它们都在3区。也可以说，以撇为首笔的字根，其区号为3。

(2) 一般来说，字根的次笔代号尽量与其所在的位号一致，如土、白、门的第2笔均为竖，竖的代号为2，故它们的位号都为2。但并非完全如此，如"工"字的次笔为竖(代号应为2)，但它却被放在了15位，而不是12位。

(3) 复笔画字根的数值尽量与位号一致。例如，单笔画一、丨、丿、丶、乙都在第1位，两个单笔画的复合字根二、刂、冫、冫、丷 都在第2位，3个单笔画的复合字根三、Ⅲ、彡、氵、巛都在第3位，依次类推。

总之，任何一个字根都可以用它所在的区位号(也叫字根的"代码")来表示(参见下图)。如"目"字在2区1位，其区位号为21，21就是"目"的代码。

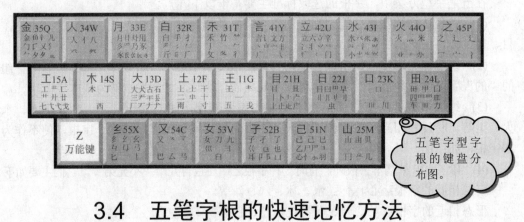

五笔字型字根的键盘分布图。

3.4 五笔字根的快速记忆方法

学习五笔字型输入法最重要的就是认识五笔字型的各个基本字根，熟练掌握各个基本字根在键盘上的分布。

3.4.1 五笔字根口诀

那么，怎样才能记住这些基本字根呢？为了解决这一问题，就有了五笔字型字根速记口诀。通过口诀，再联想到五笔字根，便可帮助用户轻松掌握五笔字根的键盘分布。五笔字根总表如下表所示

86版五笔字型字根总表

区	位	代码	字母	键名	基本字根	口 诀	高频字
1 横 起 笔 类	1	11	G	王	一丰五戋	王旁青头戋(兼)五一	一
	2	12	F	土	士二十干中寸雨	土士二干十寸雨	地
	3	13	D	大	犬三手ヨ丰 古石厂ナナ	大犬三手(羊)古石厂	在
	4	14	S	木	丁西	木丁西	要
	5	15	A	工	匚七弋戈廾廿艹	工戈草头右框七	工

续表

区	位	代码	字母	键名	基本字根	口　诀	高频字
2 竖起笔类	1	21	H	目	丨且卜上止龰广疒卜	目且(具)上止卜虎皮	上
	2	22	J	日	曰刂刂 刂川早虫шш	日早两竖与虫依	是
	3	23	K	口	川 Ⅲ	口与川，字根稀	中
	4	24	L	田	甲口四皿罒车力罒ⅢⅢ	田甲方框四车力	国
	5	25	M	山	由门贝几冂	山由贝，下框几	同
3 撇起笔类	1	31	T	禾	禾ノ丿竹彳夂攵	禾竹一撇双人立 反文条头共三一	和
	2	32	R	白	手扌彡厂手斤斤匚	白手看头三二斤	的
	3	33	E	月	月舟彡罒乃用豕豖衣长	月彡(衫)乃用家衣底	有
	4	34	W	人	亻八癶夊	人和八，三四里	人
	5	35	Q	金	钅勹夕儿儿夕鱼乂勹亅	金勹缺点无尾鱼 犬旁留乂儿点夕 氏无七	我
4 捺起笔类	1	41	Y	言	丶讠亠广文方圭	言文方广在四一 高头一捺圭(谁)人去	主
	2	42	U	立	辛冫丷丬六疒门疒	立辛两点六门疒(病)	产
	3	43	I	水	水氵氺江亚小ⅲ业	水旁兴头小倒立	不
	4	44	O	火	业灬小灬米	火业头，四点米	为
	5	45	P	之	宀冖辶廴衤	之宝盖，摘礻(示)衤(衣)	这
5 折起笔类	1	51	N	已	巳己コ尸尸乙心忄羽灬	已半巳满不出己 左框折尸心和羽	民
	2	52	B	子	孑耳卩阝了也凵《	子耳了也框向上	了
	3	53	V	女	刀九臼彐巛	女刀九臼山朝西	发
	4	54	C	又	厶マ巴马厶	又巴马，丢矢矣	以
	5	55	X	纟	纟幺弓纟匕匕	慈母无心弓和匕，幼无力	经

3.4.2　五笔字根口诀的含义

　　下面我们分别介绍键盘 5 个分区中各条字根口诀的含义，理解了字根口诀的含义，背诵字根口诀将变得非常容易。

1. 第 1 区字根

工 15A	木 14S	大 13D	土 12F	王 11G
工 卝 匚 廿 廾 甘 七七弋戈	木 丁 西	大犬古石 三尹丰镸 厂丆ナナ	土 士 干 十 二 中 十 雨 寸	王 ⺀ 一 五 戋

王 11G
王 丰
一
五 戈

G 键(区位码 11)：王旁青头戋(兼)五一。"青头"指"青"的上半部分，即"青"；"戋"与"兼"同音；"五"与"王"形近。

土 12F
土 士 干
二 卝 寸
雨 寸

F 键(区位码 12)：土士二干十寸雨。"士"与"土"同形；"干"为倒"土"；"卝"与"十"形似。

大 13D
大犬古石
三尹丰长
厂ナナナ

D 键(区位码 13)：大犬三手(羊)古石厂。"手"指羊字底"丰"和"尹"；"厂"和"ナ"与"厂"形似；"犬"与"ナ"相似。

木 14S
木 丁
西

S 键(区位码 14)：木丁西。该键位上只有 3 个字根。

工 15A
工 廿 匚
卄 廾 廿
七 弋 戈

A 键(区位码 15)：工戈草头右框七。"戈"指的是字根"弋、戈"；"草头"指的是"草"字的上部，即"廿"及其变形体"卄、廾、廿"；"右框"(即框向右而不是向左)指的是"匚"；"七"还包括字根"匕"。

2．第2区字根

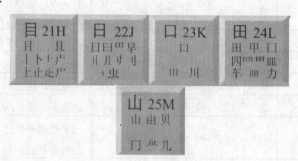

目 21H
目 且
卜 卜 广
上 止 疋 广

H 键(区位码 21)：目具(具)上止卜虎皮。"具上"指的是"具"字的上半部分"且"；"疋"为"止"的变形体；"卜"为"卜"的变形体；"虎皮"指的是"虎"、"皮"两字的上部(广、广)。

日 22J
日 曰 四 早
刂 刂 川 刂
虫

J 键(区位码 22)：日早两竖与虫依。"日"是指字根"日、曰、皿"；"两竖"是指字根"刂、刂、川、刂"(其中包含一些变形体)；"与虫依"指的是跟"虫"在同一个键上。

口 23K
口
川 川

K 键(区位码 23)：口与川，字根稀。"川"指的是"川、川"字根，"字根稀"是指该键上的字根不多。

田 24L
田 甲 口
四 皿 甲 皿
车 皿 力

L 键(区位码 24)：田甲方框四车力。"方框"指的是"口(不是'口与川'中的'口')"；"四"指的是"四、皿、皿、皿"字根。

山 25M
山由贝
门 凵 几

M 键(区位码 25)：山由贝，下框几。"下框"指方框向下，即"门、凵"字根。

3. 第 3 区字根

金 35Q	人 34W	月 33E	白 32R	禾 31T
金鱼钅儿 勹⺈乂 ⺈夕夕	人亻八 癶 夂	月目舟用 彡⺱乃家 豕氏衣彡	白手扌 彡斤丆 斤斤厂	禾竹⺮ 竹⺮⺊ 夂

禾 31T
禾竹⺮
⺊夂亻

T 键(区位码 31)：禾竹一撇双人立，反文条头共三一。"禾"指的是"禾、禾"字根；"竹"指的是"竹、⺮"字根；"一撇"指的是"丿、⺊"字根；"双人立"指的是双立人"彳"；"反文"指的是"攵"；"条头"指的是"条"字的上部"夂"；"共三一"指的是它们都在区位码为 31 的键位上。

白 32R
白手扌彡
斤丆

R 键(区位码 32)：白手看头三二斤。"手"指的是"手、扌"字根；"看头"指的是"看"的上部"⺕"；"三二"指的是这些字根都在区位码为 32 的键位上；"斤"指的是"斤、斤"字根。

月 33E
月目舟用
彡⺱乃家
豕氏衣彡

E 键(区位码 33)：月(衫)乃用家衣底。"月"指的是"月、月、舟"字根；"彡"指三撇及"⺱"字根；"家衣底"指的是这三个字的下半部分及其变形体，即"豕、衣、𧰨、⻏"。

人 34W
人亻八
癶 夂

W 键(区位码 34)：人和八，三四里。"人"还包括字根"亻"；"八"指的是"八"及其变形体"癶、夂"；"三四里"指它们都在区位码为 34 的键位上。

金 35Q
金鱼钅儿
勹⺈乂
⺈夕夕儿

Q 键(区位码 35)：金勹缺点无尾鱼，犬旁留乂儿点夕氏无七。"金"指的是"金、钅"字根；"勹缺点"指"勹"字缺一点即"⺈"；"无尾鱼"指"鱼"没有尾巴即"鱼"；"犬旁"指的是"犭"字根；"留乂"指的是"乂"字根；"儿"与"儿"相似；"点夕"指带一点的"夕"、少一点的"⺈"、多一点的"夕"；"氏无七"指"氏"字去掉"七"即"厂"。

4. 第 4 区字根

言 41Y	立 42U	水 43I	火 44O	之 45P
言讠文方 丶⺊⺀主 广 乀	立六立辛 氵⺀⺙ 广⻔门	水⺊氺永 兴业⺊ 小业⺌业	火灬米 业 亦	之辶廴 丶宀

言 41Y
言讠文方
丶⺊⺀主
广乀

Y 键(区位码 41)：言文方广在四一，高头一捺 主(谁)人去。"言"还包括"讠"字根；"在四一"指的是它们在区位码为 41 的键位上；"高头"指的是"高"的上部"亠、言"；"一捺"是指"乀和、"；"谁人去"指的是"谁"字去掉"亻"即留下"讠、主"。

立 42U
立六辛
丷丶广门

U 键(区位码 42)：立辛两点六门疒(病)。"六"还包括"亠"字根；"两点"指的是"冫、丷、亠、丬"字根。

水 43I
水氺氺
水氺氺
小丷业

I 键(区位码 43)：水旁兴头小倒立。"水旁"指的是"水、氺、业、八、冫"字根；"兴头"是指"丷、业、业"；"小倒立"是指"小、丷"。

火 44O
火灬米
业小

O 键(区位码 44)：火业头，四点米。"业头"是指"业"的上部及其变形体"业、小"；"四点"是指"灬"字根。

之 45P
之辶廴
宀冖礻

P 键(区位码 45)：之宝盖，摘礻(示)衤(衣)。"之"是指"之"及其变形体走之儿"辶、廴"；"宝盖"是指"宀、冖"字根；"摘礻(示)衤(衣)"是指把"礻"、"衤"偏旁下方的一点或两点去掉，即为"衤"字根。

5. 第5区字根

纟 55X	又 54C	女 53V	子 52B	已 51N
纟幺幺	又マ又	女刀九	子孑了	已己巳
乡弓	巴厶马	巛彐	巛彐也	乙尸尸
匕		白	耳阝卩凵	心忄小羽

已 51N
已己巳
乙尸尸彐
心忄小羽

N 键(区位码 51)：已半巳满不出己，左框折尸心和羽。"已半"是指半封口的"已"；"巳满"是指全封口的"巳"；"不出己"是指不封口的"己"；"左框"是指开口向左的方框"彐"；"折"是指"乙"；"尸"是指"尸"及其变形体"尸"；"心"是指"心"及其变体"忄、小"。

子 52B
子孑了
巛也
耳阝卩凵

B 键(区位码 52)：子耳了也框向上。"子"是指"子、孑"；"耳"是指"耳、阝、卩、凵"字根；"框向上"是指"凵"字根。折笔画数为2的"巛"字根也在该键上。

女 53V
女刀九
巛彐白

V 键(区位码 53)：女刀九臼山朝西。"山朝西"是指方向朝西的山即"彐"。折笔画数为3的"巛"字根也在该键上。

又 54C
又マ又
巴厶马

C 键(区位码 54)：又巴马，丢矢矣。"又"还包括其变体"マ、又"；"丢矢矣"是指"矣"字去掉"矢"即"厶"。

纟 55X
纟幺幺
乡弓
匕

X 键(区位码 55)：慈母无心弓和匕，幼无力。"慈母无心"是指"母"字去掉中间部分即"ㄅ、口"字根；"匕"还包括"匕"字根；"幼无力"是指把"幼"字去掉"力"即为"幺"，另外还有其变体"纟"。

练 一 练

1. 如何选择五笔字型输入法？

2．背 1～5 区的助记词并抄写各键上的字根，然后默写字根。

3．标出下列基本字根的编码。

方 ( )	ㄐ ( )	彳 ( )	儿 ( )
亠 ( )	亻 ( )	乙 ( )	七 ( )
匚 ( )	宀 ( )	米 ( )	氵 ( )
ㄈ ( )	川 ( )	戋 ( )	勹 ( )
纟 ( )	弓 ( )	灬 ( )	门 ( )
水 ( )	广 ( )	王 ( )	也 ( )

凵 ( )	竹 ( )	辶 ( )	冫 ( )
手 ( )	又 ( )	豖 ( )	彡 ( )
彡 ( )	严 ( )	刂 ( )	镸 ( )
尸 ( )	文 ( )	石 ( )	米 ( )
犬 ( )	乃 ( )	雨 ( )	白 ( )
甘 ( )	木 ( )	舟 ( )	八 ( )
扌 ( )	虫 ( )	乂 ( )	羽 ( )

4．鉴别字根与非字根。如果是字根，请在括号中写出它的编码，如果是非字根请拆成几个已知字根。

乂 ( )	士 ( )	石 ( )	戋 ( )
镸 ( )	甘 ( )	丁 ( )	严 ( )
区 ( )	艹 ( )	昔 ( )	犬 ( )
龙 ( )	寸 ( )	划 ( )	弋 ( )
世 ( )	夺 ( )	丰 ( )	东 ( )
川 ( )	码 ( )	十 ( )	杰 ( )

门 ( )	止 ( )	曰 ( )	目 ( )
足 ( )	罒 ( )	具 ( )	早 ( )
骨 ( )	广 ( )	Ⅲ ( )	虹 ( )
由 ( )	皿 ( )	仆 ( )	川 ( )
罒 ( )	归 ( )	刂 ( )	贝 ( )
则 ( )	自 ( )	且 ( )	广 ( )

手 ( )	勹 ( )	竹 ( )	奶 ( )
月 ( )	且 ( )	匚 ( )	钅 ( )
处 ( )	罒 ( )	受 ( )	彡 ( )
丘 ( )	斤 ( )	几 ( )	氏 ( )
豕 ( )	哀 ( )	丿 ( )	天 ( )
鱼 ( )	角 ( )	失 ( )	舟 ( )

米 （　）	益 （　）	亠 （　）	门 （　）
详 （　）	辛 补 （　）	丷 （　）	宀 火 （　）
亻 扩 （　）	沟 准 （　）	兴 业 （　）	水 迹 （　）
辶 业 （　）	讠 （　）	小 又 （　）	卷 （　）

匕 （　）	白 线 （　）	寻 彐 （　）	幺 耳 （　）
巳 （　）	羽 （　）	眉 （　）	忄 巴 （　）
九 互 （　）	厶 必 （　）	叁 细 （　）	子 飞 （　）
弓 令 （　）	凵 （　）	陡 （　）	

5. 用字根组字。本练习能帮助用户辨认字根表中的每一个字根。以下汉字中的实心部分都是字根，请把其编码填在括号中。

卢 （　）	世 （　）	益 （　）	要 （　）
滑 （　）	家 亮 （　）	周 弥 （　）	鲁 临 （　）
训 翔 （　）	试 幻 （　）	旬 贡 （　）	鉴 草 （　）
珍 关 （　）	邮 枪 （　）	扒 章 （　）	卢 秒 （　）
添 睬 （　）	龙 粼 （　）	流 每 （　）	皮 疗 （　）
切 旭 （　）	纺 盖 （　）	绝 析 （　）	显 虹 （　）
涂 责 （　）	甘 登 （　）	床 泰 （　）	有 池 （　）
异 享 （　）	虎 饭 （　）	卡 结 （　）	她 保 （　）
亿 叶 （　）	腊 具 （　）	轩 肆 （　）	花 罗 （　）
却 般 （　）	猎 （　）	北 （　）	霜 衫 （　）
象 而 （　）	泗 舞 （　）	页 后 （　）	坦 乡 （　）

压（ ） 升（ ） 知（ ） 亲（ ） 充（ ） 业（ ） 旧（ ） 扫（ ） 拥（ ） 临（ ） 轻（ ） 互（ ） 代（ ） 钱（ ） 革（ ） 孩（ ）
豹（ ） 映（ ） 辽（ ） 纸（ ） 东（ ） 眉（ ） 寺（ ） 点（ ） 庆（ ） 气（ ） 找（ ） 学（ ） 江（ ） 采（ ） 界（ ） 交（ ）

钉（ ） 各（ ） 巢（ ） 曾（ ） 么（ ） 井（ ） 处（ ） 承（ ） 拿（ ） 协（ ） 乏（ ） 霓（ ） 旱（ ） 开（ ） 长（ ） 炬（ ）
带（ ） 让（ ） 敝（ ） 问（ ） 砂（ ） 顷（ ） 展（ ） 义（ ） 信（ ） 兵（ ） 风（ ） 礼（ ） 光（ ） 伐（ ） 沿（ ） 尺（ ）

画（ ） 羊（ ） 吧（ ） 克（ ） 这（ ） 辞（ ） 跳（ ） 差（ ） 岸（ ） 足（ ） 对（ ） 此（ ） 易（ ） 管（ ） 则（ ） 吾（ ）
愉（ ） 哀（ ） 赤（ ） 初（ ） 云（ ） 陈（ ） 因（ ） 冠（ ） 粗（ ） 会（ ） 的（ ） 京（ ） 乐（ ） 钾（ ） 玉（ ） 肖（ ）

矛（ ） 昔（ ） 肯（ ） 区（ ） 仍（ ） 察（ ） 屋（ ） 可（ ） 助（ ） 拜（ ） 宽（ ） 列（ ） 取（ ） 伏（ ） 唯（ ） 建（ ）
炙（ ） 贮（ ） 归（ ） 寅（ ） 沁（ ） 冰（ ） 纪（ ） 好（ ） 头（ ） 灰（ ） 彼（ ） 举（ ） 巨（ ） 村（ ） 壮（ ） 旁（ ） 加（ ）

快 乐 学 电 脑

问 与 答

问：如何使用手写输入法？

答：可以利用微软拼音输入法2003的状态条切换到手写输入法，操作步骤如下。

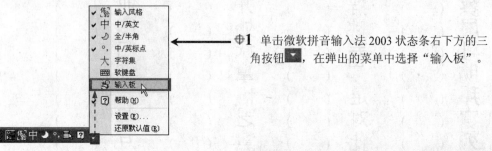

◆**1** 单击微软拼音输入法2003状态条右下方的三角按钮 ▼，在弹出的菜单中选择"输入板"。

◆**2** 单击状态条上的"开启/关闭输入板"按钮，打开输入板。

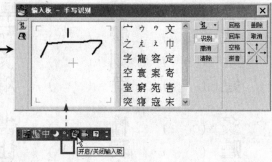

◆**3** 在左侧的手写窗格中拖动鼠标书写汉字，右侧的检索窗格中会显示出与之相匹配的字符，单击选择所需的字符，该字符即可插入到文档中。

提示

你也可以选择关闭检索功能，直接识别手写汉字。方法是单击"切换手写检索、手写输入"按钮 ✍ ▼，在弹出的菜单中选择"手写输入"即可。此后，在手写窗格中输入的内容经识别后，会直接显示在文档中光标所在的位置。

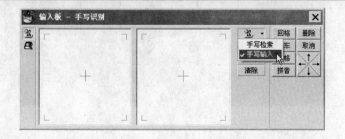

问：如何使用语音输入法？

答：在使用语音输入法之前，我们要先对其进行设置。

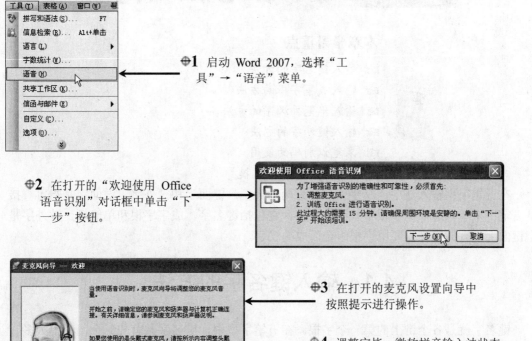

➊ 启动 Word 2007，选择"工具"→"语音"菜单。

➋ 在打开的"欢迎使用 Office 语音识别"对话框中单击"下一步"按钮。

➌ 在打开的麦克风设置向导中按照提示进行操作。

➍ 调整完毕，微软拼音输入法状态条中显示出语音输入的相关按钮。

单击状态条中的"麦克风"按钮，然后单击语言栏上的"听写"按钮，进入"听写模式"，就可以口述所要书写的内容了，注意那些标点符号也要读出来哟。

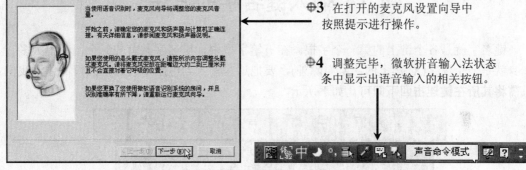

如果单击"声音命令模式"按钮，就可以口述执行命令了。例如，口述"打开"，那么程序就将执行"文件"→"打开"菜单命令，打开"打开"对话框。感觉不错吧！当然，语音输入相对手写输入错误率较高。

第4章 练就五笔输入神功

本章学习重点

☞ 输入键名字的方法
☞ 输入成字字根的方法
☞ 输入单笔画汉字的方法
☞ 输入键外字的方法
☞ 末笔识别码的使用
☞ 万能学习键——Z键

在五笔字型输入法中，汉字大致分为两种类型：键面字和键外字。键面字是指可直接从五笔字型字根总表的字根中找到的汉字，它包括键名字、成字字根和单笔画。键外字是指键面上没有的字，需要用字根组合而成的汉字。

4.1 输入键名字的方法

键名字就是各个键上的第一个字根。在五笔字型中，键名字共有 25 个，其中大多数本身就是一个汉字(X 键上的"纟"除外)，要把这些输入到电脑中去，方法很简单，我们只需**将其所在键连击四下即可。**如下所示。

金：35(Q)QQQQ
日：21(H)HHHH
纟：55(X)XXXX

4.2 输入成字字根的方法

在五笔字型的字根中，除键名以外自身也是汉字的字根称为"成字字根"。除键名外，成字字根一共有102个(其中包括相当于汉字的"氵、亻、勹、凵、刂"等)。

输入成字字根时，先敲一下它所在的键，再根据字根拆成单笔画的原则，打它的第一个单笔画、第二个单笔画以及其最后一个单笔画，其输入公式如下：

成字字根=键名代码＋首笔代码＋次笔代码＋末笔代码

> 若成字字根不足四码时, 敲击空格键即可。

下表列出了各区成字字根。

各区成字字根

区 号	成 字 字 根
一区	一五戈, 土二干十寸雨, 犬三古石厂, 丁西, 戈弋卄廾匚七
二区	卜上止丨, 曰刂早虫, 川, 甲口四皿车力, 由贝门几
三区	竹攵夂彳丿, 手扌斤, 彡乃用豕, 亻八, 钅勹儿夕
四区	讠文方广亠丶, 辛六疒门冫, 氵小, 灬米, 辶廴宀
五区	已己尸心忄羽乙, 子耳阝卩了也山凵, 刀九臼彐, 厶巴马, 幺弓匕

4.3 输入单笔画汉字的方法

5 种单笔画 "一、丨、丿、丶、乙" 在国家标准中都是作为汉字来对待的。在五笔字型中, 输入单笔画的方法如下: **连续敲击其所对应的键两次, 再敲击两次 L 键。**

5 种单笔画的编码如下。

一: 11 11 24 24 (G G L L)

丨: 21 21 24 24 (H H L L)

丿: 31 31 24 24 (T T L L)

丶: 41 41 24 24 (Y Y L L)

乙: 51 51 24 24 (N N L L)

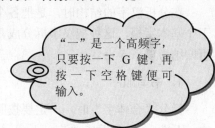

"一" 是一个高频字, 只要按一下 G 键, 再按一下空格键便可输入。

4.4 输入键外字的方法

我们知道, 键外字不能直接从字根中获取, 我们需要将它们拆分成已知字根, 输入字根的编码, 才能将其输入到电脑中去。但在对汉字进行拆分时要讲究一定的原则和方法。下面, 我们从汉字的结构讲起, 详细介绍如何拆分及输入汉字。

4.4.1 汉字的结构

一切汉字都是由基本字根组成的, 或者说是拼合而成的。包括没有资格入选为基本字根的单体结构(不一定都是汉字), 也全部是由基本字根与基本字根, 或者基本字根与单笔画按照一定的关系组成的。

实际上, 学习五笔字型输入法的过程, 也就是学习将汉字拆分为基本字根的过程。因此, 了解汉字的结构对于学习五笔字型输入法是非常有用的。

快乐学电脑

基本字根在组成汉字时，按照它们之间的位置关系可以分为如下4种结构。

(1) 单：基本字根本身即为一个汉字，例如，口、木、山、田、马、用。它们被称为"成字字根"，其编码有专门的规定，不需要判别字型。

(2) 散：指构成一个汉字的字根不止一个，并且各个字根之间有一定的距离。上下、左右与杂合结构的汉字都可以是"散"的结构方式，例如，吕、足、功、训、培、字、识、汉、照、型、笔。

(3) 连：五笔字型中字根间的相连关系并非通俗的望文生义的相互连接之意，它主要指以下两种情况。

- 单笔画与基本字根相连。如"丿"下连"目"成为"自"，"丿"下连"十"成为"千"，"月"下连"一"成为"且"等。其中，单笔画可连前也可连后，并且单笔画与基本字根间有明显的间距都不认为相连，如：个、少、旧、孔、乞等。

- 带点结构均认为相连，如：勺、术、太、主、斗、头。尽管这些字中的点与基本字根并不相连，但为了使问题简化，我们规定，孤立点一律视作与基本字根相连。

(4) 交：指几个基本字根交叉套叠之后构成的汉字。例如，"申"是由"日丨"、"农"是由"冖衣"、"里"是由"日土"、"夷"是由"一弓人"交叉构成的。

4.4.2 汉字的拆分原则

在分析汉字的结构时，是把各个基本字根组成汉字；而在录入时却要把汉字拆分成若干个基本字根，这种把汉字拆分成几个基本字根的操作，称为"拆字"。拆分汉字的原则可归纳为以下5点。

1. 书写顺序

拆分"合体字"时，一定要按照正确的书写顺序进行。例如，"新"只能拆成"立、木、斤"，不能拆成"立、斤、木"；"中"只能拆成"口、丨"，不能拆成"丨、口"；"夷"只能拆成"一、弓、人"，不能拆成"大、弓"。

2. 取大优先

"取大优先"，也叫做"优先取大"。按书写顺序拆分汉字时，应以"再添一个笔画便不能称其为字根"为限，每次都拆取一个"尽可能大"的，即尽可能笔画多的字根。例如：

世　　第一种拆法：一、凵、乙(误)
　　　　第二种拆法：廿、乙(正)

显然，前者是错误的，因为其第二个字根"凵"，完全可以向前"凑"到"一"上，形成一个"更大"的已知字根"廿"。

制　　第一种拆法：丿、一、冂、丨、刂(误)
　　　　第二种拆法：𠂉、冂、丨、刂(正)

同样，第一种拆法是错误的。因为第二码的"一"，作为"丿"后一个笔画，可以向前"凑"，与第一个字根"宀"凑成更大一点的字根"宀"。

总之，"取大优先"，俗称"尽量往前凑"，是一个在汉字拆分中最常用到的基本原则。至于什么才算"大"，"大"到什么程度才到"边"，熟悉了字根总表便不会出现错误了。

3．兼顾直观

在拆分汉字时，为了照顾汉字字根的完整性，有时不得不暂且牺牲一下"书写顺序"和"取大优先"的原则，形成个别例外的情况。例如：

"国"字，按"书写顺序"应拆成"冂、王、丶、一"，但这样便破坏了汉字构造的直观性，故只好违背"书写顺序"，拆作"囗、王、丶"了。

"自"字，按"取大优先"应拆成"亻、乙、三"，但这样拆不仅不直观，而且也有悖于"自"字的字源(这个字的字源是"一个手指指着鼻子")，故只能拆作"丿、目"。

4．能连不交

能连不交指的是一个汉字能按相连的关系拆分，就不要按相交的关系拆分。如"于"，可按相连的关系拆成"一、十"，就不要按"二、丨"相交关系拆分。

天	一	大	不能拆作"二人"，因二者相交
于	一	十	不能拆作"二丨"，因二者相交
牛	丿	扌	不能拆作"宀丨一"，因三者相交
丑	乙	土	不能拆作"刀二"，因二者相交

5．能散不连

如果一个单体结构可以视为几个基本字根的"散"关系，则不要视为"连"关系。但有时候，汉字的几个字根之间的关系在"散"和"连"之间模棱两可，此时只要不是单笔画，一律按"散"关系处理，例如：

占	拆分成：卜、口	都不是单笔画，应视为上下关系
午	拆分成：宀、十	都不是单笔画，应视为上下关系
关	拆分成：丷、大	都不是单笔画，应视为上下关系

提示

> 总之，拆分应当兼顾几个方面的要求。一般来说，应当保证每次拆分出最大的基本字根；在拆出字根数目相同时，"散"比"连"优先，"连"比"交"优先。

4.4.3 输入键外字

键外字的输入方法如下：根据书写顺序，将汉字拆分成字根，然后取该字的第一、第二、第三和最后一个字根，最后敲击这 4 个字根所在的键位编码。其中又包括下面三种情况：超过四码、正好四码和不足四码。

超过四码：取 1、2、3、末字根编码(如，键：钅、彐、二、乀，输入 QVFP)。

正好四码：依次键入(如，照：日、刀、口、灬，输入 JVKO)。

不足四码：字根键入后，补打"末笔字型识别码(稍后介绍)"，仍不足四码的，补空格键。

4.4.4 汉字拆分示例

为了让初学者尽快掌握拆分方法，下面两表给出了一组常见非基本字根的拆分方法以及按笔画拆分示例。

非基本字根的拆分方法

横起笔类			
寿：丰勹	吏：一口乂	丈：ナ丶	戈：弋丿
夫：二人	声：一口丨宀	兀：一儿	臣：匚丨コ丨
无：二儿	再：一冂土	尤：ナ乙	匹：匚儿
正：一止	曲：一冂艹	万：厂乙	巨：匚コ
酉：西一	市：宀冂丨	页：厂贝	瓦：一乙丶乙
下：一卜	丙：一冂人	成：厂乙乙丿	旡：匚儿
击：二山	本：木一	戌：厂一乙丿	牙：匚丨丿
未：二小	束：一口小	咸：厂一口丿	戒：戈廿
末：一木	柬：一四小	豕：豕丶	歹：一夕
艹：二‖一	束：一冂小	百：厂日	死：一夕匕
井：二廾	术：木丶	甫：一月丨丶	爽：大乂乂乂
韦：二乙丨	平：一丷丨	不：一小	于：一十
弌：十戈	来：一米	东：七小	夹：一丷人
耒：三小	巫：工人人	秉：七乙八	与：一乙一
非：三‖三	世：廿乙	求：十水丶	屯：一凵乙
考：土丿一乙	甘：艹二	疋：乙止	隶：一彐止
垚：十艹	甚：廿三	丐：一卜乙	夷：一弓人
才：十丿	革：廿畢	亚：一业一	严：一业厂
太：大丶	辰：厂二k	事：一口彐丨	尢：一儿
内：大丷	灭：一火	犮：ナ又	互：一彐一
竖起笔类			
卤：卜口乂	丹：冂一	史：口乂	见：冂儿
业：‖宀丶	册：冂冂一	里：日土	兜：口儿
甩：月乙	冉：冂土	电：日乙	少：小丿
且：月一	巾：冂丨	曳：日匕	曲：冂廿
囲：冂‖三	央：冂大	申：日丨	皿：冂‖
县：月一厶	罣：四土	禺：日冂丨丶	果：日木

续表

撇起笔类

矢：ノ大	韭：乍止	面：ノ十白	乎：ノ丷丨
失：乍人	韦：乍冂丨	秉：ノ一彐小	豸：四ㄅ
千：ノ十	朱：乍小	舌：ノ古	乏：ノ之
壬：ノ士	無：乍Ⅲ一	毛：ノ二乙	臾：白人
丢：ノ土厶	夭：ノ大	午：乍十	鱼：鱼一
熏：ノ一四灬	生：ノ龶	气：乍乙	兔：ㄅ口儿
重：ノ一日土	牲：ノ土	长：ノ七乀	风：几乂
垂：ノ一廿土	牛：ノ扌	片：ノ丨一乙	犭：犭ノ
牛：乍丨	我：ノ扌乙ノ	尹：白ノ	鸟：ㄅ乙一
缶：乍山	耳：彳三	囟：ノ口夕	勿：ㄅ彡
自：ノ目	升：ノ廾	丘：斤一	匄：匚丿
身：ノ冂三ノ	毛：ノ七	舟：ノ舟	勺：ㄅ丶
禹：ノ口冂丶	斥：斤丶	臂：厂彐乙	匈：ㄅ乂凵
臼：彳コ彐	卢：厂コ	币：ノ冂丨	饣：ㄅ乙
角：ㄅ用	瓜：厂厶乀	鸟：ㄅ丶乙一	久：ㄅ乀
正：ノ止	舆：彳二车乙	爪：厂丨乀	匃：匚丶丿
氏：匚七	乐：匚小		

捺起笔类

卤：文凵	芦：丷尹	关：丷大	羊：丷丰
亡：亠乙	羞：丷丰丷	首：丷ノ目	并：丷廾
声：广コ‖	北：扌匕	酋：丷西一	礻：礻丶
产：立ノ	粝：ノ米丨	农：宀衣	衤：衤丿
亥：亠乙ノ人	灬：灬宀	义：丶乂	户：丶尸
州：丶ノ丶丨	兆：兆儿	尢：宀儿	良：丶彐乚
半：丷十	脊：兆人月	雀：宀亻圭	永：丶乙水

折起笔类

自：彳コ彐	出：凵山	予：乛卩	卫：卩一
尺：尸乀	亟：了口又一	发：乙ノ又丶	艮：彐乂
夬：コ人	丞：了水一	刃：刀丶	毋：ㄙ丁
且：彐厶	疋：乙止	彑：ㄙ一	易：乙彡
丑：乙土	疋：乙止	乡：纟ノ	书：乙乙丨丶
刁：乙一	甬：刀二	幽：幺幺山	也：乙乙
臧：厂乙厂ノ	飞：乙ノ	母：ㄙ一冫	叉：又丶

按笔画拆分方法

横起笔类

字 例	拆 分	输 入	字 例	拆 分	输 入
无	二儿	FQ	正	一止	GHD
可	丁口	SK	下	一卜	GH
未	二小	FII	末	一木	GS
井	二廾	FJK	韦	二乙丨	FNH
考	土丿一乙	FTGN	才	十丿	FT
求	十ㄨ、	FIY	丐	一卜乙	GHN
事	一口ヨ丨	GKVH	吏	一口乂	GKQ
再	一冂土	GMF	来	一米	GO
世	廿乙	AN	甘	廿二	AFD
革	廿串	AF	辰	厂二ₖ	DFE
太	大、	DY	丈	ナ乀	DYI
页	厂贝	DMU	成	厂乙乙丿	DNNT
百	厂日	DJ	甫	一月丨、	GEHY
不	一小	GI	东	七小	AI
臣	一丨乙丨	AHNH	匹	匚儿	AQV
巨	匚コ	AND	瓦	一乙、乙	GNYN
牙	匚丨丿	AHT	戒	戈廾	AAK
歹	一夕	GQI	死	一夕匕	GQX
爽	大乂乂乂	DQQQ	于	一十	GF
夹	一丷人	GUW	与	一乙一	GNG
屯	一凵乙	GBN	夷	一弓人	GXW
严	一业厂	GOD	开	一廾	GJK
互	一ㄅ一	GXG	友	ナ又	DC

竖起笔类

字 例	拆 分	输 入	字 例	拆 分	输 入
占	卜口	HK	卤	卜口乂	HLQ
甩	月乙	EN	且	月一	EG
县	月一厶	EGC	丹	冂亠	MYD
册	冂冂一	MMGD	冉	冂土	MFD
巾	冂丨	MHK	内	冂人	MW
果	日木	JS	里	日土	JFD
史	口乂	KQ	串	口口丨	KKH
电	日乙	JN	申	日丨	JHK
曳	日匕	JXE	禺	日冂丨、	JMHY
少	小丿	IT	见	冂儿	MQB

续表

撇起笔类

字 例	拆 分	输 入	字 例	拆 分	输 入
矢	𠂆大	TDU	失	𠂉人	RW
千	丿十	TFK	壬	丿士	TFD
丢	丿土厶	TFC	重	丿一日土	TGJF
垂	丿一卄士	TGAF	牛	𠂉丨	RHK
缶	𠂉山	RMK	朱	𠂉小	RI
夭	丿大	TDI	生	丿𠃌	TG
我	丿扌乙丿	TRNT	升	丿廾	TAK
毛	丿七	TAV	秉	丿一彐小	TGVI
舌	丿古	TDD	毛	丿二乙	TFN
午	𠂉十	TFJ	气	𠂉乙	RNB
长	丿七丶	TAY	爪	厂丨丶	RHYI
币	丿冂丨	TMH	自	丿目	THD
身	丿冂三丿	TMDT	禹	丿口冂丶	TKMY
乎	丿丷丨	TUH	乏	丿之	TPI
臾	臼人	VWI	鱼	鱼一	QGF
兔	勹口儿丶	QKQY	风	几乂	MQ
乌	勹乙一	QNG	勿	勹彡	QRE
久	勹丶	QY	氏	𠂉七	QA
乐	𠂆小	QI	多	夕夕	QQ

捺起笔类

字 例	拆 分	输 入	字 例	拆 分	输 入
亡	亠乙	YNV	产	立丿	UT
州	丶丿丶丨	YTYH	半	丷十	UF
北	丬匕	UX	兆	八儿	IQV
并	丷廾	UA	首	丷丿目	UTH
酉	丷西一	USGF	义	丶乂	YQ
农	冖衣	PEI	户	丶尸	YNE
良	丶彐𧘇	YVE	永	丶乙八	YNI

折起笔类

字 例	拆 分	输 入	字 例	拆 分	输 入
尺	尸丶	NYI	丑	乙土	NFD
尹	彐丿	VTE	刁	乙一	NGD
出	凵山	BM	函	了口又一	BKCG
疋	乙止	NHI	飞	乙𠃌	NUI

快乐学电脑

续表

发	乙丿又、	NTCY	刃	刀、	VYI
乡	纟丿	XTE	幽	幺幺山	XXM
又	又、	CYI	书	乙乙丨、	NNHY

4.5 末笔识别码的使用

4.5.1 汉字的字型

同样的几个字根，由于摆放的位置不同，就组成了不同的汉字。例如：

本——末　呐——呙　吧——邑　岂——屺

因此，字根的位置关系也是汉字的一种很有用的特征信息。汉字的字型可分为三种：左右型、上下型、杂合型。

提示

> 三种字型的划分是基于对汉字整体轮廓的认识，指的是整个汉字中字根之间排列的相互位置关系。弄清这点，对于使用五笔字型输入法时确定汉字的末笔字型识别码是十分重要的。

在五笔字型输入法中，三种字型分别被赋予代号 1、2、3。即 1 表示左右型，2 表示上下型，3 表示杂合型。

1. 左右型结构

左右型结构的汉字，其字根在汉字中的位置属于左右排列关系，如"汉、湘、结、到"等。

属于左右型结构的汉字还包括以下几种情况：标准左右型排列(田)、左中右型排列(田)和其他左右型排列(田、田)。

- 标准左右型排列(田)：这种结构的汉字，总体可将汉字分为左、右两部分，整个汉字中有着明显的界线，字根间有距离。
- 左中右型排列(田)：这种结构的汉字，总体可将汉字分为左、中、右 3 部分。
- 其他左右型排列(田、田)：这种结构的汉字是较为特殊的左右型汉字，其左半部分或右半部分是由多个字根组成的。

2. 上下型结构

上下型结构的汉字，其字根在汉字中的组成位置属于上下排列关系，如"字、室、花、型"等。这种结构的汉字又包括以下几种情况：标准上下型排列(目)、上中下型排列(目)和其他上下型排列(目、目)。

- 标准上下型排列(目)：这种结构的汉字，总体上可将汉字分为上、下两部分。

- 上中下型排列(目)：这种结构的汉字，总体上可将汉字分为上、中、下3部分。
- 其他上下型排列(田、凸)：这种结构的汉字较为特殊，其上半部分或下半部分是由多个字根组成的。

3. 杂合型结构

指汉字的各个字根交叠在一起，不能明显地分成上下或左右部分。这类字中多为单体、内外和包围等字型，如：团、同、圆、区、选、这、还等。

属于杂合型结构的汉字又包括以下几种情况：全包围型(回)、半包围型(凹)、交叉型(図)和其他型(凵、冃、凹)。

- 全包围型(回)：这种类型结构的汉字，其组成汉字的一个字根完全包围了汉字的其余组成字根。
- 半包围型(凹)：就是组成汉字的一个字根并未完全包围汉字的其余组成字根。
- 交叉型(図)：就是组成汉字的字根之间是一种交叉排列的方式。
- 其他型(凵、冃、凹)：就是组成汉字的字根有的是紧接相连的；有的是包含点笔画的，而该点笔画并未与其他字根相连，等等。

提示

> 包含走之"辶、廴"的汉字也属于杂合型结构。
> 杂合型结构的汉字，字根之间虽有间距，但不分上下左右，即不分块。

4.5.2 末笔识别码的定义

对于拆分不够4个字根的汉字，为减少重码而补加的代码，也称末笔交叉识别码。它取决于汉字的末笔代码(横、竖、撇、捺、折，分别对应数字 1、2、3、4、5)与汉字的字型(左右、上下与杂合，分别对应数字 1、2、3)。它共有 5×3=15 种组合(11~13、21~23、31~33、41~43、51~53)，故对应 15 个字母。末笔字型识别码如下表所示。

末笔字型识别码

字 型	末笔画	横	竖	撇	捺	折
		1	2	3	4	5
左右型	1	11(G)	21(H)	31(T)	41(Y)	51(N)
上下型	2	12(F)	22(J)	32(R)	42(U)	52(B)
杂合型	3	13(D)	23(K)	33(E)	43(I)	53(V)

用户在使用识别码时，需注意如下几个问题。

(1) 关于"力、刀、九、匕"。鉴于这些字根的笔顺常常因人而异，"五笔字型"中特别规定，当它们参加"识别"时，一律以其"伸"得最长的"折"笔作为末笔。如下所示。

男：田、力(末笔为"乙"，2型)   花：艹、亻、匕(末笔为"乙"，2型)

(2) 带"框框"的"国、团"与带走之的"进、远、延"等，因为是一部分被另一部分包围，我们规定：被包围部分的"末笔"作为编码的"末笔"。如下所示。

进：二、刂、辶   (末笔"丨"3型，加"川"作为"识别码")

远：二、儿、辶、巛   (末笔"乙"3型，加"巛"作为"识别码")

团：囗、十、丿、彡   (末笔"丿"3型，加"彡"作为"识别码")

哉：十、戈、口、三   (末笔"一"3型，加"三"作为"识别码")

(3) "我、戋、成"等字的"末笔"遵从"从上到下"的原则，一律规定撇"丿"为其末笔。如下所示。

我：丿、扌、乙、丿 (TRNT，取一二三末，只取4码)

戋：戋、一、一、丿 (GGGT，成字字根，先打键名，再取1、2、末笔)

成：厂、乙、乙、丿 (DNNT，取一二三末，只取4码)

(4) 单独点：对于"义、太、勺"等字中的"单独点"，离字根的距离很难确定，可远可近，我们干脆认为这种"单独点"与其附近的字根是"相连"的。既然"连"在一起，便属于杂合型(3型)。其中"义"的笔顺还需按上述"从上到下"的原则，认为是"先点后撇"。如下所示。

义：丶、乂、冫 (末笔为"丶"3型，"冫"(43)即为识别码)

太：大、丶、冫 (末笔为"丶"3型，"冫"(43)即为识别码)

勺：勹、丶、冫 (末笔为"丶"3型，"冫"(43)即为识别码)

(5) 以下各字为杂合型：司、床、厅、龙、尼、式、后、反、处、办、皮、习、死、疗、压，但相似的右、左、有、看、者、布、包、友、冬、灰等可视为上下型。

4.5.3 汉字的拆分实例

"升"应拆分成"丿"和"廾"，但我们按下键盘上的 T 键和 A 键后，在弹出的输入法候选框中会给出相同编码的汉字，这时就要用到末笔识别码了。"升"字末笔是"竖"，属于杂合型结构，对照表中所示，其末笔识别码是 K(23)，击 T、A、K 键，"升"字就打出来了。

"单"字应拆分成"丷"、"日"和"十"，其末笔是"竖"，上下结构，末笔识别码是 J(22)，敲击 U、J、F、J，"单"字就打出来了。

4.6　万能学习键——Z 键

Z 键在五笔字型中作为特殊的辅助键——万能学习键，它可以代替其他 25 个字母键中的任何一键来输入汉字，所以，Z 键称为万能学习键。

当我们不能确定某个汉字的拆分方法时，可以把未知的部分用 Z 键来代替。借助五笔字型中相应的软件设置就能检索出符合已知字根代码的汉字。以下列出了使用 Z 键帮助输入的几种情况。

- 欲输入某个汉字的完整编码而其中个别编码不知道时，可以用 Z 键代替。
- 欲输入某个汉字，但不知怎样拆分时，可用 Z 键代替不清楚的字根代码。

  如输入"炼"字，当不知道第 3 个和第 4 个字根怎样拆分时，可用 Z 键代替，即输入"OAZZ"，在输入法候选框中会给出"OAZZ"编码的汉字，按下相应的数字键(2 键)，即可输入相应的汉字。

- 欲输入某个汉字，但不知道识别码时，可用 Z 键代替识别码。

  如输入"叉"字，若不知道其识别码时，可用 Z 键来代替，即输入"CYZZ"，在输入法候选框中会给出"CYZZ"编码的汉字，按下相应的数字键(0 键)，即可输入相应的汉字。

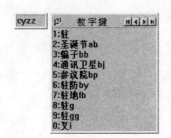

提示

> Z 键的使用为用户提供了极大的方便，但方便之余还应注意，编码中 Z 键不要用得太多。未知的字根越多，选择的范围就越广，输入速度就越慢。

练 一 练

1. 简述五笔字型输入法中汉字的拆分原则。
2. Z 键有什么作用？
3. 用五笔字型编码输入下列键名汉字、成字字根和单笔画字根。

王 ( )　土 ( )　大 ( )　木 ( )　工 ( )　目 ( )

日 ( )　口 ( )　田 ( )　山 ( )　禾 ( )　白 ( )

月 ( )　人 ( )　金 ( )　言 ( )　立 ( )　水 ( )

火 ( )　之 ( )　一 ( )　五 ( )　戈 ( )　士 ( )

二（　　）　干（　　）　十（　　）　寸（　　）　雨（　　）　犬（　　）

三（　　）　古（　　）　石（　　）　厂（　　）　丁（　　）　西（　　）

戈（　　）　弋（　　）　廿（　　）　卅（　　）　匚（　　）　七（　　）

丨（　　）　卜（　　）　上（　　）　止（　　）　曰（　　）　刂（　　）

早（　　）　虫（　　）　川（　　）　甲（　　）　口（　　）　四（　　）

皿（　　）　车（　　）　力（　　）　由（　　）　贝（　　）　冂（　　）

几（　　）　丿（　　）　竹（　　）　攵（　　）　夂（　　）　丿（　　）

彳（　　）　手（　　）　扌（　　）　斤（　　）　彡（　　）　乃（　　）

用（　　）　豕（　　）　亻（　　）　八（　　）　钅（　　）　勹（　　）

儿（　　）　夕（　　）　辶（　　）　文（　　）　方（　　）　广（　　）

亠（　　）　丶（　　）　辛（　　）　六（　　）　扩（　　）　门（　　）

冫（　　）　氵（　　）　小（　　）　灬（　　）　米（　　）　辶（　　）

又（　　）　冖（　　）　宀（　　）　巳（　　）　己（　　）　尸（　　）

心（　　）　忄（　　）　羽（　　）　乙（　　）　子（　　）　耳（　　）

阝（　　）　卩（　　）　了（　　）　也（　　）　凵（　　）　刀（　　）

九（　　）　臼（　　）　彐（　　）　厶（　　）　巴（　　）　马（　　）

幺（　　）　弓（　　）　匕（　　）

4. 判定汉字的字型(上下、左右、杂合)。

卡（　　）　　应（　　）　　彪（　　）　　滑（　　）

程（　　）　　判（　　）　　座（　　）　　范（　　）

曳（　　）　　场（　　）　　磨（　　）　　够（　　）

看（　　）　　住（　　）　　宣（　　）　　圈（　　）

麻（　　）　　美（　　）　　承（　　）　　激（　　）

粥（　　）　　瀛（　　）　　菔（　　）　　适（　　）

若（　　）　　东（　　）　　览（　　）　　司（　　）

乘（　　）　　养（　　）　　应（　　）　　藏（　　）

圆（　　）　　迁（　　）　　亲（　　）　　选（　　）

还（　　）　　两（　　）　　垵（　　）　　纠（　　）

5. 判定下列汉字的字根结构关系(单、连、散、交)。

二（　　）　　兴（　　）　　丰（　　）　　什（　　）

十（　　）　　吕（　　）　　末（　　）　　三（　　）

义（　　）　　养（　　）　　叉（　　）　　于（　　）

金（　　）　　你（　　）　　目（　　）　　舟（　　）

晶（　　）　　仍（　　）　　百（　　）　　牛（　　）

写（　　）　　光（　　）　　少（　　）　　顺（　　）

附（　　　）　　混（　　　）　　制（　　　）　　头（　　　）

内（　　　）　　系（　　　）　　然（　　　）　　命（　　　）

击（　　　）　　最（　　　）　　入（　　　）　　匹（　　　）

都（　　　）　　对（　　　）　　新（　　　）　　的（　　　）

荣（　　　）　　牢（　　　）　　蹀（　　　）　　夷（　　　）

疗（　　　）　　荬（　　　）　　几（　　　）　　脚（　　　）

阃（　　　）　　兼（　　　）　　铤（　　　）　　张（　　　）

6．常用 500 个汉字编码练习。要求按全码编码，即不足四码者要补加识别码。例如，格(STKG)、月(EEEE)。

大（　　　）　　人（　　　）　　的（　　　）　　了（　　　）

地（　　　）　　高（　　　）　　产（　　　）　　他（　　　）

关（　　　）　　学（　　　）　　就（　　　）　　力（　　　）

出（　　　）　　同（　　　）　　种（　　　）　　革（　　　）

后（　　　）　　小（　　　）　　成（　　　）　　时（　　　）

得（　　　）　　深（　　　）　　水（　　　）　　现（　　　）

政（　　　）　　战（　　　）　　性（　　　）　　体（　　　）

图（　　　）　　里（　　　）　　论（　　　）　　当（　　　）

天（　　　）　　批（　　　）　　想（　　　）　　干（　　　）

分（　　　）　　其（　　　）　　轮（　　　）　　积（　　　）

节（　　　）　　整（　　　）　　集（　　　）　　装（　　　）

知（　　　）　　坚（　　　）　　史（　　　）　　达（　　　）

历（　　　）　　传（　　　）　　采（　　　）　　品（　　　）

止（　　　）　　万（　　　）　　低（　　　）　　须（　　　）

海（　　　）　　儿（　　　）　　越（　　　）　　规（　　　）

办（　　　）　　需（　　　）　　兵（　　　）　　般（　　　）

胜（　　　）　　白（　　　）　　推（　　　）　　叶（　　　）

养（　　　）　　差（　　　）　　片（　　　）　　华（　　　）

名（　　　）　　药（　　　）　　存（　　　）　　紧（　　　）

斤（　　　）　　板（　　　）　　技（　　　）　　田（　　　）

往（　　　）　　村（　　　）　　一（　　　）　　不（　　　）

这（　　　）　　上（　　　）　　个（　　　）　　要（　　　）

以（　　　）　　会（　　　）　　生（　　　）　　下（　　　）

年（　　　）　　部（　　　）　　能（　　　）　　行（　　　）

过（　　　）　　而（　　　）　　自（　　　）　　机（　　　）

线（　　　）　　量（　　　）　　实（　　　）　　法（　　　）

理（　　　）　　所（　　　）　　三（　　　）　　无（　　　）

前（　　　）　　合（　　　）　　把（　　　）　　正（　　　）

之（　　　）　　两（　　　）　　资（　　　）　　如（　　　）

制（　　　）　　都（　　　）　　点（　　　）　　思（　　　）

科（　　　）　　车（　　　）　　做（　　　）　　联（　　　）

快乐学电脑

号( )	即( )	研( )	据( )
拉( )	达( )	尔( )	花( )
口( )	精( )	判( )	边( )
确( )	术( )	离( )	交( )
青( )	际( )	斯( )	布( )
走( )	虫( )	引( )	细( )
格( )	空( )	率( )	德( )
半( )	施( )	华( )	红( )
标( )	测( )	液( )	角( )
许( )	消( )	势( )	神( )
构( )	搞( )	是( )	和( )
主( )	为( )	用( )	动( )
我( )	作( )	对( )	级( )
阶( )	民( )	方( )	面( )
命( )	多( )	社( )	也( )
本( )	长( )	家( )	表( )
化( )	二( )	好( )	农( )
等( )	斗( )	结( )	新( )
物( )	些( )	事( )	应( )
心( )	向( )	育( )	广( )
北( )	计( )	务( )	步( )
列( )	毫( )	单( )	速( )
世( )	场( )	受( )	断( )
金( )	参( )	清( )	究( )
状( )	再( )	权( )	才( )
八( )	近( )	门( )	议( )
固( )	齿( )	影( )	效( )
配( )	今( )	话( )	敌( )
响( )	觉( )	续( )	记( )
士( )	派( )	降( )	破( )
底( )	端( )	便( )	照( )
亚( )	在( )	有( )	中( )
门( )	工( )	国( )	到( )
来( )	于( )	义( )	发( )
可( )	进( )	说( )	度( )
子( )	加( )	经( )	电( )
党( )	着( )	争( )	起( )
十( )	使( )	反( )	路( )
第( )	开( )	从( )	还( )
队( )	形( )	样( )	变( )

重( )	劳( )	打( )	给( )
被( )	类( )	温( )	轴( )
色( )	防( )	设( )	织( )
求( )	况( )	界( )	层( )
至( )	书( )	厂( )	目( )
且( )	证( )	试( )	注( )
铁( )	县( )	除( )	千( )
济( )	置( )	刀( )	选( )
查( )	始( )	收( )	备( )
均( )	难( )	身( )	准( )
维( )	述( )	床( )	感( )
圆( )	容( )	磨( )	非( )

问 与 答

问：什么是全角字符，如何输入？

答：一般情况下，我们输入的字母、数字和符号是半角的，即它们占据半个汉字(一个字节)的位置。要输入全角的字母、数字和符号，我们只需单击输入法状态栏上的按钮，当其变成时，输入的均为全角字符。再次单击，可恢复半角状态。

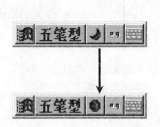

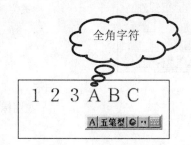

全角字符

1 2 3 A B C

123ABC

问：如何使用软键盘输入特殊符号？

答：软键盘是模仿普通键盘来设计的，利用它配合鼠标就可完成录入文字、插入一些特殊符号(※、№、§)、数字编号(①、②、③)、单位符号(°、$、¤、¢)等操作。

要打开软键盘，可按如下操作步骤进行。

⊕1 单击中文输入法状态条右侧的软键盘图标，显示出输入法软键盘。

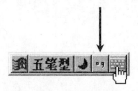

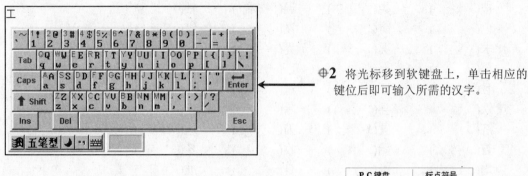

2 将光标移到软键盘上，单击相应的键位后即可输入所需的汉字。

3 右击小键盘图标，出现键盘方案的选择菜单。

PC键盘	标点符号
希腊字母	数字序号
俄文字母	数字符号
注音符号	单位符号
拼　音	制表符
日文平假名	特殊符号
日文片假名	

4 打开的软键盘中显示中文数字和单位符号，单击相应的键位即可输入，要输入上挡符号，先单击 Shift 键或按住键盘上的 Shift 键，然后单击相应的键位。

5 再次单击输入法状态条右侧的软键盘图标即可关闭软键盘。

第5章 快速输入汉字的捷径

本章学习重点

☞ 简码的输入
☞ 词组输入
☞ 手工造词的方法
☞ 重码的输入

学会拆分汉字后要想提高打字速度，就要不断地练习。五笔字型也提供了一些简便的方法，比如，你可以使用简码输入汉字。除此之外，我们还可以按照词组输入内容，不管多长的词组，也只用敲击4下键。

5.1 简码的输入

为了减少击键次数，提高汉字的输入速度，对于一些常用的字，除了可按其全码输入外，还可按简码输入。

5.1.1 什么是简码

五笔输入法将一些常用汉字按照其使用频率的高低分为三个级别，我们只用输入一个、两个或三个键就可以将其输入到电脑中去，这就是简码。

5.1.2 一级简码

使用频率最高的汉字有 25 个，它们被称为"一级简码"，也叫"高频字"。要输入这些字，只需**敲击一下简码所在的键，再按一下空格键**就可以了。

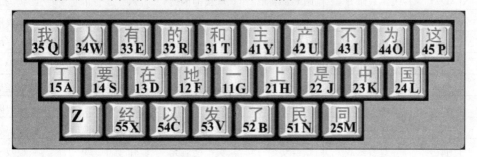

例如：

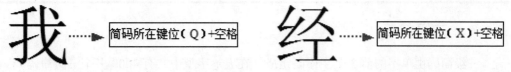

5.1.3 二级简码

二级简码由单字全码的前两个字根码组成。在五笔字型中，25 个键位共有 25×25=625 种组合，因而可以安排 625 个二级简码汉字。

输入二级简码的方法是：敲击汉字的前两个字根码，再敲一次空格键即可。

二级简码较多，下表为五笔字型中的二级简码。这么多的字没有必要强记，多上机练习就行。

		GFDSA	HJKLM	TREWQ	YUIOP	NBVCX
		11-------15	21-------25	31-------35	41-------45	51-------55
G	11	五于天末开	下理事画现	玫珠表珍列	玉平不来	与屯妻到互
F	12	二寺城霜载	直进吉协南	才垢圾夫无	坎增示赤过	志地雪支
D	13	三夺大厅左	丰百右历面	帮原胡春构	太磁砂灰达	成顾肆友龙
S	14	本村枯林械	相查可楞机	格析极检构	术样档杰棕	杨李要权楷
A	15	七革基苛式	牙划或功贡	攻匠菜共区	芳燕东 芝	世节切芭药
H	21	睛睦睚盯虎	止旧占卤贞	睡睥肯具餐	眩瞳步眯瞎	卢眼皮 此
J	22	量时晨果虹	早昌蝇曙遇	昨蝗明蛤晚	景暗晃显晕	电最归紧昆
K	23	呈叶顺呆呀	中虽吕另员	呼听吸只史	嘛啼吵 喧	叫啊哪吧哟
L	24	车轩因困	四辊加男轴	力斩胃办罗	罚较辚边	思团轨轻累
M	25	同财央朵曲	由则 崭册	几贩骨内风	凡赠峭 迪	岂邮凤 嶷
T	31	生行知条长	处得各务向	笔物秀答称	入科秒秋管	秘季委么第
R	32	后持拓打找	年提扣押抽	手折扔失换	扩拉朱搂近	所报扫反批
E	33	且肝须采肛	胆肿肋肌	用遥朋脸胸	及胶腔 爱	甩服妥肥脂
W	34	全会估休代	个介保佃仙	作伯仍从你	信们偿伙	亿他分公化
Q	35	钱针然钉氏	外旬名甸负	儿铁角欠多	久匀乐炙锭	包凶争色
Y	41	主计庆订度	让刘训为高	放诉衣认义	方说就变这	记离良充率
U	42	闰半关亲并	站间部曾商	产瓣前闪交	六立冰普帝	决闻妆冯北
I	43	汪法尖洒江	小浊澡渐没	少泊肖兴光	注洋水淡学	沁池当汉涨
O	44	业灶类灯煤	粘烛炽烟灿	烽煌粗粉炮	米料炒炎迷	断籽娄烃糨
P	45	定守害宁宽	寂审宫军宙	客宾家空宛	社实宵灾之	官字安它
N	51	怀导居 民	收慢避惭届	必怕 愉懈	心习悄屡忧	忆敢恨怪尼
B	52	卫际承阿陈	耻阳职阵出	降孤阴队隐	防联孙耿辽	也子限取陛
V	53	姨寻姑杂毁	旭如舅妯	九 奶 婚	妨嫌录灵巡	刀好妇妈姆
C	54	骊对参骠戏	骒台劝观	矣牟能难允	驻 驼	马邓艰双
X	55	线结顷 红	引旨强细纲	张绵级给约	纺弱纱继综	纪弛绿经比

5.1.4 三级简码

三级简码由单字的前 3 个字根码组成。在五笔字型中共有 4000 多个三级简码。

输入三级简码的方法是：敲击汉字的前三个字根所在键位，然后敲击一次空格键即可。

五笔字型中三级简码的数量非常多，多上机练习，熟练运用不成问题。

提示

> 虽然需要击空格键，没有减少总的击键次数，但省略了最末一个字根或识别码的判定，所以可达到易学易用和提高输入速度的目的。

5.2 词组输入

在五笔字型中，我们还可以按照词组输入内容，不管多长的词组，也只用敲击 4 下键。五笔字型将词组分为二字词(双字词)、三字词、四字词和多字词，不同类型的词组，输入方法也有所不同。

5.2.1 双字词

双字词在汉语词汇中占有相当大的比重。双字词的编码为：分别取两个字的单字全码中的前两个字根代码，共四码组成。如：

经济 纟 ⺈ 氵 文(55 54 43 41 XCIY)
机器 木 几 口 口(14 25 23 23 SMKK)
汉字 氵 又 宀 子(33 53 45 51 ICPB)
实践 宀 ㇀ 口 止(45 42 23 21 PUKH)

5.2.2 三字词

前两字各取其第一码，最后一字取其前两码，共四码。如：

计算机 讠 竹 木 几(41 31 14 25 YTSM)
操作员 扌 亻 口 贝(32 34 23 25 RWKM)
解放军 ⺈ 方 冖 车(35 41 45 24 QYPL)
生产率 丿 立 亠 幺(31 42 41 55 TUYX)

5.2.3 四字词

每字各取全码的第一码。如：

艰苦奋斗 又 艹 大 丷(54 15 13 42 CADU)
科学技术 禾 ⺷ 扌 木(31 43 32 14 TIRS)
信息处理 亻 丿 夂 王(34 31 31 11 WTTG)

5.2.4 多字词

取第一、二、三及末一个汉字的第一码，共四码。如：

五笔字型电脑　　五 竹 宀 月　(11 21 45 33　GTPE)
中国人民解放军　口 口 人 冖　(23 24 34 45　KLWP)

由以上例子可以看出，词汇码与单字码相比，不用任何特殊标记。那么五笔字型何以能够使那么多的字和词的编码共容共存呢？

原来，在五笔字型的键数及码长条件下，共有 39 万个可能的编码。其中汉字单字码及其简码占用 12 000 余个，还有大量的空闲码位。单字码与词汇码有着很不相同的分布规律，二者混在一起不用换挡，绝大多数情况下是不会发生冲突的。

词汇码的输入和单字码的输入可混合进行。记得的就打词汇以求其快，记不清的仍打单字以求其准。二者之间不需要任何的换挡操作。这种设计在实际使用中给操作人员带来了极大的方便，会使用户感到用五笔字型的词汇方式输入汉字是一种享受。

用户也许会问：新建词汇与已有编码发生冲突时怎么办？没关系，首先，发生冲突的可能性只有百分之二；此外，系统还允许词汇重码。

5.3　手工造词的方法

对于一些我们常用的而词库里面又没有的词或短语来说，我们可以使用手工造词的方法将其添加到词库中，此后，我们就可以按照词组将它们输入到电脑中去了。

5.3.1　手工造词

下面，我们就通过造一个词"横市镇"介绍手工造词的方法。其操作步骤如下。

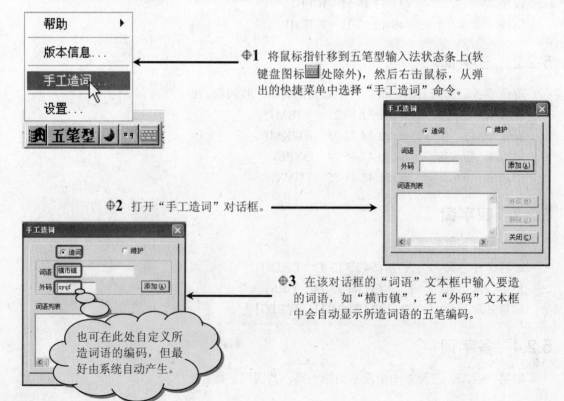

❶ 将鼠标指针移到五笔型输入法状态条上(软键盘图标▦处除外)，然后右击鼠标，从弹出的快捷菜单中选择"手工造词"命令。

❷ 打开"手工造词"对话框。

❸ 在该对话框的"词语"文本框中输入要造的词语，如"横市镇"，在"外码"文本框中会自动显示所造词语的五笔编码。

也可在此处自定义所造词语的编码，但最好由系统自动产生。

⊕4 单击"添加"按钮，造词成功，"词语列表"框中显示出所造的词语。单击"关闭"按钮结束造词。

若需要可继续造词。

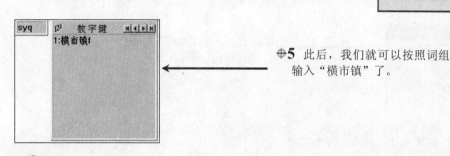

⊕5 此后，我们就可以按照词组输入"横市镇"了。

提示

手工造词只能使用五笔输入法输入要造的词，若在其他输入法状态下，"手工造词"对话框自动关闭，无法完成造词。

除了直接在"手工造词"对话框中输入新词外，我们还可将文档中已有的词组粘贴到"手工造词"对话框中造词。

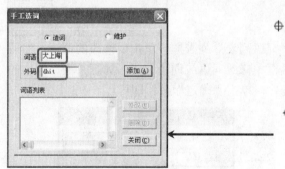

⊕1 在文档中找到要造的词(如，大上海)，然后按 Ctrl+C 组合键将该词复制到剪贴板。

⊕2 打开"手工造词"对话框，按 Ctrl+V 组合键把该词粘贴到"词语"文本框中，此时在"外码"文本框中同样会显示新词的外码。

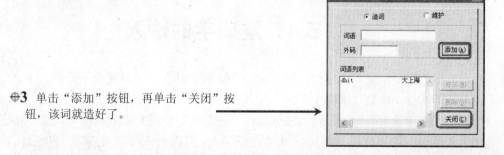

⊕3 单击"添加"按钮，再单击"关闭"按钮，该词就造好了。

快乐学电脑

提示

> 我们可根据需要把常用的词语、日常用语、姓名等常用的词汇放在词汇库中，这样可以节省大量的时间，提高汉字的录入速度。

5.3.2 词组的删除与修改

若用户不再需要所造的词语时，可以把它从五笔输入法中删除。其操作步骤如下。

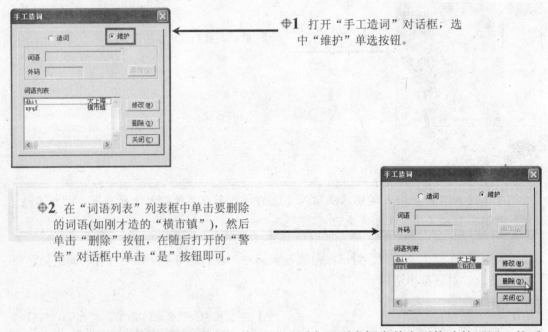

⊕1 打开"手工造词"对话框，选中"维护"单选按钮。

⊕2 在"词语列表"列表框中单击要删除的词语(如刚才造的"横市镇")，然后单击"删除"按钮，在随后打开的"警告"对话框中单击"是"按钮即可。

我们也可对所造的词语进行修改。在"词语列表"列表框中单击要修改的词语，然后单击"修改"按钮，在打开的"修改"对话框中修改词语或词语编码，如把"横市镇"的"横"字改为"坪"字，其外码也发生了变化，单击"确定"按钮即可。

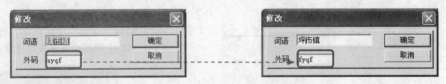

5.4 重码字的输入

在五笔字型中输入汉字时，对于同一个编码有时会显示出几个不同的汉字，这些编码完全相同的字，叫做"重码字"。

当汉字出现重码时，在输入法候选框中按照汉字使用频率的高低对其进行排序编号。

若要输入的字排在第一位，继续往下输入，第一个位置上的字会自动显示在光标位置；其余的汉字则需要输入该字对应的编号。

```
fkuk    A  数字键   ◄◄ ◄ ► ►◄
        1:嘉
        2:嘉
```

练 一 练

1. 什么是二级简码？二级简码的输入方法是什么？什么是三级简码？三级简码的输入方法是什么？

2. 手工造词有几种方法？手工造的词语如何删除？

3. 反复练习一级简码的输入，然后输入下列高频字。

   有 为 的 不 工 和 产 主 发 了 这 民 国
   是 我 以 同 经 地 要 一 中 在 上 人

4. 下列汉字只要按一区的两个键并加一个空格键即可输入。

   五 于 天 末 开 寺 二 城 霜 载 大 三 夺
   厂 左 林 本 村 枯 械 式 七 革 基 苛

5. 下列汉字只要按二区的两个键并加一个空格键即可输入。

   止 旧 占 卤 贞 昌 早 蝇 曙 遇 吕 中
   虽 另 员 男 四 辑 加 轴 册 由 则 崝

6. 下列汉字只要按一区和二区各一个键并加一个空格键即可输入。

   下 理 事 画 现 直 进 吉 协 南 丰 百 右 历 面 相 查
   可 楞 机 牙 划 或 功 贡 睛 睦 睡 盯 虎 量 时 晨 果
   虹 呈 叶 顺 呆 呀 车 轩 因 困 轼 同 财 央 朵 曲

7. 下列汉字只要按三区的两个键并加一个空格键即可输入。

   笔 物 秀 答 称 折 手 扔 失 换 朋 用 遥
   脸 胸 从 作 伯 仍 你 多 儿 铁 角 欠

8. 下列汉字只要按一区和三区各一个键并加一个空格键即可输入。

   玫 珠 表 珍 列 才 垢 圾 夫 无 帮 原 胡 春
   克 格 析 极 检 构 攻 匠 菜 共 区 生 行 知
   条 长 后 持 拓 采 找 且 肝 须 采 肛 全 会
   估 休 代 钱 针 然 钉 氏

9. 下列汉字只要按二区和三区各一个键并加一个空格键即可输入。

   睡 睥 肯 具 餐 昨 蝗 明 蛤 晚 呼 听 吸 只
   史 力 斩 胃 办 罗 几 贩 骨 内 风 处 得 各
   务 向 年 提 扣 押 抽 胩 胆 肿 肋 肌 个 介

快
乐
学
电
脑

保 佃 仙 外 旬 名 甸 负

10. 下列汉字只要按四区的两个键并加一个空格键即可输入。

方 说 就 变 这 立 六 冰 普 帝 水 注 洋
淡 学 炎 米 料 炒 迷 之 社 实 宵 灾

11. 下列汉字只要按一区和四区各一个键并加一个空格键即可输入。

玉 平 不 来 坟 增 示 赤 过 太 磁 砂 灰 达 术
样 档 杰 棕 芳 燕 东 业 芝 主 计 庆 订 度 闰
半 关 亲 并 汪 法 尖 洒 江 业 灶 类 灯 煤 定
守 害 宁 宽

12. 下列汉字只要按二区和四区各一个键并加一个空格键即可输入。

眩 瞳 步 眯 瞎 景 暗 晃 显 晕 嘛 啼 吵 噗 喧
罚 较 辚 边 凡 赠 峭 赎 迪 让 刘 训 为 高 站
间 部 曾 商 小 浊 澡 渐 没 粘 烛 炽 烟 灿 寂
审 宫 军 宙

13. 下列汉字只要按三区和四区各一个键并加一个空格键即可输入。

入 科 秒 秋 管 扩 拉 朱 搂 近 及 胶 膛 膦 爱
信 们 偿 伙 久 匀 乐 炙 锭 放 诉 衣 认 义 产
瓣 前 闪 交 少 泊 肖 偿 光 烽 煌 粗 伙 炮 客
宾 家 空 宛

14. 下列汉字只要按五区的两个键并加一个空格键即可输入。

经 绿 弛 纪 艰 邓 马 姆 妈 好 刀 也 限
取 陛 敢 恨 怪 尼 比 双 妇 子 忆

15. 下列汉字只要按一区和五区各一个键并加一个空格键即可输入。

药 芭 切 节 世 楷 权 要 李 杨 龙 友 肆 顾 成
雪 地 志 互 到 妻 屯 与 红 顷 结 线 戏 骠 参
对 姨 骊 陈 阿 承 际 卫 民 居 导 怀

16. 下列汉字只要按二区和五区各一个键并加一个空格键即可输入。

此 皮 眼 卢 昆 紧 归 最 电 哟 吧 哪 啊 叫 累
轻 轨 团 思 巍 凤 岂 引 旨 强 细 纲 骡 台 劝
观 曳 旭 如 舅 妞 耻 阳 职 阵 了 收 慢 避 惭

17. 下列汉字只要按三区和五区各一个键并加一个空格键即可输入。

色 争 凶 包 化 公 分 他 亿 脂 肥 妥 服 甩 批
反 扫 报 所 第 么 委 季 秘 约 给 级 绵 张 允
难 能 牟 矣 婚 奶 九 隐 队 阴 孤 降 懈 愉 怕

18. 下列汉字只要按四区和五区各一个键并加一个空格键即可输入。

率 充 良 离 记 北 冯 妆 闻 决 涨 汉 当 池 沁
糯 烃 娄 籽 断 它 安 字 官 纺 弱 纱 继 综 驻
骈 驼 妨 嫌 录 灵 孙 耿 辽 心 习 悄 屡 忧

19. 练习输入以下二级简码。

二 三 四 五 六 七 九 大 小 多 少 从 比 昌 吕 用 双 式 到 朋 个
信 们 炎 互 机 相 他 妇 或 开 画 米 知 时 陈 内 立 所 押 抽 药
才 作 之 现 爱 革 牙 手 来 与 折 它 管 寂 累 报 学 关 思 笔 车
字 洋 步 止 笔 允 计 收 卫 灶 务 下 心 光 兴 届 另 凡 世 节 义
审 近 给 芳 史 联 就 理 儿 旧 虽 邓 扣 类 年 乐 哪 肖 直 早 列
出 可 加 听 科 切 药 电 职 燕 守 审 交 进 查 欠 高 这 提 方 后
离 率 纪 得 细 行 林 前 轴 遇 困 实 阵 叶 朵 李 第 定 休 刀 驼
巡 宁 龙 定 家 争 料 呆 亿 列 无 如 水 打 仙 降 好 天 空 北 就
冯 角 充 变 当 只 南 向 紧 菜 业 东 玉 术 强 本 匀 载 城 外 长
男 能 寻 析 及 量 式 表 友 江 办 理 物 寺 习 让 洒 际 册 商 居
仍 间 刘 生 子 色 秒 角 吵 杰 骨 夺 冰 类 芝 公 枯 肋 事 皮 最 春

20. 练习输入以下三级简码。

其 洁 法 森 品 众 晶 王 磊 昂 而 侯 轮 舫 存 猴 盖 案 迟 厚 湖
按 吃 笠 简 半 乎 帘 碍 抄 乱 况 恋 图 超 括 深 逞 斥 根 概 蓝
乘 馆 瑰 黄 撑 吼 界 曹 沉 咀 忽 毕 臣 洁 起 邹 残 尽 动 魏 拆
狂 种 吴 冲 点 着 洪 彩 瓜 政 材 秦 劲 阶 周 补 布 次 姐 储 拒
岳 捕 除 拷 榜 粹 纯 论 崩 吹 群 笨 创 那 奔 丛 想 础 战 党 般
搬 倒 新 略 规 亘 店 班 嚼 藉 寰 会 肃 特

21. 五笔字型词组编码练习。

实践 （　） 计策 （　） 程序 （　）
北京 （　） 掌握 （　） 学习 （　）
通过 （　） 文化 （　） 规则 （　）
速度 （　） 输入 （　） 利用 （　）
选择 （　） 方便 （　） 办法 （　）
计划 （　） 注意 （　） 学校 （　）
如果 （　） 清楚 （　） 软件 （　）
掌握 （　） 科技 （　） 爱好 （　）
劳动 （　） 知识 （　） 教育 （　）
生活 （　） 考试 （　） 技巧 （　）

董事会 （　） 计算机 （　） 生物学 （　）
工程师 （　） 北京市 （　） 科学家 （　）
省军区 （　） 操作员 （　） 电视机 （　）
电视台 （　） 办公室 （　） 团体赛 （　）
黑板报 （　） 联合国 （　） 邮递员 （　）
表决权 （　） 产品税 （　） 存储器 （　）
行政区 （　） 畜牧业 （　） 责任制 （　）

繁荣富强 (　) 风起云涌 (　) 服务态度 (　)
基础理论 (　) 分秒必争 (　) 调查研究 (　)
国家机关 (　) 环境保护 (　) 丰富多彩 (　)
百家争鸣 (　) 海外侨胞 (　) 见义勇为 (　)
精益求精 (　) 科研成果 (　) 人尽其才 (　)
机构改革 (　) 名胜古迹 (　) 光彩夺目 (　)
后顾之忧 (　) 后来居上 (　) 兴旺发达 (　)

中华人民共和国 (　) 中国共产党 (　)
中国科学院 (　) 发展中国家 (　)
新技术革命 (　) 人民代表大会 (　)
中央人民广播电台 (　) 中央书记处 (　)

问 与 答

问：如何输入汉字的偏旁部首？

答：使用五笔输入法只能输入较常用的汉字偏旁部首，而全拼输入法中包含了更多的偏旁和部首。使用全拼输入法输入偏旁部首的操作步骤如下。

⊕**1** 单击任务栏中的输入法图标，从弹出的菜单中选择"中文(简体)- 全拼"选项，启用全拼输入法。

⊕**2** 输入"pianpang"，此时的输入法候选框中显示出了常用汉字的偏旁部首。

单击此处的翻页键，可查看更多的偏旁部首。

⊕**3** 在字符候选框中单击所需的偏旁部首，或输入其编号，即可输入所需的偏旁部首。

在文档中输入偏旁部首。

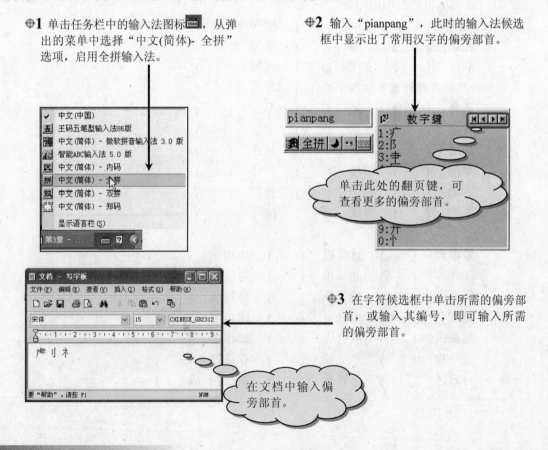

问：如何输入生僻汉字？

答：如果用户在输入汉字的过程中，遇到某些生僻汉字无法输入时，可借助 Windows 自带的"字符映射表"程序来输入这些生僻的汉字。下面，我们就以输入"钵"字为例，讲述输入生僻字的方法。

⊕1 单击"开始"按钮，选择"所有程序"→"附件"→"系统工具"→"字符映射表"命令。

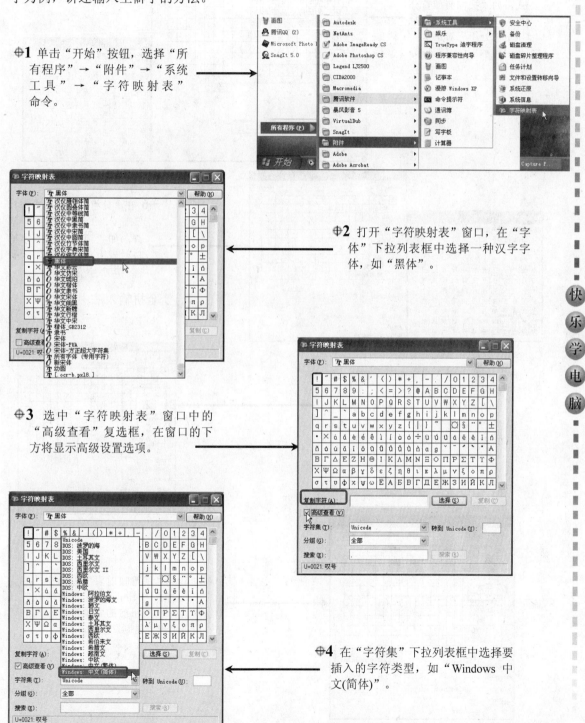

⊕2 打开"字符映射表"窗口，在"字体"下拉列表框中选择一种汉字字体，如"黑体"。

⊕3 选中"字符映射表"窗口中的"高级查看"复选框，在窗口的下方将显示高级设置选项。

⊕4 在"字符集"下拉列表框中选择要插入的字符类型，如"Windows 中文(简体)"。

快
乐
学
电
脑

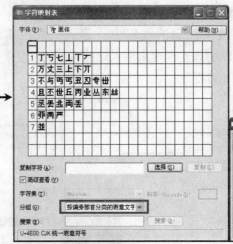

⊕**5** 在"分组"下拉列表框中选择查找字符的方式，如"按偏旁部首分类的表意文字"，此时显示"分组"对话框，其中显示了汉字的偏旁部首。

⊕**6** 在"分组"对话框中选择要输入的汉字的偏旁部首，如"缶"，在"字符映射表"窗口中将显示所有"缶"字旁的汉字。

⊕**7** 根据要输入汉字的另一部分的笔画确定该汉字的所在位置。"钵"字的另一部分的笔画为 5，所以在"字符映射表"窗口中数字 5 的右侧单击所需的汉字。

⊕**8** 单击"字符映射表"窗口中的"选择"按钮，则该字出现在"选择"按钮前的文本框中，然后再单击"复制"按钮。

9 打开"写字板"窗口，单击
工具栏中的"粘贴"按钮 📋，
即可将该字输入到文档中。

文档 - 写字板

文件(F)　编辑(E)　查看(V)　插入(I)　格式(O)　帮助(H)

黑体　　　　　　20　　　CHINESE_GB2312　　B

缽

要"帮助"，请按 F1　　　　　　　　　　　NUM

第6章 Word 2007 入门

本章学习重点

- ☞ 启动与退出 Word 2007
- ☞ Word 2007 操作界面详解
- ☞ 创建专业型的"平衡简历"文档
- ☞ 如何获取帮助

Office 2007 是目前最流行的办公软件，Word 2007 作为该组合套件的重要成员，也是一款深受广大用户喜爱的文字处理软件。下面，我们介绍 Word 2007 的基础知识。

6.1 启动 Word 2007

首先在电脑中安装 Office 2007 软件，然后启动 Word 程序。启动 Word 2007 的方法有多种，最常用的方法是，单击桌面上的"开始"按钮，然后依次选择"所有程序"→Microsoft Office→Microsoft Office Word 2007 命令。

启动 Word 2007 后，呈现在我们面前的是它的操作界面，主要由标题栏、Office 按钮、快速访问工具栏、功能区、工作区和状态栏等组成。

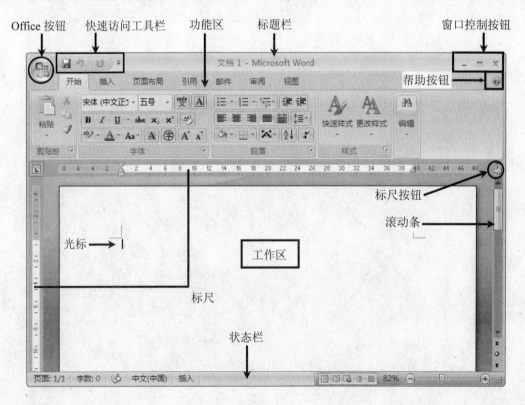

6.2 Word 2007 操作界面详解

1. 标题栏

标题栏位于 Word 2007 窗口的最顶端，标题栏上显示了当前编辑的文档名称及程序的名称，其最右侧是三个窗口控制按钮，用于对 Word 2007 窗口执行最小化、最大化/还原和关闭操作。

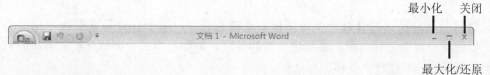

2. Office 按钮

Office 按钮位于窗口左上角，单击该按钮，可在弹出的菜单中执行新建、打开、保存、打印以及关闭文档及 Word 程序的操作。单击"Word 选项"按钮，还可查看或更改文档或程序的相关属性设置。

3. 快速访问工具栏

快速访问工具栏列示了一些使用频率较高的工具按钮。默认情况下，该工具栏位于 Office 按钮的右侧，其中包含了"保存"、"撤消"、"恢复"和"重复"按钮。若用户要自定义快速访问工具栏中包含的工具按钮，可单击该工具栏右侧的▾按钮，在弹出的菜单中选择要向其中添加或删除的工具按钮。另外，通过该菜单，我们还可以设置快速访问工具栏的显示位置。

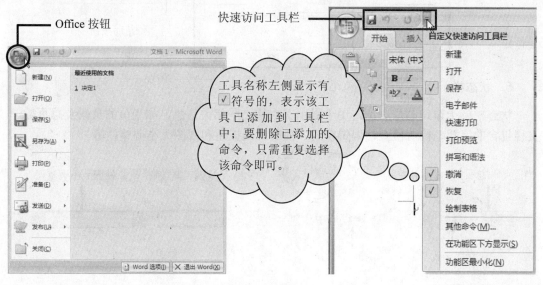

工具名称左侧显示有 ✓ 符号的，表示该工具已添加到工具栏中；要删除已添加的命令，只需重复选择该命令即可。

4. 功能区

Word 2007 将用于文档编排的所有命令组织在不同的选项卡中，显示在功能区。单击不同的标签，可切换功能区中显示的工具命令。在每一个选项卡中，命令又被分类放置在不同的组中。

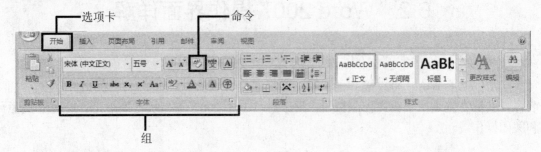

组的右下角通常都会有一个对话框启动器按钮，用于打开与该组命令相关的对话框，以便用户对要进行的操作做更进一步的设置。例如，单击"字体"组右下角的对话框启动器按钮，可打开"字体"对话框。

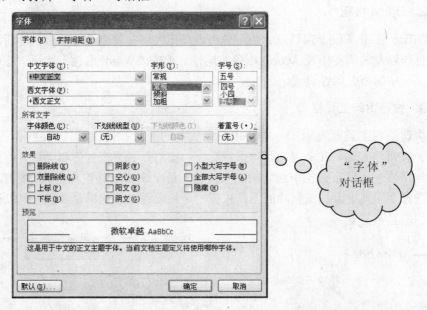

5. 状态栏

状态栏位于窗口的最底部，用于显示文档的一些相关信息，如当前的页码及总页数、文档包含的字数、校对检查、编辑模式、视图工具按钮和视图大小调整栏等。

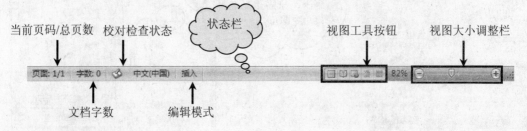

6. 工作区

位于 Word 窗口中心的空白区域是工作区，是文档编排的主要场所。工作区中闪烁的黑色竖线称为光标，用于显示当前文档正在编辑的位置。

工作区的上方和左侧分别显示有水平标尺和垂直标尺，用于指示文字在页面中的位置。若标尺未显示，我们可单击工作区右上角的"标尺"按钮 将其显示出来，再次隐藏该按钮，可将标尺隐藏。

　　当文档内容不能完全显示在窗口中时，在工作区的右侧和下方会显示垂直滚动条和水平滚动条，通过拖动滚动条上的滚动滑块，可查看隐藏的内容。

6.3　退出 Word 2007

退出 Word 2007 的方法有多种，下面介绍几种常用的方法。

1. 通过"关闭"按钮 × 退出程序

单击窗口标题栏右侧的"关闭"按钮 × 即可退出程序。

2. 通过"Office 按钮"退出程序

单击窗口左上角的"Office 按钮" ，在打开的菜单中单击"退出 Word"按钮。

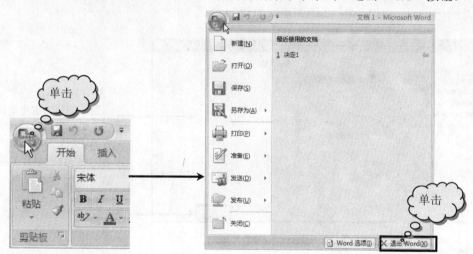

3. 使用快捷键退出程序

先激活 Word 窗口，然后按 Alt+F4 组合键即可。

提示

　　在退出 Word 2007 程序的同时，当前打开的所有 Word 文档也将关闭。如果用户对文档进行了操作而没有保存，系统会弹出一提示窗口，提示用户保存文档。保存文档的操作详见后面的叙述。

快乐学电脑

6.4 创建专业型的"平衡简历"文档

下面我们通过创建一个专业型的"平衡简历"文档来熟悉文档的新建、保存、关闭与打开等基本操作。

6.4.1 新建文档

启动 Word 2007 后，系统自动创建了一个空白文档。若用户要再次创建新文档，可执行下面的操作。Word 提供了两种新建文档的方式，一种是新建空白文档，另一种是根据"模板"新建文档。

1. 新建空白文档

如果要创建新的空白文档，操作方法如下。

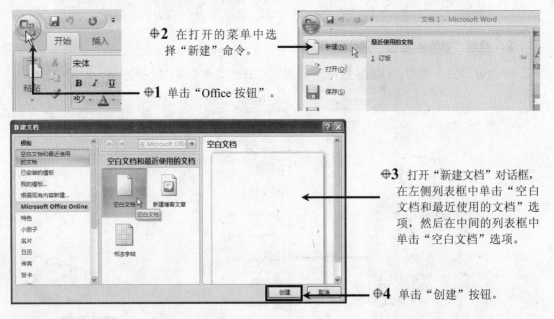

⊕2 在打开的菜单中选择"新建"命令。

⊕1 单击"Office 按钮"。

⊕3 打开"新建文档"对话框，在左侧列表框中单击"空白文档和最近使用的文档"选项，然后在中间的列表框中单击"空白文档"选项。

⊕4 单击"创建"按钮。

 提示

按 Ctrl+N 组合键，可快速创建一个新的空白文档。

2. 根据模板新建文档

Word 2007 还自带了各种模板，如简历、报告、信函、名片等。模板中包含了该类型的文档的特定格式，套用模板新建文档后，只需在相应位置添加内容，就可快速创建各种类型的专业文档。根据模板新建文档的操作方法如下。

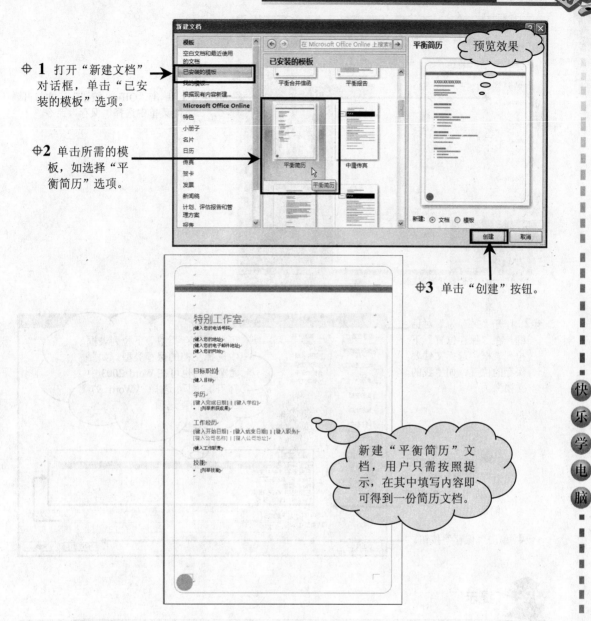

1 打开"新建文档"对话框，单击"已安装的模板"选项。

2 单击所需的模板，如选择"平衡简历"选项。

3 单击"创建"按钮。

新建"平衡简历"文档，用户只需按照提示，在其中填写内容即可得到一份简历文档。

6.4.2 保存文档

文档编辑完成后，要及时对文档进行保存；否则当发生死机或断电等意外情况时，文档就有可能丢失。

1. 保存新文档

下面我们将上述建立的"平衡简历"新文档进行保存，操作方法如下。

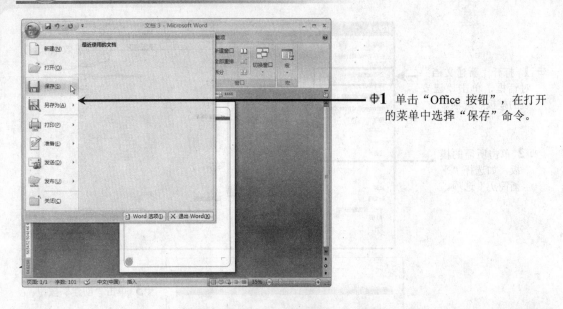

1 单击"Office 按钮"，在打开的菜单中选择"保存"命令。

2 打开"另存为"对话框，在"保存位置"下拉列表框中选择文件要保存的位置，如"我的文档"。

可在"保存类型"下拉列表框中选择文档的保存类型，如要希望文档也可在 Word 2003 中打开，则可选择"Word 97-2003 文档"选项。

3 在"文件名"下拉列表框中输入文件的名称"平衡简历"。

4 单击"保存"按钮。

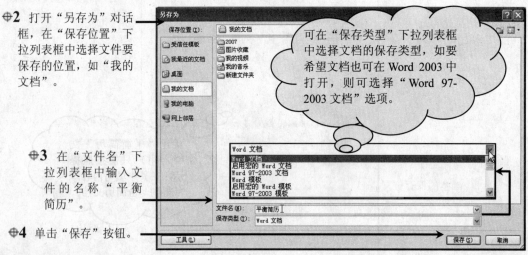

 提示

单击"快速访问工具栏"中的"保存"按钮 ■ 或按 Ctrl+S 组合键也可对文档进行保存。

新建文档时，文档名称均以"文档 1"、"文档 2"、"文档 3"……的形式显示在标题栏上，保存文档后，文档名称将显示为文档保存时的名称。

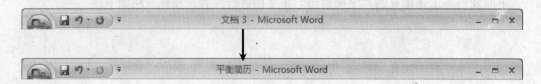

2．保存已命名的文档

若文档已经命名过，只是对它进行了编辑、修改操作，方法与保存新文档相同，只是不再打开"另存为"对话框。

3．将文档另存

若要将已保存的文档另外保存一份，操作方法如下。

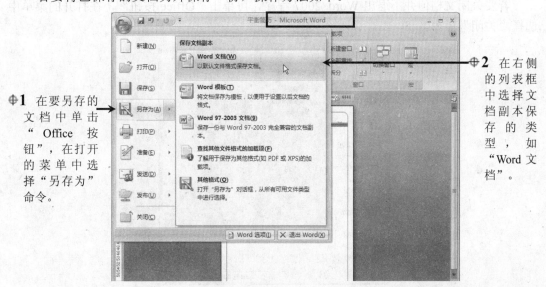

✦**1** 在要另存的文档中单击"Office 按钮"，在打开的菜单中选择"另存为"命令。

✦**2** 在右侧的列表框中选择文档副本保存的类型，如"Word 文档"。

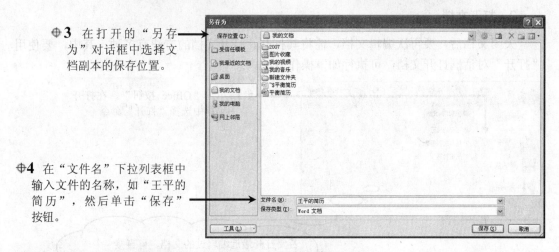

✦**3** 在打开的"另存为"对话框中选择文档副本的保存位置。

✦**4** 在"文件名"下拉列表框中输入文件的名称，如"王平的简历"，然后单击"保存"按钮。

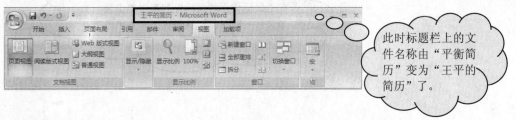

此时标题栏上的文件名称由"平衡简历"变为"王平的简历"了。

6.4.3 关闭与打开文档

1. 关闭文档

若对文档的编辑操作已完成，可以将其关闭，单击窗口右上角的"关闭"按钮，可关闭文档并退出 Word 2007。

若要关闭文档但并不退出 Word 2007 程序，可单击"Office 按钮"，在打开的菜单中选择"关闭"命令。

2. 打开文档

关闭文档后，要再次编辑文档，需将其打开。打开文档的方法有多种，其中，要使用"打开"对话框打开文档，可执行如下操作方法。

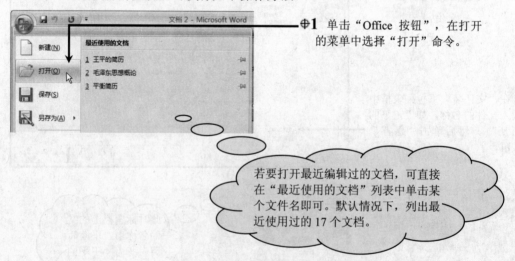

●1 单击"Office 按钮"，在打开的菜单中选择"打开"命令。

若要打开最近编辑过的文档，可直接在"最近使用的文档"列表中单击某个文件名即可。默认情况下，列出最近使用过的 17 个文档。

2 在 "打开" 对话框的 "查找
范围" 下拉列表框中选择文件
所在的位置，然后单击要打开
的文档，如 "王平的简历"。

也可双击某个文件名
即可打开该文档。

3 单击 "打开" 按钮。

若 Word 2007 程序没有启动，用户可打开文档保存的文件夹，双击文档名称。此时，
系统将启动 Word 2007 程序并打开该文件。

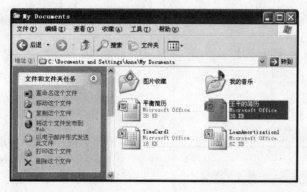

对于最近编辑过的文档，我们还可单击 "开始" 按钮，在 "我最近的文档" 列表中单
击将其打开。值得注意的是，该列表中列示有多种类型的文件，文件名前面有 ![icon] 图标的
是 Word 文档。

6.5 如何获取帮助

在文档编辑的过程中，我们可使用 Word 2007 提供的帮助功能解决操作中出现的疑难
问题。操作步骤如下。

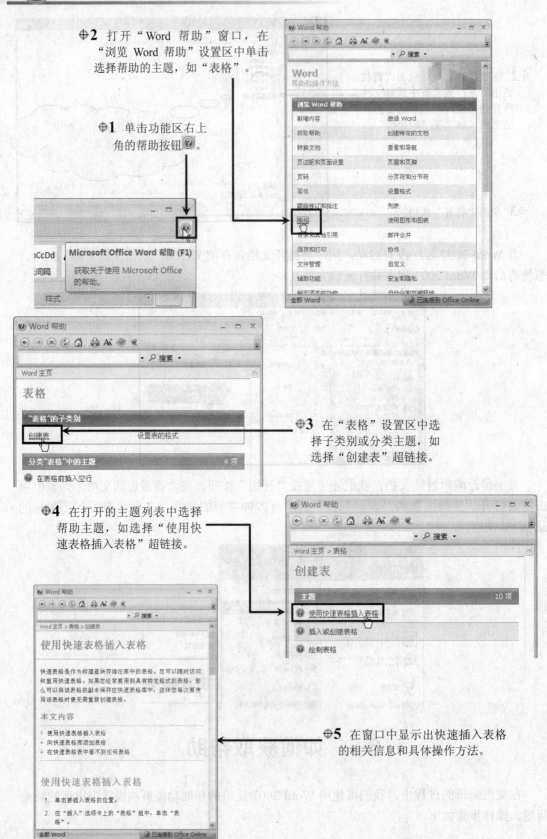

⊕2 打开"Word 帮助"窗口，在"浏览 Word 帮助"设置区中单击选择帮助的主题，如"表格"。

⊕1 单击功能区右上角的帮助按钮。

Microsoft Office Word 帮助 (F1)
获取关于使用 Microsoft Office 的帮助。

⊕3 在"表格"设置区中选择子类别或分类主题，如选择"创建表"超链接。

⊕4 在打开的主题列表中选择帮助主题，如选择"使用快速表格插入表格"超链接。

⊕5 在窗口中显示出快速插入表格的相关信息和具体操作方法。

提示

按快捷键 F1 也可获取帮助。

练 — 练

1. 填空题

在图中填写 Word 2007 工作界面组成元素名称。

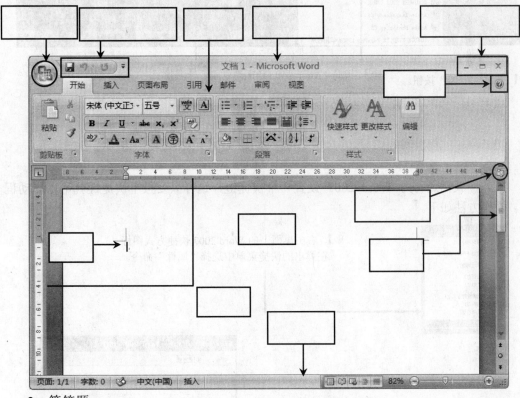

2. 简答题

(1) 关闭文档与退出 Word 2007 有何联系与区别？怎样操作？

(2) 本章讲述了几种打开文档的方法，各有什么优点？

3. 上机操作题

创建一新文档并保存为"雏燕学飞"。

问 与 答

问：如何快速启动 Word 2007？

快
乐
学
电
脑

答：我们可以为 Word 2007 创建一个桌面快捷方式，这样，我们就可以通过双击桌面上的快捷方式快速启动该程序。创建程序快捷方式的操作方法如下。

⊕**2** 指向"所有程序"。　⊕**5** 指向"发送到"。　⊕**6** 单击"桌面快捷方式"。

⊕**1** 单击"开始"按钮。　⊕**3** 指向"Microsoft Office"。　⊕**4** 右击 Microsoft Office Word 2007。

创建的桌面
快捷方式

另外，我们还可为 Word 2007 设置一个快捷键，这样只要按下快捷键就可以启动程序，操作方法如下。

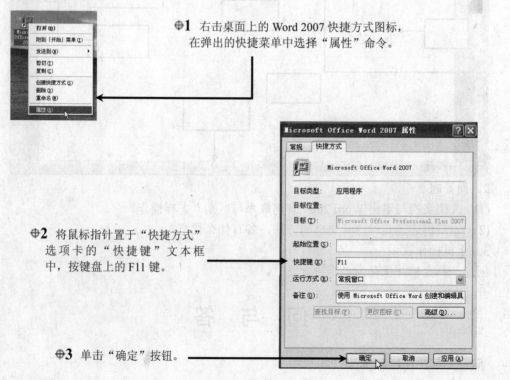

⊕**1** 右击桌面上的 Word 2007 快捷方式图标，在弹出的快捷菜单中选择"属性"命令。

⊕**2** 将鼠标指针置于"快捷方式"选项卡的"快捷键"文本框中，按键盘上的 F11 键。

⊕**3** 单击"确定"按钮。

问：如何将功能区中的工具按钮添加到快速访问工具栏中？

答：下面以将功能区中的"粘贴"命令添加到快速访问工具栏中为例进行说明，操作方法如下。

问：如何使用键盘选择工具按钮？

答：当我们不能使用鼠标选择命令时，可以借助于键盘完成操作。下面，我们以将文档的页面尺寸设置为16开为例介绍操作方法，操作方法如下。

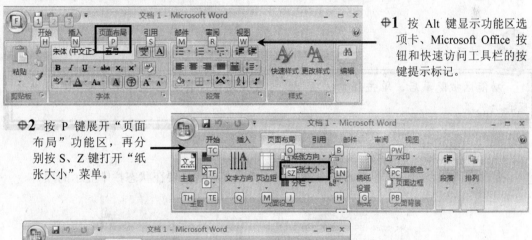

1 按 Alt 键显示功能区选项卡、Microsoft Office 按钮和快速访问工具栏的按键提示标记。

2 按 P 键展开"页面布局"功能区，再分别按 S、Z 键打开"纸张大小"菜单。

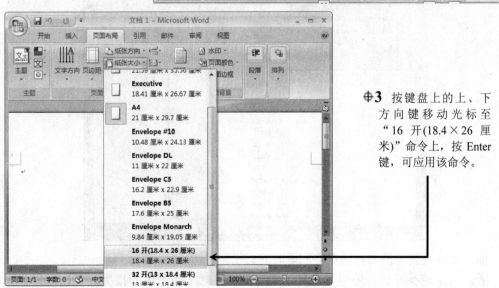

3 按键盘上的上、下方向键移动光标至"16 开(18.4×26 厘米)"命令上，按 Enter 键，可应用该命令。

问：如何隐藏功能区？

答：单击快速访问工具栏右侧的按钮，在打开的菜单中选择"功能区最小化"命令，或右击功能区，在弹出的快捷菜单中选择"功能区最小化"命令，此时，功能区将只显示标签。

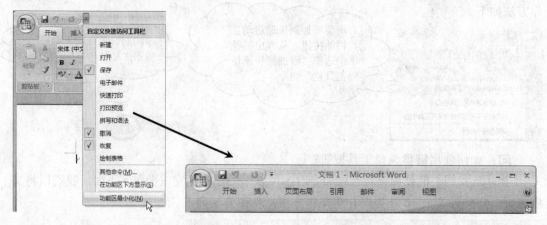

提示

　　功能区被隐藏后，单击任意选项卡，可展开功能区再次单击该选项卡，可使功能区再次隐藏。

问：如何自定义状态栏？

答：右击状态栏，在弹出的快捷菜单中选择或取消选择要在状态栏中显示的项目。

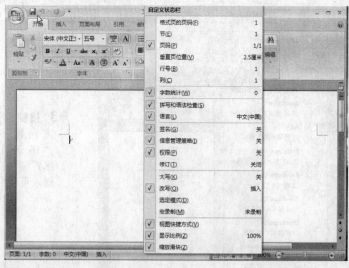

问：如何设置文档的自动保存间隔时间？

答：为了减少死机、停电等意外情况对文档编辑工作造成的损失，我们可设置文档自动保存的间隔时间，这样，再次启动 Word 2007 后，已被自动保存的内容会得到恢复。其操作方法是：打开"Word 选项"对话框，单击左侧的"保存"主题，在右侧的"保存自动恢复信息时间间隔"微调框中输入或调整时间值。

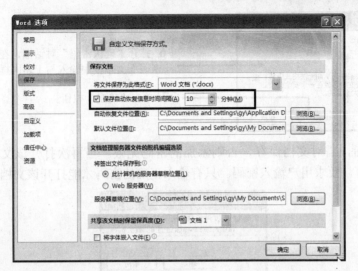

问：如何为文档加密码？

答：为防止陌生人查看或修改文档，我们可以为文档添加密码。下面以给"王平的简历"添加密码为例进行操作，操作方法如下。

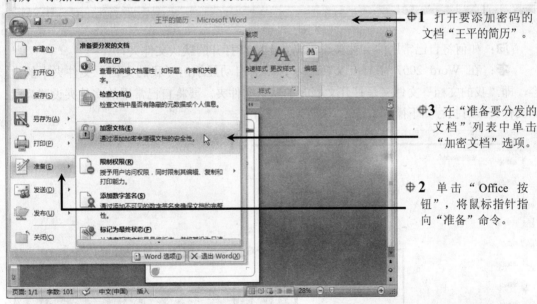

1 打开要添加密码的文档"王平的简历"。

3 在"准备要分发的文档"列表中单击"加密文档"选项。

2 单击"Office 按钮"，将鼠标指针指向"准备"命令。

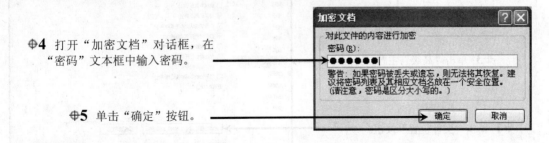

4 打开"加密文档"对话框，在"密码"文本框中输入密码。

5 单击"确定"按钮。

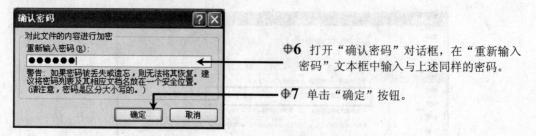

⊕6 打开"确认密码"对话框，在"重新输入密码"文本框中输入与上述同样的密码。

⊕7 单击"确定"按钮。

设置密码后，需对文档保存，否则添加的密码无效。当再次打开该文档时，会打开"密码"对话框，要求用户输入密码。只有输入正确的密码才能打开该文档。

提示

为文档设置密码后，用户须牢记密码；否则该文档将无法被打开或恢复。

问：如何将自己常用的文件夹设为 Word 2007 打开的默认文件夹？

答：在 Word 2007 中打开文档时，程序会自动显示出"我的文档"文件夹中的内容，即"我的文档"文件夹是打开文档时的默认文件夹。要将自己常用的文件夹设置为默认文件夹，可执行如下操作方法。

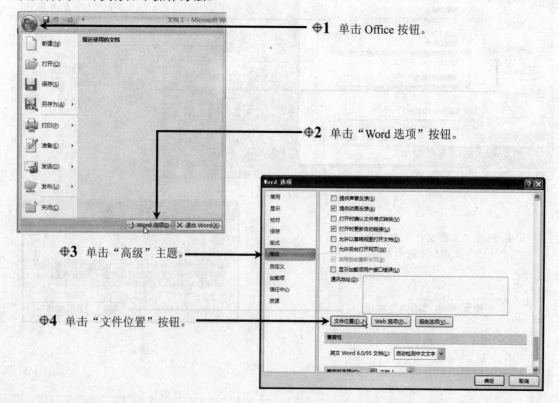

⊕1 单击 Office 按钮。

⊕2 单击"Word 选项"按钮。

⊕3 单击"高级"主题。

⊕4 单击"文件位置"按钮。

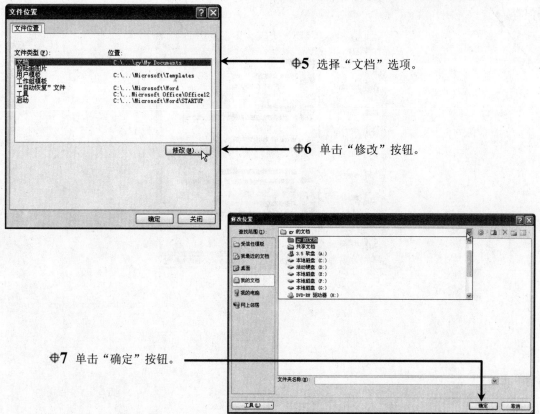

⊕5　选择"文档"选项。

⊕6　单击"修改"按钮。

⊕7　单击"确定"按钮。

问：如何在 Word 2007 中生成较早版本的软件可以打开的文件？

答：一般情况下，由高版本软件创建的文件无法使用低版本的软件打开，例如，使用 Word 2003 无法打开 Word 2007 格式的 Word 文档。为解决这一问题，我们可在保存文档时，将文档的保存类型设置为"Word 97-2003 文档"类型。

另外，我们还可单击 Office 按钮，在展开的菜单中选择"另保存"→"Word 97-2003 文档"命令，然后在打开的对话框中设置文档的保存路径和名称等相关信息，对文件进行

保存。

第7章 文本的输入与编辑

本章学习重点

☞ 输入文本
☞ 文本的编辑

怎么向创建了的新文档中添加文字呢？如果输入的字符有错误，又该如何修改？在这一章，就可以解除这些疑惑，学习如何在文档中添加内容，如何对文档内容进行删除、修改、移动与复制操作，以及其他与文本编辑相关的内容。

7.1 输入文本——制作会议计划书

要对文档进行编辑，首先需输入文本内容。我们可以在文档中输入汉字、字母、数字以及各种标点，还可在文档中插入各种特殊符号，以及添加可以自动更新的日期和时间。本节，我们以制作一份"会议计划书"为例，介绍如何在 Word 中输入文本。

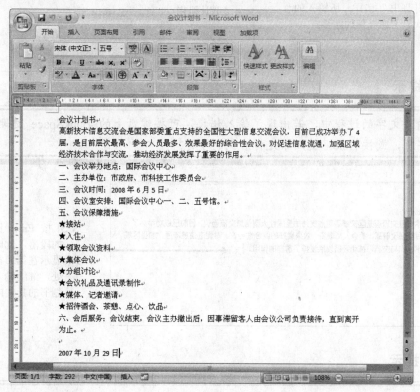

7.1.1 输入文字

创建一个新文档后，在工作区中会有闪烁的光标显示，光标显示的位置就是文档当前正在编辑的位置。此时，我们就可选择一种中文输入法，在文档中输入文字了。若光标未显示，我们可在工作区中单击鼠标激活窗口。在 Word 中输入内容的操作步骤如下。

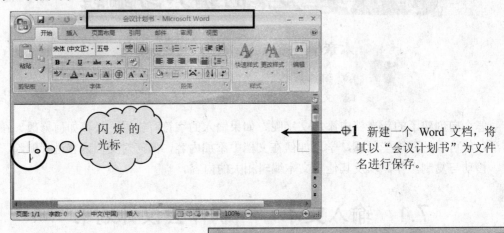

⊕**1** 新建一个 Word 文档，将其以"会议计划书"为文件名进行保存。

⊕**2** 选择一种中文输入法，输入"会议计划书"字样，所输入的文字依次显示在光标的左侧。

会议计划书|

 提示

在输入文字的过程中，若出现了输入错误，可按键盘上的 BackSpace 键删除光标左侧的字符，或按 Delete 键删除光标右侧的字符。

会议计划书
高新技术信息交流会是国家部委重点支持的全国性大型信息交流会议，目前已成功举办了 4 届，是目前层次最高、参会人员最多、效果最好的综合性会议。对促进信息流通，加强区域经济技术合作与交流，推动经济发展发挥了重要的作用。|

⊕**3** 按 Enter 键开始新的段落，此时光标将显示在第二行的开始处，继续输入会议计划书的其他内容。

 提示

当输入的内容满一行时，Word 会自动换行。所以，读者不可或不必在每行结束时按 Enter 键，只有当一个段落结束时，才需按下 Enter 键开始新的段落。

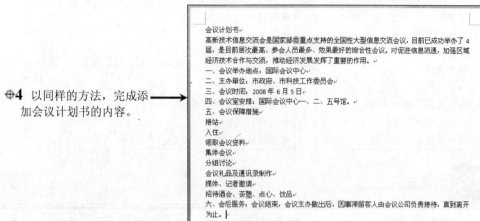

➍ 以同样的方法，完成添加会议计划书的内容。

7.1.2 输入特殊符号

通常情况下，在 Word 文档中除了包含一些汉字和标点符号外，有时为了美化版面，还会包含一些特殊符号，如★、✂、✼ 等，而这些符号使用键盘无法实现。此时可通过"插入"选项卡中的"符号"和"特殊符号"组来输入这些特殊符号，操作步骤如下。

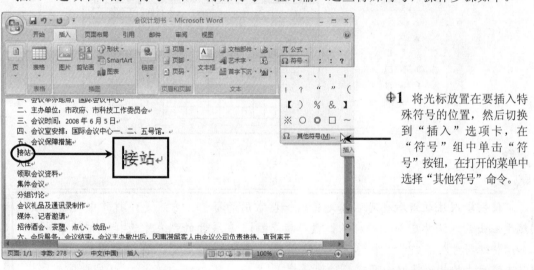

➊ 将光标放置在要插入特殊符号的位置，然后切换到"插入"选项卡，在"符号"组中单击"符号"按钮，在打开的菜单中选择"其他符号"命令。

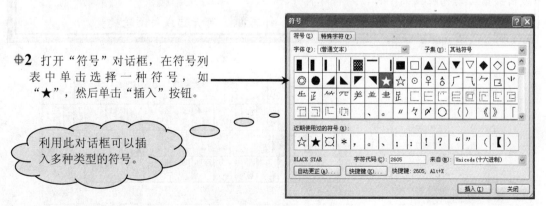

➋ 打开"符号"对话框，在符号列表中单击选择一种符号，如"★"，然后单击"插入"按钮。

利用此对话框可以插入多种类型的符号。

★接站 入住 领取会议资料 集体会议 分组讨论 会议礼品及通讯录制作 媒体、记者邀请 招待酒会、茶憩、点心、饮品	★接站 ★入住 ★领取会议资料 ★集体会议 ★分组讨论 ★会议礼品及通讯录制作 ★媒体、记者邀请 ★招待酒会、茶憩、点心、饮品

⊕3 所选符号插入到光标处。用同样的方法为其他要插入符号处插入符号。

 提示

切换到"插入"选项卡，单击"特殊符号"组中的"符号"按钮，在打开的菜单中选择"更多"命令，打开"插入特殊符号"对话框(如下图所示)。切换到相应类型符号的选项卡，选择所需的符号，单击"确定"按钮，可将其插入到文档中。

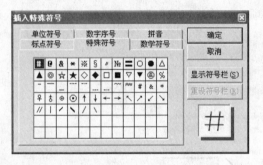

 提示

使用输入法软键盘也可轻松地输入一些常用的符号。方法是：打开中文输入法，然后右击输入法状态条上的"软键盘"标志，在展开的列表中选择一种符号类型，如"特殊符号"，打开"特殊符号"软键盘(参见下图)。单击软键盘上的相应按键，或敲击键盘上的相应按键，可输入特殊符号。

重复单击输入法状态栏上的"软键盘"标志，可开启或关闭软键盘。

7.1.3 插入日期和时间

在文档中插入当前的日期和时间的操作方法如下。

⊕**1** 切换到功能区的"插入"选项卡,单击"文本"组中的"日期和时间"按钮 📄。

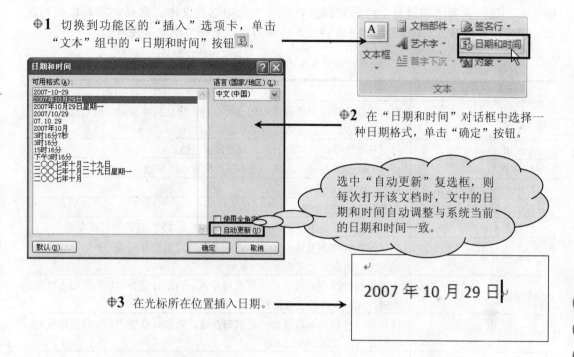

⊕**2** 在"日期和时间"对话框中选择一种日期格式,单击"确定"按钮。

选中"自动更新"复选框,则每次打开该文档时,文中的日期和时间自动调整与系统当前的日期和时间一致。

⊕**3** 在光标所在位置插入日期。

2007 年 10 月 29 日

7.2 文本的编辑——编辑会议计划书

在文档中输入文本后,通常还需要对文本进行删除、修改、移动或复制以及文本内容的查找与替换等操作。编辑后的"会议计划书"如下所示。

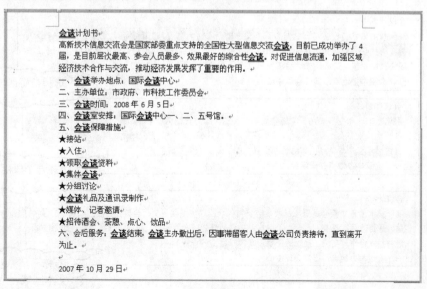

快乐学电脑

7.2.1　选择文本

　　Word 的功能之所以强大，其原因之一是利用它可以方便地编辑文本内容和设置文本格式。不过，要对文本进行这些编辑操作，应首先选中这些文本。选择文本可以使用鼠标，也可以使用键盘。Word 提供了多种文本选择方法，主要方法如下表所示。

选择文本的主要方法

要选中的文本	操作方法
任意区域	将鼠标指针移至要选择区域的开始位置，按住鼠标左键并拖动鼠标至区域结束位置，这是最常用的文本选择方法
一个词组	将鼠标指针移至该词组上方，双击鼠标左键
一个句子	按住 Ctrl 键的同时，在该句子中任意位置单击鼠标
一行中光标左侧的文本	按 Shift+Home 组合键
一行中光标右侧的文本	按 Shift+End 组合键
一整行文本	将鼠标指针移到该行的最左侧，当指针变为"⊿"后单击鼠标左键
连续多行文本	将鼠标指针移到要选择的文本首行最左侧，当指针变为"⊿"后按住鼠标左键，然后向上或向下拖动鼠标
一个段落	将鼠标指针移到本段任何一行的最左侧，当指针变为"⊿"后双击鼠标左键；在该段内的任意位置单击三次鼠标左键
多个段落	将鼠标指针移到本段任何一行的最左端，当指针变为"⊿"后按住鼠标左键并向上或向下拖动鼠标
选中一矩形文本区域	将鼠标的 I 形指针置于文本的一角，然后按住 Alt 键，拖动鼠标到文本块的对角，即可选定一块文本
整篇文档	在"开始"选项卡的"编辑"组中单击"选择"按钮，在打开的菜单中选择"全选"命令；按住 Ctrl+A 组合键；将鼠标指针移到文档任意一行的左侧，当指针变为"⊿"后单击三次鼠标左键

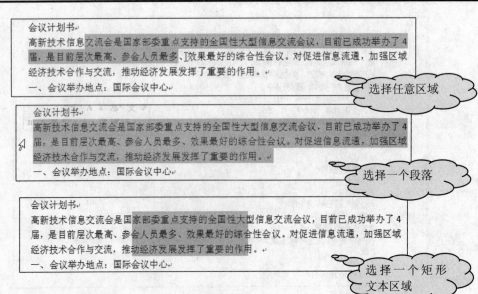

提示

我们也可使用键盘选定文本。将光标放置在要选定的文本内容前，按住 Shift 键的同时按←、↑、→、↓、PageUp 或 PageDown 键，可在移动光标的同时选中文本内容。向相反的方向移动光标可收缩选区。

提示

若要取消文本的选中状态，可单击文档内的任意位置。

7.2.2　删除与修改文本

要删除输入错误的内容，可在要修改处单击鼠标，确定光标的位置，然后按 BackSpace 键删除光标左侧的文字，或按 Delete 键删除光标右侧的文字。

提示

若需删除的文字较多，我们可以首先利用前面介绍的方法选中要删除的文字内容，然后按 BackSpace 键或 Delete 键执行删除操作。

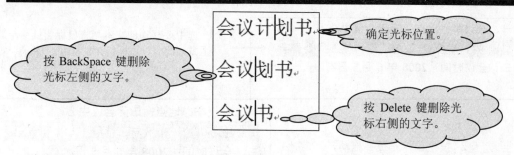

默认情况下，文档的编辑状态为插入状态。因此，若要在文档中添加文字，我们只需单击鼠标确定光标的位置，然后输入所需的文字。

会议计划书
会议日程安排计划书

提示

若在选中文本内容后输入新内容，则输入的文字会替换选中的内容。

另外，我们也可单击状态栏中的"插入"标记 插入 ，此时该标记显示为 改写 ，表示已进入"改写"编辑状态，单击鼠标确定光标的位置，此后输入的内容将覆盖原有内容。

会议|计划书
会议白皮|书

提示

> 单击状态栏中的"改写"按钮 改写 ，可切换回"插入"编辑状态。
>
> 另外，反复按下键盘上的 Insert 键，也可以在"插入"和"改写"编辑模式间切换。

7.2.3 移动与复制文本

移动与复制文本也是文档编辑时常用的操作。例如，当相同的文本内容在文档中多次出现时，我们只需输入一次，然后将其复制到目标位置即可。使用移动操作可对放置不当的文本进行位置调整。

1．拖动鼠标移动或复制文本

在同一个文档中进行短距离的复制或移动操作时，经常使用拖动方法。即先选中所需文本，然后按住鼠标左键不放，将其拖动到目标位置，最后释放鼠标。若在拖动的过程中按住 Ctrl 键，则表示是复制操作，否则为移动操作。

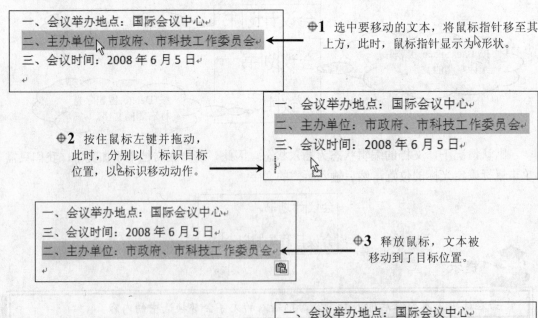

一、会议举办地点：国际会议中心
二、主办单位：市政府、市科技工作委员会
三、会议时间：2008 年 6 月 5 日

⊕1 选中要移动的文本，将鼠标指针移至其上方，此时，鼠标指针显示为形状。

一、会议举办地点：国际会议中心
二、主办单位：市政府、市科技工作委员会
三、会议时间：2008 年 6 月 5 日

⊕2 按住鼠标左键并拖动，此时，分别以 | 标识目标位置，以 标识移动动作。

一、会议举办地点：国际会议中心
三、会议时间：2008 年 6 月 5 日
二、主办单位：市政府、市科技工作委员会

⊕3 释放鼠标，文本被移动到了目标位置。

一、会议举办地点：国际会议中心
二、主办单位：市政府、市科技工作委员会
三、会议时间：2008 年 6 月 5 日

⊕4 若在拖动鼠标的同时按住 Ctrl 键，此时鼠标指针变为形状，表示正在执行的是复制操作。

一、会议举办地点：国际会议中心
二、主办单位：市政府、市科技工作委员会
三、会议时间：2008 年 6 月 5 日
二、主办单位：市政府、市科技工作委员会

⊕5 释放鼠标，文本被
复制到了目标位置。

 提示

　　在将文本内容移动或复制到目标位置后，在该内容的右下方通常会显示一个"粘贴选项"标记 📋，单击该标记，可在弹出的列表中选择粘贴的方式。

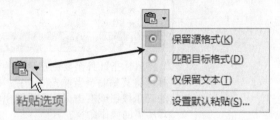

2．使用剪贴板移动或复制文本

　　若要移动或复制文本的原位置与目标位置距离较远，或不在同一个文档中，我们可以使用剪贴板移动或复制文本，其操作方法如下。

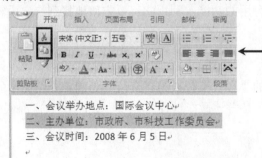

⊕1 选中要移动的文本，单击"开始"选项卡中"剪贴板"组中的"剪切"按钮 或按 Ctrl+X 组合键；若要执行复制操作，则单击"复制"按钮 或按 Ctrl+C 组合键，此时所选内容被移动或复制到剪贴板。

⊕2 将光标移至目标位置，单击"粘贴"按钮，即可完成文本的移动或复制操作。

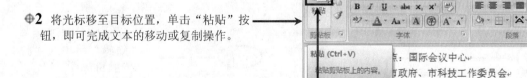

　　剪贴板是文档进行信息传送的中间媒介。一般情况下，Word 2007 的"剪贴板"中保存了 24 条最近移动或复制的内容项目，利用"剪贴板"任务窗格，我们可以方便地进行多项内容的复制操作，操作方法如下。

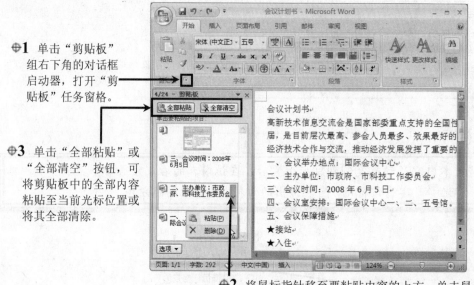

⊕1 单击"剪贴板"组右下角的对话框启动器，打开"剪贴板"任务窗格。

⊕3 单击"全部粘贴"或"全部清空"按钮，可将剪贴板中的全部内容粘贴至当前光标位置或将其全部清除。

⊕2 将鼠标指针移至要粘贴内容的上方，单击鼠标可将其粘贴至当前光标位置；若单击其右侧的三角按钮或右击鼠标，在弹出的菜单中可选择所需的操作命令。

7.2.4 文本的查找与替换

查找与替换是字处理程序中一个非常有用的功能，利用它可以方便地找到特定内容，或者对某些内容进行替换。

1．文本的查找与替换

下面我们以将"会议计划书"文档中的"会议"替换为"会谈"为例，介绍文本的替换操作，操作方法如下。文档的查找操作可参考该操作过程。

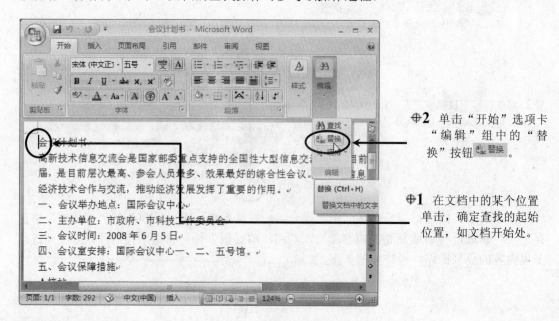

⊕2 单击"开始"选项卡"编辑"组中的"替换"按钮。

⊕1 在文档中的某个位置单击，确定查找的起始位置，如文档开始处。

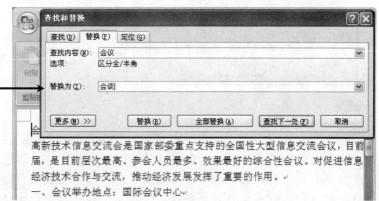

3 打开"查找和替换"对话框，在"查找内容"下拉列表框中输入"会议"，在"替换为"下拉列表框中输入"会谈"。

高新技术信息交流会是国家部委重点支持的全国性大型信息交流会议，目前届，是目前层次最高、参会人员最多、效果最好的综合性会议。对促进信息经济技术合作与交流，推动经济发展发挥了重要的作用。

一、会议举办地点：国际会议中心

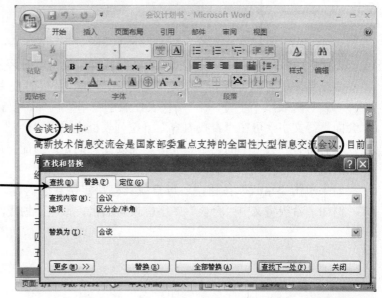

4 单击"查找下一处"按钮，Word 将自起始处进行查找，并停留在文档中第一次出现"会议"的位置，将其以蓝色底纹显示。

5 单击"替换"按钮，被找到的"会议"替换为"会谈"，下一个"会议"以蓝色底纹显示，重复上述操作可将其替换；若单击"查找下一处"按钮，系统将继续查找；若单击"全部替换"按钮，Word 会将文档中全部的"会议"替换成"会谈"。

快乐学电脑

⊕**6** 替换完毕，Word 自动弹出一提示框，提示用户完成操作。

 提示

与一般对话框不同，"查找和替换"对话框被称为伴随对话框，也就是说，我们可在不关闭它的情况下执行其他的操作。例如，当我们需对个别要替换的文本内容做特别修改时，可利用查找功能找到这些内容后，在文档中对其进行修改，再返回对话框中继续查找下一处内容，省去重新打开"查找或替换"对话框的麻烦。

2．文本的高级查找与替换

单击"查找和替换"对话框中的"更多"按钮，对话框将展开高级搜索与替换选项。

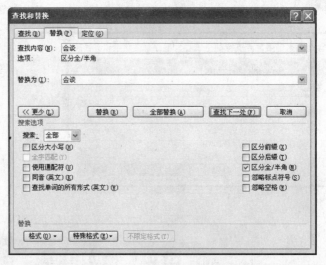

如选中"区分大小写"复选框，可在查找和替换内容时区分英文大小写。

通过选中"使用通配符"复选框，可在查找和替换时使用"？"和"＊"通配符，其中，"？"代表单个字符，"＊"代表任意字符串。例如，要查找"会议"、"会谈"、"会面"等文字，可在"查找内容"下拉列表框中输入"会？"；如果输入"会＊"，则可查找所有带有"会"字的句子和段落。需要注意的是，通配符需使用半角符号，即在英文输入法或半角符号状态下输入的符号。

如果单击"格式"按钮，还可查找具有特定格式的内容，或者将内容替换为特定格式。例如，希望将文中"会谈"二字替换为加粗、带双下划线，操作步骤如下。

替1 打开"查找和替换"对话框，在"查找内容"和"替换为"下拉列表框中均输入"会谈"，在"替换为"下拉列表框中单击鼠标，单击"格式"按钮，在弹出的菜单中选择"字体"命令。

替2 打开"替换字体"对话框，在"字体"选项卡中设置"字形"为"加粗"，"下划线线型"为双线，然后单击"确定"按钮返回"查找和替换"对话框。

会谈计划书
高新技术信息交流会是国家部委重点支持的全国性大型信息交流**会谈**，目前已成功举办了 4 届，是目前层次最高、参会人员最多、效果最好的综合性**会谈**。对促进信息流通，加强区域经济技术合作与交流，推动经济发展发挥了重要的作用。
一、**会谈**举办地点：国际**会谈**中心。
二、主办单位：市政府、市科技工作委员会。
三、**会谈**时间：2008 年 6 月 5 日。
四、**会谈**室安排：国际**会谈**中心一、二、五号馆。
五、**会谈**保障措施：
★接站
★入住
★领取**会谈**资料
★集体**会谈**
★分组讨论
★**会谈**礼品及通讯录制作
★媒体、记者邀请
★招待酒会、茶憩、点心、饮品
六、会后服务：**会谈**结束，**会谈**主办撤出后，因事滞留客人由**会谈**公司负责接待，直到离开为止。

替3 依次单击"全部替换"和"关闭"按钮关闭对话框，效果如图所示。

快乐学电脑

7.2.5　文档浏览与定位

在浏览长文档时，我们可首先在文档中任意位置单击，然后通过前后滚动鼠标的滚轮浏览文档。另外，我们还可拖动水平或垂直滚动条上的滚动滑块，或连续单击其两侧的 ◀、▶、▲、▼ 按钮以及 ☀(前一页)、☀(下一页)按钮浏览文档。

除此之外，单击垂直滚动条下方的"选择浏览对象"按钮 ◎，在弹出的列表中我们还可选择按表格、图形、标题、批注、编辑位置等浏览与定位文档。在列表中单击不同的选项，☀ 和 ☀ 按钮的作用也会随之改变。例如，若选择"按图形浏览" 🖼，单击 ☀ 按钮或 ☀ 按钮，将使光标向前或向后依次定位在每一个图形处。此时，这两个按钮的作用分别是"前一张图形"和"下一张图形"。

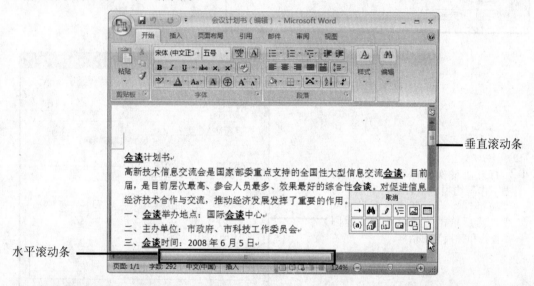

在编辑过程中，通过单击鼠标可以快速定位。此外，通过键盘也可以快速浏览和定位：按 Home 键光标将移至当前行首；按 End 键光标将移至当前行尾；按 Page Up 键可向前翻页；按 Page Down 键可向后翻页；按 Ctrl+Home 组合键可跳转至文档开头；按 Ctrl+End 组合键可跳转至文档结尾。

单击"开始"选项卡中"编辑"组中"查找"按钮右侧的三角按钮，在弹出的菜单中选择"转到"命令，打开"查找和替换"对话框，在"定位目标"列表框中选择定位目标，例如"页"，在"输入页号"文本框中输入页号，如"4"，单击"定位"按钮，即可快速将光标定位在文档的第 4 页中。

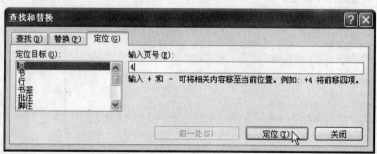

提示

> Word 记录了文档最后 3 处编辑的位置和光标当前所在的位置。我们可通过重复按 Shift+F5 组合键使光标在这几处位置之间循环定位。

7.2.6 操作的撤消、恢复与重复

在编辑文档的过程中，难免不出现错误的操作，此时，我们可以使用 Word 提供的撤消和恢复操作功能弥补损失。另外，我们还可以使用重复操作功能重复执行最近一次操作，从而省去了许多烦琐的操作过程。

1. 撤消与恢复操作

Word 会自动记录用户执行的每一步操作。当执行了错误的操作后，我们可以通过单击"快速访问工具栏"中的"撤消"按钮 或按 Ctrl+Z 组合键，撤消上一步操作。若要撤消多步操作，可连续单击"撤消"按钮，或单击"撤消"按钮右侧的三角按钮，在打开的菜单中选择要撤消的命令，如左下图所示。

执行完撤消操作后，如果又想恢复被撤消的操作。此时可以单击"撤消"按钮右侧的"恢复"按钮 或按 Ctrl+Y 组合键，恢复刚刚撤消的操作。同样地，要恢复多步被撤消的操作，可重复单击"快速访问工具栏"中的"恢复"按钮，如右下图所示。

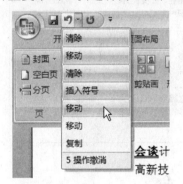

提示

> 若在执行撤消操作后又执行了其他操作，则被撤消的操作将无法恢复。

2. 重复操作

若用户在编辑文档时执行了可以被重复的操作，快速访问工具栏中的"重复"按钮 就会显示出来。单击该按钮，可重复执行该操作。例如，我们已在文档中插入了一个特殊符号，要再次插入该符号，只需将光标定位在目标位置，然后单击"重复"按钮 即可。

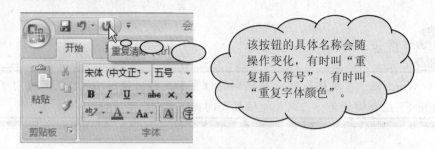

该按钮的具体名称会随操作变化，有时叫"重复插入符号"，有时叫"重复字体颜色"。

提示

值得注意的是，有时需要先选中文档中的内容，再执行重复操作。

练 一 练

新建一个文档，输入文字内容。并用高级替换的方法将文中所有的"三清山"的字体颜色设置为红色。

三清山，古有"天下无双福地"、"江南第一仙峰"之称，三清山位于江西上饶东北部，主峰玉京峰海拔 1819.9 米，雄踞于怀玉山脉群峰之上。三清山因玉京、玉虚、玉华三座山峰高耸入云，宛如道教玉清、上清、太清三个最高境界而得名。在漫长的地质史中，三清山历经了多次地质构造运动尤以大规模断裂褶和岩浆活动的印支燕山运动为最成熟，从而形成了三清山今日的奇伟景观，具有很高的观赏和研究价值。三清山四季景色绮丽秀美，融融春日，杜鹃怒放，百花争艳，春夏之交，流泉飞瀑，云雾缭绕；三伏盛夏，浓荫蔽日，凉爽宜人；仲秋前后，千峰竞秀，层林飞染，三九严寒，冰花玉枝，银装素裹，宛如琉璃仙界。三清山风景名胜区旅游资源丰富，规模宏大，种类齐全，景点众多，景区总面积 756.6 平方公里，共分万寿园、南清园、西海岸、阳光海岸、玉京峰 三清宫、西华台、三洞口、石鼓岭、玉灵观景区。三清山东险西奇、北秀南绝，兼具"泰山之雄伟、华山之峻峭、衡山之烟云、匡庐之飞瀑"的特点，奇峰异石、云雾佛光、苍松古树、峡谷溶洞、溪泉飞瀑、古代建筑、石雕石刻各具特色，惟妙惟肖，形态逼真。

问 与 答

问：如何快速更改单词的大小写形式？

答：将光标放置在要更改大小写形式的单词中，或选中多个要更改大小写形式的单词，重复按键盘上的 Shift+F3 组合键，所选单词会在"全部大写"、"全部小写"、"首字母大写"3 种形式之间切换。

问：如何快速输入刚才输入的内容？

答：重复按 F4 键即可重复刚才输入的内容。

问：如何在文档中快速插入版权符号、注册符号和商标符号？

答：按 Alt+Ctrl+C 组合键即可输入版权符号©；按 Alt+Ctrl+R 组合键即可输入注册符号®；按 Alt+Ctrl+T 组合键即可输入商标符号™。

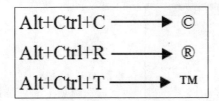

问：如何在 Word 中快速输入罗马数字？

答：按照文中介绍的方法打开"符号"对话框，在"字体"和"子集"下拉列表框中分别选择"普通文本"和"数字形式"，可以输入不大于 XII 的罗马数字。

还有一种更快捷的方法就是：多次同时按下 Ctrl+Alt+L 键，从第 8 次起就开始出现连续的罗马数字，用这种方法输入的罗马数字则没有大小限制。

1)a)i)(1)(a)(i)1.a.i.ii.iii.iv.v.vi.vii.viii.ix.x.xi.xii.xiii.xiv.

问：如何实现常用词组或短语的快速输入？

答：Word 的自动更正功能可以自动修改一些常见的用户输入错误。利用这一功能，我们可以设置将一些简单字符自动替换成词组或短语，以实现常用词组或短语的快速输入。我们以设置将字符"bjjqe"自动替换为"北京金企鹅文化发展中心"为例介绍操作方法，如下。

⊕1 单击"Office 按钮"，在展开的菜单中单击下方的"Word 选项"按钮，打开"Word 选项"对话框，在左侧的列表中单击"校对"选项，在右侧的设置区单击"自动更正选项"按钮。

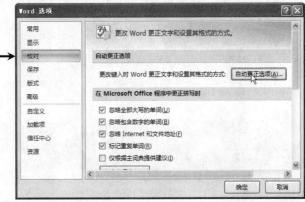

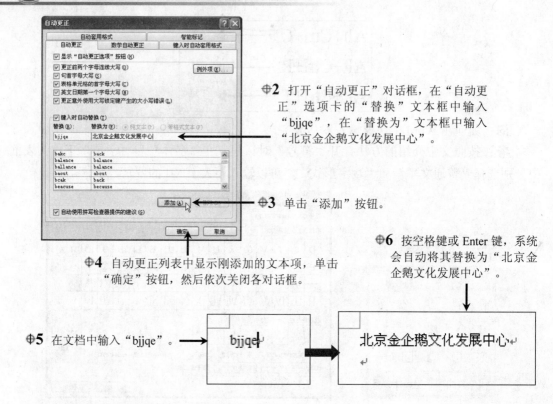

✛**2** 打开"自动更正"对话框，在"自动更正"选项卡的"替换"文本框中输入"bjjqe"，在"替换为"文本框中输入"北京金企鹅文化发展中心"。

✛**3** 单击"添加"按钮。

✛**4** 自动更正列表中显示刚添加的文本项，单击"确定"按钮，然后依次关闭各对话框。

✛**6** 按空格键或 Enter 键，系统会自动将其替换为"北京金企鹅文化发展中心"。

✛**5** 在文档中输入"bjjqe"。

bjjqe

北京金企鹅文化发展中心

问：若要选取跨度较大的文本区域怎么办？

答：若要选中的文本区域跨度较大，此时，使用鼠标拖动的方法就显得极为不便。为此，我们可首先在文本区域的开始处单击鼠标确定起点，然后滚动鼠标滚轮或拖动垂直滚动条至文本区域的结束位置，按住 Shift 键的同时，在该位置单击鼠标。

问：如何快速输入重复的文档内容？

答：如果多个 Word 文档中需要使用同一段内容，这时可以将这段文档内容保存到 Word 2007 的文档部件库里，以后要使用该内容时，从保存的库中调用即可。操作方法如下。

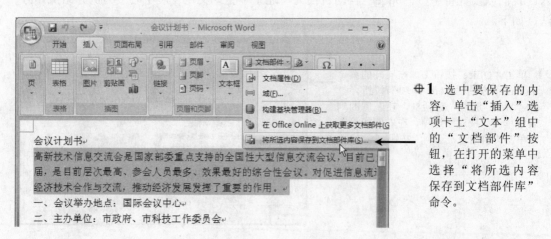

✛**1** 选中要保存的内容，单击"插入"选项卡上"文本"组中的"文档部件"按钮，在打开的菜单中选择"将所选内容保存到文档部件库"命令。

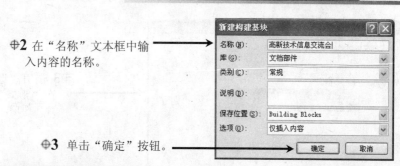

⊕2 在"名称"文本框中输
入内容的名称。

⊕3 单击"确定"按钮。

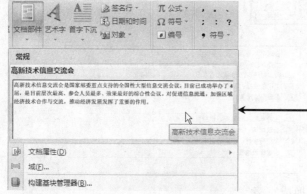

⊕4 要调用该内容时，只需单击
"插入"选项卡上"文本"组中
的"文档部件"按钮，此时在打
开的列表中会显示保存内容的预
览图，单击预览图即可在光标处
输入保存的文档内容了。

问：如何巧用 Word 的"选择性粘贴"命令？

答：在对文档内容进行移动或复制时，使用"选择性粘贴"命令，可将要移动或复
制的对象以不同的方式粘贴至目标位置。我们以将文字内容用图片的方式复制到目标位置
为例介绍操作方法。

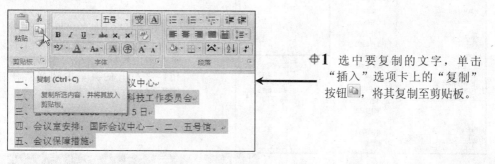

⊕1 选中要复制的文字，单击
"插入"选项卡上的"复制"
按钮，将其复制至剪贴板。

⊕2 将光标移到目标位置，单击"粘贴"
按钮下方的三角按钮，在弹出的菜单
中选择"选择性粘贴"命令。

三、会议时间：2008 年 6 月 5 日
四、会议室安排：国际会议中心一、二、五号馆。
五、会议保障措施

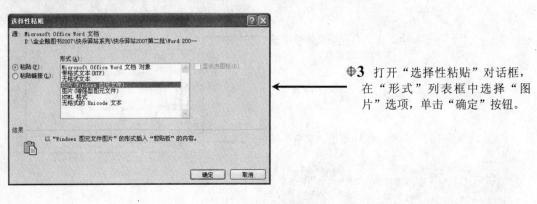

⊕**3** 打开"选择性粘贴"对话框，在"形式"列表框中选择"图片"选项，单击"确定"按钮。

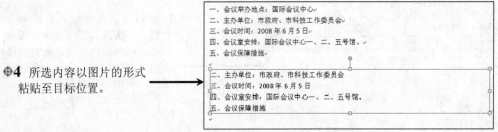

⊕**4** 所选内容以图片的形式粘贴至目标位置。

问：在 Word 中如何将数字替换成空格？

答：使用 Word 2007 的高级替换功能就可以。操作方法如下。

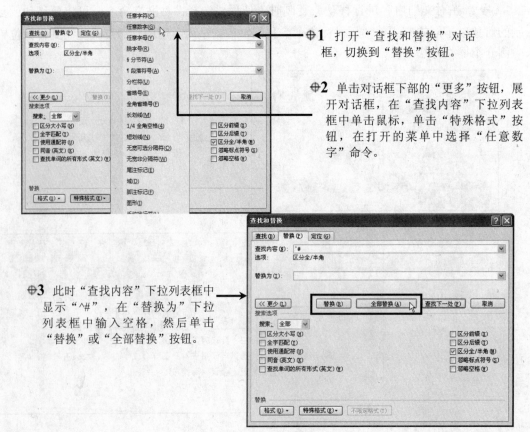

⊕**1** 打开"查找和替换"对话框，切换到"替换"按钮。

⊕**2** 单击对话框下部的"更多"按钮，展开对话框，在"查找内容"下拉列表框中单击鼠标，单击"特殊格式"按钮，在打开的菜单中选择"任意数字"命令。

⊕**3** 此时"查找内容"下拉列表框中显示"^#"，在"替换为"下拉列表框中输入空格，然后单击"替换"或"全部替换"按钮。

第8章 文档的基本格式设置

本章学习重点

☞ 制作求职自荐书
☞ 制作大字横幅
☞ 文档预览与打印

我们可以给输入完毕的文本"美容",让它看起来更美观;我们还可以为文档设置各种格式,比如设置字符格式、段落格式,为其添加边框和底纹,及设置页面布局、首字下沉等。

8.1 制作求职自荐书

文档格式设置分为两类,即字符格式和段落格式。例如,字体、字号、字形、字符颜色、字符边框和字符底纹等均属于字符格式;而行间距、段间距、段落对齐方式与缩进方式等均属于段落格式。下面通过制作一份"求职自荐书"来介绍字符格式、段落格式及边框和底纹的设置方法。

8.1.1 设置字符格式

默认情况下,在 Word 文档中输入的文本格式为宋体、五号字。要设置字符格式,应首先选中文本，然后再利用浮动工具栏或"开始"选项卡"字体"组中的工具进行设置，若要进行更为详细的设置，可在"字体"对话框中进行。

1. 通过浮动工具栏设置字符格式

下面通过浮动工具栏来设置标题——"求职自荐书"的字符格式，操作步骤如下。

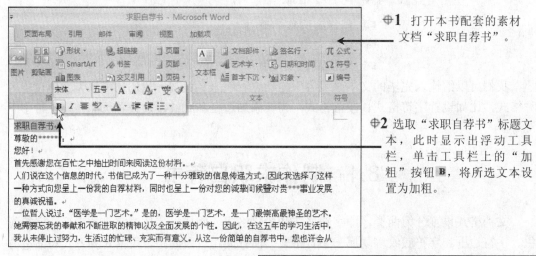

➕**1** 打开本书配套的素材文档"求职自荐书"。

➕**2** 选取"求职自荐书"标题文本，此时显示出浮动工具栏，单击工具栏上的"加粗"按钮 **B**，将所选文本设置为加粗。

➕**3** 在浮动工具栏上的"字体" 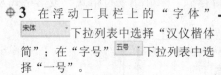 下拉列表中选择"汉仪楷体简"；在"字号" 下拉列表中选择"一号"。

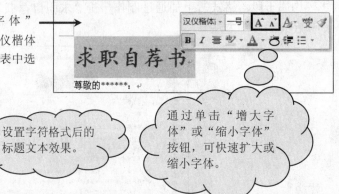

设置字符格式后的标题文本效果。

通过单击"增大字体"或"缩小字体"按钮，可快速扩大或缩小字体。

💡 **提示**

字号的表示方法有两种：一种以"号"为单位，如初号、一号、二号……，数值越大，字号就越小。另一种以"磅"为单位，如 10、10.5、15…数值越大，字号也越大。

💡 **提示**

通过功能区中"开始"选项卡上"字体"组中的按钮，也可方便地为所选文本设置字符格式。

字体组中的按钮

2．通过对话框设置字符格式

下面我们利用"字体"对话框来设置正文的字符格式，操作步骤如下。

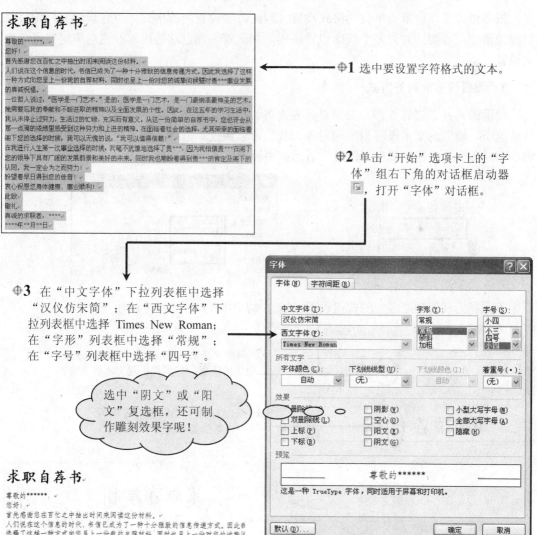

❶ 选中要设置字符格式的文本。

❷ 单击"开始"选项卡上的"字体"组右下角的对话框启动器，打开"字体"对话框。

❸ 在"中文字体"下拉列表框中选择"汉仪仿宋简"；在"西文字体"下拉列表框中选择 Times New Roman；在"字形"列表框中选择"常规"；在"字号"列表框中选择"四号"。

选中"阴文"或"阳文"复选框，还可制作雕刻效果字呢！

❹ 设置完毕，单击"确定"按钮，结果如图所示。

快乐学电脑

8.1.2　设置段落格式

段落格式是以段落为单位的格式设置。因此，要设置段落格式，可直接将光标定位在目标段落中；若要同时为多个段落设置格式，则应首先选定这些段落，然后再进行段落格式式设置。

1．设置段落的对齐方式

段落的对齐方式有 5 种，分别是：左对齐、居中、右对齐、两端对齐和分散对齐。默认情况下，输入的文本段落呈两端对齐。我们可以通过单击"开始"选项卡"段落"组中的 5 个对齐方式按钮，或在"段落"对话框中设置段落的对齐方式。

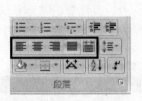
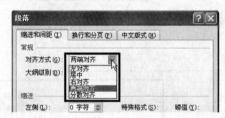

下面我们利用功能区中的按钮设置标题文本居中对齐，操作方法如下。

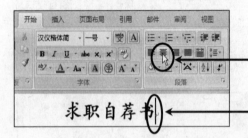

⊕**2** 单击"开始"选项卡上"段落"组中的"居中"按钮≡，即可将标题文本居中对齐。

⊕**1** 将光标置于要设置对齐的段落中，本例为标题文本行。

标题文本居中对齐效果

2．设置段落的缩进方式

段落缩进是指段落相对左右页边距向页内缩进一段距离。例如，一般情况下，段落的第一行要比其他行缩进两个字符。设置段落缩进可以使段落层次更加清晰和有条理，方便阅读。段落缩进方式包括左缩进、右缩进、首行缩进和悬挂缩进等，其中：

● 左(右)缩进。整个段落中所有行的左(右)边界向右(左)缩进，左缩进和右缩进合用可产生嵌套段落，通常用于设置引用文字的格式。

- 首行缩进：段落的首行文字相对于其他行向内缩进。
- 悬挂缩进：段落中除首行外的所有行向内缩进。

我们可以使用多种方法设置段落缩进，如使用 Tab 键、标尺、"段落"组中的缩进按钮或利用"段落"对话框等。如下图所示为拖动标尺上的缩进按钮设置段落的缩进。

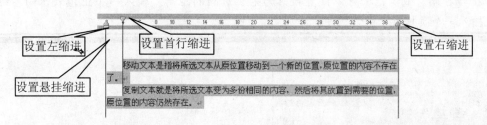

利用"段落"对话框，可对段落缩进方式进行更精确的设置。下面利用"段落"对话框对"求职自荐书"中的正文设置缩进，操作方法如下。

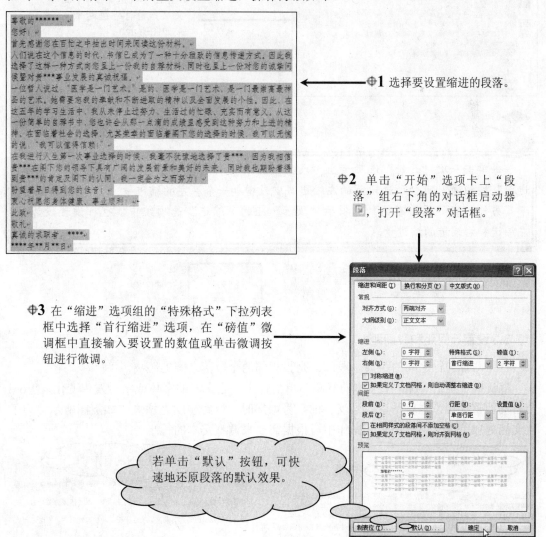

⊕1 选择要设置缩进的段落。

⊕2 单击"开始"选项卡上"段落"组右下角的对话框启动器 ，打开"段落"对话框。

⊕3 在"缩进"选项组的"特殊格式"下拉列表框中选择"首行缩进"选项，在"磅值"微调框中直接输入要设置的数值或单击微调按钮进行微调。

若单击"默认"按钮，可快速地还原段落的默认效果。

提示

> 在"左侧"微调框中可以设置段落与左页边距的距离。输入一个正值表示向右缩进，输入一个负值表示向左缩进。
>
> 在"右侧"微调框中可以设置段落与右页边距的距离。输入一个正值表示向左缩进，输入一个负值表示向右缩进。

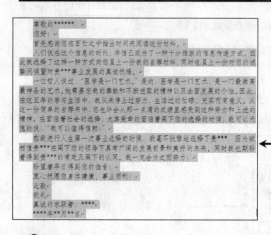

⊕**4** 单击"确定"按钮，即可将正文文本首行缩进两个字符，效果如图所示。

提示

> 每单击一次"开始"选项卡上"段落"组中的"减少缩进量"按钮▉或"增加缩进量"按钮▉，可使所选段落的左缩进减少或增加一个汉字的缩进量。
>
> 另外，在"页面布局"选项卡"段落"组的"缩进"选项组中，也可设置段落的左缩进和右缩进的缩进量。

3．设置行间距和段间距

行距即行与行之间的距离。段间距是指相邻两个段落之间的距离。

默认情况下，Word 中文本的行距为单倍行距。当文本的字体或字号发生变化，Word 会自动调整行距，也就是说，当汉字的字号增加时，行距也随之增大，如下图所示。为了让文档更加美观，用户在实际操作中可根据需要来调整文本的行距。

字号为五号时的行距

一位哲人说过，"医学是一门艺术。"是的，医学是一门艺术，是一门最崇高最神圣的艺术。她需要忘我的奉献和不断进取的精神以及全面发展的个性。因此，在这五年的学习生活中，我从未停止过努力，生活过的忙碌、充实而有意义。从这一份简单的自荐书中，您也许会从那一点滴的成绩里感受到这种努力和上进的精神。在面临着社会的选择，尤其荣幸的面临着

字号为四号时的行距

一位哲……艺术，是一门最崇高最神圣的艺术。她……我的奉献和不断进取的精神以及全面发展的个性。因此，在这五年的学习生活中，我从未停止过努力，生活过的忙碌、充实而有意义。从这一份简单的自荐书中，您也许会从

要设置行距，可单击"开始"选项卡"段落"组中的"行距"按钮，打开行距列表，选择所需的行距类型。单击"行距选项"，打开"段落"对话框，在"间距"选项组的"行距"下拉列表框中选择行距类型，在"设置值"微调框中直接输入数值或单击微调按钮进行行间距的设置。

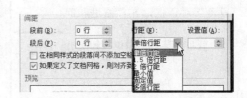

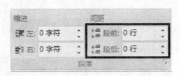

提示

> 若将文本行距类型设置为"固定值"，则增大文本字号时，行距依然保持不变，这样可能会使文本显示不完整，此时，我们可适当增加"设置值"使其完整显示。

设置段间距的最简单方法是在段落间按 Enter 键来加入空白行。但这种方法不能精确地设置段间距，并且增加的空行会随段落中字号的增大而增大。为解决上述问题，我们可通过调整段前、段后空白距离的方式设置段落的段间距。

选中段落后，我们可在"页面布局"选项卡"段落"组中"间距"选项组中的"段前"或"段后"微调框中设置段间距。也可以通过"段落"对话框设置段落间距。

下面我们来调整"求职自荐书"的行间距和段间距，操作方法如下。

◆**1** 选择要设置行间距的段落，然后单击"开始"选项卡上"段落"组中的"行距"按钮，在展开的列表中选择"1.5"。

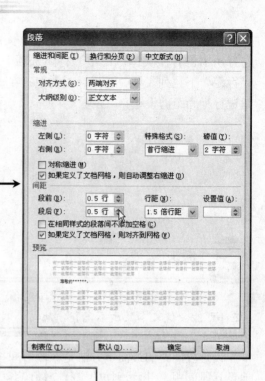

⊕**2** 单击"段落"组右下角的对话框启动器按钮，打开"段落"对话框，在"缩进和间距"选项卡的"段前"和"段后"微调框中直接输入"0.5"或单击其后的微调按钮进行设置。

⊕**3** 单击"确定"按钮，效果如图所示。

8.1.3 设置边框和底纹

在编辑文档的过程中，有时为了强调或美化文档内容，可以为文本、图形、段落或整个页面添加边框或底纹。

1. 为文字添加边框和底纹

利用"开始"选项卡上"字体"组中的"字符边框"按钮🄰，可以方便地给选中的一个或多个字符添加单线边框。而利用"字符底纹"按钮🄰，即可为选中的一个或多个文字添加系统默认的灰色底纹。如下所示为使用这两个按钮为所选文字添加单线边框和默认底纹的效果。

而利用"边框和底纹"对话框，可以对边框类别、线型、颜色、线条宽度和底纹颜色等进行更多的设置。下面我们来给"求职自荐书"五个字添加边框和底纹，操作方法如下。

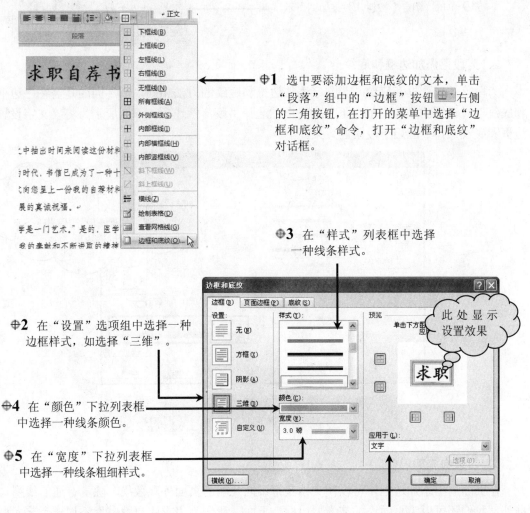

⊕1　选中要添加边框和底纹的文本，单击"段落"组中的"边框"按钮 右侧的三角按钮，在打开的菜单中选择"边框和底纹"命令，打开"边框和底纹"对话框。

⊕3　在"样式"列表框中选择一种线条样式。

⊕2　在"设置"选项组中选择一种边框样式，如选择"三维"。

⊕4　在"颜色"下拉列表框中选择一种线条颜色。

⊕5　在"宽度"下拉列表框中选择一种线条粗细样式。

⊕6　在"应用于"下拉列表框中选择"文字"。

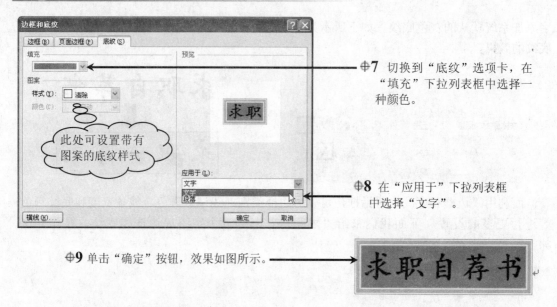

⊕**7** 切换到"底纹"选项卡,在"填充"下拉列表框中选择一种颜色。

⊕**8** 在"应用于"下拉列表框中选择"文字"。

⊕**9** 单击"确定"按钮,效果如图所示。

求职自荐书

2.为段落添加边框和底纹

为段落添加边框和底纹与为文字添加边框和底纹的方法相同,所不同的是需在"边框和底纹"对话框的"应用于"下拉列表框中选择"段落"选项。下图所示为将"文字设置边框和底纹操作"应用于段落的效果。

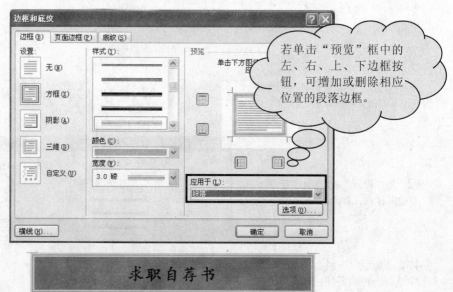

若单击"预览"框中的左、右、上、下边框按钮,可增加或删除相应位置的段落边框。

求职自荐书

3.为页面添加边框

在页面周围添加边框,可以使文档获得不同凡响的页面外观效果。除了普通的线型边框外,我们还可以为页面添加艺术型边框。下面,我们为"求职自荐书"添加一个艺术型的页面边框,操作步骤如下。

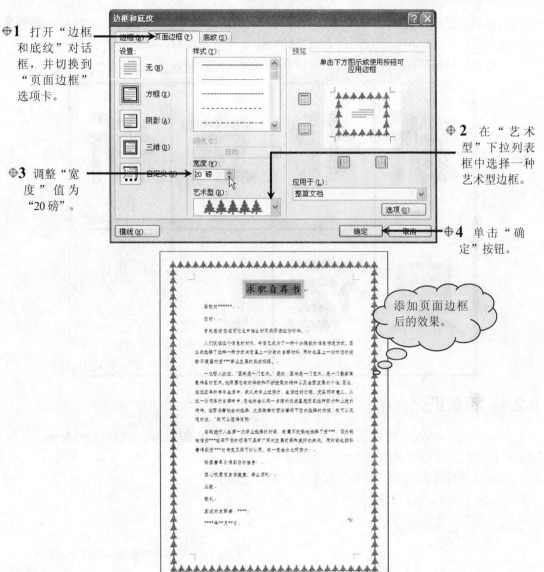

1 打开"边框和底纹"对话框，并切换到"页面边框"选项卡。

2 在"艺术型"下拉列表框中选择一种艺术型边框。

3 调整"宽度"值为"20磅"。

4 单击"确定"按钮。

添加页面边框后的效果。

提示

通常情况下，在文档中添加的页面边框会应用于整篇文档。若要在一个文档中应用不同的页面边框，我们可对文档内容分节，然后在"边框和底纹"对话框的"应用于"下拉列表框中选择页面边框应用的范围。关于文档分节的内容，我们会在后面的章节具体介绍。

8.2　制作大字横幅

新建文档时，Word 对纸型、方向、页边距及其他选项进行了默认设置。用户也可以根据自己的需要随时进行更改。设置页面既可以在输入文档之前，也可以在输入过程中或文档输入之后进行。例如，使用什么规格的纸张，每页多少行，每行多少字等。

下面我们通过制作一个大字横幅介绍有关页面设置的知识。

8.2.1　设置纸张大小

默认情况下，Word 中的纸型是标准的 A4 纸，其宽度是 21cm，高度是 29.7cm，用户可以根据实际需要改变纸张的大小及来源等。

下面首先设置大字横幅的纸张大小，操作步骤如下。

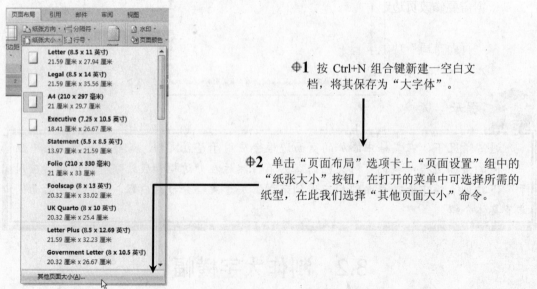

⊕1　按 Ctrl+N 组合键新建一空白文档，将其保存为"大字体"。

⊕2　单击"页面布局"选项卡上"页面设置"组中的"纸张大小"按钮，在打开的菜单中可选择所需的纸型，在此我们选择"其他页面大小"命令。

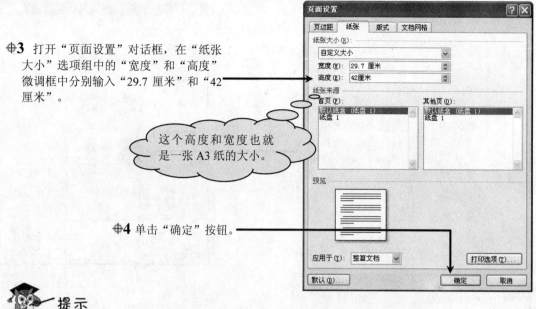

⊕**3** 打开"页面设置"对话框，在"纸张大小"选项组中的"宽度"和"高度"微调框中分别输入"29.7 厘米"和"42厘米"。

> 这个高度和宽度也就是一张 A3 纸的大小。

⊕**4** 单击"确定"按钮。

![提示] **提示**

单击"页面设置"组右下角的对话框启动器按钮，也可打开"页面设置"对话框。

8.2.2 设置页边距和页面版式

页边距是指文本边界和纸张边界间的距离。默认情况下，Word 创建的文档顶端和底端各留有 2.54 厘米的页边距，左右两侧各留有 3.17 厘米的页边距，纸张方向为纵向。用户可以根据需要修改页边距。如果需要装订，还可以在页边距外增加额外的空间，以留出装订位置。

单击"页面布局"功能区"页面设置"组中的"页边距"按钮，可在弹出的列表中设置页面边距。我们也可利用"页面设置"对话框自定义页边距和纸张方向。

下面设置大字横幅的页边距和版式，以及输入文字完成横幅制作，操作方法如下。

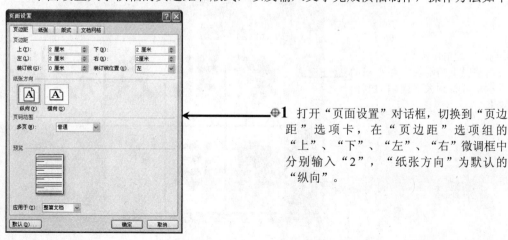

⊕**1** 打开"页面设置"对话框，切换到"页边距"选项卡，在"页边距"选项组的"上"、"下"、"左"、"右"微调框中分别输入"2"，"纸张方向"为默认的"纵向"。

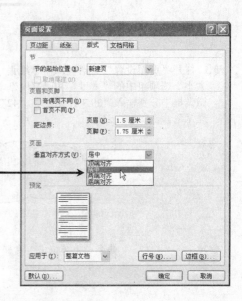

⊕**2** 在"版式"选项卡的"垂直对齐方式"下拉列表框中选择"居中"选项，然后单击"确定"按钮。

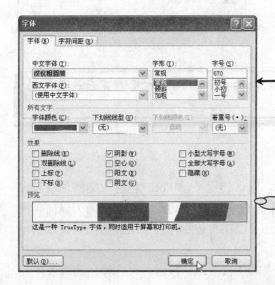

⊕**3** 在文档中输入"新北京新奥运！"，选中输入的文字，打开"字体"对话框，将字体设置为"汉仪粗圆简"，在"字号"文本框中输入"670"，字体颜色为"红色"，效果为"阴影"，然后单击"确定"按钮。

如果感觉字号不合适，可以单击"字体"组中的"增大字体"或"缩小字体"按钮进行调整。

⊕**4** 向左拖动窗口状态栏上视图大小调整栏上的滑块，缩小视图显示，可看到大字横幅的制作效果。

提示

字号的磅值设置范围在 1~1638 之间。

提示

利用上述大字体的制作方法，制作一条每个字占一张 A4 纸的横幅——"我爱我家"，其他格式自定。

8.3　文档预览与打印

文档编排完成，就可以输出打印了。为防止出错，在打印文档之前，一般都会先预览一下打印效果，以便及时改正，节省资源。

8.3.1　打印预览

打印预览是指用户可以在屏幕上预览打印的效果，也就是实现了"所见即所得"。单击"Office 按钮"，在弹出的菜单中选择"打印"→"打印预览"命令，即可进入打印预览模式。

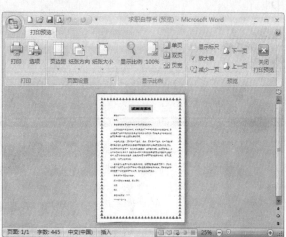

进入打印预览模式后，文档将以整页显示，此时，鼠标指针变成🔍形状，在页面中单击鼠标，可放大视图显示，同时，鼠标指针变成🔍形状，再次单击可缩小视图。利用"显示比例"组中的按钮，可以调整当前文档的显示方式和显示比例。

若在打印预览时需要对文档进行修改，可取消选中"打印预览"功能区"预览"组中的"放大镜"复选框，进入编辑模式进行修改。取消选中该复选框，可返回预览模式。

单击"关闭打印预览"按钮可退出打印预览模式，返回文档编辑状态。

8.3.2　打印文档

如果用户的电脑连接好了打印机，我们就可将文档打印输出了。在打印文档时，若要设置文档的打印页面范围或打印份数等，可单击"Office 按钮"，在打开的菜单中选择"打印"命令，打开"打印"对话框。

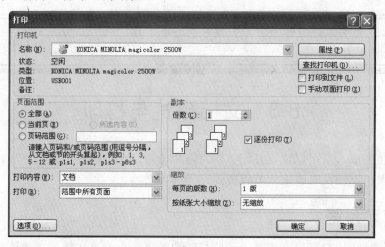

在"名称"下拉列表框中选择打印机的名称，在"页面范围"选项组中设置要打印的页码范围，在"副本"选项组中设置打印份数，单击"确定"按钮即可按设置要求进行打印。

提示

> 选中"逐份打印"复选框，表示打印完一份后，再打印另一份，否则完成一页打印后就打印下一页。

若不需对文档进行打印设置，我们可单击"Office 按钮"，在打开的菜单中选择"打印"→"快速打印"命令。此时，系统将按默认设置将整个文档快速打印一份。

提示

> 将8.2节制作的大字横幅打印出来。

练 一 练

运用本章所学知识，制作如下图所示的文档。

实例效果

打开本书配套光盘中的"练一练\素材\多嚼硬的老得慢"文档。

(1) 为标题文字设置字体，字号为初号、字体颜色为蓝色，居中方式对齐，并添加文字边框。

(2) 将正文设置为"小四"号字，行距为固定值15磅。

(3) 将第二、四、六、九段文字的字形设置为"加粗"。段前、段后间距均为0.5行。

(4) 为第一段文字设置首字下沉。

(5) 添加页面边框。

文档最终效果位于本书配套光盘"练一练\实例\多嚼硬的老得慢"中。

问 与 答

问：如何设置字符间距？

答：打开"字体"对话框，切换到"字符间距"选项卡，然后在"间距"下拉列表框中选择一种方式，如"加宽"或"紧缩"，然后在其右侧的"磅值"文本框中输入数值或单击微调按钮进行调整。下图所示为字符间距加宽和紧缩后的效果。

问：如何制作矮胖字和瘦高字？

答：通过对字符进行缩放就可以实现。选中文字，打开"字体"对话框，在"字符间距"选项卡的"缩放"下拉列表框中选择大于 100%的数值，则生成矮胖字；若选择小于 100%的数值，可生成瘦高字。

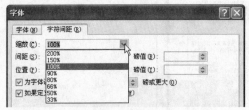

问：如何制作带圈字符？

答：制作带圈字符的操作步骤如下。

❶ 选中要加圈的文字，单击"开始"功能区"字体"组中的"带圈字符"按钮 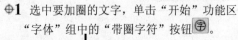。

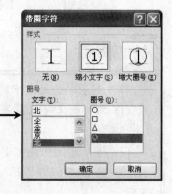

❷ 打开"带圈字符"对话框，选择要添加的圈号样式，然后单击"确定"按钮。

❸ 以同样的方法，分别为其他文字添加圈号。

问：如何为文字加注拼音？

答：要为汉字加注拼音，可执行如下操作。

❶ 选中要添加拼音的文字，单击"开始"功能区"字体"组中的"拼音指南"按钮 。

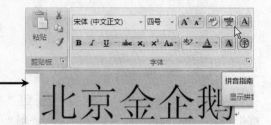

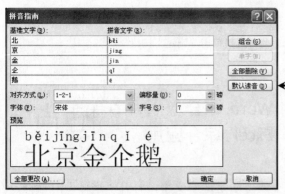

♣2 打开"拼音指南"对话框,在该对话框中可对加注的拼音做更进一步的设置,在此我们保持默认设置不变,单击"确定"按钮。

加注拼音效果

běijīngjīnqǐé
北京金企鹅

问：如何制作双行合一效果的文字?

答：要制作双行合一的效果,可执行操作如下。

♣1 选中要合并为一行的文字,单击"开始"功能区"段落"组中的"中文版式"按钮 ▨▨ 右侧的三角按钮,在弹出的菜单中选择"合并字符"命令。

♣2 打开"合并字符"对话框,在此可设置合并后字符的字体及字号,也可保持默认设置不变,单击"确定"按钮。

♣3 所选文字被合并在一行显示。→

　　细心的读者不难发现,使用上述方法合并字符时,最多只能对 6 个文字进行操作。要对更多的文字进行合并的操作,我们可以使用"双行合一"功能,操作方法如下。

♣1 选中要进行双行合一的文字,单击"开始"功能区"段落"组中的"中文版式"按钮 ▨▨ 右侧的三角按钮,在弹出的菜单中选择"双行合一"命令。

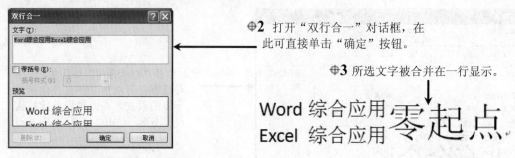

⊕**2** 打开"双行合一"对话框，在此可直接单击"确定"按钮。

⊕**3** 所选文字被合并在一行显示。

Word 综合应用 Excel 综合应用 零起点

问：怎样快速设置上下标？

答：在 Word 中设置字符上下标的一般方法是选中文字，打开"字体"对话框，在"字体"选项卡中选中"上标"或"下标"复选框。

但在需要大量设置字符上下标的时候，使用上述方法就显得非常麻烦。我们可以使用快捷键为文字设置上下标，首先选中目标文字，然后按下 Ctrl+Shift+ =组合键可将文字设为上标，再按一次 Ctrl+Shift+ =组合键文字又恢复到原来状态；按下 Ctrl+ =组合键可以将文字设为下标，再按一次 Ctrl+ =组合键也可以把文字恢复到原来状态。

问：如何改变文字的方向？

答：单击"页面布局"选项卡上"页面设置"组中的"文字方向"按钮，在打开的菜单中选择文字排列方式。若选择下方的"文字方向选项"，则可在打开"文字方向—主文档"对话框中进行设置。

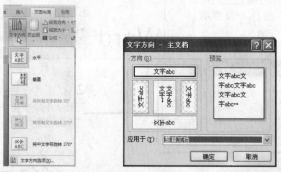

问：如何使英文词组保持在同一行？

答：若一个由多个单词组成的英语词组被分隔在两行文字里，可以通过一个不间断空格将该词组保持在一行文字里。

依次选中词组中每个单词(除了最后一个)后的空格，按下 Ctrl+Shift+Space 组合键即可。

问：如何在控制页面中显示完整的段落？

答：若要使得段落的所有行均处于同一页，不在段中分页，可打开"段落"对话框，切换到"换行和分页"选项卡，在"分页"选项组中选中"段中不分页"复选框。

设置段落不分页

问：如何为段落设置首字下沉效果？

答：首字下沉是将段落开头的第一个或若干个字母、文字变为大号字，并以下沉或悬挂方式显示，以达到醒目和美化版面的目的。设置首字下沉的操作步骤如下。

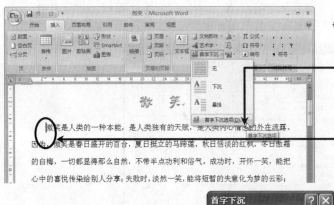

⊕**2** 单击"插入"选项卡"文本"组中的"首字下沉"按钮。在弹出的菜单中选择一种下沉方式，要进行更详细的设置，可选择"首字下沉选项"。

⊕**1** 将光标置于要设置首字下沉的段落中。

⊕**3** 在打开的"首字下沉"对话框中选择位置为"下沉"。

⊕**4** 设置字体为"汉仪南宫体简"。

⊕**5** 下沉行数为"4"，距正文为"1厘米"。

若单击"悬挂"按钮，则可为其设置为悬挂样式，这也是一种经常使用的排版方式。

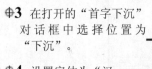

⊕**6** 单击"确定"按钮，效果如图所示。

提示

被设置成首字下沉的文字实际上已成为文本框中的一个独立段落，可为其单独设置段落格式，如添加边框或底纹等。

要取消首字下沉，只需将光标放置在设置首字下沉的段落中，然后单击"插入"选项卡"文本"组中的"首字下沉"按钮，在弹出的菜单中选择"无"命令即可。

快乐学电脑

问：如何将字体保存在文档中？

答：若需要把一台电脑上编辑的文档拿到另外一台电脑上打印，如果另外一台电脑上没有安装此文档所使用的字体就比较麻烦。此时，我们需要将字体保存在文档中。单击"Office 按钮"，在展开的菜单中单击"Word 选项"按钮，在打开的对话框中单击左侧的"保存"选项，在右侧选中"将字体嵌入文件"复选框。

问：我只想打印文档的偶数页内容，怎么办？

答：可以在"打印"对话框的"打印"下拉列表框中选择"偶数页"选项。

问：如何在一张纸上打印多页文档？

答：只需在"打印"对话框的"缩放"选项组中的"每页的版数"下拉列表框中设置每页要打印的版数。

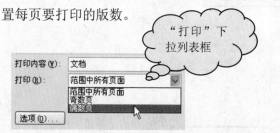

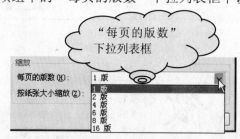

问：如何进行 Word 文档的缩放打印？

答：如果文档的纸张大小设置的是 A4 纸型，但需打印到 B5 的纸上，此时需在"打印"对话框的"缩放"选项组进行设置，在"按纸张大小缩放"下拉列表框中选择 B5 纸型。

问：如何取消正在打印的文档？

答：双击任务栏上的打印机图标，打开打印任务窗口，如下图所示，然后选择"打印机"→"取消所有文档"菜单命令，在随后打开的提示对话框中单击"是"按钮即可。

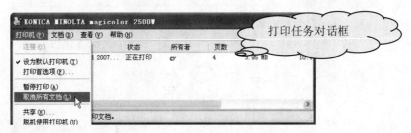

打印任务对话框

问：如何制作精彩稿纸？

答：在"页面布局"选项卡"稿纸"组中单击"稿纸设置"按钮，打开"稿纸设置"对话框。在"格式"下拉列表框中选择网格样式，如选择"方格式稿纸"；在"行数×列数"下拉列表框中指定稿纸的行列网格数；在"网格颜色"下拉列表框中选择一种设置稿纸网格的线条颜色，如"绿色"；"纸张大小"用于设置稿纸文档的纸张大小；选择纸张的方向，如"横向"或"纵向"，单击"确定"按钮，完成稿纸样式的制作。

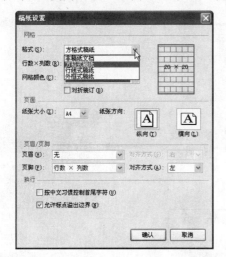

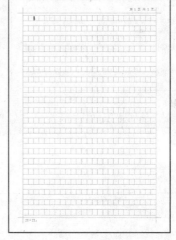

提示

　　我们也可为当前文档应用稿纸样式。此时，文档中的文本字号将自动进行调整，以适合稿纸网格，但字体和字体颜色不变。

问：如何删除粘贴"仅保留文本"网页内容时行首行尾的空格？

答：由于网页排版中的"低两格"都是通过插入空格来实现的，所以我们从网上复制下来的文章段落选择"仅保留文本"粘贴在 Word 2007 中进行段落重排时，由于已经设置了自动首行缩进两个汉字，再加上这两个全角空格，就成了段首四个汉字空格，手工进行删除实在是太麻烦，这时就可以按照如下所示的操作步骤将这些行首行尾的空格删除。

快
乐
学
电
脑

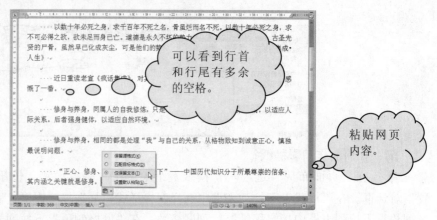

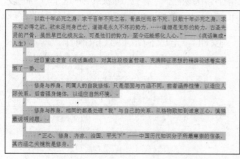

⊕1 选中要去掉行首行尾空格的段落。

⊕2 单击两次"开始"选项卡上 "段落"组中的"居中"按钮。

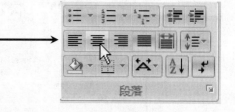

⊕3 行首行尾的空格都被去掉了。

第 9 章 文档的高级格式设置

本章学习重点

- ☞ 制作员工手册
- ☞ 制作店铺租赁合同
- ☞ 制作杂志页面

通常所说的“格式”，往往是指单一的格式，而样式是一系列格式的集合。我们可以创建样式，然后将它们应用于文档中的不同位置，就可以快速地统一文档格式。另外，利用 Word 可以编排像报刊、杂志上那样漂亮的页眉页脚，以及分栏的版式。

9.1 制作员工手册

在编辑文档时，若文档中有多处内容要使用相同的格式。可使用“格式刷”工具来进行格式的复制。

另外，为了使叙述更有层次性，常常需要给一组段落添加项目符号或编号。

下面通过制作“员工手册”，介绍“格式刷”工具的使用及项目符号和编号的应用。

员工手册

前言

《xx 员工手册》是公司正常、有序运作的整体规范，是每一位员工必须遵守和执行的行为准则。

如本公司有新的规定出台时，以新规定为准。

员工素质要求

员工素质是企业文化的重要组成部分，它是指公司对于员工在各方面应达到的思想境界及处事方法的要求。它尽管不同于制度，如不遵守会受到相应的处罚。但员工的素质作为一种对品质修养的要求，如达不到一定的水准则终将会随公司的发展而被淘汰。公司希望员工具有如下素质：

第1.负责的敬业精神，慎重择业、珍惜选择、勤勉在身、休戚与共，让工作成为快乐和财富的源泉。

第2.有强烈的责任意识。明确职责，守土有责，勇担责任，力不贰过，将个人和事业的目标都定得更高一些。

第3.有良好的工作习惯。目标明确，思路有序，言行一致，及时总结，时时事事追求进步乃至完美。

第4.有谦虚的上进之心，钻研业务，学有所长，注重创新，不忘读书，让才华在工作中闪光。

第5.有正直的行为准则，为人诚恳，举止大方，公私有别，不以善小而不为，不以恶小而为之。

员工行为规范

(一)员工必须仪表端庄、整洁。

(二)工作场所的服装应清洁、大方，不追求修饰；女士不许穿太露的衣裙。

(三)在公司内员工应保持优雅的姿势和动作。

(四)正确使用公司的物品和设备，提高工作效率。

1. 公司的物品不得野蛮对待，挪为私用。
2. 及时清理、整理办公桌上的文件和资料。
3. 借用他人或公司的物品，使用后及时送还或放归原处。
4. 未经同意不得随意翻看同事的文件、资料等。

(五)正确、迅速、谨慎地打、接电话。

1. 电话来时，听到铃响，应迅速拿下话筒。通话后先问候，对方讲述时要留神听并记下要点。未听清时及时告诉对方，结束时礼貌道别。
2. 打出电话简明扼要，不得在电话中聊天。

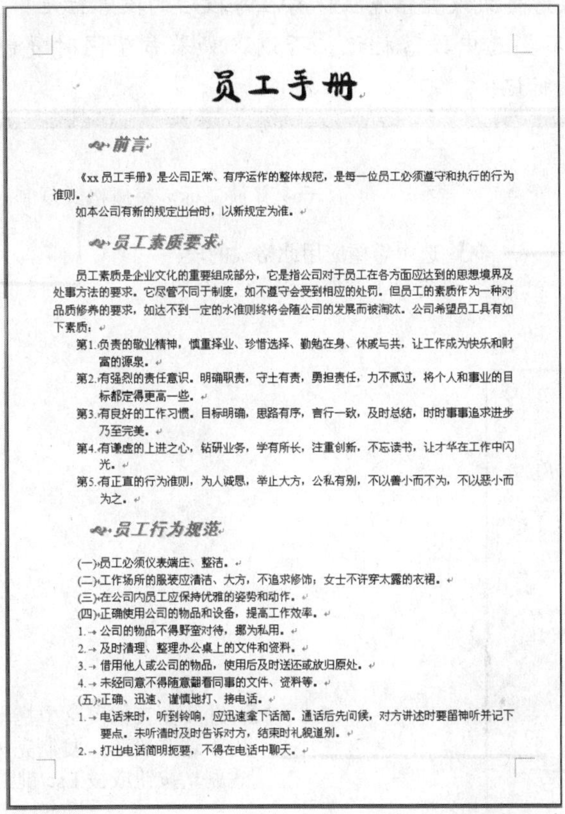

9.1.1 使用"格式刷"复制格式

使用"开始"选项卡上的"格式刷"按钮,可以将选定文本的格式复制到其他的文本或段落中,提高工作效率。使用"格式刷"工具复制格式的方法是:选中已设置格式的文本或段落,单击或双击"开始"选项卡上"剪贴板"组中的"格式刷"按钮,此时鼠标指针变成刷子形状,拖动鼠标选择要应用该格式的文本或段落即可。

下面以复制格式的方法为"员工手册"中的内容设置格式,操作步骤如下。

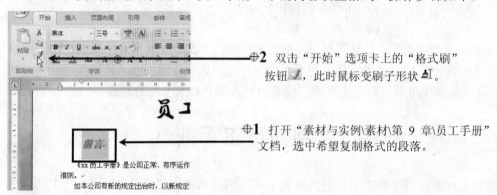

⊕**2** 双击"开始"选项卡上的"格式刷"
按钮,此时鼠标变刷子形状。

⊕**1** 打开"素材与实例\素材\第 9 章\员工手册"
文档,选中希望复制格式的段落。

提示

在 Word 中,段落格式设置信息被保存在每段后的段落标记中。因此,如果只希望复制字符格式,请不要选中段落标记。否则,如果希望同时复制字符格式和段落格式,则务必选中段落标记。

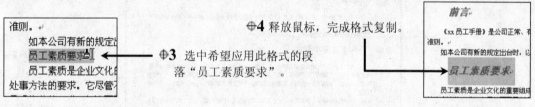

⊕**4** 释放鼠标,完成格式复制。

⊕**3** 选中希望应用此格式的段
落"员工素质要求"。

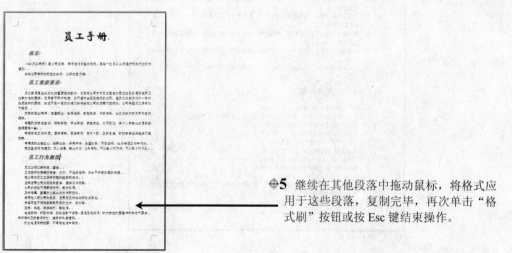

⊕**5** 继续在其他段落中拖动鼠标,将格式应
用于这些段落,复制完毕,再次单击"格
式刷"按钮或按 Esc 键结束操作。

由于本例中要多次复制格式，故在选中文本后双击"格式刷"按钮复制格式。若只复制一次格式，则在选中文本后单击"格式刷"按钮即可。

9.1.2 项目符号和编号的应用

使用项目符号和编号可以准确地表达内容的并列关系、从属关系以及顺序关系等。Word 2007 具有自动添加项目符号和编号的功能，用户可以使用在输入时自动产生的项目符号或段落编号，也可以在输入完成后进行这项工作。

1. 自动添加项目符号和编号

在编辑文档的过程中，若段落是以"1."、"第一、"、"●"等字符开始，在按下 Enter 键开始一个新的段落时，Word 会按上一段落的项目符号格式自动为新的段落添加项目符号或编号。也就是说，Word 具有为段落自动编号的功能。若连续按下两次 Enter 键，可中断自动编号。

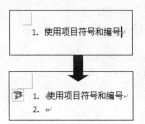
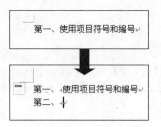
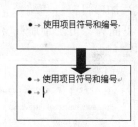

若不想使用自动编号功能，可以将其取消。方法是：单击"Office 按钮"，在展开的菜单中单击"Word 选项"按钮，在打开的对话框中单击左侧的"校对"选项，再单击右侧的"自动更正选项"按钮，打开"自动更正"对话框，在"键入时自动套用格式"选项卡中取消选中"自动项目符号列表"和"自动编号列表"复选框。

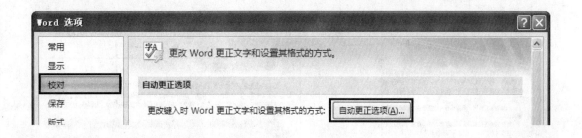

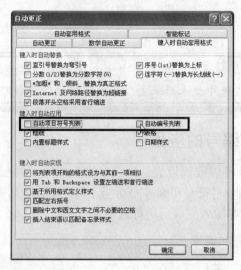

2．手动添加项目符号和编号

在输入完文本后，选中要加项目符号或编号的段落，直接单击"开始"选项卡上"段落"组中的"项目符号"按钮 ≔ 和"编号"按钮 ≔，即可给已经存在的段落按默认的格式添加项目符号和编号。

下面为"员工手册"文档中的相关段落添加"菱形"项目符号及数字编号，操作步骤如下。

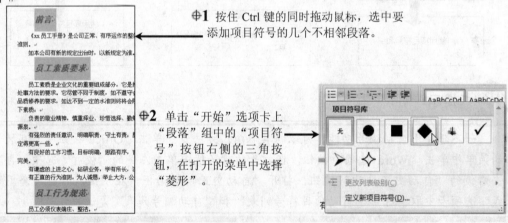

⊕1 按住 Ctrl 键的同时拖动鼠标，选中要添加项目符号的几个不相邻段落。

⊕2 单击"开始"选项卡上"段落"组中的"项目符号"按钮右侧的三角按钮，在打开的菜单中选择"菱形"。

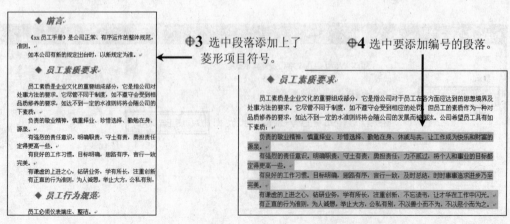

⊕3 选中段落添加上了菱形项目符号。

⊕4 选中要添加编号的段落。

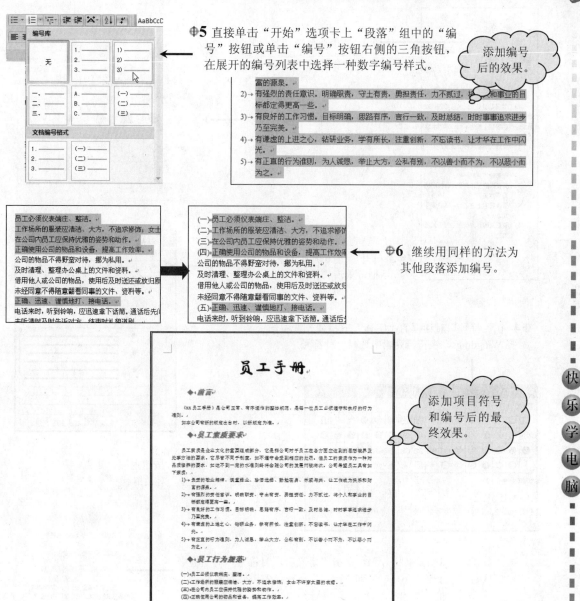

5 直接单击"开始"选项卡上"段落"组中的"编号"按钮或单击"编号"按钮右侧的三角按钮，在展开的编号列表中选择一种数字编号样式。

添加编号后的效果。

6 继续用同样的方法为其他段落添加编号。

添加项目符号和编号后的最终效果。

快乐学电脑

3. 修改项目符号和编号

如果用户对系统预定的项目符号和编号不满意，还可以为文本或段落设置自定义的项目符号和编号。

下面来修改"员工手册"中的项目符号和编号样式，操作步骤如下。

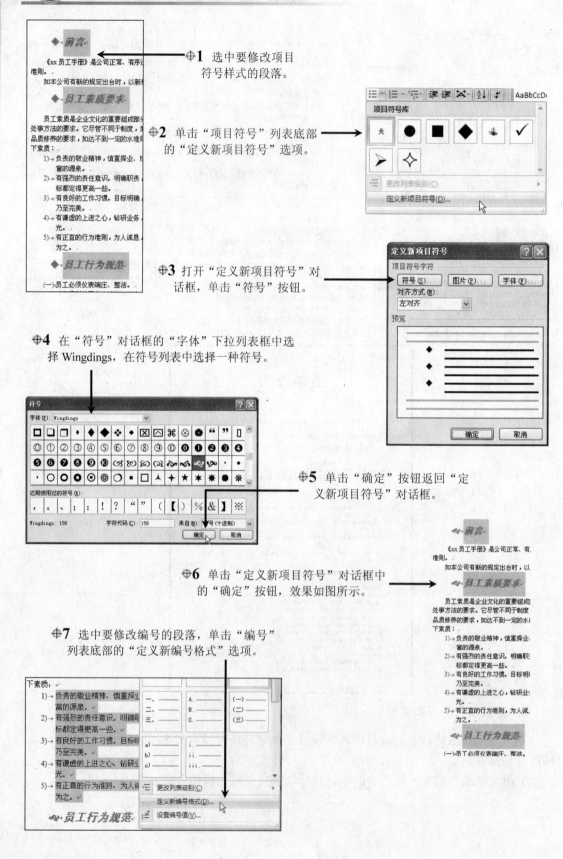

✛**1** 选中要修改项目
符号样式的段落。

✛**2** 单击"项目符号"列表底部
的"定义新项目符号"选项。

✛**3** 打开"定义新项目符号"对
话框，单击"符号"按钮。

✛**4** 在"符号"对话框的"字体"下拉列表框中选
择 Wingdings，在符号列表中选择一种符号。

✛**5** 单击"确定"按钮返回"定
义新项目符号"对话框。

✛**6** 单击"定义新项目符号"对话框中
的"确定"按钮，效果如图所示。

✛**7** 选中要修改编号的段落，单击"编号"
列表底部的"定义新编号格式"选项。

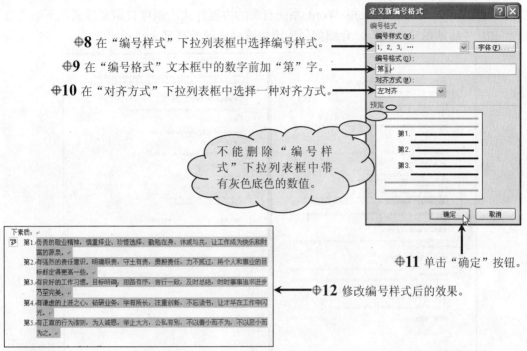

8 在"编号样式"下拉列表框中选择编号样式。

9 在"编号格式"文本框中的数字前加"第"字。

10 在"对齐方式"下拉列表框中选择一种对齐方式。

不能删除"编号样式"下拉列表框中带有灰色底色的数值。

11 单击"确定"按钮。

12 修改编号样式后的效果。

下素质：

彡 第1.员责的敬业精神，慎重择业、珍惜选择、勤勉在身、休戚与共，让工作成为快乐和财富的源泉。

第2.有强烈的责任意识。明确职责，守土有责，勇担责任，力不贰过，将个人和事业的目标都定得更高一些。

第3.有良好的工作习惯。目标明确，思路有序，言行一致，及时总结，时时事事追求进步乃至完美。

第4.有谦虚的上进之心，钻研业务，学有所长，注重创新，不忘读书，让才华在工作中闪光。

第5.有正直的行为准则，为人诚恳，举止大方，公私有别，不以善小而不为，不以恶小而为之。

提示

　　若单击"定义新项目符号"对话框中的"图片"按钮，打开"图片项目符号"对话框，从列表中选择一种图片样式，还可以为段落添加图片项目符号。

前言

《xx 员工手册》是公司正常、有序运作的整体准则。

如本公司有新的规定出台时，以新规定为准。

员工素质要求

员工素质是企业文化的重要组成部分。它是指处事方法的要求。它尽管不同于制度，如不遵守会品质修养的要求，如达不到一定的水准则终将会随下素质：

9.2 制作店铺租赁合同

　　样式就是一系列格式的集合。样式可分为字符样式和段落样式。字符样式只包含字符格式，如字体、字号、字形等。段落样式既可包含字符格式，也可包含段落格式。

　　使用样式的好处在于用户能够准确、迅速地统一文档格式。另一个好处在于格式调整方便，例如，要修改某级标题的格式，用户只要简单地修改样式，则所有采用该样式的标题格式将被自动修改。

快乐学电脑

　　我们可以直接在文档中应用 Word 系统自带的内置样式，也可自定义样式。下面通过制作一个 "店铺租赁合同"，介绍如何应用内置样式以及自定义样式的应用。

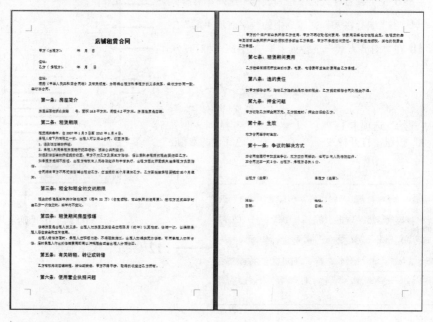

9.2.1　内置样式的应用

　　在 Word 2007 中，系统内置了丰富的样式。切换到"开始"选项卡，在"样式"组的"快速样式库"中显示了一些样式，其中，"正文"、"无间隔"、"标题 1"等都是样式名称。若单击列表框右侧的"其他"按钮 ，展开一个样式列表，可以选择更多的样式，如左下图所示。

　　单击"开始"选项卡上"样式"组右下角的对话框启动器按钮 ，打开"样式"任务窗格，将鼠标指针停留在列表框中的样式名称上时，会显示出该样式包含的格式信息，如右下图所示。样式名称后面带 **a** 符号的是字符样式，带 ↵ 符号的是段落样式。

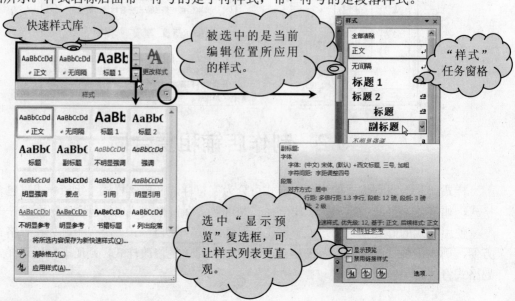

下面对"店铺租赁合同"中的标题文本"店铺租赁合同"应用系统内置的"标题"样式，将其他文本应用"列出段落"样式，操作步骤如下。

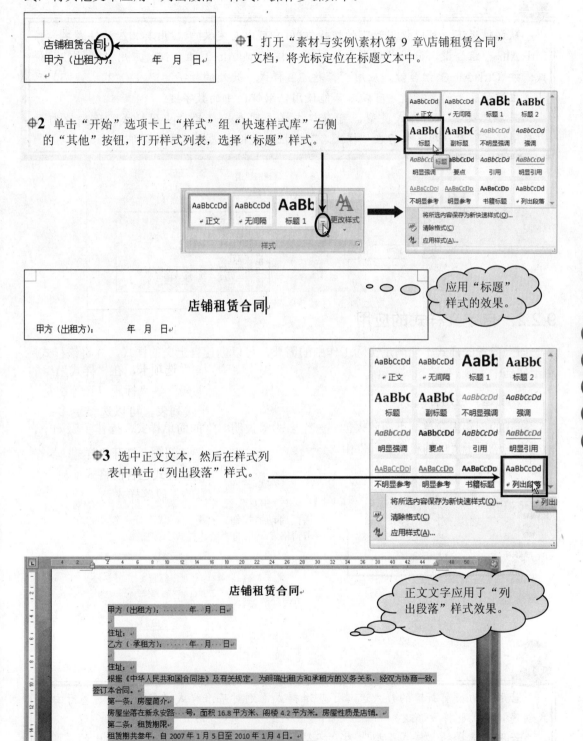

1 打开"素材与实例\素材\第 9 章\店铺租赁合同"文档，将光标定位在标题文本中。

2 单击"开始"选项卡上"样式"组"快速样式库"右侧的"其他"按钮，打开样式列表，选择"标题"样式。

应用"标题"样式的效果。

3 选中正文文本，然后在样式列表中单击"列出段落"样式。

正文文字应用了"列出段落"样式效果。

提示

默认情况下，可以使用如下的快捷键(用户可以自定义)来应用其相应的样式名：按Ctrl+Alt+1 组合键，应用"标题 1"样式；按 Ctrl+Alt+2 组合键，应用"标题 2"样式；按 Ctrl+Alt+3 组合键，应用"标题 3"样式。此处的数字"1"、"2"、"3"只能按主键盘区上的数字键才有效，不能使用辅助键区中的数字键。

若要选择更多的样式类型，可以单击样式列表底部的"应用样式"选项，打开"应用样式"对话框，然后在"样式名"下拉列表框中选择一种样式即可。

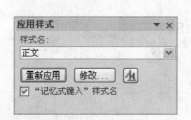 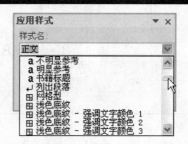

9.2.2　自定义样式的应用

如果内置的样式不能满足实际工作中的需要，可以创建自定义的样式，并将该样式应用于文档中。

1．创建与应用样式

样式的创建很简单，下面就来创建一个名为"说明 1"的简单样式，操作步骤如下，稍后将它应用于"店铺租赁合同"中。

⊕1 单击"开始"选项卡上"样式"组右下角的对话框启动器按钮，打开"样式"任务窗格，单击窗格左下角的"新建样式"按钮。

提示

若用户为当前新建的样式选择了基准样式，则对基准样式进行修改时，基于该样式创建的样式也将被修改。

若用户选择的"样式类型"为"字符"，单击"格式"按钮时，在弹出的菜单中只有字符格式选项可以应用，如"字体"、"边框"等。

2 在"名称"文本框中输入新样式的名称，如"说明1"。

3 在"样式类型"下拉列表框中选中样式类型(段落或字符)。

4 在"样式基准"下拉列表框中选择一个可作为创建基准的样式。

5 在"后续段落样式"下拉列表框中为应用该样式段落后面的段落设置一个缺省样式。

根据格式设置创建新样式

属性
名称(N): 说明1
样式类型(T): 段落
样式基准(B): ↵ 列出段落
后续段落样式(S): ↵ 正文

格式
宋体 (中文正文) 五号 B I U 自动 中文

字体(F)...
段落(P)...
制表位(T)...
边框(B)...
语言(L)...
图文框(M)...
编号(N)...
快捷键(K)...

□ 自动更新(U)
模板的新文档

格式(O) 确定 取消

列出段落, 后续样式: 正文

6 单击"格式"按钮，在打开的菜单中选择"字体"。

字体

字体(N) 字符间距(R)

中文字体(T): 字形(Y): 字号(S):
华文行楷 常规 四号
西文字体(F): 常规 四号
Times New Roman 倾斜 小四
加粗 五号

所有文字
字体颜色(C): 下划线线型(U): 下划线颜色(I): 着重号(·):
自动 (无) 自动 (无)

效果
□ 删除线(K) □ 阴影(W) □ 小型大写字母(M)
□ 双删除线(L) □ 空心(O) □ 全部大写字母(A)
□ 上标(P) □ 阳文(E) □ 隐藏(H)
□ 下标(B) □ 阴文(G)

预览

微软单超 AaBbCc

这是一种 TrueType 字体，同时适用于屏幕和打印机。

默认(D)... 确定 取消

7 在"字体"对话框的"中文字体"下拉列表框中选择"华文行楷"，在"西文字体"下拉列表框中选择 Times New Roman，字形为"常规"，字号为"四号"。

8 单击"确定"按钮。

段落

缩进和间距(I) 换行和分页(P) 中文版式(H)

常规
对齐方式(G): 两端对齐
大纲级别(O): 正文文本

缩进
左侧(L): 0 字符 特殊格式(S): 磅值(Y):
右侧(R): 0 字符 首行缩进 2 字符
□ 对称缩进(M)
☑ 如果定义了文档网格，则自动调整右缩进(D)

间距
段前(B): 0.5 行 行距(N): 设置值(A):
段后(F): 0 行 单倍行距
□ 在相同样式的段落间不添加空格(C)
☑ 如果定义了文档网格，则对齐到网格(W)

预览

9 再次单击"格式"按钮，在打开的菜单中选择"段落"，在打开的"段落"对话框中将"段前"设置为"0.5 行"。

10 单击"确定"按钮返回"根据格式设置创建新样式"对话框。

制表位(T)... 确定 取消

快乐学电脑

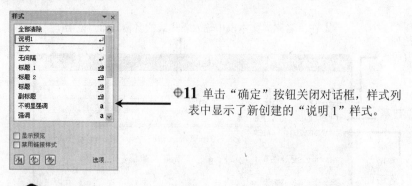

⊕11 单击"确定"按钮关闭对话框，样式列
表中显示了新创建的"说明1"样式。

提示

按照创建样式的方法，创建一个名为"我的标题"的段落样式，字体为"华文行楷"，字号为"初号"，段前和段后均为"12磅"，行距为"1.5倍行距"，对齐方式为"居中"，底纹颜色为"红色，强调文字颜色2，淡色80%"。

下面将新创建的样式应用于"店铺租赁合同"文档的条目中，操作步骤如下。

⊕1 将光标定位在第一个条目段落中。

⊕2 单击"样式"列表中的
"说明1"样式，即可将
该样式应用于所选段落。

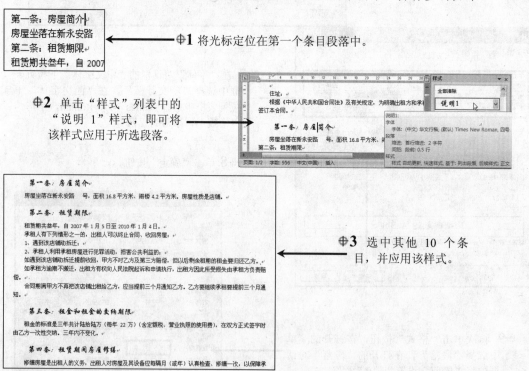

⊕3 选中其他10个条
目，并应用该样式。

提示

单击"样式"任务窗格下方的"样式检查器"按钮，在打开的"样式检查器"对话框中显示了当前文档应用的样式。单击"样式检查器"对话框中的"显示格式"按钮，在打开的任务窗格中显示了样式包含的具体格式。

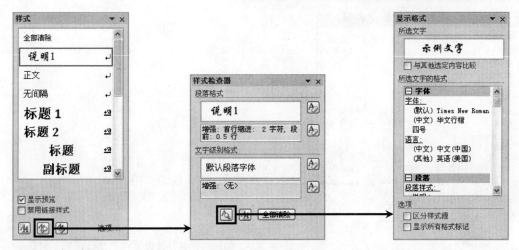

2. 修改样式

如果预设或创建的样式不能满足要求，可以在此样式的基础上略加修改。下面通过修改刚创建的"说明1"样式为例来进行介绍，操作步骤如下。

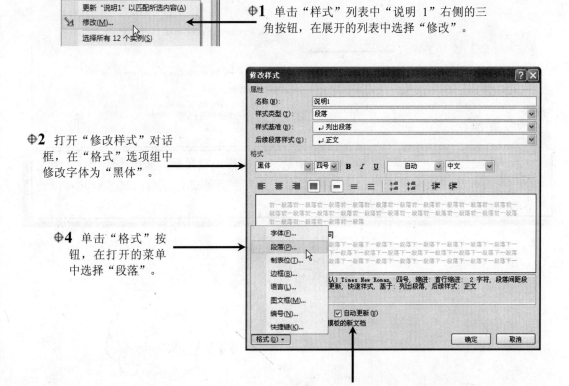

1 单击"样式"列表中"说明 1"右侧的三角按钮，在展开的列表中选择"修改"。

2 打开"修改样式"对话框，在"格式"选项组中修改字体为"黑体"。

4 单击"格式"按钮，在打开的菜单中选择"段落"。

3 选中"自动更新"复选框，应用该样式的所有文本将自动更新样式。

快乐学电脑

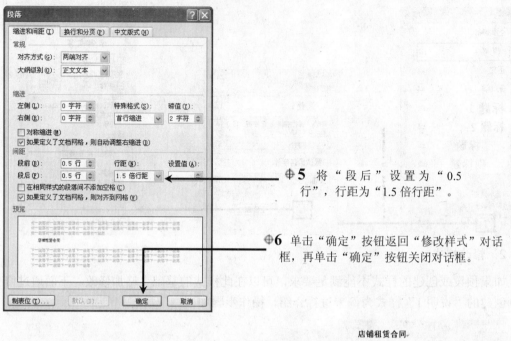

⊕**5** 将"段后"设置为"0.5 行",行距为"1.5 倍行距"。

⊕**6** 单击"确定"按钮返回"修改样式"对话框,再单击"确定"按钮关闭对话框。

⊕**7** 文字的样式得到了更新。

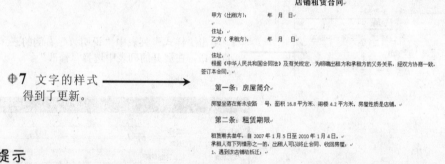

提示

在 Word 2007 中,单击"样式"组中的"更改样式"按钮,然后选择"样式集"命令,在展开的列表中用户可以直接选择样式方案,无须进行复杂的配置,就可以为自己的文档设置规范、美观的样式。

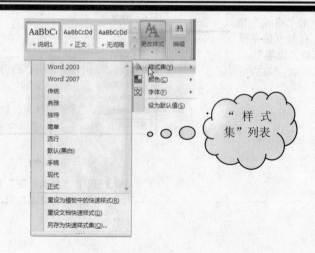

"样式集"列表

3. 删除样式

在文档中创建样式后，该样式也同时显示在功能区中的快速样式库中，要从库中将其删除，可右击"样式"列表中要删除的样式，在弹出的快捷菜单中选择"从快速样式库中删除"命令。

若选择"选择所有×个实例"，可快速选中所有应用该样式的文本内容。若再选择其他样式，可快速完成样式的转换。

要将该样式彻底删除，可单击"样式"任务窗格下方的"管理样式"按钮，打开"管理样式"对话框，在"选择要编辑的样式"列表框中选择要删除的样式，单击"删除"按钮。

提示

用户只能删除自定义的样式，不能删除 Word 2007 的内置样式。

9.3 制作杂志页面

下面通过制作一个杂志页面来介绍文档中的分页、分节与分栏知识，以及如何在文档中设置页眉和页脚、页码。效果如下图所示。

分页、分节和分栏效果。

设置页眉和页脚效果。

设置首页、奇偶页不同的页眉和页脚效果。

插入页码效果。

9.3.1 设置分页与分节

1. 设置分页

通常情况下，用户在编辑文档时，系统会自动分页。如果要将文档中某个段落后面的内容分配到下一页中，此时可通过插入分页符在指定位置强制分页。方法是：将插入符放置在要分页的位置，然后单击"页面布局"选项卡上"页面布局"组中的"分隔符"按钮，在展开的列表中选择"分页符"即可。

下面将"杂志页面"文档中的第二篇文章安排到下一页中，操作步骤如下。

3 单击"页面布局"选项卡上"页面设置"组中的"分隔符"按钮，在展开的列表中选择"分页符"。

1 打开"素材与实例\素材\第 9 章\杂志页面"文档，可以看到第二篇文章中的标题在第一页上，这很不美观，需将它安排到下一页中。

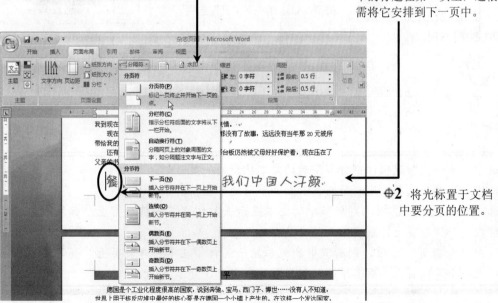

2 将光标置于文档中要分页的位置。

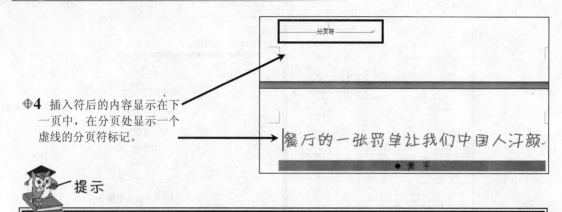

◆4 插入符后的内容显示在下一页中，在分页处显示一个虚线的分页符标记。

💡 提示

如未看到分页符标记，可单击"开始"选项卡"段落"组中的"显示/隐藏编辑标记"按钮 显示此标记。

插入分页符的快捷键是 Ctrl+Enter。

2. 设置分节

为了便于对同一个文档中不同部分的文本进行不同的格式化，用户可以将文档分割成多个节。节是文档格式化的最大单位，只有在不同的节中，才可以设置与前面文本不同的页眉页脚、页边距、页面方向、文字方向或分栏版式等格式。分节使文档的编辑排版更灵活，版面更美观。

如要对"杂志页面"文档中的第三篇文章进行分节，操作步骤如下。

◆1 单击需要插入分节符的位置。

◆2 单击"页面布局"选项卡上"页面设置"组中的"分隔符"按钮，在展开的列表中选择分节符类型，如选择"下一页"选项。

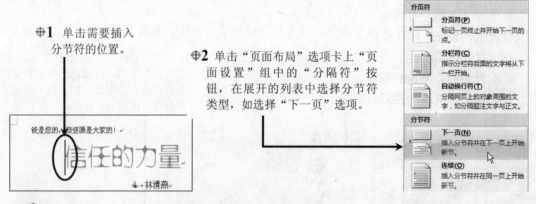

💡 提示

选中"下一页"选项，则分节符后的文本从新的一页开始。

选中"连续"选项，则新节与其前面一节同处于当前页中。

选中"偶数页"选项，则新节中的文本显示或打印在下一偶数页上。如果该分节符已经在一个偶数页上，则其下面的奇数页为一空页。

选中"奇数页"选项，则新节中的文本显示或打印在下一奇数页上。如果该分节符已经在一个奇数页上，则其下面的偶数页为一空页。

钱是您的，但资源是大家的！━━━━━━━━━━━━━分节符(下一页)━━━━━━━━

信任的力量

➡林清玄

有一个年轻人，好不容易获得一份编辑工作，勤勤恳恳干了大半年，却毫无起色。反而在几个大项目上接连失败，而他的同事，个个都干出了成绩。他实在忍受不了这种折磨，在总编辑的办公室，他哽咽地说，可能自己不适合这份工作。"安心工作吧，我会给你足够的时间，直到你取得为止。到那时，你再要走我也不留你。"总编的宽容让年轻人很感

◆3 Word 即在插入符所在位置插入一分节符，并将分节符后的内容显示在下一页中。

提示

与段落格式用段落标记保存一样，节的格式信息用分节符保存。可以通过复制和粘贴分节符来复制节的格式信息。

要删除分节符，可在选中分节符后按 Delete 键。由于分节符中保存着该分节符上面文本的格式，所以删除一个分节符，就意味着删除了这个分节符之上的文本所使用的格式，此时该节的文本将使用下一节的格式。

9.3.2 设置分栏

利用 Word 的分栏排版功能，可以在文档中建立不同数量或不同版式的栏。在分栏的外观设置上，Word 具有很大的灵活性，用户可以控制栏数、栏宽以及栏间距，还可以很方便地设置分栏长度。

设置分栏后，Word 的正文将逐栏排列。栏中文本的排列顺序是从最左边的一栏开始，自上而下地填满一栏后，再自动从一栏的底部流转到右边相邻一栏的顶端，并开始新的一栏。

分栏排版功能广泛应用于报刊和杂志的文档中。

提示

分栏只适合于文档中的正文，对页眉、页脚、批注或文本框则不能分栏。如果实在要在这些区域内来分栏，可以使用表格来实现类似的效果。

1. 文档分栏

如要对"杂志页面"文档设置分栏排版，操作步骤如下。

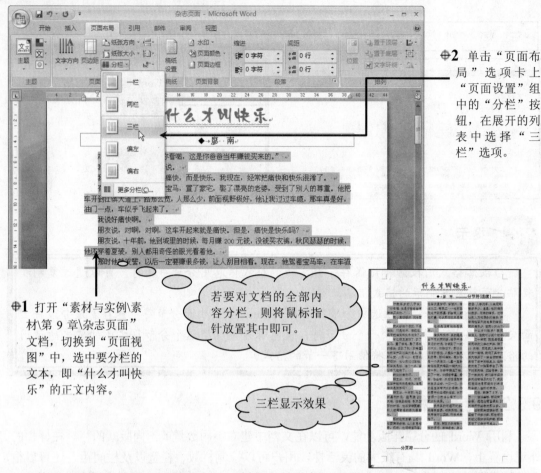

⊕2 单击"页面布局"选项卡上"页面设置"组中的"分栏"按钮，在展开的列表中选择"三栏"选项。

⊕1 打开"素材与实例\素材\第 9 章\杂志页面"文档，切换到"页面视图"中，选中要分栏的文本，即"什么才叫快乐"的正文内容。

若要对文档的全部内容分栏，则将鼠标指针放置其中即可。

三栏显示效果

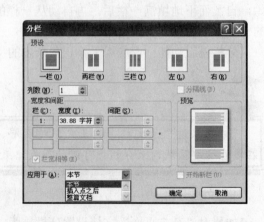

使用"分栏"按钮只可设置小于 4 栏的文档分栏。若单击列表下方的"更多分栏"选项，可打开"分栏"对话框，利用此对话框，可以进行更多、更详细的分栏设置。

在"预设"选项组中：

- 选择"一栏"，可以将已经分为多栏的文本恢复成单栏版式。
- 选择"两栏"、"三栏"选项，可将所选文本分成等宽的两栏或三栏。
- 选择"左"或"右"选项，可以将所选文本分成左窄右宽或左宽右窄的两个不等宽栏。如果要设置 3 栏以上的不等宽栏，需在"列数"微调框中设置分栏的栏数。

选择分栏的样式后，在"列数"微调框中可设置栏数。

选中"分隔线"复选框，可在栏与栏之间设置分隔线，使各栏之间的界限更明显。

在"宽度"和"间距"微调框中可设置每一栏的栏宽以及栏间距。

选中"栏宽相等"复选框，可将所有的栏设置为等宽栏。

在"应用于"下拉列表框中：

● 选择"本节"，将本节设成多栏版式。

● 选择"插入点之后"，将插入符之后的文本设为多栏版式。

● 选择"整篇文档"，则对文档全部内容应用分栏设置。

 提示

在"普通"视图方式下，不能显示多栏版式，被设置成多栏版式的文本只能一栏一栏地显示。只有切换到"页面视图"或"打印预览"方式下，才能查看或设置多栏文本，并看到多栏并排显示的实际效果。

继续对后面两篇文档中的正文进行分栏。

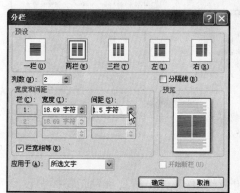

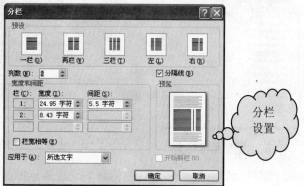

分栏设置

分栏效果图

设置分栏后，拖动标尺上的分栏标记可快速地调整栏宽和栏间距。

拖动标尺上的分栏标记。

单击该按钮可显示标尺。

快乐学电脑

2. 设置等长栏

默认情况下，每一栏的长度都是由 Word 根据文本数量和页面大小自动设置的。但有时这种自动确定的分栏位置或栏的长度往往不能满足用户的需要。例如，Word 会将文档的全部内容集中排列在前面的栏中，这时在文档或节的最后一页会出现不均匀的栏尾，如左图所示。为了使文档的版面效果更好，可以将最后一页中的所有栏设置为等长栏，操作步骤如下所示。

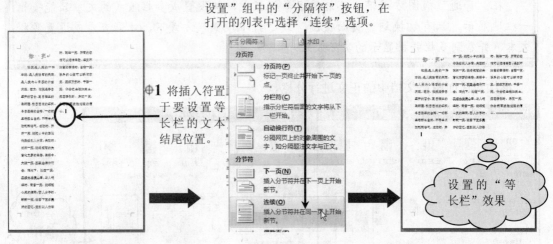

⊕2 单击"页面布局"选项卡中"页面设置"组中的"分隔符"按钮，在打开的列表中选择"连续"选项。

⊕1 将插入符置于要设置等长栏的文本结尾位置。

设置的"等长栏"效果

3. 设置通栏标题

通栏标题就是跨越多栏的标题。设置通栏标题的方法有多种，用户可以先将标题设置为单栏，然后再对其后的文本进行分栏。或者选中位于已分栏区域的标题(参见上面右图)，然后利用前面介绍的两种方法之一将其设置为单栏。

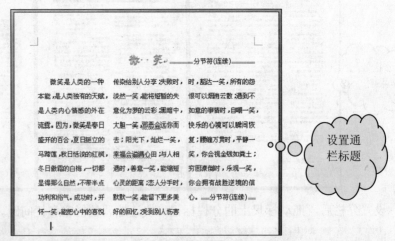

设置通栏标题

9.3.3 设置页眉与页脚

页眉和页脚分别位于文档页面的顶部和底部的页边距中，如下图所示，常常用来插入标题、页码、日期等文本，或公司徽标等图形、符号。用户可以将首页的页眉或页脚设置成与其他页不同的形式，也可以对奇数页和偶数页设置不同的页眉和页脚。

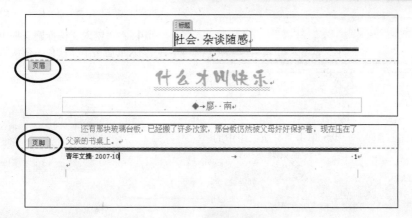

1. 添加页眉和页脚

下面来设置"杂志页面"文档的页眉和页脚，操作步骤如下。

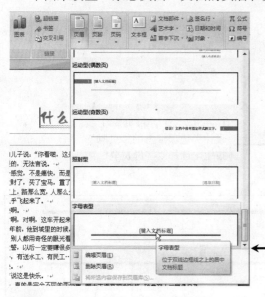

◆**1** 打开"素材与实例\素材\第 9 章\杂志页面"文档。

◆**2** 单击"插入"选项卡上"页眉和页脚"组中的"页眉"按钮，在展开的列表中选择页眉样式，如选择"字母表型"。

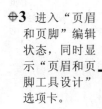 提示

若用户不需在页眉中使用样式，可在列表中选择"编辑页眉"选项，直接进入页眉编辑状态。

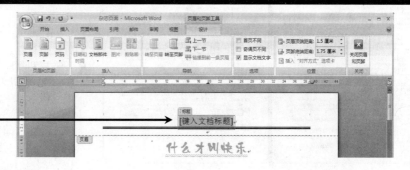

◆**3** 进入"页眉和页脚"编辑状态，同时显示"页眉和页脚工具设计"选项卡。

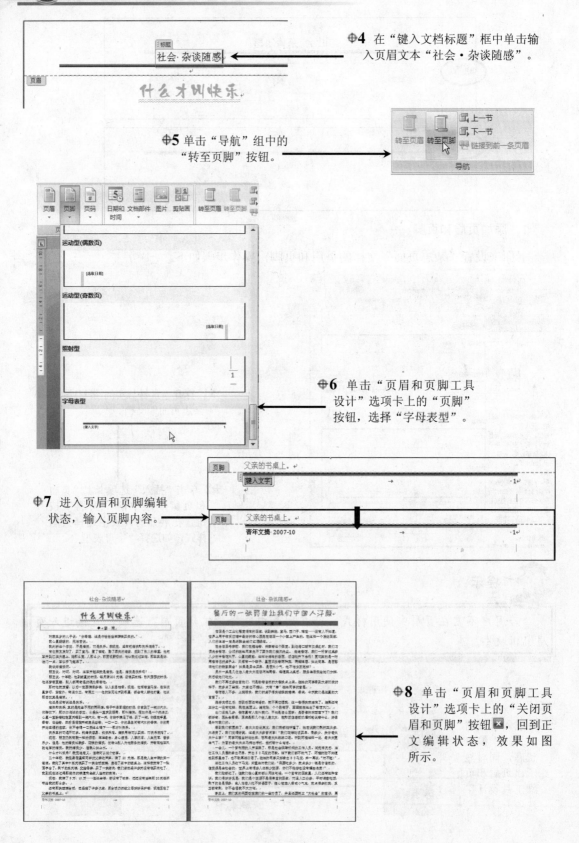

⊕**4** 在"键入文档标题"框中单击输入页眉文本"社会·杂谈随感"。

⊕**5** 单击"导航"组中的"转至页脚"按钮。

⊕**6** 单击"页眉和页脚工具设计"选项卡上的"页脚"按钮，选择"字母表型"。

⊕**7** 进入页眉和页脚编辑状态，输入页脚内容。

⊕**8** 单击"页眉和页脚工具设计"选项卡上的"关闭页眉和页脚"按钮，回到正文编辑状态，效果如图所示。

2. 修改与删除页眉和页脚

页眉和页脚只有在页面视图或打印预览中才是可见的。页眉和页脚与文档的正文处于不同的层次上，因此，在编辑页眉和页脚时不能编辑文档正文。同样，在编辑文档正文时也不能编辑页眉和页脚。

若要修改页眉和页脚内容，在页眉或页脚位置双击鼠标，进入页眉和页脚编辑状态进行编辑修改即可。若要更改页眉或页脚样式，可分别在"页眉"或"页脚"列表中重新选择一种样式，则整个文档的页眉或页脚都会发生改变。

若要删除页眉和页脚，可在"页眉"或"页脚"列表中选择"删除页眉"或"删除页脚"选项。

提示

> 利用"页眉和页脚工具 设计"功能区中的工具按钮，还可以方便地在页眉或页脚区中插入日期和时间、图形和剪贴画等。

选择"编辑页眉"项时的"页眉和页脚工具 设计"选项卡

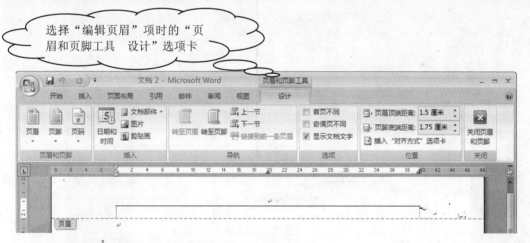

3. 设置首页不同或奇偶页不同的页眉和页脚

有些书中章节的首页没有页眉和页脚，这是设置了首页不同的页眉和页脚效果。另外，对多于两页的文档，可以为奇数页和偶数页设置各自不同的页眉或页脚，如选择在奇数页上使用文档标题，而在偶数页上使用章节标题。下面为"杂志页面"文档设置首页不同和奇偶页不同的页眉和页脚，操作步骤如下。

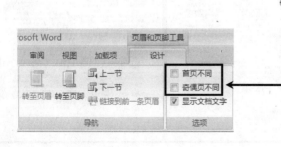

⊕**1** 打开"素材与实例\素材\第 9 章\杂志页面"文档，双击页眉或页脚区，进入页眉和页脚编辑状态。

⊕**2** 选中"页眉和页脚工具 设计"选项卡上"选项"组中的"首页不同"和"奇偶页不同"复选框。

快乐学电脑

✛**3** 此时在文档中的首页、奇数页和偶数页的页眉或页脚处分别以不同的文字标识，然后在相应位置输入内容。

生活

首页页眉

人生之旅

偶数页页眉

社会百态

奇数页页眉

偶数页页脚

青年文摘·2007-10

4．插入页码

页码是一种内容最简单但使用最多的页眉或页脚。由于页码通常都被放在页眉区或页码区，因此，只要在文档中设置页码，实际上就是在文档中加入了页眉或页脚。Word 可以自动而迅速地编排和更新页码。

下面为"杂志页面(分节、分页与分栏)"文档插入页码，操作步骤如下。

✛**1** 打开"素材与实例\实例\第 9 章\杂志页面(分节、分页与分栏)"文档。

✛**2** 进行页眉和页脚编辑状态，单击"页眉和页脚"组中的"页码"按钮，在展开的列表中选择"页面底端"→"镶嵌图案 2"。

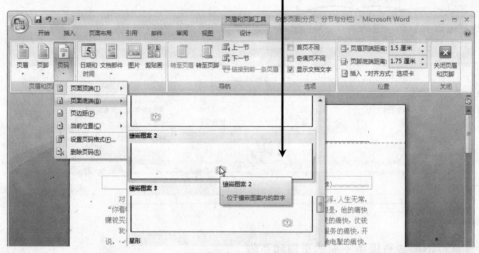

在文档底端插入页码效果。

若要设置页码的格式，可单击列表底部的"设置页码格式"选项，然后在打开的"页码格式"对话框中进行设置。

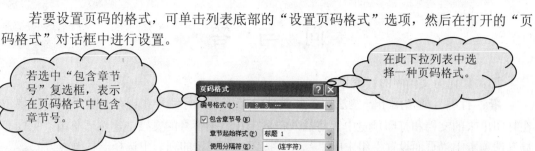

若选中"包含章节号"复选框，表示在页码格式中包含章节号。

在此下拉列表中选择一种页码格式。

如果文档被分成了若干节，选中"续前节"单选按钮，可以将所有节的页码设置成彼此连续的页码。

选中"起始页码"单选按钮，则在本节中重新设置起始页码。

提示

单击列表中的"删除页码"选项，可将页码删除。如果文档首页页码不同，或者奇偶页的页眉或页脚不同，需要将光标分别定位在相应的页面中，再删除页码。

练 一 练

利用分节符改变同一文档的页面方向，效果如下图所示。

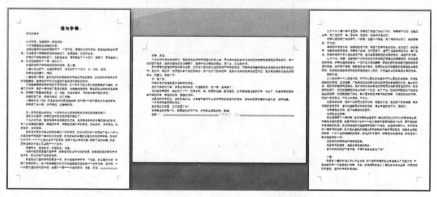

提示

打开"素材与实例\练一练\素材\谁与争锋"文档，在"柳音，莫怕。"前插入一个"下一页"的分节符，接着在"破釜！！！"段落的后面插入一个同样的分节符，将插入符置于两个分节符之间的文档中，然后单击"页面布局"选项卡上"页面设置"组中的"纸张方向"按钮，在展开的列表中选择"横向"。

问 与 答

问：如何为文档中的行编号？

答：行编号通常用于一些法律条文或技术文档中。行编号在屏幕上看不到，仅出现在打印出来的文档和打印预览中。将插入符置于在添加行号的文档中，然后单击"页面布局"选项卡上"页面设置"组中的"行号"按钮，在展开的列表中选择一种编号方式。

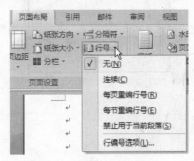

若要对编号进行一些设置，如设置编号距正文的距离，则单击列表下方的"行编号选项"，则打开"页面设置"对话框，然后单击"行号"按钮，打开"行号"对话框。

在该对话框中进行有关设置，下图所示是添加行号后的效果。

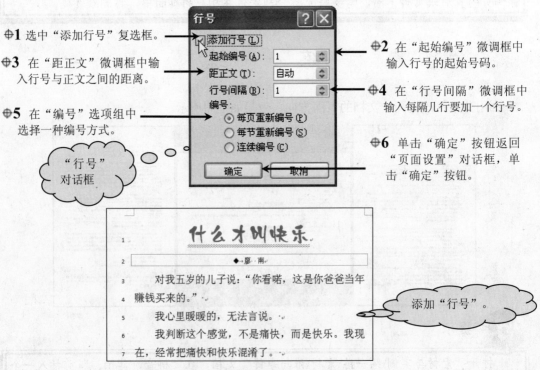

问：如何让 Word 接续前面的数字继续为段落编号？

答：当文档中已经有部分段落添加了编号，在为后续段落添加编号时，Word 将重新为这些段落编号，并在左侧显示智能标记。单击该智能标记，在弹出的列表中选择"继续

编号"，如下图所示，可使编号接续前面的编号进行。此时，再次单击智能标记，列表内
容变为"重新开始编号"，选择该项，Word 将重新为后续段落编号，如下图所示。

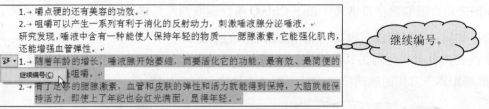

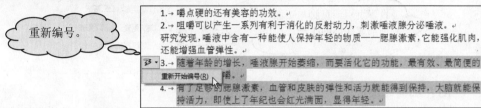

问：能否任意设置编号的起始值？

答：可以。我们需要手动设置起始值。方法是：在要修改的首个编号处单击鼠标右键，在弹出的快捷菜单中选择"设置编号值"，在打开的对话框的"值设置为"微调框中输入起始编号值，单击"确定"按钮即可。

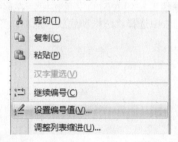

问：如何在 Word 中快速地将星期设置为编号？

答：方法如下图所示。

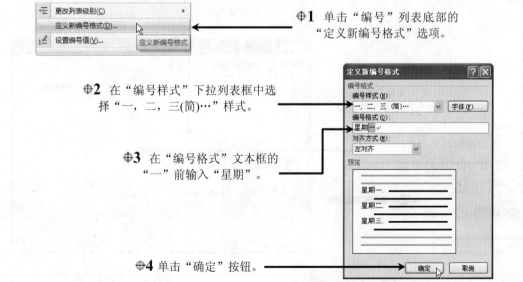

1 单击"编号"列表底部的
"定义新编号格式"选项。

2 在"编号样式"下拉列表框中选
择"一，二，三(简)…"样式。

3 在"编号格式"文本框的
"一"前输入"星期"。

4 单击"确定"按钮。

快
乐
学
电
脑

问：若为文档内容应用样式后又为其设置了格式，如何恢复原有样式？

答：取消人工格式的方法是：首先连同段落标记一起选定段落，然后按下 Ctrl+Shift+Z 组合键取消字符格式，按下 Ctrl+Q 组合键取消段落格式。

问：如何设置页眉或页脚与页面顶部或底部的距离？

答：在"页眉和页脚工具 格式"选项卡上"位置"组中单击"页眉顶端距离"或"页脚底端距离"右侧的微调按钮进行调整或直接输入一个数值。

设置页眉或页脚与页面顶部或底部的距离。

问：如何修改页眉分割线的样式？

答：当在文档中插入了页眉时，会在页眉下方显示一条单实线，若要修改这根线的样式，操作步骤如下。

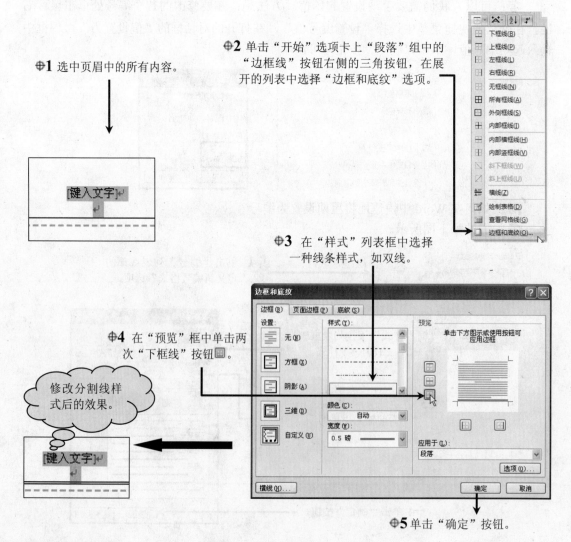

✤**1** 选中页眉中的所有内容。

✤**2** 单击"开始"选项卡上"段落"组中的"边框线"按钮右侧的三角按钮，在展开的列表中选择"边框和底纹"选项。

✤**3** 在"样式"列表框中选择一种线条样式，如双线。

✤**4** 在"预览"框中单击两次"下框线"按钮。

修改分割线样式后的效果。

✤**5** 单击"确定"按钮。

问：如何删除页眉分割线？

答：要删除页眉分割线，可执行与上一问相似的操作，首先选中页眉内容，打开"边框和底纹"对话框，在"边框"选项卡的"设置"选项组中选择"无"，然后单击"确定"按钮。

问：如何为文档中的每一节设置不同的页眉和页脚？

答：若文档内容被分成了多节，在文档中添加页眉和页脚时，页眉和页脚位置会以"页眉 第 X 节"和"页脚 第 X 节"的形式标注。默认情况下，后续节的页眉和页脚内容与前一节保持一致，此时，在后续节页眉和页脚的右侧有"与上一节相同"的标记，并且"页眉和页脚工具 设计"功能区中的"链接到前一条页眉"按钮处于按下状态，如下图所示。也就是说，在任意节中编辑页眉，会使与其相链接的页眉内容得到相应的修改。

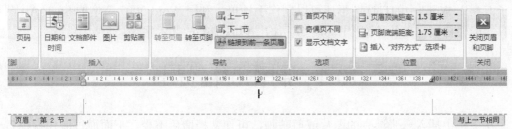

若要设置各节不同的页眉和页脚内容，可将光标放置在相应的页眉或页脚位置，单击功能区中的"链接到前一条页眉"按钮，取消与前一节页眉或页脚的链接，然后再输入所需的内容。单击"上一节"或"下一节"按钮，可使光标依次在每一节的页眉或页脚位置跳转。

要重新与前一节的页眉或页脚链接，可再次单击功能区中的"链接到前一条页眉"按钮，此时，将显示如下图所示的提示框，单击"是"按钮。

设置在所有节中使用相同的页眉和页脚。

问：在 Word 2007 中如何插入包含当前页码与总页数的页码格式？

答：进入页眉和页脚编辑状态，然后单击"页码"按钮，展开列表，在"页面顶端"、"页面底端"或"当前位置"子菜单中选择"X/Y"样式的页码。

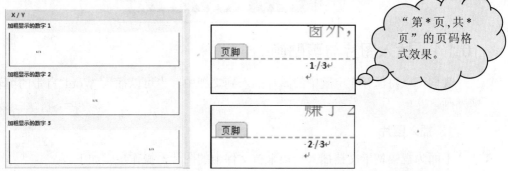

"第*页,共*页"的页码格式效果。

快乐学电脑

第10章 插入图片、图形与艺术字

本章学习重点

☞ 制作祝福贺卡
☞ 制作手抄报
☞ 制作流程图
☞ 制作"水中倒影"艺术字

在 Word 中，只要插入合适的图片，然后写上祝福的话语就可以制作出漂亮的祝福贺卡了。利用 Word 中的自选图形还可以制作手抄报；利用 Word 2007 新增的 SmartArt 图形工具，能轻松制作出各种流程图和组织结构图以及漂亮的艺术字等。

10.1 制作祝福贺卡

在文档中插入一张漂亮的图片或剪贴画，可使文档增色不少。下面通过制作祝福贺卡(参见下图)，介绍在文档中插入、编辑图片与剪贴画，及设置图片特殊效果的方法。

10.1.1 插入图片与剪贴画

我们可以将保存在电脑中的图片插入到文档中，也可以插入 Word 自带的剪辑库中的剪贴画。

1. 插入图片

下面为祝福贺卡文档插入一幅来自文件中的图片，操作步骤如下。

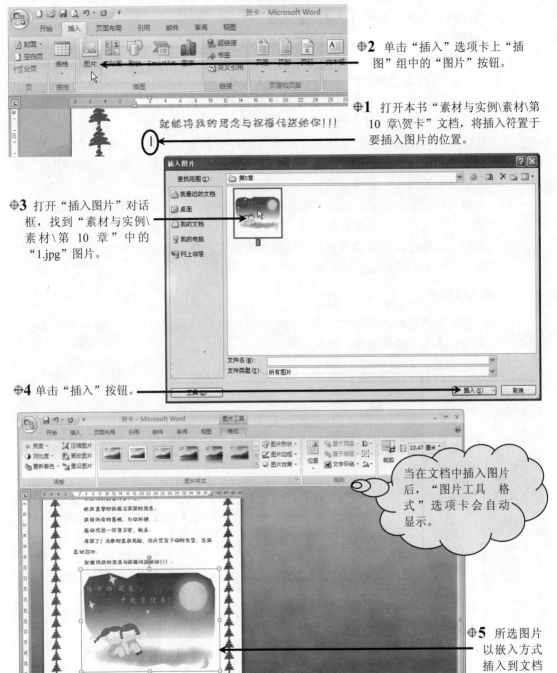

2 单击"插入"选项卡上"插图"组中的"图片"按钮。

1 打开本书"素材与实例\素材\第10 章\贺卡"文档,将插入符置于要插入图片的位置。

3 打开"插入图片"对话框,找到"素材与实例\素材\第 10 章"中的"1.jpg"图片。

4 单击"插入"按钮。

当在文档中插入图片后,"图片工具 格式"选项卡会自动显示。

5 所选图片以嵌入方式插入到文档中的指定位置。

若单击"插入"按钮右侧的倒三角按钮,会打开一个如下图所示的菜单,显示了插入的三种方式。

● "插入"方式:选择"插入"命令,图片被"复制"到当前文档中,成为当前文档中的一部分。当保存文档时,插入的图片会随文档一起保存。以后当提供这个图片的文件发生变化时，文档中的图片不会自动更新。

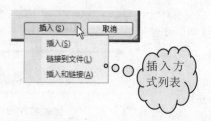

插入方式列表

- "链接到文件"方式：选择"链接到文件"命令，图片以"链接方式"被当前文档所"引用"。这时，插入的图片仍然保存在源图片文件之中，当前文档只保存了这个图片文件所在的位置信息。以链接方式插入图片不会使文档的体积增加许多，也不影响在文档中查看并打印该图片。当提供这个图片的文件被改变后，被"引用"到该文档中的图片也会自动更新。

- "插入和链接"方式：选择"插入和链接"命令，图片被"复制"到当前文档的同时，还建立了和源图片文件的"链接"关系。当保存文档时，插入的图片会随文档一起保存，这可能使文档的体积显著增大。当提供这个图片的文件发生变化后，文档中的图片会自动更新。

2. 插入剪贴画

Word 2007 中的剪贴画库种类齐全，内容丰富，画面漂亮，操作也方便。下面继续在"贺卡"文档中插入一幅剪贴画，操作步骤如下。

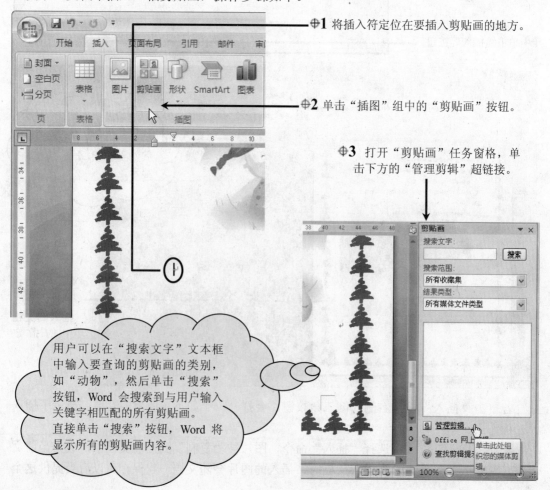

⊕**1** 将插入符定位在要插入剪贴画的地方。

⊕**2** 单击"插图"组中的"剪贴画"按钮。

⊕**3** 打开"剪贴画"任务窗格，单击下方的"管理剪辑"超链接。

用户可以在"搜索文字"文本框中输入要查询的剪贴画的类别，如"动物"，然后单击"搜索"按钮，Word 会搜索到与用户输入关键字相匹配的所有剪贴画。直接单击"搜索"按钮，Word 将显示所有的剪贴画内容。

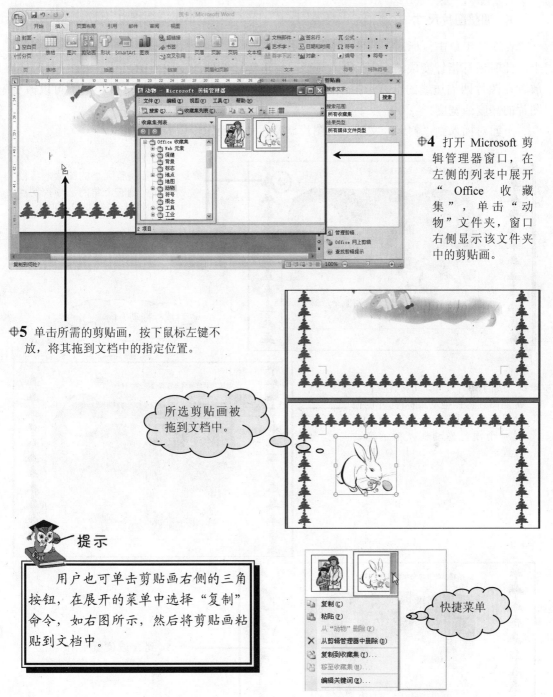

4 打开 Microsoft 剪辑管理器窗口，在左侧的列表中展开"Office 收藏集"，单击"动物"文件夹，窗口右侧显示该文件夹中的剪贴画。

5 单击所需的剪贴画，按下鼠标左键不放，将其拖到文档中的指定位置。

所选剪贴画被拖到文档中。

快捷菜单

提示

用户也可单击剪贴画右侧的三角按钮，在展开的菜单中选择"复制"命令，如右图所示，然后将剪贴画粘贴到文档中。

10.1.2 编辑图片与剪贴画

对于插入到文档中的图片和剪贴画，用户可以根据实际需要对其进行适当的编辑。要对图片进行编辑，首先应单击选中该图片，然后再执行相应的操作。

1. 调整图片尺寸

在图片上单击鼠标，图片四周会显示八个控制点。移动鼠标到图片四角的圆形控制点上，此时鼠标指针变成↙或↘形状，拖动鼠标可等比例地改变图片的尺寸；若将鼠标指针放置在图片四周边线的正方形控制点上，鼠标指针变成↕或↔形状，拖动鼠标可以改变图片的高度或宽度。

下面对插入到"贺卡"文档中的图片调整尺寸，操作步骤如下。

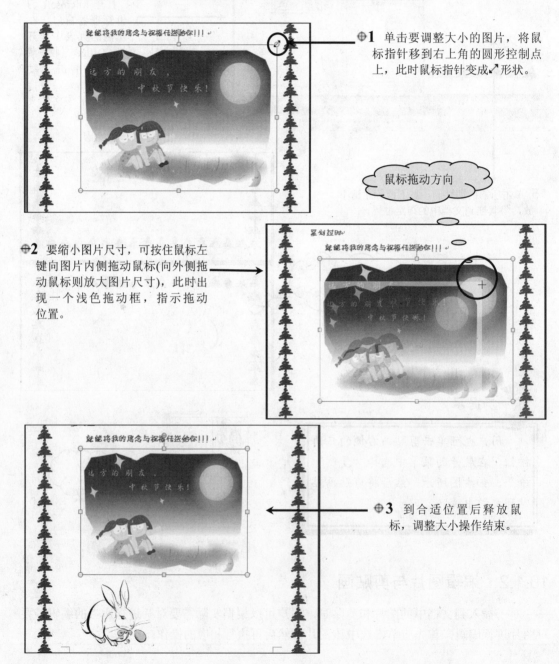

1 单击要调整大小的图片，将鼠标指针移到右上角的圆形控制点上，此时鼠标指针变成↙形状。

鼠标拖动方向

2 要缩小图片尺寸，可按住鼠标左键向图片内侧拖动鼠标(向外侧拖动鼠标则放大图片尺寸)，此时出现一个浅色拖动框，指示拖动位置。

3 到合适位置后释放鼠标，调整大小操作结束。

提示

在"图片工具　格式"选项卡的"大小"组中的"形状高度" 和"形状宽度" 微调框中也可设置图片尺寸，如右图所示。

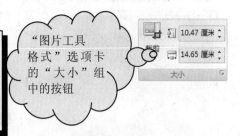

"图片工具格式"选项卡的"大小"组中的按钮

2. 裁剪图片

对于插入到文档中的图片，用户可以根据实际情况，将不需要的部分通过"图片工具格式"选项卡上的"裁剪"按钮 ，将其裁剪。下面将插入到文档中的图片四周的白边裁掉，操作步骤如下。

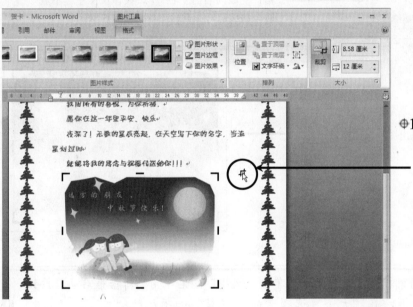

⊕1 选中图片，单击"图片工具　格式"选项卡上的"裁剪"按钮，此时鼠标指针附带裁剪标记，同时图片周围出现 8 个黑色的裁剪控制点。

⊕2 将鼠标指针移到要裁剪一角的裁剪控制点上，此时鼠标指针变成┐形状，按下鼠标左键向中心拖动。

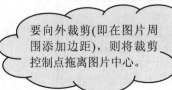

要向外裁剪(即在图片周围添加边距)，则将裁剪控制点拖离图片中心。

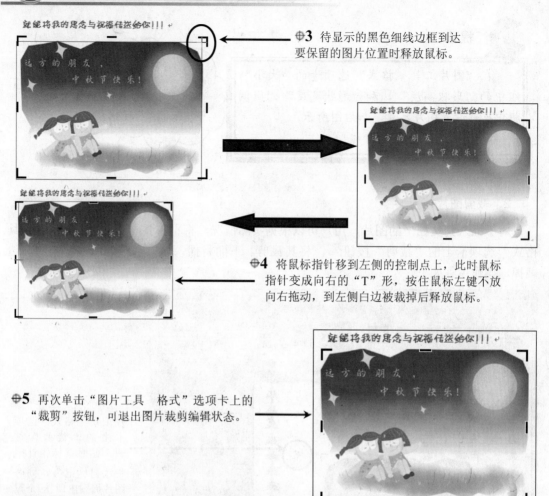

3 待显示的黑色细线边框到达要保留的图片位置时释放鼠标。

4 将鼠标指针移到左侧的控制点上，此时鼠标指针变成向右的"T"形，按住鼠标左键不放向右拖动，到左侧白边被裁掉后释放鼠标。

5 再次单击"图片工具 格式"选项卡上的"裁剪"按钮，叮退出图片裁剪编辑状态。

 提示

若要将图片裁剪到精确的尺寸，可以单击"大小"组右下角的对话框启动器按钮，打开"大小"对话框，在"大小"选项卡的"裁剪"选项组的"左"、"右"、"上"和"下"微调框中设置所需的尺寸。

选中"锁定纵横比"复选框，可在调整图形时保持原始比例不变形。

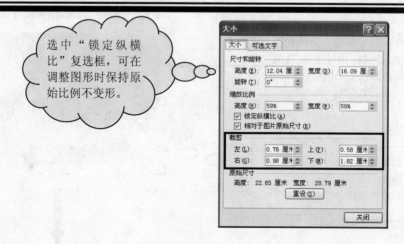

提示

图片上被剪掉的内容并非被删除掉了，而是被隐藏了起来。要显示被裁剪的内容，只需单击"裁剪"按钮 ，将鼠标指针移至控制点上，按住鼠标左键，向图片外部拖动鼠标即可。

3. 设置图片的版式

设置图片的版式，也就是设置图片与周围文字的位置和环绕关系。默认情况下，以"插入"方式插入到文档中的图片或剪贴画是嵌入型的，成为文档的一部分。要想改变这种方式，只需单击"图片工具 格式"选项卡上"排列"组中的"位置"按钮或"文字环绕"按钮，然后在展开的列表中选择一种版式即可。

下面来调整一下"贺卡"文档中的图片版式，操作步骤如下。

选择文字环绕效果后，图片就变成浮动的了，可以随意拖动其到合适的位置。

⊕1 选中图片，单击"图片工具 格式"选项卡上"排列"组中的"位置"按钮。

⊕2 在展开的列表中选择"中间居中"。

居中位置效果

快乐学电脑

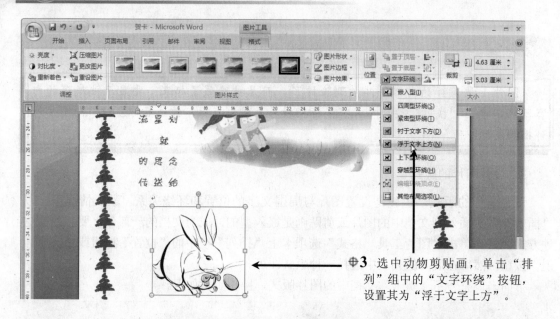

⊕**3** 选中动物剪贴画，单击"排列"组中的"文字环绕"按钮，设置其为"浮于文字上方"。

提示

若要进行更为精确的设置，可以单击"位置"或"文字环绕"列表下方的"更多布局选项"，打开"高级版式"对话框，如右图所示，然后在该对话框中进行详细的设置。

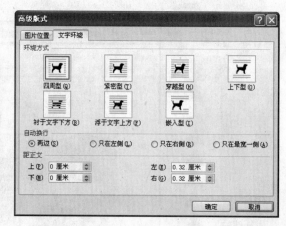

4．移动图片的位置

将鼠标指针移至图片上方，此时鼠标指针呈 形状，按住鼠标左键不放，拖动鼠标，即可调整图片在文档中的位置。

默认情况下，图片是以嵌入的方式插入到文档中的，此时图片的移动范围受到限制。若要自由地移动图片，我们需将图片的版式设置为浮动(使用上一节介绍的方法，将图片的版式设置为嵌入式以外的任意一种形式)，再移动图片的位置。

随意移动图片的位置。

10.1.3　设置图片的形状、边框与效果

　　Word 2007 预设了多种图片样式和图片处理效果，可轻松地实现具有专业水平的图片特殊效果。

　　下面为插入的图片设置形状、添加边框和效果，操作步骤如下。

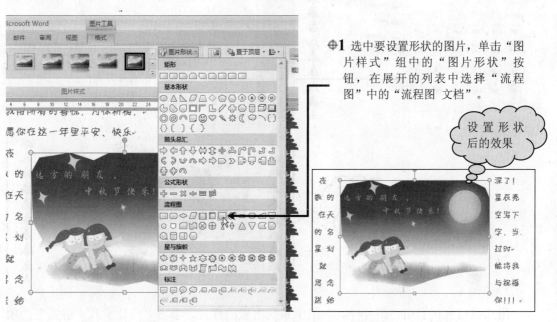

❶ 选中要设置形状的图片，单击"图片样式"组中的"图片形状"按钮，在展开的列表中选择"流程图"中的"流程图 文档"。

设置形状后的效果

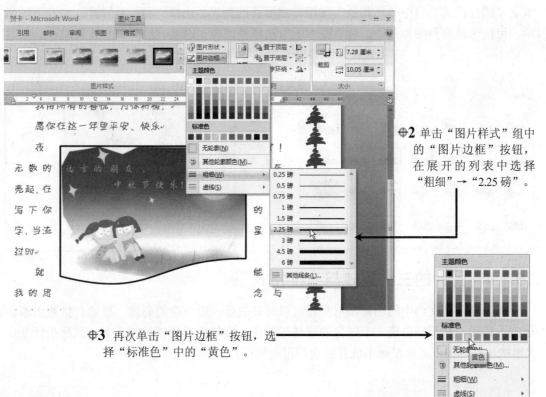

❷ 单击"图片样式"组中的"图片边框"按钮，在展开的列表中选择"粗细"→"2.25 磅"。

❸ 再次单击"图片边框"按钮，选择"标准色"中的"黄色"。

快乐学电脑

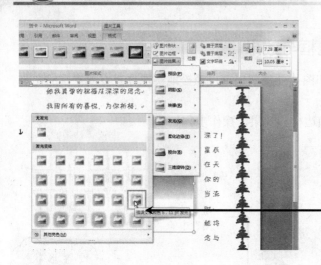

⊕**4** 单击"图片效果"按钮，在展开的列表中选择"发光"→"强调文字颜色6,11pt发光"。

设置风格后的图片效果

用户也可直接套用"图片样式"组中系统内置的样式。单击"图片工具 格式"选项卡上"图片样式"组中的"其他"按钮，在展开的列表中选择一种图片样式，如左下图所示，可快速地得到图片风格。右下图所示为选择"棱台左透视，白色"的效果。

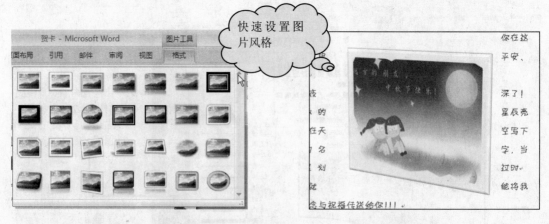

快速设置图片风格

10.1.4 图片的三维旋转与三维格式

对于插入到文档中的图片，用户还可以对其进行一定角度的旋转，以适合排版需求。选中图片后，在顶端出现一个绿色的旋转控制点，将鼠标移到该控制点上，鼠标指针变成🔄形状，此时按下鼠标左键不放并拖动即可旋转图片，如下图所示。

旋转图片

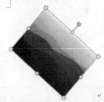

　　用户也可单击"图片工具 格式"功能区"排列"组中的"旋转"按钮，然后在展开的列表中选择一种旋转方式，如左下图所示，右下图是选择"垂直翻转"选项后的效果。

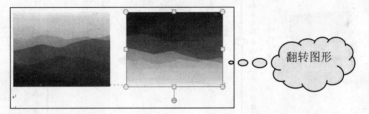

翻转图形

提示

　　若要对图片进行精确旋转，单击列表下方的"其他旋转选项"，则可在打开的对话框中进行更为详细的角度设置。

　　下面对插入的动物剪贴画设置精确的旋转角度，操作步骤如下。

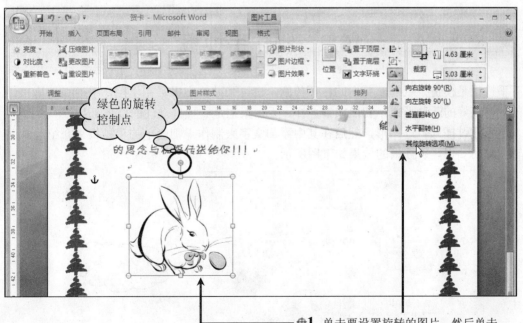

⊕1　单击要设置旋转的图片，然后单击"排列"组中的"旋转"按钮，在展开的列表中选择"其他旋转选项"。

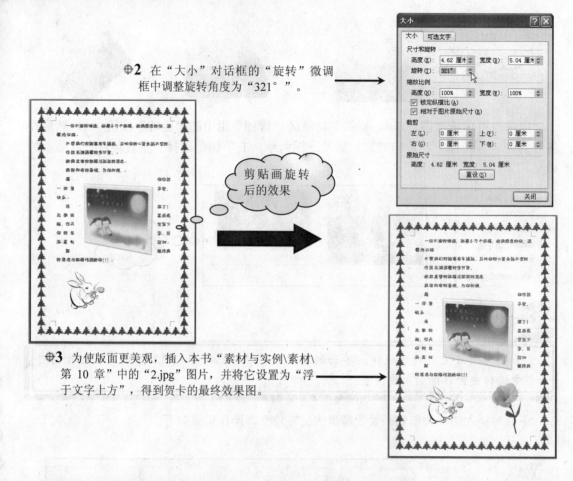

2 在"大小"对话框的"旋转"微调框中调整旋转角度为"321°"。

剪贴画旋转后的效果

3 为使版面更美观，插入本书"素材与实例\素材\第 10 章"中的"2.jpg"图片，并将它设置为"浮于文字上方"，得到贺卡的最终效果图。

10.2　制作手抄报

　　手抄报是模仿报纸的，单面的，可传阅、也可张贴的小报。在学校，手抄报是第二课堂的一种很好的活动形式，和黑板报一样，手抄报也是一种群众性的宣传工具。

　　下面通过插入自选图形，然后在其中添加文字来制作一则简单的手抄报来介绍绘制、编辑图形的知识，手抄报的效果如下图所示。

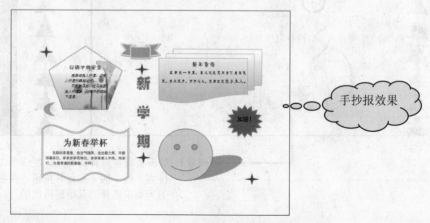

手抄报效果

10.2.1　绘制图形

利用 Word 2007 "插入"选项卡上"插图"组中的"形状"工具，用户可轻松、快速地绘制出效果生动的图形。我们可以在绘制的图形中添加文字，为其套用内置的样式，设置阴影，重新调整其大小等，还可以将绘制的图形与其他图形组合，以便统一调整。

本例首先绘制手抄报所需图形，然后进行版面的安排，操作步骤如下。

⊕**1** 新建一文档，保存为"手抄报"。单击"页面布局"选项
　　卡上的"纸张方向"按钮，在列表中选择"横向"选项。

⊕**2** 单击"插入"选项卡上"插图"组中
　　的"形状"按钮，在展开的列表中选
　　择"基本形状"下的"正五边形"。

⊕**3** 在文档中单击或单击
　　并拖动鼠标绘制形状。

绘制形状后，工具栏会自动显示
"文本框工具　格式"选项卡，
这个选项卡的名称会随着选择不
同的自选图形而有所不同。

⊕**4** 用同样的方法，在文档中插
　　入其他所需的自选图形，并
　　进行适当的位置编排。

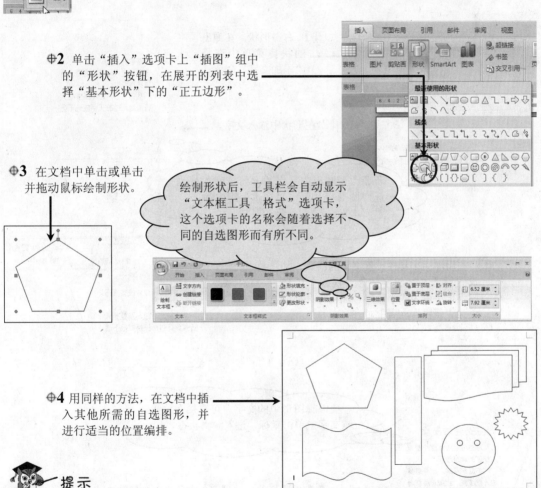

提示

在绘制图形的过程中，若在拖动鼠标的同时按住 Shift 键，可保持图形的宽与高成比例。在选择"矩形"工具或"椭圆"工具后，按住 Shift 键拖动鼠标，可绘制出正方形或正圆；在绘制直线时，按住 Shift 键拖动鼠标，可绘制与水平线的夹角为 15°、30°和 45°的直线。

若在拖动鼠标的同时按住 Ctrl 键，则是以鼠标单击位置为中心绘制对称图形。

10.2.2　编辑图形

对于绘制的图形，用户可以在其中添加文字，填充颜色或图案，设置图形轮廓线的颜色、宽度和线型，对图形应用内置的样式及对齐、组合多个图形等。

1．在形状中添加文字

在各类自选图形中，除了直线、箭头等线条图形外，其他所有图形都允许向其中添加文字。本例以在手抄报的一个图形中添加文字为例介绍操作方法，在其他形状中添加文字并进行格式设置的方法与此类似，故不再赘述，读者可参考光盘中实例文件的内容。

要在形状中添加文字，操作步骤如下。

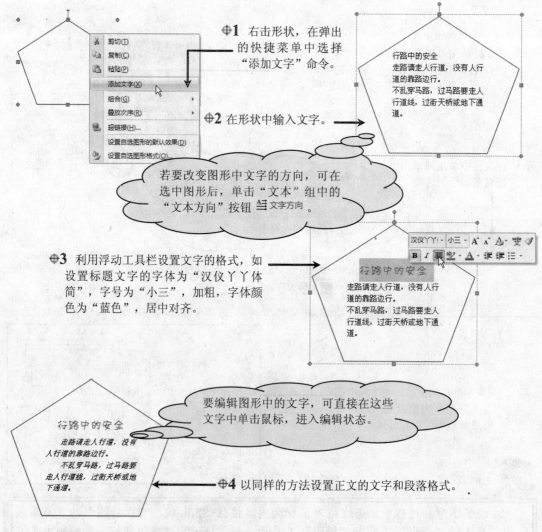

1 右击形状，在弹出的快捷菜单中选择"添加文字"命令。

2 在形状中输入文字。

若要改变图形中文字的方向，可在选中图形后，单击"文本"组中的"文本方向"按钮 ᄇᆗ 文字方向。

3 利用浮动工具栏设置文字的格式，如设置标题文字的字体为"汉仪丫丫体简"，字号为"小三"，加粗，字体颜色为"蓝色"，居中对齐。

要编辑图形中的文字，可直接在这些文字中单击鼠标，进入编辑状态。

4 以同样的方法设置正文的文字和段落格式。

2．设置图形的填充色、轮廓和阴影效果

选中自选图形后，通过功能区中出现的特定选项卡上的形状填充及形状轮廓按钮，可方便地为图形设置填充内容和轮廓线。本例为形状填充一幅图片，并设置轮廓线及颜色，

然后为笑脸图形添加阴影，操作步骤如下。

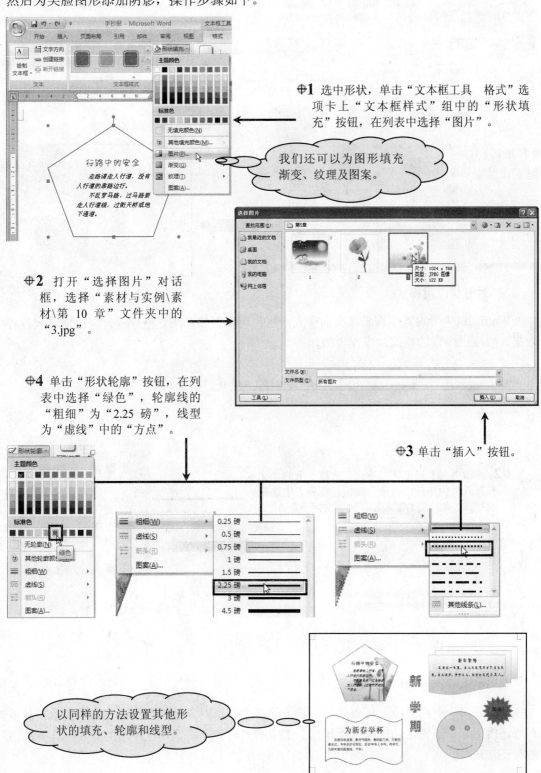

✛1 选中形状，单击"文本框工具 格式"选
项卡上"文本框样式"组中的"形状填
充"按钮，在列表中选择"图片"。

我们还可以为图形填充
渐变、纹理及图案。

✛2 打开"选择图片"对话
框，选择"素材与实例\素
材\第 10 章"文件夹中的
"3.jpg"。

✛4 单击"形状轮廓"按钮，在列
表中选择"绿色"，轮廓线的
"粗细"为"2.25 磅"，线型
为"虚线"中的"方点"。

✛3 单击"插入"按钮。

以同样的方法设置其他形
状的填充、轮廓和线型。

快乐学电脑

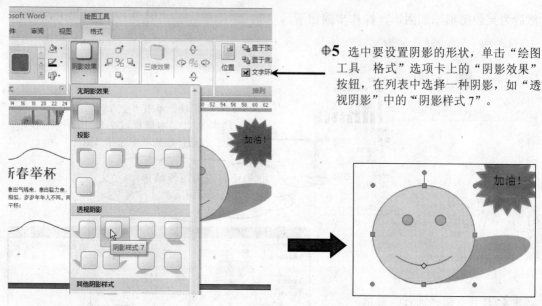

⊕5 选中要设置阴影的形状，单击"绘图工具 格式"选项卡上的"阴影效果"按钮，在列表中选择一种阴影，如"透视阴影"中的"阴影样式7"。

3. 对形状应用样式

Word 2007 中内置了许多漂亮的样式，用户可以直接套用这些样式，轻松地得到各种效果。要应用内置的样式，操作步骤如下。

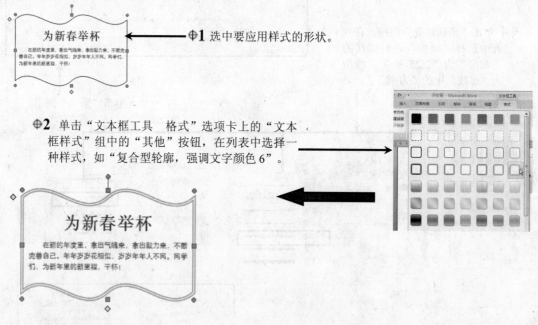

⊕1 选中要应用样式的形状。

⊕2 单击"文本框工具 格式"选项卡上的"文本框样式"组中的"其他"按钮，在列表中选择一种样式，如"复合型轮廓，强调文字颜色6"。

4. 对齐、组合形状

要对齐多个图形对象，可首先单击选中第一个图形对象，然后按住 Shift 键单击其他对象，接下来单击特定功能区上"排列"组中的"对齐"按钮，从弹出的列表中选择所需的对齐方式。

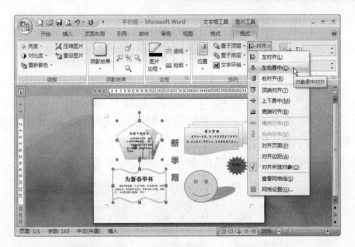

当文档中某个页面上插入了多个自选图形时，为了统一调整其位置、尺寸、线条和填充效果，可将其组合为一个图形单元。方法是：首先单击第一个图形，然后按下 Shift 键单击其他要参与组合的图形，最后单击特定功能区中的"排列"组中的"组合"按钮 组合 ，在列表中选择"组合"(如下图所示)。

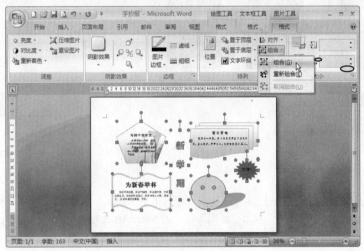

组合图形对象

图形组合后的效果

提示

要取消组合，可右击组合图形对象，然后从弹出的快捷菜单中选择"组合"→"取消组合"命令或单击"排列"组中的"组合"按钮，在展开的"组合"列表中选择"取消组合"选项。

为使版面更美观些，可在页面中添加些细小的自选图形。

快乐学电脑

10.3　制作流程图

Word 2007 增加了智能图表(SmartArt)工具，使用户能够制作出精美的文档图表。智能图表主要用于在文档中演示流程、层次结构、循环或者关系。智能图表图形包括水平列表、垂直列表、组织结构图、射线图和维恩图，功能非常强大。

下面通过制作一张网站建设流程图来介绍如何应用智能图表工具。

10.3.1　插入 SmartArt 图形

要插入 SmartArt 图形，操作步骤如下。

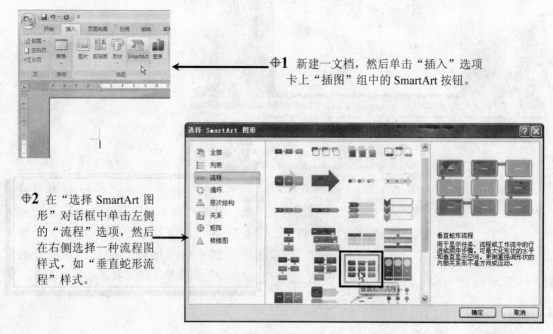

➊ 新建一文档，然后单击"插入"选项卡上"插图"组中的 SmartArt 按钮。

➋ 在"选择 SmartArt 图形"对话框中单击左侧的"流程"选项，然后在右侧选择一种流程图样式，如"垂直蛇形流程"样式。

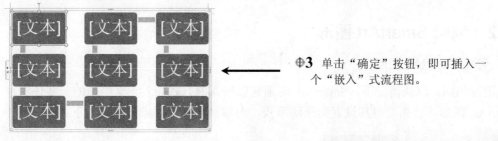

3 单击"确定"按钮，即可插入一个"嵌入"式流程图。

4 在流程图的[文本]占位符上单击鼠标，依次输入文本。

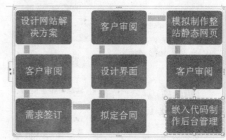

提示

新建图表中显示的"[文本]"字样被称为占位符，用于指示文字输入的位置，在占位符上单击鼠标，占位符就会消失，输入所需的内容即可。

5 右击文本框，在弹出的快捷菜单中选择"添加形状"→"在后面添加形状"命令，添加一个形状以输入后面的内容。

当添加、删除形状或编辑文字时，形状的对齐方式和位置会根据形状的个数和形状中的文字数量自动更新。

6 以同样的方法添加两个形状，然后输入所需文本，最终结果如左图所示。

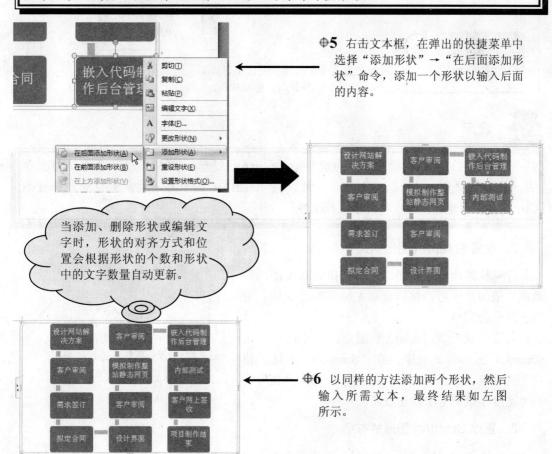

快乐学电脑

10.3.2 编辑 SmartArt 图形

1. 移动 SmartArt 图形

与图片相同，默认情况下，SmartArt 图形是以嵌入的方式插入到文档中的。要任意移动 SmartArt 图形，首先要将其设置为浮动形式，再移动其位置。操作步骤如下。

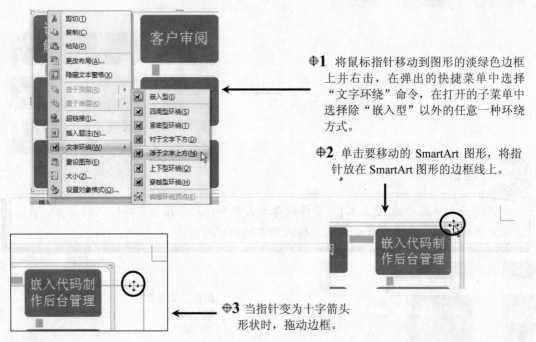

⊕**1** 将鼠标指针移动到图形的淡绿色边框上并右击，在弹出的快捷菜单中选择"文字环绕"命令，在打开的子菜单中选择除"嵌入型"以外的任意一种环绕方式。

⊕**2** 单击要移动的 SmartArt 图形，将指针放在 SmartArt 图形的边框线上。

⊕**3** 当指针变为十字箭头形状时，拖动边框。

> **提示**
>
> 我们也可以使用键盘上的方向键移动 SmartArt 图形：在 SmartArt 图形边框上单击，然后按键盘上的 ←、↑、→、↓ 键，将 SmartArt 图形移动到所需位置。若结合 Ctrl 键进行移动操作，可对图形进行微移。

2. 设置 SmartArt 图形的尺寸

与调整图片尺寸相同，将鼠标指针移至图形四角顶点或边线中心，按住鼠标左键并拖动鼠标，可调整图形的大小。

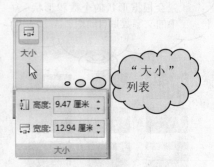

若要精确设置 SmartArt 图形的大小，应单击 SmartArt 图形将其选中，在"SmartArt 工具 格式"选项卡上单击"大小"按钮，分别在"高度"和"宽度"微调框中设置数值。

3. 更改 SmartArt 图形的布局

要更改 SmartArt 图形的布局，首先单击 SmartArt 图形将其选中，单击"SmartArt 工

具　格式"选项卡上的"布局"组中的"其他"按钮,在展开的列表中重新选择一种布局,如"基本蛇形流程",结果如下图所示。

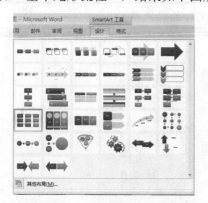
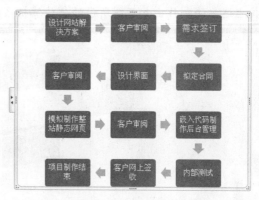

4. 应用 SmartArt 图形的快速样式

要应用 SmartArt 图形的快速样式,首先单击 SmartArt 图形,然后在"SmartArt 工具设计"选项卡上单击"SmartArt 样式"组右侧的"其他"按钮,在展开的列表中选择所需的 SmartArt 样式,如"嵌入",如左下图所示,结果如右下图所示。

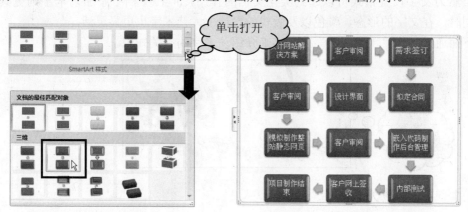

5. 改变 SmartArt 图形的颜色

要改变 SmartArt 图形的颜色。单击"SmartArt 样式"组中的"更改颜色"按钮,在展开的列表中选择一种颜色,如"彩色范围,强调文字颜色 3 至 4",如左下图所示,结果如右下图所示。

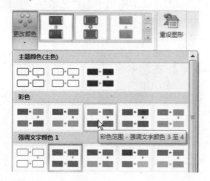

提示

按上述方法制作出如下图所示的"计算机系统"的层次结构图。

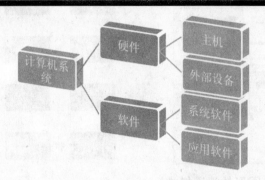

10.4　制作"水中倒影"艺术字

虽然为文字设置格式可以起到美化文档的作用，但在文档中添加艺术字则更具装饰性。同时，在文字的形态、颜色以及版式的设计上，艺术字也更显灵活。

下面通过制作"水中倒影"艺术字来介绍艺术字的有关知识。

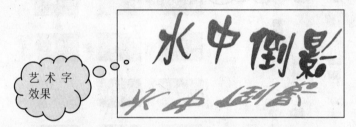

艺术字
效果

10.4.1　插入艺术字

在 Word 2007 的艺术字库中包含了许多漂亮的艺术字样式，选择所需的样式，输入文字，就可以轻松地在文档中插入艺术字。要插入艺术字，操作步骤如下。

⊕**1** 新建一文档，然后单击"插入"选项卡上"文本"组中的"艺术字"按钮。

⊕**2** 在艺术字列表中选择一种样式，如"艺术字样式17"。

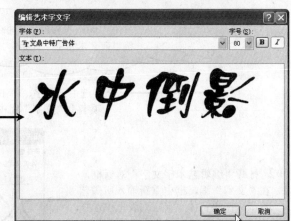

⊕3 打开"编辑艺术字文字"对话框，输入文字"水中倒影"，在"字体"下拉列表框中选择艺术字的字体，如"文鼎中特广告体"，设置字号为"80"。

⊕4 单击"确定"按钮，得到艺术字"水中倒影"。

10.4.2　编辑艺术字

对插入到文档中的艺术字，可以根据实际需要对其大小、形状、样式等进行编辑。

1. 改变艺术字的样式

如果要改变当前艺术字的式样，可单击选中艺术字，然后单击"艺术字工具　格式"选项卡上"艺术字样式"组中的"其他"按钮，在展开的列表中重新选择一种样式，如选择"艺术字样式 22"，如下图所示。

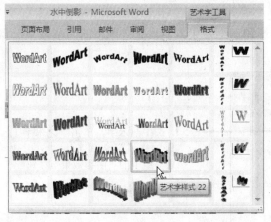

2. 修改艺术字文字内容和字体

修改艺术字文字内容和字体的操作步骤如下。

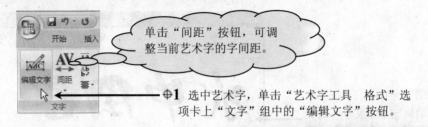

单击"间距"按钮，可调整当前艺术字的字间距。

⊕**1** 选中艺术字，单击"艺术字工具 格式"选项卡上"文字"组中的"编辑文字"按钮。

⊕**2** 打开"编辑艺术字文字"对话框，在"文本"编辑框中重新输入所需艺术字，在"字体"下拉列表框中选择一种字体，在"字号"下拉列表框中选择一种字号。

⊕**3** 单击"确定"按钮。

提示

如果艺术字是由大小写字母组合而成，单击"文本"组中的"等高"按钮 **Aa**，可将选中的艺术字字母设置为相同高度。如果艺术字有多行，可指定艺术字的对齐方式。单击"文本对齐"按钮 ☰▾，在弹出的下拉列表中选中一种对齐方式。若单击"艺术字竖排文字"按钮 ᵇ，可将选中的艺术字竖排，或将竖排文字恢复为横排样式。

3. 设置艺术字效果

Word 2007 为艺术字提供了丰富的阴影和三维效果。要设置艺术字的阴影效果，操作步骤如下。

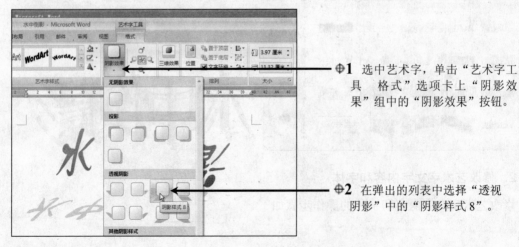

⊕**1** 选中艺术字，单击"艺术字工具 格式"选项卡上"阴影效果"组中的"阴影效果"按钮。

⊕**2** 在弹出的列表中选择"透视阴影"中的"阴影样式 8"。

得到"倒影"效果。

❖3 再次单击"阴影效果"按钮，在列表中选择"阴影颜色"，在"主题颜色"列表中选择"深蓝，文字 2，淡色 60%"。

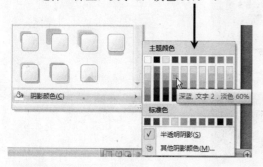

设置"倒影"的颜色。

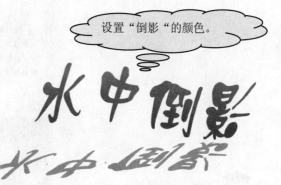

提示

单击"艺术字样式"组中的"形状填充"按钮 ，可改变艺术字的填充颜色；单击"艺术字样式"组中的"形状轮廓"按钮 ，可改变艺术字轮廓的颜色、宽度和线型；单击"更改艺术字形状"按钮 ，可改变艺术字的整体形状。

提示

根据上述制作艺术字的方法，制作如下图所示的艺术字。

练 — 练

利用本章有关知识制作如下图所示的书签。

快
乐
学
电
脑

提示

(1) 新建一高度为 12.3 厘米、高度为 4.4 厘米的绘图画布。

(2) 在画布中插入本书配套光盘中的 "素材与实例\练一练\素材" 文件夹中 1.jpg 和 2.jpg 图片，并适当调整其尺寸。

(3) 绘制 "同心圆" 图形，并套用一个合适的形状样式，作为穿穗用的孔。

(4) 使用文本框添加文本并设置文本格式。

(5) 为画布添加一个淡绿色边框。

问 与 答

问：如何设置图片的颜色、调整图片的亮度和对比度？

答：选中图片后，单击 "图片工具 格式" 选项卡上 "调整" 组中的 "亮度" 按钮、"对比度" 按钮或 "重新着色" 按钮，在弹出的列表中选择所需的选项即可。下面，我们具体介绍操作方法，如下。

⊕**1** 选中要编辑的图片。

✛**2** 单击"图片工具 格式"选项卡上
"调整"组中的 "重新着色"按钮，
在弹出的列表中选择一种着色样式，如
"强调文字颜色 4 深色"。

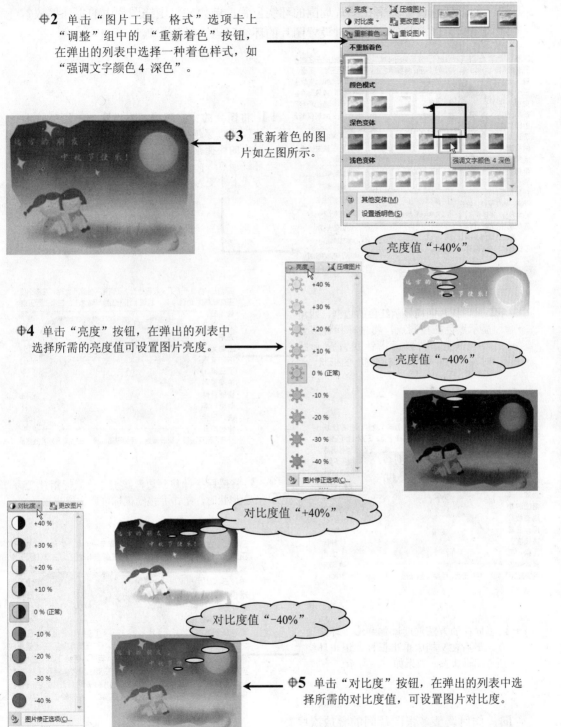

✛**3** 重新着色的图
片如左图所示。

亮度值"+40%"

✛**4** 单击"亮度"按钮，在弹出的列表中
选择所需的亮度值可设置图片亮度。

亮度值"-40%"

对比度值"+40%"

对比度值"-40%"

✛**5** 单击"对比度"按钮，在弹出的列表中选
择所需的对比度值，可设置图片对比度。

问：如何快速恢复图片的本来面目？

答：如果你将图片修改得面目全非，要快速恢复图片到插入时的样子，可选中图
片，单击"图片工具 格式"选项卡上"调整"组中的"重设图片"按钮。

快乐学电脑

问：能否任意设置文字在图片周围的环绕位置，例如，只围绕图片中的主体摆放？

答：当然可以，我们可以通过设置图片的环绕顶点，操作步骤如下。

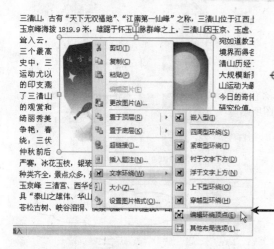

1 将图片的文字环绕关系设置为"紧密型环绕"或"穿越型环绕"，然后右击该图片，从弹出的快捷菜单中选择"文字环绕"→"编辑环绕顶点"命令(该命令只在上述两种文字环绕方式下才变为可用)。

2 此时图片四周显示红色的边框，四角显示黑色的控制点，将鼠标指针移至控制点上，待鼠标指针变为 形状时，拖动鼠标可调整控制框的形状。

3 将鼠标指针移到边框线上，待鼠标指针变为 形状时，单击并拖动鼠标可增加控制点。

4 以同样的方法继续添加和编辑环绕顶点，最后在文档中单击鼠标，退出环绕顶点编辑状态，效果如右图所示。

问：如何调整多张图片间的叠放次序？

答：默认情况下，Word 会按照插入图形的先后顺序确定图形的叠放层次，即先插入的图形在最下面，最后插入的图形在最上面。这样，处在上层的图片就可能遮盖住下面的图片。对于多张处于浮动状态的图片，也存在同样的情况。若要调整图片或图形的叠放次序，可在要调整层次的图片上右击，在弹出的快捷菜单中选择"叠放次序"命令，然后在子菜单中选择一种叠放方式。

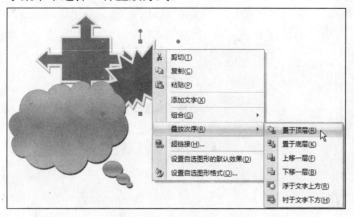

问：如何快速得到图形对象的镜像图形？

答：要实现图形对象的镜像，可执行如下操作步骤。

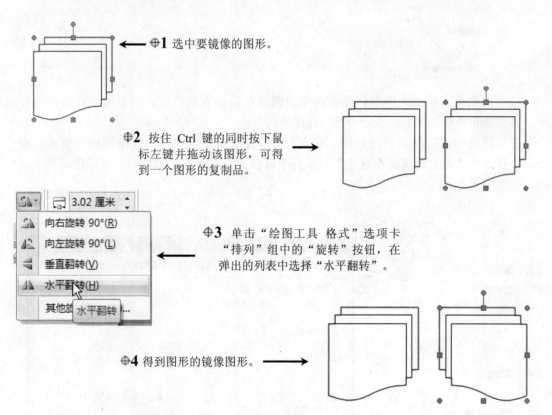

⊕**1** 选中要镜像的图形。

⊕**2** 按住 Ctrl 键的同时按下鼠标左键并拖动该图形，可得到一个图形的复制品。

⊕**3** 单击"绘图工具 格式"选项卡"排列"组中的"旋转"按钮，在弹出的列表中选择"水平翻转"。

⊕**4** 得到图形的镜像图形。

问：使用绘图画布有什么好处，如何使用？

答：在绘制自选图形时，使用绘图画布可统一缩放其中的全部图形，并且当移动画布时，画布中的图形也随之移动，方便对图形进行调整。

　　单击"插入"选项卡上"插图"组中的"形状"按钮，在展开的列表中选择"新建绘图画布"选项，即可向文档中插入一块绘图画布。

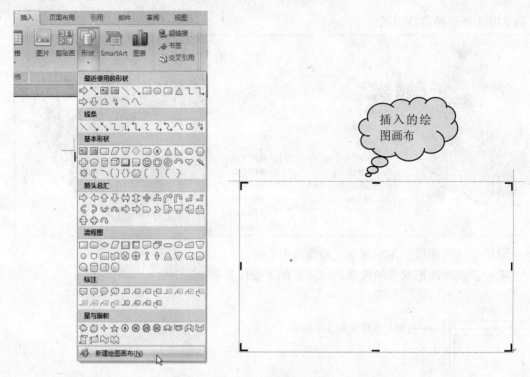

插入的绘
图画布

在绘制画布上绘制的图形，以及选中绘图画布后插入的图片，均被包含在绘图画布中。若在画布外绘制图形，表示不使用绘图画布。

在绘图画布的边框上右击鼠标，从弹出的快捷菜单中选择"设置绘图画布格式"命令，在打开的"设置绘图画布格式"对话框中可设置绘图画布的边框和填充颜色，画布高度、宽度等属性。

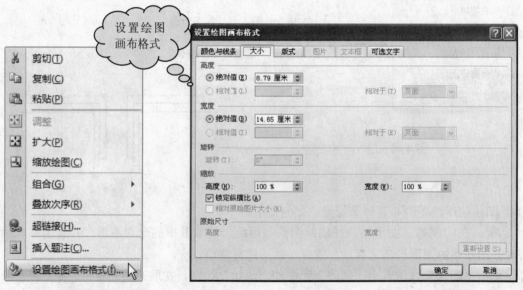

设置绘图
画布格式

问：如何在图片上添加文字？

答：要在图片上添加文字，我们可以借助于文本框。在文档中插入文本框的方法是：单击"插入"选项卡上"文本"组中的"文本框"按钮，然后在展开的列表中选择一种文本框的样式，在此我们选择"绘制文本框"选项，如左下图所示。在文档中单击并拖动可绘制一横向文字的文本框，如右上图所示，此时，就可在文本框中添加文字了。

文本框创建完成，我们还可通过"文本框工具 格式"选项卡对文本框的边框样式、阴影、三维、排列、大小和文本框内的文字方向等进行设置。右下图所示为文本框格式设置效果。

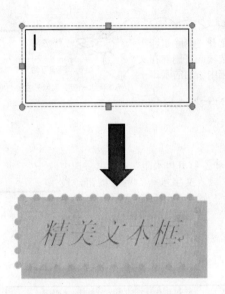

若要在图片上添加文字，我们只需选中文本框，将其"形状填充"设置为"无填充颜色"，将"形状轮廓"设置为"无轮廓"，文本框中文字格式设置方法与文档内容相同，效果如下图所示。

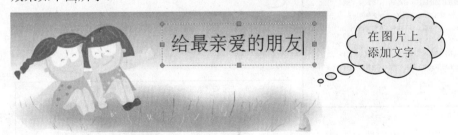

问：如何在文档中添加水印效果？

答：水印是一种显示在页面上的浅淡文本或图片效果。通常用于美化文档或标识文档状态，我们可在页面视图、阅读视图以及打印预览视图中查看水印。要为文档添加水印效果，操作步骤如下。

快乐学电脑

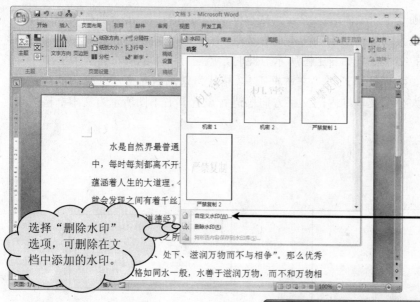

1 打开要添加水印的文档，单击"页面布局"选项卡上"页面背景"组中的"水印"按钮，展开列表，选择一种水印样式，在此，我们选择"自定义水印"选项。

选择"删除水印"选项，可删除在文档中添加的水印。

2 打开"水印"对话框，选中"文字水印"单选按钮，设置文字水印的文字内容、字体、字号和颜色，然后单击"确定"按钮。

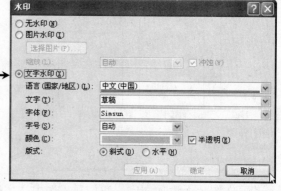

文字水印效果

3 若在"水印"对话框中选中"图片水印"单选按钮，然后单击"选择图片"按钮还可在文档中添加图片水印。

问：如何在文档中插入 Word 自带的封面？

答：方法如下图所示。

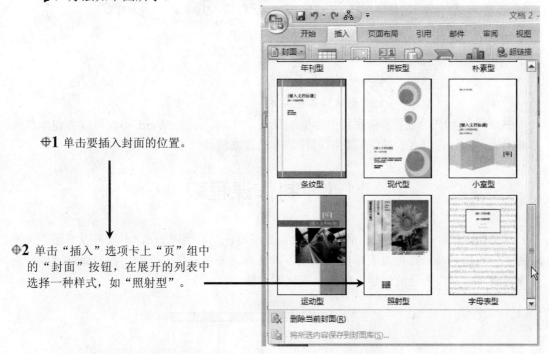

⊕**1** 单击要插入封面的位置。

⊕**2** 单击"插入"选项卡上"页"组中
的"封面"按钮，在展开的列表中
选择一种样式，如"照射型"。

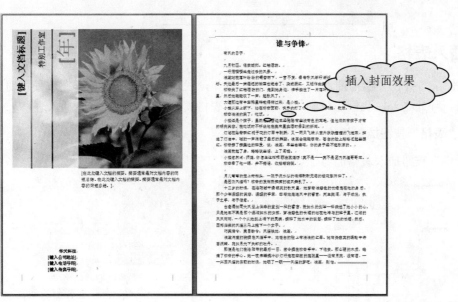

插入封面效果

第11章　在文档中插入表格

本章学习重点

☞ 制作课程表
☞ 表格的其他应用

在日常办公中，使用表格表现内容更加直观、生动。使用 Word 不仅可以方便地绘制和编辑表格，还可以对表格中的数据进行简单的数据统计。

11.1　制作课程表

除文档编排外，Word 的表格制作功能也毫不逊色。利用 Word，不仅可以方便、快速地创建和编辑表格，还可为表格内容添加各种格式，美化表格。下面，我们通过制作一张"课程表"，学习表格的创建、编辑及美化的方法。

课 程 表

	星期一	星期二	星期三	星期四	星期五
1	英语	物理	化学	政治	语文
2	数学	英语	物理	化学	政治
3	语文	数学	英语	物理	化学
4	政治	语文	数学	英语	物理
			午休		
5	化学	政治	语文	数学	英语
6	物理	化学	政治	语文	数学

11.1.1　插入表格

Word 提供了多种在文档中插入表格的方法。例如，我们可以使用工具按钮或使用对话框插入表格，除此之外，我们还可利用系统提供的表格模板快速地在文档中插入表格。

1．利用"表格"按钮插入表格

利用"表格"按钮插入表格的方法如下。

➊ 切换到"插入"选项卡。

➋ 单击"表格"按钮。

被选中的方格显示橙色的边框

➌ 在弹出的列表中拖动鼠标，设置所需的单元格数量，在此，我们选择 6×8 表格，单击鼠标，完成插入表格操作。

Word 将根据用户的选择自动预览表格效果。

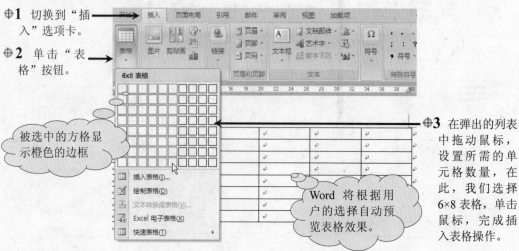

2．利用对话框插入表格

利用"表格"按钮插入表格虽然方便，但其最多只能插入 10×8 的表格，这对于插入大型表格来说，显然是不可行的。利用"插入表格"对话框插入表格，就可弥补这一缺憾。操作步骤如下。

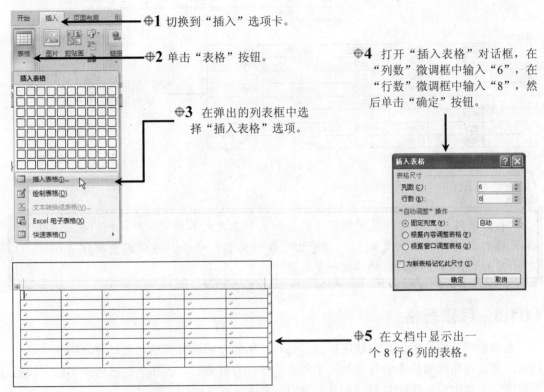

⊕1 切换到"插入"选项卡。

⊕2 单击"表格"按钮。

⊕3 在弹出的列表框中选择"插入表格"选项。

⊕4 打开"插入表格"对话框，在"列数"微调框中输入"6"，在"行数"微调框中输入"8"，然后单击"确定"按钮。

⊕5 在文档中显示出一个 8 行 6 列的表格。

11.1.2　输入与移动、复制表格内容

下面，我们在表格中添加内容。由于课程表中许多单元格的内容是相同的，所以，我们可以在输入部分内容后，通过复制的方法得到全部内容。操作步骤如下。

⊕1 在位于左上角的单元格中按 Enter 键，然后在插入的空行中输入表格的名称，例如输入"课程表"，然后依次移动光标到表格中，输入相应的内容。

课程表	星期一	星期二	星期三	星期四	星期五
1	英语				
2	数学				
3	语文				
4	政治				
	午休				
5	化学				
6	物理				

课程表	星期一	星期二	星期三	星期四	星期五
1	英语				
2	数学				
3	语文				
4	政治				
	午休				
5	化学				
6	物理				

⊕2 选中要复制的内容，在按住 Ctrl 键的同时，拖动鼠标到指定的单元格。

快乐学电脑

⊕3 释放鼠标，所选内容
被复制到指定位置。

课程表

课程表	星期一	星期二	星期三	星期四	星期五
1	英语				
2	数学	英语			
3	语文				
4	政治				
	午休				
5	化学				
6	物理				

课程表

课程表	星期一	星期二	星期三	星期四	星期五
1	英语	物理	化学	政治	语文
2	数学	英语	物理	化学	政治
3	语文	数学	英语	物理	化学
4	政治	语文	数学	英语	物理
	午休				
5	化学	政治	语文	数学	英语
6	物理	化学	政治	语文	数学

⊕4 依照同样的方法，完成
所有内容的填充操作。

提示

　　表格中内容的移动和复制操作与移动和复制正文文本相同，所以我们也可在选中单元格内容后，使用"复制"、"剪切"和"粘贴"命令，或使用快捷键 Ctrl+C、Ctrl+X 和 Ctrl+V 完成内容的移动和复制操作。

11.1.3　编辑表格

　　表格创建完成之后，我们还应根据需要对表格的布局进行调整，如设置表格的行高和列宽，插入与删除表格中的行与列，单元格的合并与拆分等。但在进行这些操作前，我们需要选定表格中要操作的对象。本节，我们主要讲述这方面的内容。

1．选定表格、行、列或单元格

　　选定表格、行、列或单元格的方法与文档选定方法相似。

表格区域的选择方法

选择区域	操作方法
选中当前单元格(行)	将鼠标移到单元格与左边界第一个字符之间，待指针变成 ↗ 形状后，单击鼠标左键可选中该单元格，双击则选中该单元格所在的一整行
选中一整行	将鼠标指针移到该行左边界的外侧，待指针变成 ↗ 形状后，单击鼠标左键
选中一整列	按住 Alt 键，同时单击该列中的任何位置，或将鼠标移到该列顶端，待指针变成 ↓ 形状后，单击鼠标左键
选中多个相邻单元格	单击要选择的第一个单元格，将鼠标的 I 形指针移至要选择的最后一个单元格，按下 Shift 键，同时单击鼠标左键
选中多个不相邻单元格	按住 Ctrl 键的同时，依次单击要选取的单元格
选中整个表格	按住 Alt 键的同时双击表格内的任何位置，或单击表格左上角的 ⊕ 符号

提示

要选中多行或多列，只需在选中一行或一列后，按住鼠标左键不放并拖动鼠标。

下列各图所示分别为选中表格中的一个单元格、一行、一列、多个相邻单元格以及多个不相邻单元格的示例。

课程表

	星期一	星期二	星期三	星期四	星期五
1	英语	物理	化学	政治	语文
2	数学	英语	物理	化学	政治
3	语文	数学	英语	物理	化学
4	政治	语文	数学	英语	物理
	午休				
5	化学	政治	语文	数学	英语
6	物理	化学	政治	语文	数学

选中表格中的一个单元格。

课程表

	星期一	星期二	星期三	星期四	星期五
1	英语	物理	化学	政治	语文
2	数学	英语	物理	化学	政治
3	语文	数学	英语	物理	化学
4	政治	语文	数学	英语	物理
	午休				
5	化学	政治	语文	数学	英语
6	物理	化学	政治	语文	数学

选中表格中的一行。

课程表

	星期一	星期二	星期三	星期四	星期五
1	英语	物理	化学	政治	语文
2	数学	英语	物理	化学	政治
3	语文	数学	英语	物理	化学
4	政治	语文	数学	英语	物理
	午休				
5	化学	政治	语文	数学	英语
6	物理	化学	政治	语文	数学

选中表格中的一列。

课程表

	星期一	星期二	星期三	星期四	星期五
1	英语	物理	化学	政治	语文
2	数学	英语	物理	化学	政治
3	语文	数学	英语	物理	化学
4	政治	语文	数学	英语	物理
	午休				
5	化学	政治	语文	数学	英语
6	物理	化学	政治	语文	数学

选中相邻的多个单元格。

课程表

	星期一	星期二	星期三	星期四	星期五
1	英语	物理	化学	政治	语文
2	数学	英语	物理	化学	政治
3	语文	数学	英语	物理	化学
4	政治	语文	数学	英语	物理
	午休				
5	化学	政治	语文	数学	英语
6	物理	化学	政治	语文	数学

选中不相邻的多个单元格。

快乐学电脑

提示

> 单击"表格工具 布局"功能区中"表"组中的"选择"按钮，在弹出的列表中选择相应选项，也可执行单元格、行、列及整个表格的选择操作。

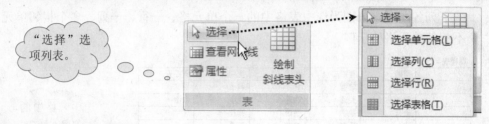

"选择"选项列表。

2. 调整表格的行高和列宽

一般情况下，Word 会自动根据输入的内容自动调整表格的行高。我们也可根据需要自行调整表格的行高与列宽。值得注意的是，虽然不同的行可以有不同的高度，但一行中的所有单元格必须具有相同的高度，因此设置某一个单元格的高度实际上是设置单元格所在行的高度。下面，我们介绍一些常用的调整表格行高和列宽的方法。

使用鼠标拖动调整行高与列宽

使用鼠标拖动是调整表格行高与列宽的最直观、快捷的方法。该方法就是用鼠标拖曳表格的边框线调整表格的行高与列宽。具体操作步骤如下。

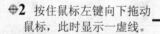

⊕1 要调整表格的行高，可将鼠标移至要调整高度的行下方的边线上，此时鼠标指针变成 ⬍ 形。

⊕2 按住鼠标左键向下拖动鼠标，此时显示一虚线。

⊕3 待虚线到达表格边框所需移至的位置时，释放鼠标即可。

提示

> 以类似的方法，将鼠标指针放置在表格列边线上，待鼠标指针变成 ◀‖▶ 形，向左或向右拖动鼠标，可调整表格的列宽，效果如下图所示。

课程表

	星期一	星期二	星期三
1	英语	物理	化学
2	数学	英语	物理
3	语文	数学	英语
4	政治	语文	数学
	午休		
5	化学	政治	语文
6	物理	化学	政治

课程表

	星期一	星期二	星期三
1	英语	物理	化学
2	数学	英语	物理
3	语文	数学	英语
4	政治	语文	数学
	午休		
5	化学	政治	语文
6	物理	化学	政治

提示

　　将鼠标指针放置在单元格右侧边线上，待鼠标指针变成 ◆‖◆ 形时，双击鼠标，Word 将根据单元格中的内容自动调整表格列宽。

　　如果要对表格进行更为精确的调整，可在拖动鼠标的同时，按住 Alt 键，此时，标尺上将显示精确数值。

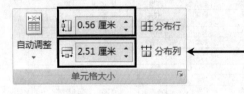

精确调整表格宽度。

精确调整表格的行高与列宽

　　使用功能区中的命令或"表格属性"对话框，可精确地设置表格的行高与列宽。操作方法如下。

　　1 将光标放置在要调整行高或列宽的单元格中，或选中要调整行高或列宽的行或列，在"表格工具 布局"功能区"单元格大小"组中的"表格行高度"或"表格列宽度"微调框中输入具体数值。

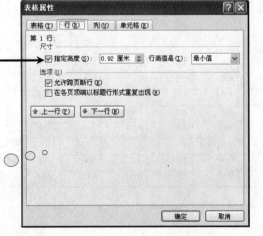

　　2 单击工具组右下方的对话框启动器 ⓘ，打开"表格属性"对话框，切换到"行"选项卡，然后选中"指定高度"复选框，并在其后面的微调框中指定具体的行高值。

精确设置表格行高与列宽。

提示

若要设置列宽，只需在"表格属性"对话框中切换到"列"选项卡，然后设置具体的数值即可。

自动调整表格的行高与列宽

除了上述方法外，Word 2007 还可根据内容、窗口等自动调整表格的行高与列宽，或平均分布行与列，使各行、各列的高度或宽度相同。

选中要调整行高或列宽的行或列，单击"表格工具 布局"功能区"单元格大小"组中的"自动调整"按钮，在弹出的列表中选择所需的选项。

自动调整表格的行高与列宽。

- 选择"根据内容自动调整表格"选项，表示表格按每一列的文本内容重新调整列宽，调整后的表格看上去更加紧凑、整洁。
- 选择"根据窗口自动调整表格"选项，表示表格中每一列的宽度将按照相同的比例扩大，调整后的表格宽度与正文区宽度相同。
- 选择"固定列宽"选项，表示必须给列宽指定一个确切的值。

单击"分布行"或"分布列"按钮，可使选中的各行或各列的高度或宽度相同。操作方法如下。

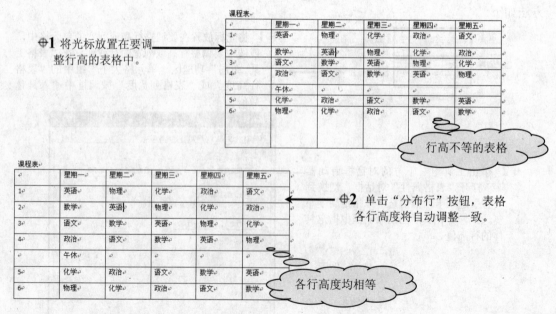

⊕1 将光标放置在要调整行高的表格中。

行高不等的表格

⊕2 单击"分布行"按钮，表格各行高度将自动调整一致。

各行高度均相等

3. 插入与删除表格的行、列与单元格

利用功能区中的命令，可以方便地插入与删除表格的行、列与单元格。

插入行、列或单元格

要在表格中插入行、列或单元格，可在定位光标后，使用"表格工具 布局"功能区"行和列"组中的相应命令完成操作，操作方法如下。

课程表

	星期一	星期二
1	英语	物理
2	数学	英语
3	语文	数学
4	政治	语文
	午休	
5	化学	政治
6	物理	化学

✛1 将光标放置在要添加列位置的任意单元格中。

✛2 选择"在右侧插入"选项。

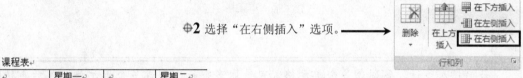

课程表

	星期一		星期二
1	英语		物理
2	数学		英语
3	语文		数学
4	政治		语文
	午休		
5	化学		政治
6	物理		化学

✛3 光标所在位置的右侧插入一列。

插入列

提示

以同样的方法，选择"在左侧插入"可在光标所在位置的左侧插入一列，选择"在上方插入"或"在下方插入"，可在光标所在位置上方或下方插入一行。

要在表格中插入单元格，可执行如下操作。

课程表

	星期一	星期二
1	英语	物理
2	数学	英语
3	语文	数学
4	政治	语文
	午休	
5	化学	政治
6	物理	化学

✛1 将光标放置在要添加单元格位置的任意单元格中。

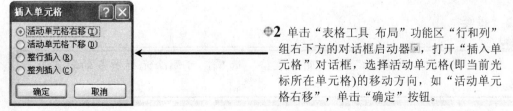

✛2 单击"表格工具 布局"功能区"行和列"组右下方的对话框启动器▣，打开"插入单元格"对话框，选择活动单元格(即当前光标所在单元格)的移动方向，如"活动单元格右移"，单击"确定"按钮。

课程表	星期一	星期二	星期三	星期四	星期五	
1	英语	物理	化学	政治	语文	
2	数学	英语	物理	化学	政治	
3	语文	数学	英语	物理	化学	
4	政治	语文	数学	英语	物理	
		午休				
5	化学	政治	语文	数学	英语	
6	物理	化学	政治	语文	数学	

3 光标所在位置及其右侧的所有单元格均向右侧移动,在其左侧添加一单元格。

课程表	星期一	星期二	星期三	星期四	星期五	
1	英语	物理	化学	政治	语文	
2	数学	英语	物理	化学	政治	
3	语文	数学	英语	物理	化学	
4	政治	语文	数学	英语	物理	
5	午休	政治	语文	数学	英语	
6	化学	化学	政治	语文	数学	
	物理					

4 若选择"活动单元格下移",则光标所在位置及其下方的所有单元格向下移动,在其上方添加一个单元格。

插入单元格

提示

若要插入多行、多列或多个单元格,可选取多个行、列或多个单元格,然后再执行插入命令。插入的行、列或单元格的数量与所选取的数量相同。

删除行、列或单元格

删除表格中行、列或单元格的方法与插入的方法类似。

1 将光标放置在表格要删除列的任意单元格中。

课程表	星期一		星期二	
1	英语		物理	
2	数学		英语	
3	语文		数学	
4	政治		语文	
5	午休		政治	
6	化学		化学	
	物理			

2 单击"表格工具 布局"功能区"行和列"组中的"删除"按钮,在弹出的列表中选择"删除列"选项,即可将该列删除。

提示

选择列表中的"删除行"或"删除表格"选项,可删除光标所在的行或当前表格。

课程表

	星期一	星期二	星期三
1	英语	物理	化学
2	数学	英语	物理
3	语文	数学	英语
4	政治	语文	数学
5	午休	政治	语文
6	化学	化学	政治
	物理		

✦3 将光标放置在表格中要删除的单元格中。

删除单元格

- ○ 右侧单元格左移(L)
- ● 下方单元格上移(U)
- ○ 删除整行(R)
- ○ 删除整列(C)

[确定] [取消]

✦4 单击"表格工具 布局"功能区"行和列"组中的"删除"按钮,在弹出的列表中选择"删除单元格"选项,打开"删除单元格"对话框。选择相邻单元格的移动方式,如选择"下方单元格上移",然后单击"确定"按钮,即可将该单元格删除。

课程表

	星期一	星期二	星期三	星期四	星期五
1	英语	物理	化学	政治	语文
2	数学	英语	物理	化学	政治
3	语文	数学	英语	物理	化学
4	政治	语文	数学	英语	物理
	午休				
5	化学	政治	语文	数学	英语
6	物理	化学	政治	语文	数学

删除单元格后的效果。

提示

在表格中的某个单元格的上方插入单元格时,Word 会在该位置插入单元格,并在表格的最下方添加相应数量的空行。所以,要恢复表格原来的结构,需在删除插入的单元格后,相应地删除表格最下方的空行。

4. 单元格的合并与拆分

如果我们需要调整表格的布局,则不可避免地要使用到单元格的合并与拆分操作。即将相邻的多个单元格合为一个单元格,或将一个或几个相邻单元格分成多个单元格。操作方法如下。

课程表

	星期一	星期二	星期三	星期四	星期五
1	英语	物理	化学	政治	语文
2	数学	英语	物理	化学	政治
3	语文	数学	英语	物理	化学
4	政治	语文	数学	英语	物理
	午休				
5	化学	政治	语文	数学	英语
6	物理	化学	政治	语文	数学

✦1 选择要合并的多个单元格。

▦ 合并单元格
▦ 拆分单元格
▦ 拆分表格

合并

✦2 单击"表格工具 布局"功能区"合并"组中的"合并单元格"按钮。

课程表

课程表	星期一	星期二	星期三	星期四	星期五
1	英语	物理	化学	政治	语文
2	数学	英语	物理	化学	政治
3	语文	数学	英语	物理	化学
4	政治	语文	数学	英语	物理
	午休				
5	化学	政治	语文	数学	英语
6	物理	化学	政治	语文	数学

⊕**3** 所选的多个单元格被合并为一个单元格。若要拆分单元格，可将光标放置在要拆分的单元格中，或选中多个要拆分的单元格。

⊕**4** 单击"表格工具 布局"功能区"合并"组中的"拆分单元格"按钮，打开"拆分单元格"对话框，在"列数"和"行数"微调框中输入要拆分的行列数，然后单击"确定"按钮。

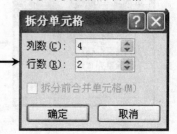

课程表

课程表	星期一	星期二	星期三	星期四	星期五
1	英语	物理	化学	政治	语文
2	数学	英语	物理	化学	政治
3	语文	数学	英语	物理	化学
4	政治	语文	数学	英语	物理
	午休				
5	化学	政治	语文	数学	英语
6	物理	化学	政治	语文	数学

⊕**5** 该单元格被拆分为指定的行列数。

　　我们还可以使用"表格工具 设计"功能区中"绘图边框"组中的"绘制表格"和"擦除"工具完成表格的合并与拆分操作。操作方法如下。

⊕**1** 单击"表格工具 设计"功能区中"绘图边框"组中的"擦除"按钮。

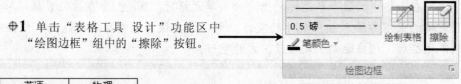

1	英语	物理
2	数学	英语
3	语文	数学
4	政治	语文
	午休	
5	化学	政治
6	物理	化学

⊕**2** 此时鼠标指针变成橡皮状，在要擦除的边框线上按住鼠标左键并拖动，此时会有一棕色的粗线段覆盖要擦除的边线。

⊕**3** 该边线被擦除后，相邻的两个单元格合并为一个。

	星期一	星期二
1	英语	物理
2	数学	英语
3	语文	数学
4	政治	语文
	午休	
5	化学	政治
6	物理	化学

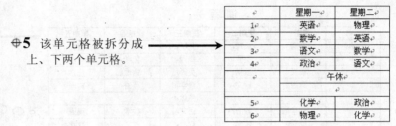

4 单击"表格工具 设计"功能区中"绘图边框"组中的"绘制表格"按钮，此时鼠标指针变成铅笔状，在单元格内按住鼠标左键并拖动，绘制线条，此时会有一虚线显示。

5 该单元格被拆分成上、下两个单元格。

11.1.4 美化表格

表格创建完成后，我们需要为其设置表格格式。表格的格式设置方法与文字有许多相似之处，除此之外，Word 2007 还提供了多种表格样式。套用表格样式，可快速设置表格格式。

1. 设置表格文字格式

为表格中文字设置格式的方法与正文文字完全相同。操作步骤如下。

1 选中文字。

2 在"开始"功能区中的"字体"组中设置其字体、字号，在"段落"组中设置其对齐方式。

3 标题文字设置完成后的效果。

设置标题格式

2. 设置文字对齐方式

设置文字对齐方式的操作步骤如下。

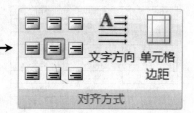

⊕1 选中整个表格，单击"表格工具 布局"功能区中"对齐方式"组中的"水平居中"按钮。

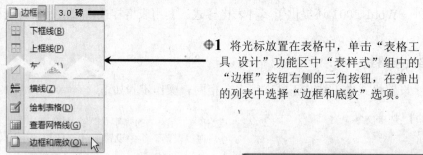

课 程 表

	星期一	星期二	星期三	星期四	星期五
	英语	物理	化学	政治	语文
1	英语	物理	化学	政治	语文
2	数学	英语	物理	化学	政治
3	语文	数学	英语	物理	化学
4	政治	语文	数学	英语	物理
	午休				
5	化学	政治	语文	数学	英语
6	物理	化学	政治	语文	数学

⊕2 表格中的文字均以水平居中显示。

设置文字对齐方式

3. 设置边框和底纹

要为表格添加边框和底纹，可执行如下操作。

⊕1 将光标放置在表格中，单击"表格工具 设计"功能区中"表样式"组中的"边框"按钮右侧的三角按钮，在弹出的列表中选择"边框和底纹"选项。

⊕2 打开"边框和底纹"对话框，在"边框"选项卡的"设置"选项组中选择"网格"选项，在"样式"列表框中选择一种线型，然后单击"确定"按钮，完成表格边框的设置。

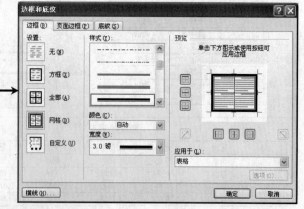

课 程 表

	星期一	星期二	星期三	星期四	星期五
1	英语	物理	化学	政治	语文
2	数学	英语	物理	化学	政治
3	语文	数学	英语	物理	化学
4	政治	语文	数学	英语	物理
	午休				
5	化学	政治	语文	数学	英语
6	物理	化学	政治	语文	数学

⊕3 按住 Ctrl 键的同时，选中表格的第一行和第六行。

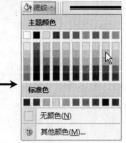

4 单击"表格工具 设计"功能区中"表样式"组中的"底纹"按钮，在弹出的列表中选择一种颜色，即可为表格中选中的两行添加底纹。

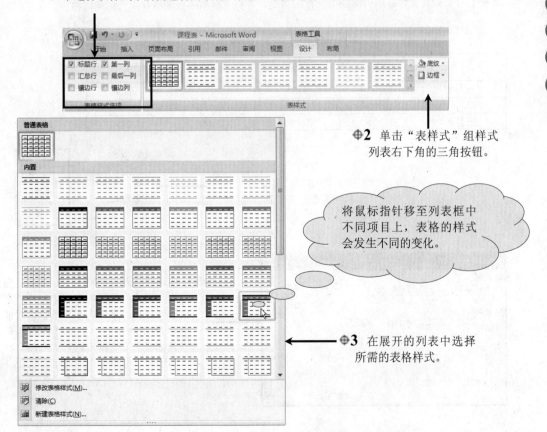

课 程 表

	星期一	星期二	星期三	星期四	星期五
1	英语	物理	化学	政治	语文
2	数学	英语	物理	化学	政治
3	语文	数学	英语	物理	化学
4	政治	语文	数学	英语	物理
	午休				
5	化学	政治	语文	数学	英语
6	物理	化学	政治	语文	数学

5 以同样的方法，为表格最左侧的一列添加底纹。

4．设置表格样式

Word 2007 自带了丰富的表格样式，如同文字样式，表格样式中包含了一些预先设置好的表格字体、边框和底纹格式，在表格中应用表格样式后，该样式所包含的所有格式将应用在表格中。设置表格样式的操作步骤如下。

1 将光标放置在表格中，打开"表格工具 设计"功能区，在"表格样式选项"组中选择表样式中所需包含的项目，在此，我们选择"标题行"和"第一列"。

2 单击"表样式"组样式列表右下角的三角按钮。

将鼠标指针移至列表框中不同项目上，表格的样式会发生不同的变化。

3 在展开的列表中选择所需的表格样式。

课 程 表

	星期一	星期二	星期三	星期四	星期五
1	英语	物理	化学	政治	语文
2	数学	英语	物理	化学	政治
3	语文	数学	英语	物理	化学
4	政治	语文	数学	英语	物理
			午休		
5	化学	政治	语文	数学	英语
6	物理	化学	政治	语文	数学

⊕4 所选的表格样式被应用到表格中。

11.2 表格的其他应用

我们已经学习了在 Word 2007 中创建、编辑与美化表格的操作方法。在实际操作中，还会使用到一些特殊的表格应用技巧，如在表格中绘制斜线表头、将表格内容转换为文本、表格排序、表格计算等。本节，我们主要讲讲这些表格的应用技巧。

11.2.1 绘制斜线表头

在表格中添加带有斜线的表头，可在单元格中清晰显示出表格的行、列与数据标题。操作方法如下。

⊕1 打开素材文件，适当增加第一行的高度，并将光标放置在表格左上角的单元格中。

佳美商行电器销量表

	电视机	冰箱	洗衣机	电脑
一月	10280	9980	13200	5680
二月	12500	14500	11020	6980
三月	11200	10080	15220	9850

⊕2 单击"表格工具 布局"功能区"表"组中的"绘制斜线表头"按钮。

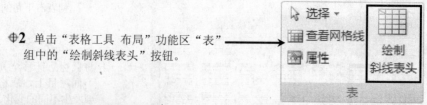

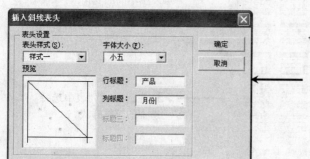

⊕3 打开"插入斜线表头"对话框，在"表头样式"下拉列表框中选择"样式一"，在"字体大小"下拉列表框中选择"小五"，在"行标题"和"列标题"文本框中输入"产品"和"月份"，然后单击"确定"按钮。

佳美商行电器销量表

月份＼产品	电视机	冰箱	洗衣机	电脑
一月	10280	9980	13200	5680
二月	12500	14500	11020	6980
三月	11200	10080	15220	9850

⊕**4** 所选的表格样式被应用到表格中。

11.2.2　表格与文本之间的转换

当我们需要将表格中的内容作为普通文本处理时，我们需将表格转换为文本。操作方法如下。

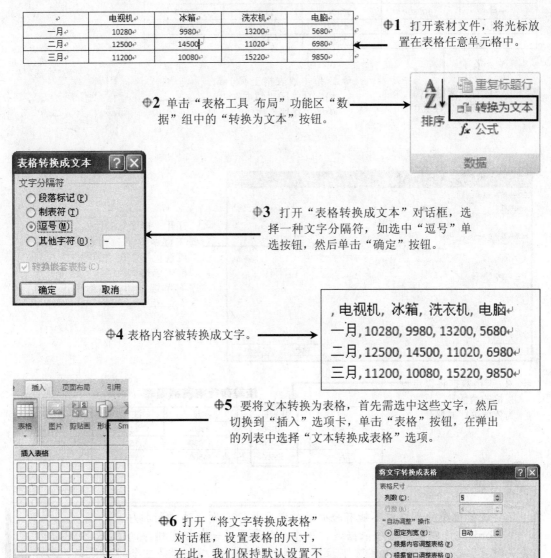

⊕**1** 打开素材文件，将光标放置在表格任意单元格中。

⊕**2** 单击"表格工具 布局"功能区"数据"组中的"转换为文本"按钮。

⊕**3** 打开"表格转换成文本"对话框，选择一种文字分隔符，如选中"逗号"单选按钮，然后单击"确定"按钮。

⊕**4** 表格内容被转换成文字。

⊕**5** 要将文本转换为表格，首先需选中这些文字，然后切换到"插入"选项卡，单击"表格"按钮，在弹出的列表中选择"文本转换成表格"选项。

⊕**6** 打开"将文字转换成表格"对话框，设置表格的尺寸，在此，我们保持默认设置不变，单击"确定"按钮。

佳美商行电器销量表

	电视机	冰箱	洗衣机	电脑
一月	10280	9980	13200	5680
二月	12500	14500	11020	6980
三月	11200	10080	15220	9850

文本被转换成为表格。

11.2.3 表格排序

Word 可依据笔画、数字、日期和拼音等对表格内容进行排序。操作方法如下。

佳美商行电器销量表

	电视机	冰箱	洗衣机	电脑
一月	10280	9980	13200	5680
二月	12500	14500	11020	6980
三月	11200	10080	15220	9850

⊕**1** 打开素材文件，将光标放置在其中。

⊕**2** 单击"表格工具 布局"功能区"数据"组中的"排序"按钮。

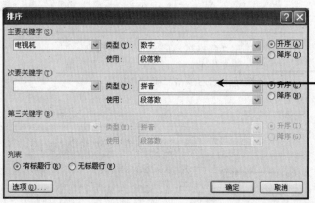

⊕**3** 打开"排序"对话框，在"主要关键字"下拉列表框中选择"电视机"，在"类型"下拉列表框中选择"数字"，选中"升序"单选按钮，然后单击"确定"按钮。

⊕ **4** 表格数据将以电视机的销量升序排序为依据进行调整。

佳美商行电器销量表

	电视机	冰箱	洗衣机	电脑
一月	10280	9980	13200	5680
三月	11200	10080	15220	9850
二月	12500	14500	11020	6980

提示

　　要进行排序的表格中不能有合并后的单元格，否则无法进行排序。

　　Word 允许以多个排序依据进行排序。如果要进一步指定排序的依据，可以在"次要关键字"、"第三关键字"下拉列表框中，指定第二个、第三个排列依据、排序类型及排序的顺序。

　　在"排序"对话框中，如果选择"有标题行"单选按钮，则排序时不把标题行算在排序范围内；否则，对标题行也进行排序。

11.2.4 表格计算

在 Word 中，利用公式可以对表格中的数据进行一些简单的计算，例如求和、求平均值等，从而制作一些简单的财务报表。

1. 表格计算基础知识

在表格中，可以通过输入带有加、减、乘、除(+、-、*、/)等运算符的公式进行计算，也可以使用 Word 附带的函数进行较为复杂的计算。表格中的计算都是以单元格或区域为单位进行的，为了方便在单元格之间进行运算，Word 中用英文字母"A，B，C……"从左至右表示列，用正整数"1，2，3……"自上而下表示行，每一个单元格的名字则由它所在的行和列的编号组合而成。

A1	B1	C1	D1
A2	B2	C2	D2
A3	B3	C3	D3
A4	B4	C4	D4

下面列举了几个典型的利用单元格参数表示一个单元格、一个单元格区域或一整行(一整列)的方法。

- B2：表示位于第二列、第二行的单元格。
- A1:C2：表示由 A1、A2、B1、B2、C1、C2 六个单元格组成的矩形区域。
- A1，B3：表示 A1、B3 两个单元格。
- 1:1：表示整个第一行。
- E:E：表示整个第五列。
- SUM(A1:A4)：SUM 是表示求和的函数，该式表示求 A1、A2、A3、A4 单元格数据的和。
- Average(1:1，2:2)：Average 是表示求平均值的函数。该式表示求第一行与第二行的和的平均值。

2. 利用公式进行计算

了解了表格计算的基础知识，下面，我们讲解利用公式进行计算的具体操作步骤，如下。

1 打开素材文件，在表格右侧添加一列，在位于最上方的单元格中输入"合计"，并将光标放置在其下方的单元格中。

佳美商行电器销量表

	电视机	冰箱	洗衣机	电脑	合计
一月	10280	9980	13200	5680	
二月	12500	14500	11020	6980	
三月	11200	10080	15220	9850	

快乐学电脑

2 单击"表格工具 布局"功能区
"数据"组中的"公式"按钮。

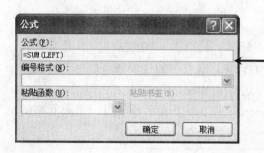

3 打开"公式"对话框,此时,在"公式"文本框中已经显示出了所需的公式,该公式表示对光标所在位置左侧的所有单元格数据求和,单击"确定"按钮即可。

提示

如果所选单元格位于数字列的底部,Word 会建议用 "=SUM(ABOVE)" 公式,对该插入点上方的所有单元格中的数值进行求和。

若要对数据进行其他运算,可删除 "=" 以外的内容,从"粘贴函数"下拉列表框中选择所需的函数,如 "AVERAGE" (表示求平均值的函数),在函数后面的括号内输入要运算的参数值。

4 光标所在位置单元格中显示出计算结果,以同样的方法,可计算出其他数据结果。

佳美商行电器销量表

	电视机	冰箱	洗衣机	电脑	合计
一月	10280	9980	13200	5680	39140
二月	12500	14500	11020	6980	
三月	11200	10080	15220	9850	

3. 运算结果的更新

由于表格中的运算结果是以域的形式插入到表格中的,所以当参与运算的单元格数据发生变化时,我们可以通过更新域对计算结果进行更新。操作方法如下。

佳美商行电器销量表

	电视机	冰箱	洗衣机	电脑	合计
一月	10280	9980	13200	5680	39140
二月	12500	14500	11020	6980	45000
三月	11200	10080	15220	9850	46350

1 打开上节制作完成的文件,此时数据结果如图所示。

佳美商行电器销量表

	电视机	冰箱	洗衣机	电脑	合计
一月	10280	9980	13200	5680	39140
二月	12500	12000	11020	6980	45000
三月	11200	10080	15220	9850	46350

2 改变冰箱二月份的销量数据。

佳美商行电器销量表

	电视机	冰箱	洗衣机	电脑	合计
一月	10280	9980	13200	5680	39140
二月	12500	12000	11020	6980	45000
三月	11200	10080	15220	9850	46350

⊕**3** 将光标放置在二月份销量"合计"单元格的数据中，此时数据会显示灰色底纹。

佳美商行电器销量表

	电视机	冰箱	洗衣机	电脑	合计
一月	10280	9980	13200	5680	39140
二月	12500	12000	11020	6980	42500
三月	11200	10080	15220	9850	46350

⊕**4** 按 F9 键，数据结果得到更新。

练 一 练

制作一张个人简历表，效果如下图所示。

履 历 表

姓　　名		性　　别		年　　龄		照　　片
出生日期		籍　　贯		民　　族		
学　　历		毕业院校				
政治面貌		专　　业				
联系电话		E-mail				
家庭住址						
个人简历						

履历表

快乐学电脑

提示

(1) 创建一个 7 行 7 列的表格。

(2) 合并相应的单元格，如下图所示。

(3) 在单元格中输入内容，并为其设置格式。

(4) 适当调整表格的行高，并将最后一行的行高调整至接近整页。

(5) 为表格添加边框和底纹。

合并单元格

问 与 答

问：如何绘制自由表格？

答：利用表格绘制工具，可轻松、快速地绘制自由表格。操作方法如下。

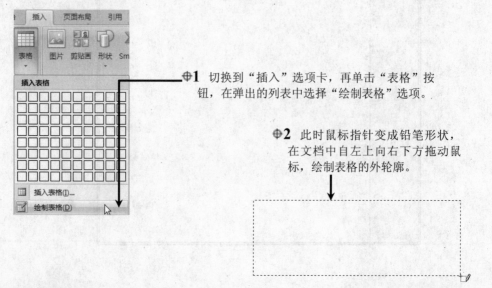

✛1 切换到"插入"选项卡，再单击"表格"按钮，在弹出的列表中选择"绘制表格"选项。

✛2 此时鼠标指针变成铅笔形状，在文档中自左上向右下方拖动鼠标，绘制表格的外轮廓。

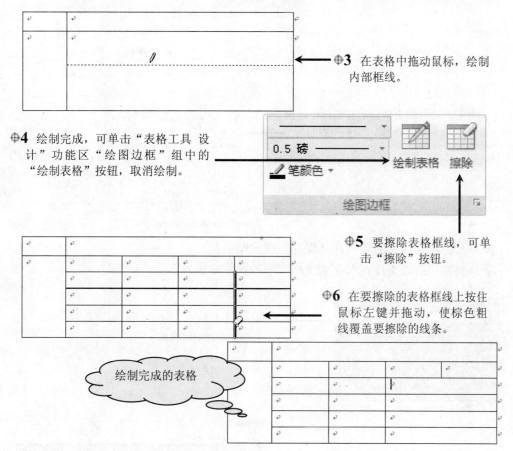

3 在表格中拖动鼠标，绘制内部框线。

4 绘制完成，可单击"表格工具 设计"功能区"绘图边框"组中的"绘制表格"按钮，取消绘制。

5 要擦除表格框线，可单击"擦除"按钮。

6 在要擦除的表格框线上按住鼠标左键并拖动，使棕色粗线覆盖要擦除的线条。

绘制完成的表格

问：如何快速插入表格？

答：Word 2007 内置了多种表格样式模板，使用它们，可快速创建表格。操作方法如下。

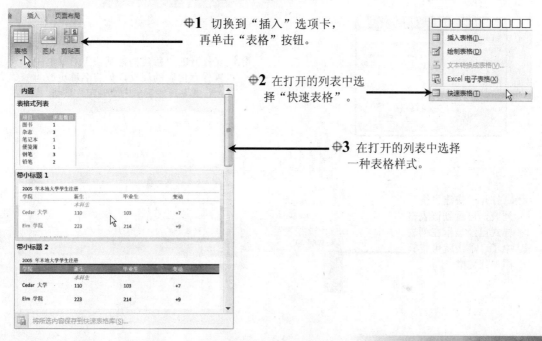

1 切换到"插入"选项卡，再单击"表格"按钮。

2 在打开的列表中选择"快速表格"。

3 在打开的列表中选择一种表格样式。

快乐学电脑

2005 年本地大学学生注册			
学院	新生	毕业生	变动
	本科生		
Cedar 大学	110	103	+7
Elm 学院	223	214	+9
Maple 高等专科院校	197	120	+77
Pine 大学	134	121	+13
Oak 研究所	202	210	-8
	研究生		
Cedar 大学	24	20	+4
Elm 学院	43	53	-10
Maple 高等专科院校	3	11	-8
Pine 大学	9	4	+5
Oak 研究所	53	52	+1
合计	998	908	90

来源: 虚构数据, 仅用作图表示例

⊕**4** 所选取的表格显示在文档中，根据需要修改表格中的内容即可。

问：如何将自定义的表格样式保存在样式库中？

答：将常用的表格样式保存到表格库中的操作方法如下。

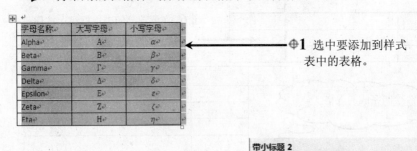

⊕**1** 选中要添加到样式表中的表格。

⊕**2** 打开"快速表格"列表，选择最底部的"将所选内容保存到快速表格库"选项。

⊕**3** 在打开的"新建构建基块"对话框中设置保存内容的属性，如将名称更改为"AAAA"，然后单击"确定"按钮。

⊕**4** 打开"快速表格"列表，可看到该表格样式已经显示在列表中了，单击就可将其添加到文档中。

问：如何快速在表格中插入空行？

答：要在表格中插入空行，可将光标定位在表格外侧，行的末尾，然后按 Enter 键即可，操作方法如下。

	电视机	冰箱	洗衣机	电脑
一月	10280	9980	13200	5680
二月	12500	14500	11020	6980
三月	11200	10080	15220	9850

按 Enter 键

	电视机	冰箱	洗衣机	电脑
一月	10280	9980	13200	5680
二月	12500	14500	11020	6980
三月	11200	10080	15220	9850

问：如何快速调整整个表格的尺寸？

答：快速调整表格尺寸的操作步骤如下。

	电视机	冰箱	洗衣机	电脑
一月	10280	9980	13200	5680
二月	12500	14500	11020	6980
三月	11200	10080	15220	9850

⊕1 在将鼠标指针放置在表格的上方，此时，在表格的右下角显示一灰色小方块□。

⊕2 在将鼠标指针移动到灰色小方块上，按住鼠标左键并拖动鼠标。

	电视机	冰箱	洗衣机	电脑
一月	10280	9980	13200	5680
二月	12500	14500	11020	6980
三月	11200	10080	15220	9850

	电视机	冰箱	洗衣机	电脑
一月	10280	9980	13200	5680
二月	12500	14500	11020	6980
三月	11200	10080	15220	9850

⊕3 拖动到指定位置时，释放鼠标，即可完成快速调整表格尺寸。

问：如何调整表格中文字与表格边框的间距？

答：将光标放置在表格中，然后单击"表格工具　布局"功能区"对齐方式"组中的"单元格边距"按钮，在打开的"表格选项"对话框中进行设置。

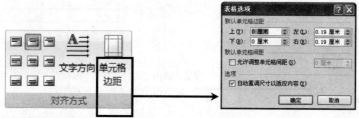

问：如何设置表格在页面中的位置？

答：我们可借助于"表格属性"对话框设置表格在页面中的位置，操作方法如下。

字母名称	大写字母	小写字母
Alpha	A	α
Beta	B	β
Gamma	Γ	γ
Delta	Δ	δ
Epsilon	E	ε
Zeta	Z	ζ
Eta	H	η

⊕1 从图中可以看出，该表格位于页面左侧。将光标放置在表格中任意位置。

快乐学电脑

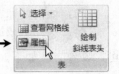

⊕**2** 单击"表格工具 布局"功能区
"表"组中的"属性"按钮。

⊕**3** 打开"表格属性"对话框，切换
到"表格"选项卡，在"对齐方
式"选项组中设置表格在页面中的
位置，如"居中"，然后单击"确
定"按钮。

⊕**4** 此时表格
位于页面中
心位置。

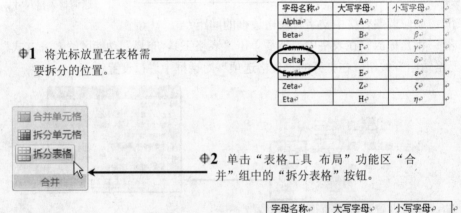

问：如何快速拆分表格？

答：要对表格进行快速拆分，可执行如下操作。

⊕**1** 将光标放置在表格需
要拆分的位置。

⊕**2** 单击"表格工具 布局"功能区"合
并"组中的"拆分表格"按钮。

⊕**3** 表格被一分为二。

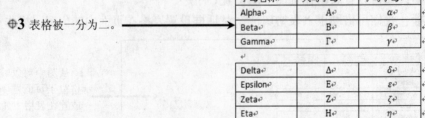

问：如何制作跨页表格的表头？

答：当表格需要跨页放置时，我们希望表格的标题会显示在每一页表格的第一行，为此，我们可执行如下操作。

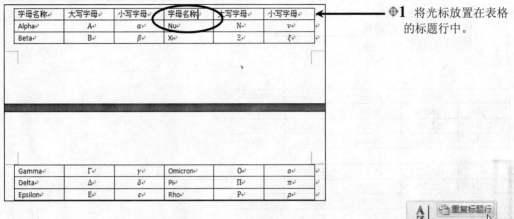

⊕**1**　将光标放置在表格的标题行中。

⊕**2**　单击"表格工具 布局"功能区"数据"组中的"重复标题行"按钮。

⊕**3**　标题行将自动显示在每页表格的第一行。

提示

如果表格的标题有两行，则需先选中这两行，再执行"重复标题行"命令。

问：如何快速复制表格？

答：要快速复制表格，可执行如下操作。

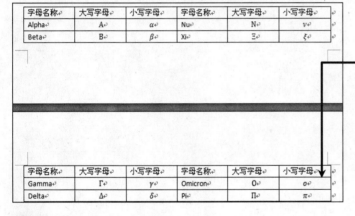

⊕	电视机	冰箱	洗衣机	电脑
一月	10280	9980	13200	5680
二月	12500	14500	11020	6980
三月	11200	10080	15220	9850

⊕**1**　将鼠标指针移至表格左上方的 按钮上。

快乐学电脑

↵	电视机↵	冰箱↵	洗衣机↵	电脑↵
一月↵	10280↵	9980↵	13200↵	5680↵
二月↵	12500↵	14500↵	11020↵	6980↵
三月↵	11200↵	10080↵	15220↵	9850↵

2 按住 Ctrl 键的同时，按住鼠标左键拖动鼠标至目标位置。

↵	电视机↵	冰箱↵	洗衣机↵	电脑↵
一月↵	10280↵	9980↵	13200↵	5680↵
二月↵	12500↵	14500↵	11020↵	6980↵
三月↵	11200↵	10080↵	15220↵	9850↵

↵

↵	电视机↵	冰箱↵	洗衣机↵	电脑↵
一月↵	10280↵	9980↵	13200↵	5680↵
二月↵	12500↵	14500↵	11020↵	6980↵
三月↵	11200↵	10080↵	15220↵	9850↵

3 至目标位置后，释放鼠标，完成复制表格的操作。

附录 A　86版五笔字型单字集

A	啊 [KB]	阿 [BS]	锕 [QBS]	腌 [EDJN]
Ai	哀 [YEU]	锿 [QYEY]	哎 [KAQ]	埃 [FCT]	挨 [RCTD]
	唉 [KCTD]	癌 [UKK]	呆 [KS]	皑 [RMNN]	霭 [FYJN]
	蔼 [AYJ]	嗳 [KEP]	矮 [TDTV]	嗌 [KUE]	隘 [BUW]
	艾 [AQU]	硪 [DAQY]	碍 [DJN]	爱 [EP]	瑷 [GEPC]
	嫒 [VEPC]				
An	安 [PV]	鞍 [AFP]	桉 [SPV]	氨 [RNP]	谙 [YUJ]
	厂 [DGT]	广 [YYGT]	庵 [YDJN]	鹌 [DJNG]	埯 [FDJ]
	俺 [WDJN]	揞 [RUJG]	铵 [QPV]	案 [PVS]	按 [RPV]
	胺 [EPV]	黯 [LFOJ]	暗 [JU]	岸 [MDFJ]	犴 [QTFH]
Ang	肮 [EYM]	昂 [JQB]	盎 [MDL]		
Ao	熬 [GQTO]	凹 [MMGD]	廘 [YNJQ]	敖 [GQTY]	廒 [YGQT]
	遨 [GQTP]	鳌 [GQTB]	葵 [GQTD]	嗷 [KGQT]	螯 [GQTJ]
	鳌 [GQTG]	器 [KKDK]	翱 [RDFN]	袄 [PUT]	拗 [RXL]
	媪 [VJL]	鏊 [GQTQ]	傲 [WGQT]	骜 [GQTC]	呑 [TDM]
	澳 [ITM]	懊 [NTM]	坳 [FXL]	扐 [RXL]	奥 [TMO]
Ba	捌 [RKLJ]	八 [WTY]	扒 [RWY]	叭 [KWY]	巴 [CNH]
	疤 [UCV]	粑 [OCN]	芭 [AC]	吧 [KC]	岜 [MCB]
	笆 [TCB]	菝 [ADC]	钯 [QCN]	霸 [FAF]	坝 [FMY]
	罢 [LFC]	鲅 [QGDC]	耙 [DIC]	爸 [WQC]	
Bai	掰 [REVR]	白 [RRRR]	百 [DJ]	佰 [WDJ]	柏 [SRG]
	疤 [UCV]	摆 [RLF]	捭 [RRT]	呗 [KMY]	败 [MTY]
	拜 [TFTF]	稗 [TRTF]			
Ban	斑 [GYG]	癍 [UGY]	班 [GYT]	扳 [RRC]	颁 [WVD]
	般 [TEM]	瘢 [UTEC]	搬 [RTE]	坂 [FRC]	板 [SRC]
	钣 [QRC]	版 [THGC]	舨 [TERC]	瓣 [UR]	半 [UF]
	拌 [RUFH]	伴 [WUF]	绊 [XUF]	扮 [RWV]	办 [LW]
Bang	浜 [IRGW]	邦 [DTB]	梆 [SDT]	帮 [DT]	榜 [SUP]
	膀 [EUP]	绑 [XDT]	谤 [YUP]	蒡 [AUPY]	磅 [DUP]
	镑 [QUP]	傍 [WUP]	棒 [SDW]	蚌 [JDH]	
Bao	褒 [YWK]	煲 [WKSO]	包 [QN]	炮 [OQ]	苞 [AQN]
	龅 [HWBN]	胞 [EQN]	孢 [BQN]	剥 [VIJH]	雹 [FQN]
	薄 [AIG]	宝 [PGY]	保 [WK]	褓 [PUWS]	堡 [WKSF]
	葆 [AWK]	饱 [QNQN]	鸨 [XFQ]	报 [RB]	暴 [JAW]
	瀑 [IJA]	爆 [OJA]	趵 [KHQY]	豹 [EEQY]	抱 [RQN]

	刨 [QNJH]	鲍 [QGQ]			
Bei	杯 [SGI]	背 [UXE]	卑 [RTFJ]	碑 [DRT]	鹎 [RTFG]
	陂 [BHC]	北 [UX]	焙 [OUK]	碚 [DUK]	倍 [WUK]
	蓓 [AWUK]	臂 [NKUE]	悖 [NFPB]	辈 [AFAE]	辈 [DJDL]
	褙 [PUUE]	邶 [UXB]	贝 [MHNY]	钡 [QMY]	狈 [QTMY]
	备 [TLF]	惫 [TLN]	被 [PUHC]	鎞 [NKUQ]	呗 [KMY]
Ben	贲 [FAM]	奔 [DFA]	锛 [QDF]	本 [SG]	苯 [ASG]
	畚 [CDL]	笨 [TSG]	夯 [DLB]	坌 [WVFF]	
Beng	崩 [MEE]	嘣 [KME]	绷 [XEE]	甭 [GIE]	迸 [UAP]
	髈 [FKUN]	泵 [DIU]	蹦 [KHME]		
Bi	逼 [GKLP]	鼻 [THL]	鄙 [KFLB]	笔 [TT]	俾 [WRT]
	匕 [XTN]	比 [XX]	吡 [KXX]	秕 [TXX]	妣 [VXX]
	彼 [THC]	滗 [ITTN]	潷 [ITHJ]	愎 [NTJT]	闭 [UFT]
	敝 [UMI]	蔽 [AUM]	弊 [UMINA]	必 [NT]	泌 [INT]
	毖 [XXNT]	秘 [TN]	碧 [GRD]	庇 [YXX]	毕 [XXF]
	荜 [AXXF]	哔 [KXXF]	跸 [KHXF]	筚 [TXXF]	毙 [XXGX]
	狴 [QTXF]	陛 [BX]	畀 [LGJ]	痹 [ULGJ]	箅 [TLGJ]
	庳 [YRT]	裨 [PUR]	萆 [ART]	髀 [MERF]	婢 [VRT]
	币 [TMH]	萆 [ATL]	篦 [TTLX]	辟 [KNU]	襞 [NKUE]
	避 [NK]	壁 [NKUY]	壁 [NKUF]	薜 [ANKU]	臂 [NKUE]
	嬖 [NKUV]	弼 [XDJ]			
Bian	煸 [OYNA]	蝙 [JYNA]	编 [XYNA]	鳊 [QGYA]	鞭 [AFW]
	砭 [DTP]	边 [LP]	笾 [TLP]	扁 [YNMA]	褊 [PUYA]
	匾 [AYNA]	碥 [DYNA]	窆 [PWTP]	贬 [MTP]	辨 [UYTU]
	辩 [UYU]	辫 [UXU]	卞 [YHI]	汴 [IYH]	忭 [NYHY]
	苄 [AYH]	变 [YO]	遍 [YNM]	便 [WGJ]	缏 [XWGQ]
	弁 [CAJ]				
Biao	镳 [QYNO]	杓 [SQYY]	标 [SFI]	瘭 [USF]	镖 [QSF]
	膘 [ESF]	骠 [CSF]	飙 [DDDQ]	彪 [HAME]	飚 [MQQN]
	表 [GE]	裱 [PUGE]	婊 [VGEY]	鳔 [QGS]	
Bie	瘪 [UTHX]	憋 [UMIN]	鳖 [UMIG]	鳘 [UMIH]	别 [KLJ]
Bin	濒 [IHIM]	宾 [PR]	滨 [IPR]	槟 [SPR]	镔 [QPR]
	傧 [WPR]	缤 [XPR]	斌 [YGA]	彬 [SSE]	豳 [EEMK]
	鬓 [DEPW]	殡 [GQP]	摈 [RPR]	髌 [MEPW]	膑 [EPR]
Bing	冰 [UI]	并 [UA]	兵 [RGW]	禀 [YLKI]	饼 [QNU]
	屏 [NUA]	丙 [GMW]	炳 [OGM]	柄 [SGM]	邴 [GMWB]
	秉 [TVI]	病 [UGM]	摒 [RNUA]		
Bo	饽 [QNFB]	拨 [RNT]	趵 [KHQY]	播 [RTOL]	钵 [QSG]
	啵 [KIHC]	波 [IHC]	菠 [AIH]	玻 [GHC]	剥 [VIJH]

	亳［YPTA］	孛［FPBF］	鹁［FPBG］	脖［EFPB］	勃［FPB］
	渤［IFPL］	博［FGE］	薄［AIGF］	礴［DAIF］	搏［RGEF］
	膊［EGEF］	钹［QDCY］	踣［KHUK］	泊［IR］	箔［TIR］
	柏［SRG］	帛［RMH］	铂［QRG］	伯［WR］	魄［RRQC］
	舶［TER］	驳［CQQ］	跛［KHHC］	簸［TADC］	檗［NKUS］
	擘［NKUR］	卜［HHY］			
Bu	晡［JGEY］	逋［GEHP］	醭［SGOY］	捕［RGE］	哺［KGE］
	补［PUH］	卟［KHY］	堡［WKSF］	瓿［UKGN］	部［UK］
	埠［FWNF］	埔［FGEY］	不［I］	钚［QGIY］	布［DMH］
	怖［NDM］	簿［TIGF］	步［HI］		
Ca	擦［RPWI］	嚓［KPW］	拆［RRY］	礤［DAW］	
Cai	猜［QTGE］	裁［FAY］	才［FT］	材［SFT］	财［MFT］
	采［ES］	睬［HES］	踩［KHES］	彩［ESE］	菜［AES］
	蔡［AWF］				
Can	餐［HQCE］	参［CDE］	骖［CCDE］	惭［NL］	蚕［TDJU］
	残［GQG］	惨［NCD］	黪［LFOE］	灿［OM］	粲［HQCO］
	璨［GHQ］	掺［RCD］	孱［NBB］		
Cang	仓［WBB］	沧［IWB］	苍［AWB］	伧［WWBN］	舱［TEW］
	藏［ANDT］				
Cao	糙［OTF］	操［RKK］	曹［GMA］	漕［IGMJ］	槽［SGMJ］
	嘈［KGMJ］				
Ce	测［IMJ］	恻［NMJ］	侧［WMJ］	策［TGM］	册［MM］
Cen	参［CD］	岑［MWYN］	涔［IMW］		
Ceng	噌［KUL］	曾［UL］	层［NFC］	蹭［KHUJ］	
Cha	差［UDA］	嵖［KSJ］	馇［QNS］	嚓［KPW］	插［RTF］
	锸［QTFV］	叉［CYI］	杈［SCYY］	茬［ADHF］	茶［AWS］
	搽［RAWS］	槎［SUDA］	查［SJ］	楂［SSJ］	碴［DSJ］
	猹［QTS］	檫［SPWI］	镲［QPWI］	衩［PUCY］	诧［YPTA］
	姹［VPTA］	刹［QSJ］	岔［WVMJ］	汊［ICYY］	杈［SCYY］
Chai	钗［QCY］	柴［HXS］	豺［EEF］	侪［WYJ］	瘥［UUDA］
	虿［DNJU］				
Chan	搀［RQJU］	掺［RCD］	觇［HKM］	澶［IYLG］	廛［YJFF］
	躔［KHYF］	缠［XYJ］	禅［PYUF］	蝉［JUJF］	婵［VUJ］
	蟾［JQD］	镡［QSJH］	谗［YQJU］	馋［QNQU］	孱［NBB］
	产［U］	铲［QUT］	阐［UUJ］	蒇［UJFE］	谄［YQVG］
	蒇［ADMT］	骣［CNBB］	颤［YLKM］	忏［NTFH］	羼［NUDD］
Chang	昌［JJ］	阊［UJJD］	菖［AJJF］	猖［QTJJ］	鲳［QGJJ］
	娼［VJJG］	伥［WTA］	尝［IPF］	偿［WIP］	裳［IPKE］
	常［IPKH］	嫦［VIPH］	倘［WIM］	长［TA］	苌［ATA］

	场 [FNRT]	肠 [ENR]	昶 [YNIJ]	厂 [DGT]	惝 [NIM]
	唱 [KJJ]	倡 [WJJG]	鬯 [QOBX]	怅 [NTA]	畅 [JHNR]
Che	车 [LG]	扯 [RHG]	澈 [IYCT]	撤 [RYC]	彻 [TAVN]
	坼 [FRY]	掣 [RMHR]			
Chen	琛 [GPW]	郴 [SSB]	嗔 [KFHW]	押 [RJH]	沉 [IPM]
	忱 [NP]	谌 [YAND]	龀 [HWBX]	称 [TQ]	伧 [WWBN]
	谶 [YWWG]	趁 [FHWE]	辰 [DFE]	宸 [PDFE]	晨 [JD]
	橙 [SWGU]	臣 [AHN]	尘 [IFF]	陈 [BA]	碜 [DCD]
	榇 [SUS]	衬 [PUF]			
Cheng	撑 [RIP]	瞠 [HIP]	铛 [QIV]	柽 [SCFG]	蛏 [JCFG]
	噌 [KUL]	枨 [STA]	成 [DN]	诚 [YDN]	城 [FD]
	晟 [JDN]	盛 [DNNL]	铖 [QDN]	呈 [KGF]	裎 [PUK]
	埕 [FKG]	程 [TKGG]	乘 [TUX]	惩 [TGHN]	塍 [EUDF]
	澄 [IWGU]	橙 [SWGU]	承 [BD]	秤 [TGU]	丞 [BIG]
	逞 [KGP]	裎 [PUK]	骋 [CMG]		
Chi	痴 [UTDK]	螭 [JYBC]	眵 [HQQ]	吃 [KTN]	笞 [TCK]
	鸱 [QAYG]	蚩 [BHGJ]	嗤 [KBHJ]	媸 [VBHJ]	坻 [FQA]
	墀 [FNI]	迟 [NYP]	茌 [AWFF]	持 [RF]	匙 [JGHX]
	踟 [KHTK]	篪 [TRHM]	池 [IB]	驰 [CBN]	弛 [XB]
	耻 [BH]	豉 [GKUC]	齿 [HWB]	侈 [WQQ]	褫 [PURM]
	尺 [NYI]	啻 [UPMK]	炽 [OK]	瘛 [UDHN]	赤 [FO]
	敕 [GKIT]	翅 [FCN]	叱 [KXN]	傺 [WWFI]	斥 [RYI]
	彳 [TTTH]	饬 [QHTL]			
Chong	充 [YC]	茺 [AYC]	舂 [DWV]	冲 [UKH]	忡 [NKH]
	涌 [ICE]	憧 [NUJF]	艟 [TEUF]	虫 [JHNY]	种 [TKH]
	崇 [MPF]	宠 [PDX]	铳 [QYC]		
Chou	瘳 [UNWE]	抽 [RM]	畴 [LDT]	踌 [KHDF]	惆 [MHD]
	筹 [TDTF]	俦 [WDTF]	酬 [SGYH]	愁 [TONU]	雠 [WYYY]
	仇 [WVN]	惆 [NMF]	稠 [TMFK]	绸 [XMF]	瞅 [HTO]
	丑 [NFD]	臭 [THDU]			
Chu	初 [PUV]	樗 [SFFN]	出 [BM]	厨 [DGKF]	橱 [SDGF]
	蹰 [KHDF]	蹰 [KHAJ]	蜍 [JWT]	除 [BWT]	滁 [IBWT]
	锄 [QEGL]	刍 [QVF]	雏 [QVWY]	褚 [PUFJ]	楮 [SFTJ]
	储 [WYF]	楚 [SSN]	础 [DBM]	杵 [STFH]	处 [TH]
	畜 [YXL]	搐 [RYXL]	怵 [NSYY]	憷 [NSSH]	矗 [FHFH]
	黜 [LFOM]	绌 [XBM]	触 [QEJY]		
Chuai	揣 [RMD]	搋 [RRHM]	踹 [KHMJ]	膪 [EUPK]	啜 [KJB]
	啜 [KCCC]				
Chuan	穿 [PWAT]	川 [KTHH]	椽 [SXE]	传 [WFNY]	舡 [TEAG]

	船 [TEMK]	喘 [KMD]	串 [KKH]	舛 [QAH]	钏 [QKH]
Chuang	窗 [PWTQ]	疮 [UWB]	创 [WBJ]	幢 [MHU]	床 [YSI]
	闯 [UCD]	怆 [NWB]			
Chui	炊 [OQW]	吹 [KQW]	椎 [SWYG]	槌 [SWN]	垂 [TGA]
	棰 [STG]	捶 [RTGF]	锤 [QTGF]	陲 [BTGF]	
Chun	春 [DW]	椿 [SDWJ]	蝽 [JDWJ]	淳 [IYB]	醇 [SGYB]
	鹑 [YBQG]	唇 [DFEK]	纯 [XGB]	莼 [AXG]	蠢 [DWJJ]
Chuo	踔 [KHHJ]	戳 [NWYA]	龊 [HWBH]	辍 [LCCC]	啜 [KCCC]
	绰 [XHJ]				
Ci	刺 [GMI]	疵 [UHX]	呲 [KHXN]	茨 [AUQW]	瓷 [UQWN]
	兹 [UXX]	糍 [OUX]	慈 [UXXN]	磁 [DU]	鹚 [UXXG]
	跐 [AHX]	雌 [HXW]	辞 [TDUH]	词 [YNGK]	祠 [PYNK]
	此 [HX]	次 [UQW]	赐 [MJQ]	伺 [WNG]	
Cong	囱 [TLQI]	璁 [GTL]	骢 [CTL]	聪 [BUKN]	匆 [QRY]
	葱 [AQRN]	从 [WW]	苁 [AWWU]	枞 [SWW]	淙 [IPFI]
	琮 [GPF]	丛 [WWG]			
Cou	凑 [UDW]	辏 [LDW]	腠 [EDW]		
Cu	粗 [OE]	殂 [GQE]	徂 [TEGG]	蹙 [KHYN]	卒 [YWWF]
	猝 [QTYF]	蔟 [AYT]	簇 [TYT]	醋 [SGA]	酢 [SGTF]
	蹴 [DHIH]	促 [WKH]			
Cuan	撺 [RPWH]	蹿 [KHPH]	镩 [QPW]	汆 [WIU]	攒 [RTFM]
	窜 [PWK]	篡 [THDC]			
Cui	衰 [YKGE]	榱 [SYKE]	崔 [MWY]	摧 [RMW]	催 [WMW]
	璀 [GMWY]	淬 [IUWF]	瘁 [UYW]	悴 [NYWF]	粹 [OYW]
	萃 [AYW]	啐 [KYW]	翠 [NYWF]	毳 [TFNN]	脆 [EQD]
Cun	村 [SF]	存 [DHB]	蹲 [KHUF]	忖 [NFY]	寸 [FGHY]
Cuo	磋 [DUD]	搓 [RUD]	蹉 [KHUA]	撮 [RJB]	瘥 [UUDA]
	鹾 [HLQA]	嵯 [MUD]	痤 [UWW]	锉 [TDW]	脞 [EWW]
	厝 [DAJ]	措 [RAJ]	错 [QAJ]	挫 [RWW]	锉 [QWW]
Da	褡 [PUA]	搭 [RAWK]	嗒 [KAWK]	答 [TW]	耷 [DBF]
	瘩 [UAW]	达 [DP]	鞑 [AFDP]	打 [RS]	怛 [NJG]
	靼 [AFJG]	笪 [TJGF]	妲 [VJG]	沓 [IJF]	大 [DD]
	疸 [UJG]	塔 [FAWK]			
Dai	呆 [KS]	呔 [KDYY]	待 [TFFY]	歹 [GQI]	傣 [WDW]
	逮 [VIP]	戴 [FALW]	带 [GKP]	甙 [AAFD]	代 [WA]
	袋 [WAYE]	玳 [GWA]	黛 [WAL]	贷 [WAM]	岱 [WAMJ]
	迨 [CKP]	怠 [CKN]	殆 [GQC]	骀 [CCK]	绐 [XCK]
	埭 [FVI]				
Dan	单 [UJFJ]	瘅 [UUJF]	殚 [GQU]	箪 [TUJF]	郸 [UJBF]

耽 [BPQ]　眈 [HPQ]　聃 [BMFG]　担 [RJG]　丹 [MYD]

儋 [WQD]　掸 [RUJF]　疸 [UJGD]　胆 [EJG]　赕 [MOO]

澹 [IQDY]　惮 [NUJ]　弹 [XUJ]　淡 [IO]　啖 [KOO]

氮 [RNO]　诞 [YTHP]　萏 [AQVF]　石 [DGTG]　旦 [JGF]

担 [RJG]　但 [WJG]　蛋 [NHJ]

Dang　当 [IV]　裆 [PUIV]　铛 [QIV]　挡 [RIV]　党 [IPK]

谠 [YIP]　宕 [PDF]　砀 [APDF]　档 [SIV]　荡 [AIN]

砀 [DNR]

Dao　氘 [RNJ]　刀 [VN]　忉 [VNV]　叨 [KVN]　祷 [PYD]

蹈 [KHEV]　倒 [WGC]　岛 [QYNM]　捣 [RQYM]　导 [NF]

悼 [NHJH]　道 [UTHP]　焘 [DTFO]　帱 [MHD]　蠹 [GXF]

到 [GC]　稻 [TEV]

De　锝 [QJGF]　得 [TJ]　德 [TFL]　底 [YQA]　地 [F]

的 [R]

Deng　灯 [OS]　登 [WGKU]　蹬 [KHWU]　簦 [TWGU]　戥 [JTGA]

等 [TFFU]　澄 [IWGU]　磴 [DWGU]　瞪 [HWGU]　橙 [MWGU]

镫 [QWGU]　凳 [WGKM]　邓 [CB]

Di　滴 [IUM]　嘀 [KUM]　镝 [QUM]　堤 [FJGH]　提 [RJ]

氐 [QAY]　羝 [UDQ]　低 [WQA]　涤 [ITS]　嫡 [VUM]

觌 [FNUQ]　迪 [MP]　笛 [TMF]　敌 [TDT]　狄 [QTOY]

荻 [AQTO]　翟 [NWYF]　诋 [YQAY]　坻 [FQA]　柢 [SQA]

砥 [DQAY]　抵 [RQA]　骶 [MEQY]　弟 [UXH]　第 [TX]

递 [UXHP]　睇 [HUXT]　娣 [VUX]　棣 [SVI]

Dia　嗲 [KWQ]

Dian　滇 [IFHW]　颠 [FHWM]　癫 [UFHM]　巅 [MFH]　掂 [RYH]

踮 [KHYL]　点 [HKO]　碘 [DMA]　淀 [IPGH]　靛 [GEPH]

奠 [USGD]　垫 [RVYF]　店 [YHK]　惦 [NYH]　玷 [GHK]

坫 [FHKG]　阽 [BHKG]　电 [JN]　钿 [QLG]　佃 [WL]

甸 [QLD]　簟 [TSJJ]　殿 [NAW]　癜 [UNA]

Diao　叼 [KNG]　凋 [UMF]　碉 [DMF]　雕 [MFKY]　鲷 [QGM]

刁 [NGD]　叼 [KNG]　调 [YMF]　掉 [RHJ]　吊 [KMH]

铞 [QKMH]　铫 [QIQ]　钓 [QQYY]

Die　跌 [KHR]　爹 [WQQQ]　谍 [YAN]　堞 [FAN]　碟 [DAN]

揲 [RANS]　喋 [KANS]　蝶 [JAN]　蹀 [KHAN]　牒 [THGS]

鲽 [QGA]　垤 [FGC]　耋 [FTXF]　迭 [RWP]　瓞 [RCYW]

叠 [CCCG]

Ding　丁 [SGH]　疔 [USK]　打 [GSH]　耵 [BSH]　酊 [SGS]

叮 [KSH]　盯 [HS]　町 [LSH]　钉 [QS]　仃 [WSH]

顶 [SDM]　鼎 [HND]　定 [PG]　碇 [DPGH]　啶 [KPGH]

	锭 [QP]	腚 [EPG]	订 [YS}	铤 [QTFP]
Diu	丢 [TFC]	铥 [QTFC]		
Dong	东 [AI]	崬 [MAI]	鸫 [AIQG]	冬 [TUU]	咚 [KTUY]
	氡 [RNTU]	董 [ATG]	懂 [NAT]	动 [FCL]	冻 [UAI]
	胨 [EAI]	洞 [IMGK]	恫 [NMGK]	垌 [FMGK]	侗 [WMGK]
	胴 [EMGK]			
Dou	都 [FTJB]	兜 [QRNQ]	蔸 [AQRQ]	篼 [TQRQ]	斗 [UFK]
	抖 [RUFH]	蚪 [JUFH]	陡 [BFH]	窦 [PWFD]	豆 [GKUF]
	痘 [UGKU]	逗 [GKUP]			
Du	嘟 [KFTB]	督 [HICH]	毒 [GXGU]	渎 [IFND]	读 [YFN]
	椟 [SFND]	黩 [LFOD]	犊 [TRFD]	牍 [THGD]	髑 [MEL]
	独 [QTJ]	堵 [FFTJ]	睹 [HFT]	赌 [MFTJ]	笃 [TCF]
	肚 [EFG]	度 [YA]	渡 [IYA]	镀 [QYAC]	芏 [AFF]
	杜 [SFG]	蠹 [GKHJ]	妒 [VYNT]		
Duan	端 [UMDJ]	短 [TDG]	断 [ON]	簖 [TONR]	段 [WDM]
	煅 [OWDC]	锻 [QWD]	缎 [XWD]		
Dui	堆 [FWY]	敦 [YBTY]	憝 [YBTN]	镦 [QYBT]	兑 [UKQB]
	碓 [DWYG]	对 [CF]	怼 [CFNU]	队 [BW]	
Dun	敦 [YBT]	礅 [DYB]	镦 [QYB]	吨 [KGB]	蹲 [KHUF]
	趸 [DNK]	盹 [HGB]	沌 [IGB]	炖 [OGBN]	顿 [GBNM]
	囤 [LGB]	钝 [QGBN]	盾 [RFH]	遁 [RFHP]	
Duo	多 [QQ]	哆 [KQQ]	裰 [PUCC]	掇 [RCCC]	咄 [KBM]
	跺 [KHM]	踱 [KHYC]	夺 [DF]	铎 [QCFH]	朵 [MS]
	垛 [FMS]	哚 [KMS]	躲 [TMDS]	惰 [NDA]	堕 [BDEF]
	驮 [CDY]	舵 [TEPX]	剁 [MSJ]		
E	厔 [NBS]	娿 [VBS]	额 [PTKM]	哦 [KTR]	蛾 [JTR]
	峨 [MTR]	锇 [QTRT]	俄 [WTR]	鹅 [TRNG]	娥 [VTR]
	讹 [YWXN]	恶 [GOGN]	阏 [UYWU]	垩 [GOGF]	噩 [GKKK]
	厄 [DBV]	苊 [ADB]	扼 [RDB]	轭 [LDB]	呃 [KDB]
	遏 [JQWP]	愕 [NKK]	谔 [YKKN]	萼 [AKKN]	颚 [KKFM]
	锷 [QKKN]	鹗 [KKFG]	腭 [EKK]	鳄 [QGKN]	鄂 [KKFB]
	饿 [QNT]				
En	恩 [LDN]	蒽 [ALDN]	摁 [RLD]		
Er	而 [DMJ]	鸸 [DMJG]	儿 [QT]	洱 [IBG]	珥 [GBG]
	铒 [QBG]	饵 [QNBG]	尔 [QIU]	迩 [QIP]	二 [FG]
	贰 [AFM]	佴 [WBG]			
Fa	发 [V]	罚 [LY]	乏 [TPI]	伐 [WAT]	阀 [UWA]
	垡 [WAFF]	筏 [TWA]	法 [IF]	砝 [DFCY]	珐 [GFC]
Fan	帆 [MHM]	番 [TOL]	蕃 [ATO]	藩 [AITL]	幡 [MHTL]

	翻 [TOLN]	烦 [ODM]	樊 [SQQD]	燔 [OTO]	蹯 [KHTL]
	繁 [TXGI]	蘩 [ATXI]	凡 [MY]	矾 [DMY]	反 [RC]
	返 [RCP]	泛 [ITP]	范 [AIB]	梵 [SSM]	畈 [LRC]
	贩 [MR]	饭 [QNR]	犯 [QTBN]		
Fang	方 [YY]	芳 [AY]	坊 [FYN]	肪 [EYN]	鲂 [QGYN]
	防 [BY]	妨 [VY]	坊 [FYN]	仿 [WYN]	彷 [TYN]
	舫 [TEYN]	纺 [XY]	放 [YT]		
Fei	非 [DJD]	扉 [YNDD]	霏 [FDJD]	菲 [ADJ]	啡 [KDJ]
	蜚 [DJDJ]	鲱 [QGDD]	绯 [XDJD]	飞 [NUI]	妃 [VNN]
	腓 [EDJD]	肥 [ECN]	淝 [IEC]	斐 [DJDY]	悱 [NDJD]
	诽 [YDJ]	匪 [ADJD]	榧 [SADD]	篚 [TADD]	翡 [DJDN]
	吠 [KDY]	废 [YNTY]	芾 [AGMH]	肺 [EGMH]	痱 [UDJD]
	沸 [IXJ]	费 [XJM]	镄 [QXJ]	狒 [QTX]	
Fen	分 [WV]	芬 [AWV]	酚 [SGW]	吩 [KWV]	氛 [RNW]
	纷 [XWV]	坟 [FY]	棼 [SSO]	汾 [IWV]	豮 [VNUV]
	粉 [OW]	粪 [OAWU]	瀵 [IOL]	愤 [NFA]	偾 [WFA]
	鱝 [QGFM]	奋 [DLF]	忿 [WVNU]	份 [WWV]	
Feng	丰 [DH]	沣 [IDH]	封 [FFFY]	葑 [AFFF]	烽 [OT]
	蜂 [JTD]	锋 [QTD]	风 [MQ]	疯 [UMQ]	枫 [SMQ]
	砜 [DMQY]	冯 [UC]	逢 [TDH]	缝 [XTDP]	讽 [YMQ]
	唪 [KDW]	奉 [DWF]	俸 [WDWH]	凤 [MC]	
Fu	佛 [WXJ]	否 [GIK]	缶 [RMK]	夫 [FW]	麸 [GQFW]
	呋 [KFW]	趺 [KHF]	肤 [EFW]	稃 [TEBG]	孵 [QYTB]
	敷 [GEHT]	跗 [KHWF]	涪 [IUK]	芙 [AFWU]	扶 [RFW]
	蚨 [JFW]	福 [PYG]	幅 [MHG]	蝠 [JGKL]	匐 [QGK]
	罘 [LGI]	芾 [AGMH]	被 [PYDC]	黻 [AGUC]	绂 [XDC]
	幞 [MHOY]	孚 [EBF]	浮 [IEB]	莩 [AEBF]	桴 [SEBG]
	蜉 [JEBG]	俘 [WEB]	郛 [EBB]	伏 [WDY]	袱 [PUWD]
	茯 [AWD]	苻 [AWFU]	符 [TWF]	凫 [QYNM]	服 [EB]
	负 [QM]	妇 [VV]	菔 [AEBC]	鹏 [EEQ]	弗 [XJK]
	怫 [NXJ]	拂 [RXJH]	氟 [RNXJ]	佛 [WXJ]	舭 [XJQ]
	绋 [XXJ]	府 [YWF]	腐 [YWFW]	腑 [EYW]	拊 [RWFY]
	抚 [RFQ]	甫 [GEH]	辅 [LGEY]	脯 [EGE]	父 [WQU]
	斧 [WQR]	釜 [WQFU]	滏 [IWQ]	赙 [MGE]	傅 [WGE]
	缚 [XGE]	富 [PGKL]	副 [GKL]	讣 [YHY]	赴 [FHH]
	赋 [MGA]	复 [TJT]	覆 [STT]	蝮 [JTJT]	馥 [TJTT]
	腹 [ETJ]	付 [WFY]	咐 [KWF]	鲋 [QGW]	附 [BWF]
	驸 [CWF]	阜 [WNNF]			
Ga	夹 [GUW]	呷 [KLH]	胳 [ETK]	旮 [VJF]	咖 [KLK]

	伽 [WLK]	轧 [LNN]	噶 [KAJ]	嘎 [KDH]	钆 [QNN]
	乑 [IDI]	尕 [EIU]	尬 [DNWJ]		
Gai	该 [YYNW]	垓 [FYNW]	赅 [MYN]	陔 [BYNW]	改 [NTY]
	盖 [UGL]	芥 [AWJ]	丐 [GHN]	钙 [QGH]	戤 [ECLA]
	溉 [IVC]	概 [SVC]			
Gan	干 [FGGH]	杆 [SFH]	酐 [SGFH]	矸 [DFH]	竿 [TFJ]
	肝 [EF]	甘 [AFD]	泔 [IAF]	疳 [UAF]	坩 [FAFG]
	柑 [SAF]	尴 [DNJL]	赶 [FHFK]	擀 [RFJF]	秆 [TFH]
	感 [DGKN]	敢 [NB]	澉 [INB]	橄 [SNB]	旰 [JFH]
	绀 [XAF]	赣 [UJT]			
Gang	杠 [SAG]	扛 [RAG]	缸 [RMA]	肛 [EA]	罡 [LGH]
	冈 [MQI]	刚 [MQJ]	钢 [QMQ]	纲 [XM]	港 [IAWN]
	岗 [MMQ]	戆 [UJTN]	筻 [TGJQ]		
Gao	高 [YM]	膏 [YPK]	篙 [TYMK]	羔 [UGO]	糕 [OUGO]
	槁 [GKHS]	皋 [RDFJ]	槔 [SRDF]	睾 [TLFF]	藁 [AYMS]
	槁 [SYMK]	搞 [RYMK]	镐 [QYM]	稿 [TYM]	缟 [XYMK]
	杲 [JSU]	告 [TFKF]	诰 [YTFK]	锆 [QTFK]	郜 [TFKB]
Ge	割 [PDHJ]	歌 [SKSW]	戈 [AGNT]	疙 [UTN]	圪 [FTN]
	屹 [MTNN]	仡 [WTN]	鸽 [WGKG]	袼 [PUTK]	格 [ST]
	咯 [KTK]	胳 [ETK]	搁 [RUT]	革 [AF]	葛 [AJQ]
	鬲 [GKMH]	塥 [FGK]	嗝 [KGKH]	镉 [QGKH]	膈 [EGK]
	隔 [BGK]	颌 [WGKM]	蛤 [JWGK]	羯 [RWGR]	阁 [UTK]
	骼 [MET]	舸 [TES]	骼 [LKSK]	合 [WGK]	个 [WH]
	各 [TK]	虼 [JTN]	硌 [DTK]	铬 [QTK]	
Gei	给 [XW]				
Gen	根 [SVE]	跟 [KHV]	哏 [KVE]	艮 [VEI]	亘 [GJG]
	茛 [AVE]	赓 [YVWM]	羹 [UGOD]	耕 [DIF]	更 [GJQ]
	耿 [BO]	埂 [FJG]	梗 [SGJQ]	哽 [KGJ]	鲠 [QGGQ]
	绠 [XGJQ]	颈 [CAD]			
Gong	工 [A]	攻 [AT]	功 [AL]	红 [XA]	龚 [DXA]
	供 [WAW]	恭 [AWIY]	公 [WC]	蚣 [JWC]	肱 [EDC]
	觥 [QEI]	弓 [XNG]	躬 [TMDX]	宫 [PK]	巩 [AMY]
	汞 [AIU]	珙 [GAW]	拱 [RAW]	贡 [AM]	共 [AW]
	供 [WAW]				
Gou	韝 [AFFF]	篝 [TFJF]	句 [QKD]	枸 [SQK]	佝 [WQK]
	岣 [MQK]	沟 [IQC]	钩 [QQCY]	缑 [XWN]	苟 [AQKF]
	枸 [SQK]	岣 [MQK]	笱 [TQK]	狗 [QTQ]	遘 [FJGP]
	觏 [FJGQ]	媾 [VFJ]	彀 [FPGC]	诟 [YRG]	垢 [FR]
	够 [QKQQ]	构 [SQ]	购 [MQC]		

Gu	縠 [FPLC]	沽 [IDG]	辜 [DUJ]	酤 [SGDG]	鈷 [LDG]
	咕 [KDG]	蛄 [JDG]	估 [WD]	鸪 [DQYG]	姑 [VD]
	菇 [AVD]	箍 [TRA]	呱 [KRC]	舳 [QER]	孤 [BR]
	菰 [ABR]	骨 [ME]	鼓 [FKUC]	瞽 [FKUH]	臌 [EFKC]
	古 [DGHG]	诂 [YDG]	蛄 [JDG]	罟 [LDF]	钴 [QDG]
	牯 [TRDG]	毂 [DNH]	贾 [SMU]	蛊 [JLF]	鹘 [MEQ]
	故 [DTY]	固 [LDD]	痼 [ULD]	崮 [MLD]	锢 [QLDG]
	鲴 [QGLD]	梏 [STFK]	牿 [TRTK]		
Gua	瓜 [RCY]	呱 [KRC]	胍 [ERC]	栝 [STDG]	括 [RTD]
	刮 [TDJH]	鸹 [TDQ]	寡 [PDEV]	剐 [KMWJ]	诖 [YFFG]
	褂 [PUFH]	挂 [RFFG]	卦 [FFHY]		
Guai	掴 [RLGY]	乖 [TFUX]	拐 [RKL]	怪 [NC]	
Guan	官 [PHNN]	棺 [SPN]	倌 [WPN]	关 [UD]	冠 [PFQF]
	莞 [APFQ]	鳏 [QGLI]	观 [CM]	矜 [CBTN]	纶 [XWX]
	管 [TP]	馆 [QNP]	裸 [PUJS]	灌 [IAK]	罐 [RMAY]
	鹳 [AKKG]	贯 [XFM]	惯 [NXF]	掼 [RXF]	盥 [QGI]
	涫 [IPN]				
Guang	光 [IQ]	咣 [KIQ]	胱 [EIQ]	桄 [SIQN]	广 [YYGT]
	犷 [QTYT]	逛 [QTGP]			
Gui	规 [FWM]	圭 [FFF]	闺 [UFFD]	硅 [DFFG]	鲑 [QGFF]
	归 [JV]	皈 [RRCY]	瑰 [GRQ]	傀 [WRQ]	龟 [QJN]
	妫 [VYL]	庋 [YFC]	晷 [JTHK]	簋 [TVEL]	鬼 [RQC]
	宄 [PVB]	轨 [LVN]	庋 [YFC]	诡 [YQD]	癸 [WGD]
	桂 [SFF]	柜 [SAN]	贵 [KHGM]	炔 [ONW]	灵 [VO]
	跪 [KHQB]	刿 [MQJH]	桧 [SWF]	刽 [WFCJ]	鳜 [QGDW]
Gun	滚 [IYWE]	辊 [LJ]	绲 [XJX]	鲧 [QGTI]	棍 [SJX]
Guo	崞 [MYB]	郭 [YBB]	聒 [BTD]	过 [FP]	蝈 [JLG]
	呙 [KMWU]	涡 [IKM]	埚 [FKM]	锅 [QKM]	国 [L]
	掴 [RLGY]	帼 [MHL]	馘 [UTHG]	虢 [EFHM]	椁 [SYB]
	果 [JS]	裹 [YJSE]	蜾 [JJS]	过 [FP]	
Ha	哈 [KWG]	铪 [QWGK]	虾 [JGHY]	蛤 [JW]	
Hai	嗨 [KITU]	咳 [KYNW]	骸 [MEY]	孩 [BYNW]	还 [GIP]
	海 [ITX]	醢 [SGDL]	胲 [EYNW]	害 [PD]	亥 [YNTW]
	氦 [RNYW]	骇 [CYNW]			
Han	颔 [FDMY]	鼾 [THLF]	憨 [NBTN]	酣 [SGAF]	蚶 [JAF]
	寒 [PFJ]	汗 [IFH]	邗 [FBH]	邯 [AFB]	韩 [FJFH]
	含 [WYNK]	焓 [OWYK]	晗 [JWYK]	函 [BIB]	涵 [IBIB]
	罕 [PWF]	喊 [KDGT]	旱 [JFJ]	焊 [OJF]	捍 [RJF]
	汉 [IC]	翰 [FJW]	瀚 [IFJN]	菡 [ABIB]	憾 [NDGN]

	撼 [RDGN]	撇 [RNBT]	颔 [WYNM]		
Hang	夯 [DLB]	杭 [SYM]	颃 [YMDM]	吭 [KYM]	航 [TEY]
	行 [TF]	珩 [GTF]	绗 [XTFH]	沆 [IYM]	巷 [AWN]
Hao	蒿 [AYM]	嚆 [KAY]	薅 [AVDF]	豪 [YKPE]	壕 [FYP]
	嚎 [KYP]	毫 [YPT]	蚝 [JTF]	号 [KGN]	嗥 [KRDF]
	貉 [EETK]	好 [VB]	郝 [FOB]	镐 [QYM]	耗 [DITN]
	颢 [JYIM]	灏 [IJYM]	昊 [JGD]	浩 [ITFK]	皓 [RTFK]
He	诃 [YSK]	呵 [KSK]	嗬 [KAWK]	喝 [KJQ]	涸 [ILD]
	阂 [UYN]	核 [SYNW]	劾 [YNTL]	盇 [FCLF]	阖 [UFC]
	翮 [GKMN]	河 [ISK]	菏 [AISK]	何 [WSK]	荷 [AWSK]
	曷 [JQWN]	合 [WGK]	颌 [WGKM]	盒 [WGKL]	禾 [TTTT]
	和 [T]	纥 [XTNN]	鹤 [PWYG]	赫 [FOFO]	壑 [HPGF]
	吓 [KGH]	褐 [PUJN]	贺 [LKM]		
Hei	黑 [LFO]	嘿 [KLF]			
Hen	痕 [UVE]	很 [TVE]	狠 [QTV]	恨 [NV]	亨 [YBJ]
	哼 [KYB]				
Heng	恒 [NGJ]	横 [SAM]	珩 [GTF]	桁 [STFH]	衡 [TQDH]
	蘅 [ATQH]				
Hong	烘 [OAW]	哄 [KAW]	薨 [ALPX]	轰 [LCC]	訇 [QYD]
	鸿 [IAQG]	宏 [PDC]	闳 [UDC]	弘 [XCY]	泓 [IXC]
	讧 [YAG]				
Hou	侯 [WNT]	瘊 [UWN]	糇 [OWN]	喉 [KWN]	篌 [TWN]
	猴 [QTW]	骺 [MER]	吼 [KBN]	厚 [DJB]	堠 [FWND]
	候 [WHN]	后 [RG]	逅 [RGKP]		
Hu	糊 [ODE]	乎 [TUH]	滹 [IHAH]	烀 [OTU]	轷 [LTUH]
	呼 [KT]	忽 [QRN]	惚 [NQR]	嗀 [KQRN]	戏 [CA]
	壶 [FPO]	胡 [DE]	湖 [IDE]	煳 [ODEG]	瑚 [GDE]
	葫 [ADEF]	醐 [SGDE]	蝴 [JDE]	鹕 [DEQ]	猢 [QTDE]
	核 [SYNW]	鹱 [MEQ]	囫 [LQR]	鹄 [TFKG]	狐 [QTR]
	弧 [XRC]	斛 [QEU]	槲 [SQEF]	浒 [IYTF]	虎 [HA]
	琥 [GHA]	唬 [KHAM]	户 [YNE]	戽 [YNU]	沪 [IYN]
	护 [RYN]	扈 [YNKC]	鹱 [QYNC]	怙 [NDG]	祜 [PYDG]
	岵 [MDG]	瓠 [DFNY]	互 [GX]	沍 [UGXG]	笏 [TQR]
Hua	砉 [DHDF]	化 [WX]	花 [AWX]	哗 [KWX]	豁 [PDHK]
	划 [AJ]	滑 [IME]	猾 [QTM]	华 [WXF]	铧 [QWX]
	骅 [CWXF]	话 [YTD]	画 [GL]	桦 [SWX]	
Huai	淮 [IWY]	怀 [NG]	槐 [SRQ]	踝 [KHJS]	徊 [TLK]
	坏 [FGI]				
Huan	獾 [QTAY]	欢 [CQW]	萑 [AWYF]	洹 [IGJ]	桓 [SGJG]

幻 [XNN]	环 [GGI]	寰 [PLGE]	鬟 [DEL]	圜 [LLG]
缳 [XLGE]	锾 [QEFC]	郇 [QJB]	缓 [XEF]	浣 [IPFQ]
鲩 [QGP]	宦 [PAH]	逭 [PNHP]	豢 [UDE]	患 [KKHN]
漶 [IKKN]	擐 [RLGE]	奂 [QMD]	涣 [IQM]	痪 [UQM]
焕 [OQM]	换 [RQ]	唤 [KQM]		
Huang 肓 [YNEF]	荒 [AYNQ]	慌 [NAY]	黄 [AMW]	潢 [IAM]
璜 [UAM]	璜 [GAMW]	磺 [DAM]	蟥 [JAM]	簧 [TAMW]
皇 [RGF]	湟 [IRGG]	惶 [NRGG]	煌 [OR]	遑 [RGP]
篁 [TRGF]	徨 [TRG]	凰 [MRG]	鳇 [QGR]	隍 [BRG]
谎 [YAY]	恍 [NIQ]	晃 [JI]	幌 [MHJQ]	蝗 [JR]
Hui 麾 [YSSN]	珲 [GPL]	挥 [RPL]	辉 [IQPL]	晖 [JPLH]
灰 [DO]	恢 [NDO]	诙 [YDO]	咴 [KDO]	尥 [GQJI]
徽 [TMGT]	隳 [BDAN]	回 [LKD]	洄 [ILK]	茴 [ALKF]
蛔 [JLK]	徊 [TLK]	悔 [NTX]	毁 [VA]	汇 [IAN]
讳 [YFNH]	彗 [DHDV]	慧 [DHDN]	恚 [FFNU]	卉 [FAJ]
惠 [GJH]	蕙 [AGJ]	蟪 [JGJN]	喙 [KXE]	缋 [XKH]
哕 [KMQ]	秽 [TMQ]	贿 [MDE]	会 [WF]	晦 [JTX]
荟 [AWFC]	桧 [SWF]	绘 [XWF]	诲 [YTX]	晦 [JTX]
Hun 荤 [APLJ]	昏 [QAJF]	阍 [UQA]	婚 [VQ]	浑 [IPLH]
珲 [GPL]	魂 [FCR]	混 [IJX]	馄 [QNJX]	诨 [YPL]
溷 [ILEY]				
Huo 豁 [PDHK]	秴 [DIW]	劐 [AWYJ]	攉 [RFWY]	锪 [QQR]
活 [ITD]	火 [OOOO]	钬 [QOY]	伙 [WO]	夥 [JSQ]
祸 [PYKW]	霍 [FWYF]	藿 [AFWY]	嚯 [KFWY]	镬 [QAWC]
或 [AK]	惑 [AKGN]	货 [WXM]	腔 [EPWF]	
Ji 激 [IRY]	跻 [KHYJ]	迹 [YOP]	绩 [XGM]	积 [TKW]
击 [FMJ]	其 [ADW]	基 [AD]	箕 [TAD]	期 [ADWE]
赍 [FWW]	奇 [DSKF]	剞 [DSKJ]	畸 [LDS]	犄 [TRD]
乩 [HKN]	咭 [KFKG]	唧 [KVCB]	羁 [LAF]	笄 [TGAJ]
稘 [TDNM]	稽 [TDNJ]	几 [MT]	讥 [YMN]	玑 [GMN]
机 [SM]	矶 [DMN]	叽 [KMN]	肌 [EM]	讥 [YMN]
畿 [XXA]	汲 [IEY]	圾 [FE]	芨 [AEY]	鸡 [CQY]
屐 [NTFC]	姬 [VAH]	缉 [XKB]	疾 [UTD]	瘵 [AUT]
嫉 [VUT]	脊 [IWE]	瘠 [UIW]	吉 [FKF]	诘 [YFK]
佶 [WFKG]	藉 [ADI]	籍 [TDIJ]	踏 [KHAJ]	革 [AF]
棘 [GMII]	楫 [SKB]	辑 [LKB]	集 [WYS]	及 [EY]
极 [SE]	笈 [TEYU]	岌 [MEYU]	级 [XE]	急 [QVN]
即 [VCB]	亟 [BKC]	殛 [GQB]	济 [IYJ]	挤 [RYJ]
戟 [FJAT]	掎 [RDS]	麂 [YNJM]	己 [NNG]	纪 [XN]

寂 [PH]　齐 [YJJ]　济 [IYJ]　霁 [FYJ]　荠 [AYJJ]
哜 [KYJ]　剂 [YJJH]　鲚 [QGYJ]　计 [YF]　髻 [DEFK]
蓟 [AQGJ]　芰 [AFCU]　技 [RFC]　伎 [WFCY]　妓 [VFC]
寄 [PDS]　冀 [UXL]　骥 [CUX]　觊 [MNMQ]　稷 [TLWT]
季 [TB]　悸 [NTB]　偈 [WJQ]　祭 [WFI]　际 [BF]
鲫 [QGVB]　系 [TXI]　既 [VCA]　记 [YN]　忌 [NNU]
跽 [KHNN]　继 [XO]

Jia　家 [PE]　镓 [QPE]　夹 [GUW]　浃 [IGU]　葭 [ANHC]
佳 [WFFG]　加 [LK]　痂 [ULKD]　袈 [LKY]　迦 [LKP]
珈 [GLK]　嘉 [FKUK]　跏 [KHLK]　笳 [TLKF]　伽 [WLK]
荚 [AGUW]　颊 [GUWM]　蛱 [JGU]　铗 [QGUW]　郏 [GUWB]
恝 [DHVN]　戛 [DHA]　贾 [SMU]　蛱 [JGU]　岬 [MLH]
钾 [QLH]　胛 [ELH]　瘕 [UNH]　碬 [DNH]　假 [WNH]
稼 [TPE]　嫁 [VPE]　价 [WWJ]　架 [LKS]　驾 [LKC]

Jian　渐 [IL]　湔 [IUE]　煎 [UEJO]　兼 [UVO]　蒹 [AUV]
搛 [RUVO]　鹣 [UVOG]　缣 [XUV]　间 [UJ]　肩 [YNED]
戋 [GGGT]　浅 [IGT]　笺 [TGR]　菅 [APNN]　鞯 [AFAB]
歼 [GQT]　缄 [XDG]　监 [JTYL]　坚 [JCF]　鲣 [QGJF]
尖 [ID]　艰 [CV]　犍 [TRV]　奸 [VFH]　謇 [PFJY]
塞 [PFJH]　裥 [PUUJ]　简 [TUJ]　锏 [QUJG]　翦 [UEJN]
剪 [UEJV]　谫 [YUE]　戬 [GOGA]　茧 [AJU]　柬 [GLI]
拣 [RANW]　减 [UDG]　碱 [DDG]　趼 [KHGA]　枧 [SMQN]
笕 [TMQB]　团 [LBD]　检 [SWGI]　硷 [DWGI]　捡 [RWGI]
睑 [HWGI]　俭 [WWGI]　涧 [IUJG]　谏 [YGL]　践 [KHG]
贱 [MGT]　溅 [IMGT]　饯 [QNGT]　荐 [ADHB]　鉴 [JTYQ]
监 [JTYL]　槛 [SJT]　见 [MQB]　舰 [TEMQ]　剑 [WGIJ]
箭 [TUE]　垇 [WAR]　踺 [KHVP]　键 [QVFP]　毽 [TFNP]
健 [WVF]　僭 [WAQJ]　件 [WRH]　建 [VFHP]　楗 [SVFP]
腱 [EVFP]

Jinag　将 [UQF]　浆 [UQI]　江 [IA]　茳 [AIA]　豇 [GKUA]
楝 [SGL]　僵 [WGL]　疆 [XFG]　缰 [XGL]　姜 [UGV]
蒋 [AUQ]　桨 [UQS]　奖 [UQD]　耩 [DIFF]　讲 [YFJ]
酱 [UQSG]　匠 [AR]　虹 [JA]　降 [BTA]　强 [XK]
糨 [OXK]　犟 [XKJH]　泽 [ITA]

Jiao　浇 [IAT]　交 [UQ]　茭 [AUQU]　蛟 [JUQ]　胶 [EU]
鲛 [QGUQ]　郊 [UQB]　姣 [VUQ]　教 [FTBT]　尢 [AVB]
椒 [SHI]　娇 [VTDJ]　湫 [ITOY]　铰 [QUQ]　佼 [WUQ]
皎 [RUQ]　狡 [QTU]　饺 [QNUQ]　绞 [XUQ]　搅 [RIPQ]
挢 [RTDJ]　侥 [WATQ]　敫 [RYTY]　徼 [TRY]　较 [LU]

骄 [CTDJ]	焦 [WYO]	蕉 [AQYO]	礁 [DWYO]	僬 [WWYO]
酵 [SGFB]	叫 [KN]	嚼 [KEL]	轿 [LTD]	峤 [MTDJ]
醮 [SGWO]	噍 [KWYO]	缴 [XRYT]	脚 [EFCB]	角 [QE]
剿 [VJSJ]	窖 [PWTK]	鹪 [WYOG]	嚼 [KELF]	矫 [TDTJ]
觉 [IPMQ]				

Jie				
秸 [TFKG]	结 [XF]	接 [RUV]	揭 [RJQ]	皆 [XXR]
楷 [SXX]	喈 [KXXR]	阶 [BWJ]	嗟 [KUDA]	街 [TFFH]
节 [AB]	疖 [UBK]	讦 [YFH]	洁 [IFK]	诘 [YFK]
桔 [SFK]	颉 [FKD]	拮 [RFK]	鲒 [QGFK]	劫 [FCLN]
截 [FAW]	捷 [RGV]	睫 [HGVH]	婕 [VGV]	竭 [UJQN]
羯 [UDJN]	碣 [DJQ]	偈 [WJQ]	桀 [QAHS]	杰 [SO]
孑 [BYI]	解 [QEV]	姐 [VEG]	偈 [WJQ]	戒 [AAK]
诫 [YAAH]	藉 [ADI]	介 [WJ]	疥 [UWJ]	芥 [AWJ]
骱 [MEW]	界 [LWJ]	蚧 [JWJ]	价 [WWJ]	借 [WAJ]
届 [NM]				

Jin				
津 [IVFH]	禁 [SSF]	襟 [PUS]	巾 [MHK]	今 [WYNB]
衿 [PUWN]	矜 [CBTN]	金 [QQQQ]	堇 [AKGF]	廑 [YAKG]
谨 [YAK]	瑾 [GAKG]	槿 [SAKG]	馑 [QNAG]	紧 [JC]
锦 [QRM]	仅 [WCY]	尽 [NYU]	卺 [BIGB]	进 [FJ]
晋 [GOGJ]	缙 [XGOJ]	觐 [AKGQ]	噤 [KSSI]	近 [RP]
靳 [AFR]	劲 [CAL]	浸 [IVP]	烬 [ONY]	荩 [ANYU]
赆 [MNY]	妗 [VWY]			

Jing				
京 [YIU]	惊 [NYKI]	鲸 [QGY]	旌 [YTTG]	粳 [OGJ]
精 [OGE]	菁 [AGEF]	睛 [HG]	腈 [EGEG]	荆 [AGA]
兢 [DQDQ]	晶 [JJJ]	泾 [ICA]	茎 [ACA]	经 [X]
井 [FJK]	肼 [EFJ]	阱 [BFJ]	警 [AQKY]	傲 [WAQT]
景 [JY]	憬 [NJY]	颈 [CAD]	到 [CAJH]	境 [FUJ]
镜 [QUJ]	獍 [QTUQ]	竟 [UKQB]	净 [UQV]	静 [GEQ]
靖 [UGE]	靓 [GEM]	婧 [VGE]	敬 [AQK]	痉 [UCA]
径 [TCA]	劲 [CAL]	弪 [XCAG]	竟 [UJQ]	胫 [ECA]

Jiong				
扃 [YNMK]	窘 [PWVK]	炅 [JOU]	炯 [OMKG]	迥 [MKP]

Jiu				
阄 [UQJ]	鬏 [DETO]	揪 [RTO]	啾 [KTO]	究 [PWV]
鸠 [VQYG]	赳 [FHNH]	纠 [XNH]	酒 [ISGG]	韭 [DJDG]
九 [VT]	久 [QY]	灸 [QYO]	玖 [GQY]	就 [YI]
僦 [WYI]	鹫 [YIDG]	疚 [UQY]	枢 [SAQY]	咎 [THK]
蹴 [KHYN]				

Ju				
鞠 [AFQY]	车 [LG]	且 [EG]	疽 [UEG]	趄 [FHE]
苴 [AEG]	雎 [EGWY]	俱 [WHW]	狙 [QTEG]	鞫 [AFQ]
掬 [RQO]	拘 [RQK]	驹 [CQK]	居 [ND]	裾 [PUND]

琚 [GND]	椐 [SND]	据 [RND]	锔 [QNNK]	菊 [AQO]
桔 [SFK]	橘 [SCBK]	局 [NNK]	举 [IWF]	榉 [SIW]
柜 [SAN]	矩 [TDA]	沮 [IEG]	龃 [HWBG]	咀 [KEG]
踽 [KHTY]	莒 [AKKF]	枸 [SQK]	婆 [PWO]	聚 [BCT]
巨 [AND]	炬 [OAN]	讵 [YANG]	苣 [AANF]	拒 [RAN]
距 [KHA]	钜 [QAN]	遽 [HAE]	醵 [SGHE]	具 [HW]
惧 [NHW]	踞 [KHND]	剧 [NDJ]	锯 [QND]	倨 [WND]
屦 [NTOV]				
Juan 蠲 [UWLJ]	圈 [LUD]	涓 [IKE]	捐 [RKE]	鹃 [KEQ]
娟 [VKE]	镌 [QWYE]	卷 [UDBB]	锩 [QUDB]	桊 [UDS]
眷 [UDHF]	倦 [WUD]	鄄 [SFB]	狷 [QTKE]	绢 [XKE]
隽 [WYEB]				
Jue 撅 [RDUW]	噘 [KDU]	嗟 [KUDA]	觉 [IPMQ]	珏 [GGY]
厥 [DUBW]	蕨 [ADU]	橛 [SDU]	劂 [DUBJ]	蹶 [KHDW]
獗 [QTDW]	矍 [HHW]	攫 [RHH]	噱 [KHAE]	爵 [ELV]
爝 [OEL]	嚼 [KEL]	脚 [EFCB]	角 [QE]	桷 [SQE]
谲 [YCBK]	决 [UN]	诀 [YNDY]	抉 [RNDY]	觖 [QEN]
掘 [RNBM]	崛 [MNBM]	倔 [WNB]	孓 [BYI]	绝 [XQC]
Jun 军 [PL]	鞠 [PLH]	均 [FQU]	筠 TFQU	钧 [QQUG]
麇 [YNJT]	菌 [ALT]	君 [VTKD]	浚 [ICWT]	竣 [UCW]
峻 [MCW]	俊 [WCW]	骏 [CCW]	捃 [RVT]	郡 [VTKB]
Ka 喀 [KPT]	咖 [KLK]	咔 [KHHY]	卡 [HHU]	佧 [WHH]
胩 [EHH]	咯 [KTK]			
Kai 开 [GA]	锎 [QUGA]	揩 [RXXR]	慨 [NVC]	喈 [AXXR]
楷 [SX]	锴 [QXX]	恺 [NMN]	垲 [FMN]	剀 [MNJ]
铠 [QMN]	凯 [MNM]	忾 [NRN]		
Kan 刊 [FJH]	堪 [FAD]	勘 [ADWL]	龛 [WGKX]	看 [RHF]
槛 [SJT]	侃 [WKQ]	坎 [FQW]	莰 [AFQW]	砍 [DQW]
瞰 [HNB]	嵌 [MAF]			
Kang 康 [YVI]	慷 [NYV]	糠 [OYVI]	闶 [UYMV]	扛 [RAG]
亢 [YMB]	炕 [OYM]	抗 [RYMN]	钪 [QYMN]	伉 [WYM]
kao 尻 [NVV]	考 [FTGN]	烤 [OFT]	栲 [SFTN]	拷 [RFT]
铐 [QFTN]	靠 [TFKD]	犒 [TRYK]		
Ke 颏 [YNTM]	磕 [DFC]	嗑 [KFCL]	瞌 [HFCL]	疴 [USKD]
珂 [GSK]	坷 [FSK]	苛 [AS]	柯 [SSK]	轲 [LSK]
呵 [KSK]	窠 [PWJ]	棵 [SJS]	颗 [JSD]	科 [TU]
蝌 [JTU]	咳 [KYNW]	壳 [FPM]	渴 [IJQ]	可 [SK]
坷 [FSK]	轲 [LSK]	岢 [MSK]	刻 [YNTJ]	溘 [IFCL]
嗑 [KFCL]	克 [DQ]	氪 [RNDQ]	课 [YJS]	骒 [CJS]

	恪 [NTKG]	绛 [XAFH]	客 [PT]		
Ken	肯 [HE]	啃 [KHE]	恳 [VENU]	垦 [VEF]	裉 [PUVE]
Keng	坑 [FYM]	吭 [KYM]	铿 [QJC]		
Kong	空 [PW]	崆 [MPW]	箜 [TPW]	倥 [WPW]	恐 [AMYN]
	孔 [BNN]	控 [RPW]			
Kou	芤 [ABN]	抠 [RAQ]	眍 [HAQ]	口 [KKKK]	寇 [PFQC]
	蔻 [APFL]	扣 [RK]	筘 [TRK]	叩 [KBH]	
Ku	苦 [ADF]	訾 [IPT]	库 [YLK]	裤 [PUYL]	绔 [XDF]
	酷 [SGTK]				
Kua	夸 [DFN]	侉 [FDFN]	侉 [WDF]	挎 [RDFN]	跨 [KHD]
	胯 [EDF]				
Kuai	蒯 [AEEJ]	浍 [IWFC]	哙 [KWFC]	侩 [WWFC]	脍 [EWF]
	狯 [QTWC]	郐 [WFCB]	块 [FNW]	快 [NNW]	筷 [TNN]
Kuan	宽 [PA]	髋 [MEPQ]	款 [FFI]		
Kuang	匡 [AGD]	诓 [YAGG]	框 [SAGG]	哐 [KAG]	筐 [TAG]
	狂 [QTG]	夼 [DKJ]	圹 [FYT]	矿 [DYT]	旷 [JYT]
	邝 [YBH]	纩 [XYT]	眶 [HAG]	况 [UKQ]	贶 [MKQ]
Kui	窥 [PWFQ]	悝 [NJFG]	亏 [FNB]	盔 [DOL]	岿 [MJVF]
	逵 [FWFP]	奎 [DFFF]	喹 [KDF]	蝰 [JDFF]	魁 [RQCF]
	隗 [BRQ]	馗 [VUTH]	葵 [AWG]	揆 [RWGD]	暌 [JWGD]
	睽 [HWGD]	夔 [UHT]	跬 [KHFF]	傀 [WRQ]	愧 [NRQ]
	溃 [IKHM]	愦 [NKHM]	蒉 [AKHM]	聩 [BKHM]	匮 [AKH]
	篑 [TKHM]	馈 [QNK]	喟 [KLE]		
Kun	髡 [DEGQ]	坤 [FJHH]	昆 [JX]	琨 [GJX]	醌 [SGJX]
	锟 [QJX]	鲲 [QGJX]	悃 [NLS]	阃 [ULS]	捆 [RLS]
	壸 [FPO]	困 [LS]			
Kuo	廓 [YYBB]	扩 [RY]	阔 [UIT]	栝 [STDG]	括 [RTD]
	蛞 [JTDG]				
La	拉 [RU]	垃 [FUG]	啦 [KRU]	喇 [KGK]	邋 [VLQ]
	砬 [DUG]	晃 [JVB]	蜡 [JAJ]	腊 [EAJ]	辣 [UGK]
	剌 [GKIJ]	蓝 [AJT]	瘌 [UGKJ]		
Lai	来 [GO]	涞 [IGO]	莱 [AGO]	徕 [TGO]	睐 [HGO]
	赉 [GOM]	赖 [GKIM]	濑 [IGKM]	癞 [UGKM]	籁 [TGKM]
Lan	阑 [UGLI]	澜 [IUGI]	谰 [YUG]	镧 [QUGI]	兰 [UFF]
	栏 [SUF]	拦 [RUF]	婪 [SSV]	褴 [PUJL]	蓝 [AJT]
	篮 [TJTL]	岚 [MMQU]	漤 [ISSV]	懒 [NGKM]	览 [JTYQ]
	榄 [SJTQ]	揽 [RTJ]	缆 [XJT]	罱 [LFM]	滥 [IJT]
	烂 [OUFG]				
Lang	啷 [KYV]	郎 [YVCB]	廊 [YYV]	榔 [SYV]	螂 [JYV]

	阆 [UYV]	琅 [GYV]	锒 [QYVE]	稂 [TYV]	狼 [QTY]
	粮 [OYV]	朗 [YVC]	浪 [IYV]	茛 [AYV]	蒗 [AIYE]
Lao	捞 [RAPL]	牢 [PRH]	劳 [APL]	痨 [AUPL]	唠 [KAP]
	崂 [MAP]	铹 [QAP]	醪 [SGNE]	潦 [IDUI]	老 [FTX]
	栳 [SFTX]	铑 [QFTX]	佬 [WFT]	姥 [VFT]	涝 [IAP]
	耢 [DIAL]	烙 [OTK]	酪 [SGTK]	络 [XTK]	
Le	肋 [EL]	乐 [QI]	泐 [IBL]	叻 [KLN]	仂 [WLN]
	勒 [AFL]	鳓 [QGAL]	了 [B]		
Lei	勒 [AFL]	擂 [RFL]	雷 [FLF]	檑 [SFL]	镭 [QFL]
	累 [LX]	嫘 [VLX]	缧 [XLXI]	耒 [DII]	诔 [YDIY]
	蕾 [AFLF]	磊 [DDD]	儡 [WLL]	垒 [CCCF]	泪 [IHG]
	类 [OD]	酹 [SGE]	嘞 [KAF]		
Leng	棱 [SFW]	塄 [FLY]	楞 [SL]	冷 [UWYC]	愣 [NLY]
Li	哩 [KJF]	离 [YB]	漓 [IYBC]	璃 [GYB]	蓠 [AYBC]
	缡 [XYB]	嫠 [FIT]	丽 [GMY]	鹂 [GMYG]	鲡 [QGGY]
	骊 [CGMY]	厘 [DJFD]	喱 [KDJF]	狸 [QTJF]	罹 [LNW]
	梨 [TJS]	蜊 [JTJ]	犁 [TJR]	黎 [TQT]	藜 [ATQ]
	黧 [TQTO]	蠡 [XEJJ]	礼 [PYNN]	李 [SB]	逦 [GMYP]
	里 [JFD]	悝 [NJFG]	理 [GJ]	哩 [KJF]	锂 [QJF]
	俚 [WJF]	鲤 [QGJF]	娌 [VJFG]	澧 [IMA]	醴 [SGMU]
	鳢 [QGMU]	立 [UU]	粒 [OUG]	苙 [AWUF]	笠 [TUF]
	戾 [YND]	唳 [KYND]	丽 [GMY]	俪 [WGMY]	郦 [GMYB]
	丽 [GKMH]	栗 [SSU]	溧 [ISSY]	篥 [TSS]	傈 [WSS]
	吏 [GKQ]	厉 [DDN]	疠 [UDNV]	粝 [ODD]	砺 [DDDN]
	蛎 [JDD]	励 [DDNL]	罱 [LYF]	利 [TJH]	痢 [UTJ]
	莉 [ATJ]	俐 [WTJ]	猁 [QTTJ]	例 [WGQ]	栎 [SQI]
	砾 [DQI]	轹 [LQI]	跞 [KHQI]	隶 [VII]	历 [DL]
	沥 [IDL]	疬 [UDL]	雳 [FDLB]	坜 [FDL]	苈 [ADL]
	枥 [SDL]	呖 [KDL]	荔 [ALL]	哩 [KJF]	
Lian	帘 [PWM]	廉 [YUVO]	辩 [JYU]	镰 [QYUO]	臁 [EYU]
	怜 [NWYC]	联 [BU]	奁 [DAQ]	连 [LPK]	涟 [ILP]
	裢 [PUL]	莲 [ALP]	鲢 [QGLP]	琏 [GLP]	睑 [PUWI]
	敛 [WGIT]	蔹 [AWGT]	脸 [EW]	恋 [YON]	楝 [SGL]
	炼 [OANW]	练 [XAN]	潋 [IWGT]	殓 [GQW]	链 [QLP]
Liang	梁 [IVWO]	粱 [IVW]	凉 [UYIY]	椋 [SYIY]	良 [YVE]
	粮 [OYV]	莨 [AYVE]	踉 [KHYE]	量 [JG]	两 [GMWW]
	俩 [WGMW]	魉 [RQCW]	谅 [YYIY]	晾 [JYIY]	亮 [YPM]
	靓 [GEMQ]	辆 [LGMW]			
Liao	撩 [RDU]	聊 [BQT]	寮 [PDU]	燎 [ODUI]	嘹 [KDUI]

僚 [WDU]	鹩 [DUJG]	獠 [QTDI]	缭 [XDU]	寥 [PNW]
疗 [UBK]	辽 [BP]	蓼 [ANW]	潦 [IDUI]	了 [B]
钌 [QBH]	料 [OU]	撂 [RLT]		

Lie				
咧 [KGQ]	裂 [GQJE]	咧 [KGQ]	埒 [FEF]	列 [GQ]
烈 [GQJO]	洌 [IGQ]	冽 [UGQ]	趔 [FHGJ]	捩 [RYND]
劣 [ITL]	猎 [QTA]	鬣 [DEVN]	躐 [KHVN]	

Lin				
拎 [RWYC]	麟 [YNJH]	遴 [OQA]	磷 [DOQ]	辚 [LOQ]
瞵 [HOQ]	嶙 [MOQ]	鳞 [QGO]	粼 [OQAB]	林 [SS]
淋 [ISS]	霖 [FSS]	琳 [GSS]	啉 [KSS]	临 [JTY]
邻 [WYCB]	凛 [UYL]	廪 [YYLI]	懔 [NYL]	檩 [SYL]
吝 [YKF]	蔺 [AUW]	躏 [KHAY]	赁 [WTFM]	膦 [EOQ]

Ling				
凌 [UFW]	菱 [AFWT]	棱 [SFW]	鲮 [QGFT]	陵 [BFW]
绫 [XFW]	令 [WYC]	泠 [IWYC]	羚 [UDWC]	零 [FWYC]
玲 [GWY]	苓 [AWYC]	聆 [BWYC]	瓴 [WYCN]	龄 [HWBC]
囹 [LWYC]	蛉 [JWYC]	铃 [QWYC]	伶 [WWYC]	翎 [WYCN]
灵 [VO]	棂 [SVO]	酃 [FKKB]	领 [WYCM]	岭 [MWYC]
另 [KL]	呤 [KWYC]			

Liu				
溜 [IQYL]	熘 [OQYL]	刘 [YJ]	浏 [IYJH]	流 [IYC]
鎏 [IYCQ]	旒 [YTYQ]	琉 [GYCQ]	留 [QYVL]	瘤 [UQYL]
桛 [SDX]	砻 [DXD]	咙 [KDX]	笼 [TDX]	胧 [EDX]
隆 [BTG]	窿 [PWB]	癃 [UBTG]	垄 [DXF]	拢 [RDX]
陇 [BDX]	弄 [GAJ]			

Lou				
搂 [ROV]	娄 [OV]	楼 [DIO]	蒌 [AOV]	楼 [SOV]
喽 [KOV]	蝼 [JOV]	髅 [MEO]	偻 [WOV]	嵝 [MOV]
篓 [TOV]	漏 [IFNY]	瘘 [UVO]	镂 [QOV]	露 [FKHK]
陋 [BGM]				

Lu				
撸 [RQG]	噜 [KQG]	庐 [YYNE]	炉 [OYN]	芦 [AYNR]
卢 [HNE]	泸 [IHN]	垆 [FHNT]	栌 [SHNT]	颅 [HNDM]
轳 [LHNT]	舻 [TEH]	鸬 [HNQ]	胪 [EHNT]	鲈 [QGHN]
卤 [HL]	房 [HALV]	掳 [RHA]	鲁 [QGJ]	橹 [SQG]
镥 [QQG]	鹿 [YNJ]	漉 [IYNX]	麓 [SSYX]	辘 [LYN]
簏 [TYNX]	辂 [LTKG]	赂 [MTK]	路 [KHT]	潞 [IKHK]
露 [FKHK]	璐 [GKHK]	鹭 [KHTG]	蓼 [ANW]	戮 [NWE]
渌 [IVI]				

Lv				
禄 [PYV]	逯 [VIPI]	碌 [DVI]	绿 [XV]	陆 [BFM]
氇 [TFNJ]	闾 [UKKD]	榈 [SUK]	驴 [CYN]	旅 [YTEY]
膂 [YTEE]	褛 [PUO]	率 [YX]	虑 [HAN]	律 [TVFH]
氯 [RNV]				

Luan				
栾 [YOS]	滦 [IYOS]	脔 [YOMW]	峦 [YOM]	銮 [YWQF]

挛 [YOR]	鸾 [YOQ]	奱 [YOV]	孪 [YOB]	卵 [QYT]
乱 [TDN]	掠 [RYIY]	略 [LTK]	锊 [QEFY]	

Lun
仑 [WXB]	沦 [IWX]	论 [YWX]	抡 [RWX]	轮 [LWX]
囵 [LWXV]	伦 [WWX]	纶 [XWX]		

Luo
落 [AIT]	罗 [LQ]	螺 [JLX]	骡 [CLX]	逻 [LQP]
萝 [ALQ]	椤 [SLQ]	箩 [TLQ]	锣 [QLQ]	猡 [QTLQ]
脶 [EKM]	瘰 [ULX]	赢 [YNKY]	裸 [PUJS]	倮 [WJS]
荦 [APR]	漯 [ILX]	摞 [RLX]	洛 [ITK]	烙 [OTK]
珞 [GTK]	硌 [DTK]	咯 [KTK]	骆 [CTK]	络 [XTK]
泺 [IQI]	跞 [KHQI]			

M
呒 [KFQ]

Ma
麻 [YSS]	摩 [YSSR]	嬷 [VYS]	抹 [RGS]	蚂 [JCG]
妈 [VC]	吗 [KCG]	蟆 [JAJD]	马 [CN]	玛 [GCG]
码 [DCG]	犸 [QTCG]	杩 [SCG]	骂 [KKC]	嘛 [LYS]

Mai
霾 [FEEF]	埋 [FJF]	买 [NUDU]	荬 [ANUD]	麦 [GTU]
卖 [FNUD]	迈 [DNP]	劢 [DNL]	脉 [EYNI]	

Man
蛮 [YOJ]	瞒 [HAGW]	谩 [YJL]	蔓 [AJL]	鳗 [QGJC]
馒 [QNJC]	鞔 [AFQQ]	满 [IAGW]	螨 [JAGW]	曼 [JLC]
漫 [IJLC]	慢 [NJ]	熳 [OJL]	谩 [YJL]	墁 [FJL]
蔓 [AJL]	幔 [MHJC]	镘 [QJL]	缦 [XJL]	

Mang
忙 [NYNN]	芒 [AYN]	茫 [AIY]	硭 [DAY]	盲 [YNH]
氓 [YNNA]	邙 [YNB]	莽 [ADA]	漭 [IADA]	蟒 [JADA]

Mao
猫 [QTAL]	茆 [AQTB]	毛 [TFN]	旄 [YTTN]	髦 [DETN]
牦 [TRTN]	锚 [QAL]	矛 [CNHT]	茅 [ACNT]	泖 [IQT]
昴 [JQT]	峁 [MQT]	铆 [QQT]	茂 [ADN]	冒 [JHF]
瑁 [GJHG]	帽 [MHJ]	耄 [FTXN]	貌 [EERQ]	贸 [QYV]

Me
么 [TC]

Mei
没 [IM]	糜 [YSSO]	煤 [OA]	媒 [VAF]	玫 [GT]
枚 [STY]	霉 [FTXU]	莓 [ATX]	梅 [STX]	酶 [SGTU]
眉 [NHD]	湄 [INH]	楣 [SNH]	嵋 [MNH]	镅 [QNH]
鹛 [NHQ]	鹏 [NHQ]	猸 [QTNH]	浼 [IQKQ]	美 [UGDU]
镁 [QUG]	每 [TXG]	谜 [YOPY]	袂 [PUN]	昧 [JFI]
魅 [RQCI]	妹 [VFI]	媚 [VNH]		

Men
闷 [UNI]	门 [UYH]	扪 [RUN]	钔 [QUN]	懑 [IAGN]
焖 [OUN]	们 [WU]			

Meng
蒙 [APGE]	虻 [JYN]	檬 [SAP]	礞 [DAP]	藤 [TEAE]
朦 [EAP]	甍 [ALPN]	萌 [AJE]	盟 [JEL]	懵 [NAL]
蠓 [JAP]	蜢 [JBL]	锰 [QBL]	艋 [TEBL]	猛 [QTBL]
勐 [BLL]	梦 [SSQ]	孟 [BLF]		

Mi	咪 [KOY]	眯 [HO]	靡 [YSSD]	蘼 [AYSD]	縻 [YSSI]
	糜 [YSSO]	麋 [YNJO]	迷 [OP]	醚 [SGO]	祢 [PYQ]
	弥 [XQI]	猕 [QTXI]	米 [OY]	籹 [OTY]	脒 [EOY]
	弭 [XBG]	汨 [IJG]	泌 [INT]	秘 [TN]	宓 [PNTR]
	蜜 [PNTJ]	密 [PNT]	嘧 [KPNM]	谧 [YNTL]	幂 [PJD]
	觅 [EMQ]				
Mian	眠 [HNA]	棉 [SRM]	绵 [XR]	腼 [EDMD]	缅 [XDMD]
	黾 [KJN]	渑 [IKJ]	免 [QKQ]	冕 [JQKQ]	勉 [QKQL]
	娩 [VQKQ]	面 [DM]			
Miao	喵 [KAL]	苗 [ALF]	描 [RAL]	瞄 [HAL]	鹋 [ALQG]
	杪 [SIT]	秒 [TI]	眇 [HIT]	淼 [IHI]	缈 [XHI]
	邈 [EERP]	藐 [AEE]	庙 [YMD]	妙 [VIT]	缪 [XNW]
Mie	咩 [KUD]	乜 [NNV]	灭 [GOI]	蔑 [ALDT]	蠛 [JAL]
	篾 [TLDT]				
Min	民 [N]	珉 [GNA]	苠 [ANA]	岷 [MNA]	鳘 [TXGG]
	泯 [INA]	悯 [NUY]	闽 [UJI]	皿 [LHN]	敏 [TXGT]
	鳘 [TXGG]	泯 [INA]	抿 [RNA]	愍 [NATN]	冥 [PJU]
	溟 [IPJU]	暝 [JPJU]	瞑 [HPJ]	螟 [JPJ]	明 [JE]
	鸣 [KQYG]	名 [QK]	茗 [AQKF]	铭 [QQK]	酩 [SGQK]
	命 [WGKB]				
Miu	谬 [YNWE]	缪 [XNW]			
Mo	摸 [RAJD]	磨 [YSSD]	蘑 [AYS]	摩 [YSSR]	魔 [YSSC]
	麽 [YSSC]	无 [FQ]	谟 [YAJ]	摹 [AJDR]	膜 [EAJD]
	馍 [QNAD]	嫫 [VAJD]	抹 [RGS]	糖 [DIY]	末 [GS]
	沫 [IGS]	茉 [AGS]	殁 [GQMC]	秣 [TGS]	妹 [VFI]
	莫 [AJD]	漠 [IAJ]	寞 [PAJ]	瘼 [UAJD]	貘 [EEAD]
	镆 [QAJD]	蓦 [AJDC]	貊 [EEDJ]	陌 [BDJ]	墨 [LFOF]
	默 [LFOD]	嘿 [KLF]	脉 [EYNI]		
Mou	哞 [KCR]	谋 [YAF]	牟 [CR]	眸 [HCR]	蛑 [JCR]
	侔 [WCR]	缪 [XNW]	某 [AFS]	模 [SAJ]	毪 [TFNH]
Mu	亩 [YLF]	牡 [TRFG]	姥 [VFT]	母 [XGU]	拇 [RXG]
	姆 [VX]	墓 [AJDF]	暮 [AJDJ]	幕 [AJDH]	募 [AJDL]
	慕 [AJDN]	木 [SSSS]	沐 [ISY]	目 [HHHH]	首 [AHF]
	钼 [QHG]	睦 [HFW]	牧 [TRT]	穆 [TRI]	仫 [WTCY]
	牟 [CR]				
N	嗯 [KLDN]				
Na	那 [NFTB]	拿 [WGKR]	镎 [QWGR]	哪 [KNFB]	捺 [RDFI]
	衲 [PUMW]	呐 [KMW]	钠 [QMW]	肭 [EMW]	纳 [XMW]
	娜 [VNFB]				

Nai	乃 [ETN]	艿 [AEB]	氖 [RNE]	奶 [VE]	奈 [SFIU]
	萘 [ADFI]	耐 [DMJF]	伲 [WBG]	鼐 [EHN]	
Nan	囡 [LVD]	楠 [SFM]	喃 [KFM]	男 [LL]	难 [CW]
	赧 [FOBC]	蝻 [JFM]	南 [FM]		
Nang	囊 [GKH]	囔 [KGKE]	馕 [QNGE]	攮 [RGKE]	曩 [JYK]
Nao	夒 [GIV]	硇 [DTL]	挠 [RATQ]	蛲 [JATQ]	铙 [QAT]
	呶 [KVC]	猱 [QTCS]	恼 [NYB]	瑙 [GVT]	垴 [FYBH]
	脑 [EYB]	淖 [IHJ]	闹 [UYM]		
Ne	讷 [YMW]	呢 [KNX]			
Nei	馁 [QNE]	内 [MW]			
Nen	恁 [WTFN]	嫩 [VGK]			
Neng	能 [CE]				
Ni	妮 [VNX]	霓 [FVQ]	倪 [WVQ]	鲵 [QGVQ]	猊 [QTVQ]
	尼 [NX]	泥 [INX]	怩 [NNX]	坭 [FNX]	呢 [KNX]
	铌 [QNX]	旎 [YTNX]	拟 [RNY]	祢 [PYQ]	你 [WQ]
	溺 [IXU]	逆 [UBT]	匿 [AADK]	睨 [HVQ]	腻 [EAF]
	昵 [JNX]	伲 [WNX]			
Nian	拈 [RHKG]	蔫 [AGHO]	粘 [OHK]	黏 [TWIK]	鲇 [QGHK]
	年 [RH]	辇 [FWFL]	撵 [RFWL]	捻 [RWYN]	碾 [DNA]
	廿 [AGH]	念 [WYNN]	埝 [FWYN]		
Niang	酿 [SGYE]				
Niao	袅 [QYNE]	鸟 [QYNG]	茑 [AQYG]	嬲 [LLV]	尿 [NII]
	脲 [ENI]				
Nie	捏 [RJFG]	聂 [BCCU]	嗫 [KBCC]	蹑 [KHBC]	镊 [QBCC]
	孽 [AWNB]	蘖 [AWNS]	涅 [IJFG]	陧 [BJF]	啮 [KHWB]
	臬 [THS]	镍 [QTH]	乜 [NNV]		
Nin	恁 [WTFN]	您 [WQIN]			
Ning	宁 [PS]	柠 [BPS]	拧 [RPS]	咛 [KPS]	狞 [QTPS]
	凝 [UXT]	泞 [IPS]	佞 [WFV]		
Niu	妞 [VNF]	牛 [RHK]	忸 [NNF]	扭 [RNF]	钮 [QNF]
	狃 [QTNF]	纽 [XNF]	拗 [RXL]		
Nong	农 [PEI]	浓 [IPE]	哝 [KPE]	侬 [WPE]	脓 [EPE]
	弄 [GAJ]				
Nou	耨 [DID]				
Nu	奴 [VCY]	孥 [VCBF]	餐 [VCMW]	驽 [VCX]	努 [VCL]
	怒 [VCN]	女 [VVVV]	钕 [QVG]	恧 [DMJN]	衄 [TLNF]
Nuan	暖 [JEF]	疟 [UAGD]	虐 [HAA]		
Nuo	傩 [WCWY]	挪 [RNFB]	娜 [VNFB]	懦 [NFDJ]	糯 [OFD]
	诺 [YAD]	喏 [KADK]	锘 [QAD]	搦 [RXU]	

O	噢 [KTMD]	喔 [KNGF]	哦 [KTR]	
Ou	区 [AQ]	沤 [IAQ]	讴 [YAQ]	瓯 [AQGN]	鸥 [AQQG]
	欧 [AQQ]	殴 [AQMC]	耦 [DIJY]	藕 [ADIY]	偶 [WJMY]
	呕 [KAQY]	怄 [NAQ]			
Pa	葩 [ARC]	啪 [KRR]	趴 [KHW]	扒 [RWY]	耙 [DIC]
	琶 [GGC]	杷 [SCN]	笆 [TRC]	爬 [RHYC]	怕 [NR]
	帕 [MHR]				
Pai	拍 [RRG]	排 [RDJ]	俳 [WDJD]	徘 [TDJD]	牌 [THGF]
	迫 [RPD]	湃 [AIR]	哌 [KRE]	派 [IRE]	
Pan	攀 [SQQ]	扳 [RRC]	番 [TOL]	潘 [TIOL]	蹒 [KHAW]
	蟠 [JTOL]	盘 [TEL]	般 [TEM]	磐 [TEMD]	胖 [EUF]
	泮 [IUF]	判 [UDJH]	襻 [PUU]	畔 [LUF]	叛 [UDRC]
	襻 [PUSR]	拚 [RCA]	盼 [HWV]		
Pang	滂 [IUP]	膀 [EUP]	乓 [RGY]	旁 [UPY]	磅 [DUP]
	螃 [JUP]	膀 [EUP]	彷 [TYN]	庞 [YDX]	逄 [TAH]
	耪 [DIUY]	胖 [EUF]			
Pao	泡 [IQN]	抛 [RVL]	脬 [EEB]	庖 [YQN]	炮 [OQ]
	袍 [PUQ]	匏 [DFNN]	咆 [KQN]	跑 [KHQ]	刨 [QNJH]
	狍 [QTQN]	疱 [UQN]			
Pei	醅 [SGUK]	呸 [KGI]	胚 [EGI]	培 [FUK]	赔 [MUK]
	锫 [QUKG]	陪 [BUKG]	裴 [DJDE]	沛 [IGMH]	霈 [IFGH]
	旆 [YTGH]	配 [SGN]	帔 [MHHC]	佩 [WMTH]	辔 [XLXK]
Pen	喷 [KFA]	盆 [WVL]	溢 [IWVL]		
Peng	烹 [YBO]	怦 [NGU]	砰 [DGU]	抨 [RGUH]	澎 [IFKE]
	嘭 [KFKE]	彭 [FKUE]	蟛 [JFKE]	膨 [EFK]	蓬 [ATDP]
	篷 [TTDP]	碰 [DUO]	朋 [EE]	堋 [FEE]	棚 [SEE]
	硼 [DEE]	鹏 [EEQ]	捧 [RDW]		
Pi	丕 [GIGF]	坯 [FGIG]	邳 [GIGB]	砒 [DXX]	批 [RX]
	纰 [XXXN]	披 [RHC]	铍 [QHC]	辟 [NKU]	霹 [FNK]
	噼 [KNK]	劈 [NKUV]	琵 [GGX]	枇 [SXXN]	毗 [LXX]
	蚍 [JXXN]	貔 [EETX]	罴 [LFCO]	裨 [PUR]	埤 [FRT]
	鼙 [FKUF]	啤 [KRT]	蜱 [JRT]	脾 [ERT]	陴 [BRT]
	皮 [HC]	疲 [UHC]	铍 [QHC]	陂 [BHC]	仳 [WXX]
	吡 [KXX]	妃 [FNN]	否 [GIK]	痞 [UGI]	匹 [AQV]
	癖 [UNKU]	擗 [RNK]	淠 [ILGJ]	睥 [HRT]	屁 [NXX]
	媲 [VTL]	僻 [NKU]	譬 [NKUY]	甓 [NKUN]	僻 [WNK]
Pian	扁 [YNMA]	篇 [TYNA]	犏 [TRYA]	偏 [WYNA]	翩 [YNMN]
	片 [THG]	胼 [EUA]	骈 [CUA]	蹁 [KHYA]	便 [WGJ]
	缏 [XWGQ]	谝 [YYNA]	骗 [CYNA]		

Piao	漂 [ISF]	墂 [FSF]	勡 [SFIJ]	飘 [SFIQ]	缥 [XSF]
	朴 [SHY]	瓢 [SFIY]	嫖 [VSF]	瞟 [HSF]	莩 [AEBF]
	殍 [GQEB]	票 [SFIU]	嘌 [KSF]	骠 [CSF]	
Pie	撇 [RUMT]	瞥 [UMIH]	气 [RNTR]	苤 [AGI]	
Pin	拼 [RUA]	姘 [VUA]	频 [HID]	颦 [HIDF]	贫 [WVM]
	嫔 [VPR]	品 [KKK]	榀 [SKK]	聘 [BMG]	牝 [TRX]
	傦 [WMGN]	票 [SFIU]			
Po	泊 [IR]	钋 [QHY]	坡 [FHC]	颇 [HCD]	陂 [BHC]
	泼 [INTY]	婆 [IHCV]	皤 [RTOL]	鄱 [TOLB]	繁 [TXGI]
	叵 [AKD]	笸 [TAKF]	钷 [QAK]	朴 [SHY]	破 [DHC]
	粕 [ORG]	迫 [RPD]	珀 [GRG]	魄 [RRQC]	
Pou	剖 [UKJ]	裒 [YVEU]	掊 [RUK]		
Pu	扑 [RHY]	仆 [WHY]	噗 [KOG]	铺 [QGE]	菩 [AUK]
	莆 [AGE]	蒲 [AIGY]	葡 [AQG]	匍 [QGEY]	脯 [EGE]
	濮 [IWO]	璞 [GOGY]	镤 [QOG]	普 [UO]	谱 [YUO]
	镨 [QUO]	氆 [TFNJ]	浦 [IGEY]	溥 [IGEF]	埔 [FGEY]
	圃 [LGEY]	蹼 [KHO]	瀑 [IAJ]	曝 [JJA]	堡 [WKSF]
Qi	期 [ADWE]	欺 [ADWW]	栖 [SSG]	桤 [SMNN]	漆 [ISW]
	戚 [DHI]	喊 [KDHT]	七 [AG]	泔 [IAF]	沏 [IAV]
	妻 [GV]	凄 [UGVV]	萋 [AGV]	蹊 [KHED]	缉 [XKB]
	齐 [YJJ]	荠 [AYJJ]	蛴 [JYJ]	脐 [EYJ]	祁 [PYB]
	亓 [FJJ]	耆 [FTXJ]	鳍 [QGFJ]	薪 [AUJR]	其 [ADW]
	淇 [IADW]	麒 [YNJW]	旗 [YTA]	祺 [PYA]	琪 [GAD]
	萁 [AADW]	棋 [SAD]	蜞 [JAD]	綦 [ADWI]	骐 [CADW]
	歧 [HFC]	岐 [MFC]	奇 [DSKF]	琦 [GDS]	崎 [MDSK]
	骑 [CDS]	畦 [LFF]	俟 [WCT]	祈 [PYR]	圻 [FRH]
	颀 [RDM]	芪 [AQA]	启 [YNK]	綮 [YNTI]	企 [WHF]
	稽 [TDNJ]	乞 [TNB]	起 [FHN]	芑 [ANB]	杞 [SNN]
	岂 [MN]	屺 [MNN]	绮 [XDS]	泣 [IUG]	弃 [YCA]
	契 [DHV]	葺 [AKB]	碛 [DGM]	砌 [DAV]	器 [KKD]
	亟 [BKCG]	气 [RNB]	汽 [IRN]	憩 [TDTN]	汔 [ITN]
	讫 [YTNN]	迄 [TNP]			
Qia	袷 [PUWK]	葜 [ADHD]	揢 [RQV]	卡 [HHU]	骼 [MET]
	洽 [IWG]	恰 [NWGK]			
Qian	褰 [PFJE]	搴 [PFJR]	骞 [PFJC]	悭 [NJC]	谦 [YUV]
	牵 [DPR]	仚 [WGIF]	签 [TWGI]	铅 [QMK]	千 [TFK]
	迁 [TFP]	芊 [ATF]	扦 [RTFH]	钎 [QTF]	仟 [WTFH]
	阡 [BTF]	愆 [TIFN]	潜 [IFW]	前 [UE]	乾 [FJT]
	荨 [AVF]	掮 [RYNE]	虔 [HAY]	黔 [LFON]	钤 [QWYN]

钱 [QG]	钳 [QAF]	犍 [TRV]	浅 [IGT]	肷 [EQW]
遣 [KHGP]	缱 [XKHP]	慊 [NUV]	歉 [UVOW]	倩 [WGEG]
茜 [ASF]	堑 [LRF]	椠 [LRS]	欠 [QW]	芡 [AQW]
嵌 [MAFW]	纤 [XTF]			

Qiang

将 [UQF]	锵 [QUQF]	羌 [UDNB]	蜣 [JUDN]	枪 [SWB]
抢 [RWB]	戗 [WBA]	呛 [KWB]	跄 [KHWB]	锖 [QGEG]
镪 [QXK]	腔 [EPW]	墙 [FFUK]	蔷 [AFU]	樯 [SFU]
嫱 [VFUK]	强 [XK]	羟 [UDCA]	襁 [PUX]	镪 [QXK]
炝 [OWB]	戗 [WBA]	呛 [KWB]	跄 [KHWB]	

Qiao

敲 [YMKC]	悄 [NI]	橇 [STF]	硗 [DAT]	跷 [KHAQ]
雀 [IWYF]	缲 [XKK]	锹 [QTO]	劁 [WYOJ]	翘 [ATGN]
乔 [TDJ]	荞 [ATDJ]	轿 [AFTJ]	桥 [STD]	峤 [MTDJ]
侨 [WTD]	憔 [NWYO]	谯 [YWYO]	蕉 [AWY]	樵 [SWYO]
瞧 [HWY]	愀 [NTO]	巧 [AGNN]	窍 [PWAN]	壳 [FPM]
诮 [YIE]	鞘 [AFIE]	峭 [MI]	俏 [WIE]	

Qie

切 [AV]	茄 [ALKF]	伽 [WLK]	且 [EG]	妾 [UVF]
慊 [NUV]	锲 [QDH]	挈 [DHVR]	趄 [FHE]	怯 [NFCY]
惬 [NAG]	箧 [TAGW]	窃 [PQAV]	砌 [DAV]	郄 [QDC]

Qin

亲 [US]	衾 [WYNE]	钦 [QQW]	侵 [WVP]	秦 [DWT]
溱 [IDW]	嗪 [KDWT]	廑 [YAKG]	勤 [AKGL]	芹 [ARJ]
覃 [SJJ]	禽 [WYB]	檎 [SWYC]	擒 [RWYC]	噙 [KWYC]
琴 [GGW]	芩 [AWYN]	矜 [CBTN]	寝 [PUVC]	锓 [QVP]
沁 [IN]	吣 [KNY]	揿 [RQQ]		

Qing

青 [GEF]	清 [IGE]	圊 [LGED]	蜻 [JGEG]	鲭 [QGGE]
倾 [WXD]	卿 [QTVB]	轻 [LC]	氢 [RNC]	鲸 [LFOI]
情 [NGE]	晴 [JGE]	氰 [RNGE]	檠 [AQKS]	擎 [AQKR]
请 [YGE]	綮 [YNTI]	謦 [FNMY]	苘 [AMK]	顷 [XD]
亲 [US]	庆 [YD]	箐 [TGE]	磬 [FNMD]	罄 [FNMM]

Qiong

穹 [PWX]	穷 [PWL]	琼 [GYKI]	蛩 [AMYJ]	跫 [AMYH]
銎 [AMYQ]	邛 [ABH]	筇 [TAB]	茕 [APNF]	

Qiu

秋 [TO]	湫 [ITOY]	楸 [STO]	鳅 [QGTO]	丘 [RGD]
蚯 [JRGG]	邱 [RGB]	酋 [USGF]	糗 [OTHD]	遒 [USGP]
蝤 [JUS]	求 [FIY]	裘 [FIYE]	逑 [FIYP]	球 [GFI]
赇 [MFI]	俅 [WFIY]	虬 [JNN]	囚 [LWI]	泅 [ILW]
仇 [WVN]	鸺 [THLV]	犰 [QTVN]	疏 [CAY]	

Qu

趋 [FHQV]	祛 [PYFC]	区 [AQ]	岖 [MAQ]	躯 [TMDQ]
驱 [CAQ]	觑 [HAOQ]	蛆 [JEGG]	曲 [MA]	蛐 [JMA]
駃 [LFOT]	诎 [YBMH]	渠 [IANS]	磲 [DIAS]	璩 [GHAE]
蘧 [AHA]	瞿 [HHWY]	癯 [UHH]	蠼 [JHHC]	氍 [HHWN]

	衢 [THHH]	鸲 [QKQG]	胸 [EQK]	劬 [QKL]	取 [BC]
	姁 [BCV]	苣 [AAN]	龋 [HWBY]	趣 [FHB]	去 [FCU]
	戌 [DGN]				
Quan	惓 [NCW]	圈 [LUD]	拳 [UDR]	鬈 [DEU]	蜷 [JUDB]
	颧 [AKK]	权 [SC]	全 [WG]	痊 [UWG]	诠 [YWG]
	荃 [AWGF]	醛 [SGAG]	辁 [LWGG]	筌 [TWGF]	铨 [QWG]
	泉 [RIU]	犬 [DGTY]	畎 [LDY]	绻 [XUDB]	券 [UDV]
	劝 [CL]				
Que	阕 [UUB]	炔 [ONDY]	缺 [RMN]	瘸 [ULKW]	阒 [UWGD]
	悫 [FPMN]	却 [FCB]	鹊 [AJQG]	榷 [SPWY]	雀 [IWYF]
	确 [DQE]				
Qun	逡 [CWT]	麇 [YNJT]	群 [VTKH]	裙 [PUVK]	
Ran	髯 [DEM]	蚺 [JMF]	然 [QD]	燃 [OQDO]	染 [IVS]
	冉 [MFD]	苒 [AMF]			
Rang	嚷 [KYK]	禳 [PYYE]	蘘 [AYK]	穰 [TYK]	瓤 [YKKY]
	壤 [FYK]	攘 [RYK]	让 [YH]		
Rao	荛 [AAT]	桡 [SAT]	饶 [QNA]	娆 [VAT]	扰 [RDN]
	绕 [XAT]				
Re	惹 [ADKN]	喏 [KADK]	热 [RVYO]		
Ren	人 [W]	壬 [TFD]	任 [WTF]	仁 [WFG]	荏 [AWTF]
	稔 [TWYN]	忍 [VYNU]	认 [YW]	葚 [AADN]	衽 [PUTF]
	任 [WTF]	饪 [QNTF]	妊 [VTF]	刃 [VYI]	韧 [FNHY]
	纫 [XVY]	轫 [LVY]	仞 [WVY]		
Reng	扔 [RE]	仍 [WE]			
Rong	容 [PWW]	溶 [IPWK]	熔 [OPW]	蓉 [APW]	榕 [SPWK]
	戎 [ADE]	绒 [XAD]	荣 [APS]	蝾 [JAPS]	嵘 [MAPS]
	茸 [ABF]	融 [GKM]	肜 [EET]	冗 [PMB]	
Rou	柔 [CBTS]	糅 [OCB]	鞣 [AFCS]	揉 [RCBS]	蹂 [KHCS]
	肉 [MWW]				
Ru	濡 [IFD]	褥 [PUFJ]	薷 [AFDJ]	嚅 [KFD]	蠕 [JFDJ]
	儒 [WFD]	孺 [BFD]	如 [VK]	茹 [AVK]	铷 [QVK]
	汝 [IVG]	辱 [DFEF]	乳 [EBN]	洳 [IVKG]	溽 [IDFF]
	褥 [PUDF]	入 [TY]			
Ruan	朊 [EFQ]	阮 [BFQ]	软 [LQW]		
Rui	蕤 [AETG]	蕊 [ANN]	瑞 [GMD]	睿 [HPGH]	芮 [AMWU]
	枘 [SMW]	蚋 [JMW]	锐 [QUK]		
Run	闰 [UG]	润 [IUGG]			
Ruo	若 [ADK]	箬 [TADK]	偌 [WAD]	弱 [XU]	
Sa	挲 [IITR]	撒 [RAE]	仨 [WDG]	洒 [IS]	飒 [UMQY]

	萨 [ABU]	卅 [GKK]	脎 [EQS]		
Sai	塞 [PFJF]	噻 [KPF]	思 [LN]	腮 [ELNY]	鳃 [QGL]
	赛 [PFJM]				
San	三 [DG]	叁 [CDD]	毵 [CDEN]	穇 [OCD]	散 [AET]
	伞 [WUH]				
Sang	丧 [FUE]	桑 [CCCS]	磉 [DCC]	颡 [CCCM]	嗓 [KCC]
Sao	臊 [EKKS]	搔 [RCYJ]	骚 [CCYJ]	缫 [XVJ]	扫 [RV]
	嫂 [VVH]	瘙 [UCY]	梢 [SIE]	埽 [FVP]	
Se	涩 [IVY]	瑟 [GGN]	啬 [FULK]	穑 [TFUK]	色 [QC]
Sen	铯 [QQCN]	森 [SSS]	僧 [WUL]		
Sha	杉 [SET]	沙 [IIT]	痧 [UII]	裟 [IITE]	莎 [AIIT]
	挲 [IITR]	鲨 [IITG]	砂 [DI]	纱 [XI]	杀 [QSU]
	刹 [QSJ]	铩 [QQS]	煞 [QVT]	傻 [WTLT]	初 [PUV]
	唼 [KUV]	厦 [DDH]	啥 [KWFK]	歃 [TFVW]	
Shai	醨 [SGGY]	筛 [TJGH]	晒 [JSG]		
Shan	潸 [ISSE]	扇 [YNND]	煽 [OYNN]	埏 [FTH]	芟 [AMC]
	苫 [AHKF]	山 [MMMM]	舢 [TEMH]	衫 [PUE]	钐 [QET]
	膻 [EYL]	珊 [GMM]	栅 [SMM]	跚 [KHMG]	删 [MMGJ]
	姗 [VMM]	闪 [UW]	掺 [RCD]	陕 [BGU]	擅 [RYL]
	嬗 [VYLG]	善 [UDUK]	蟮 [JUDK]	膳 [EUDK]	鳝 [QGUK]
	鄯 [UDUB]	缮 [XUD]	单 [UJFJ]	禅 [PYUF]	掸 [RUJF]
	骟 [CYNN]	赡 [MQDY]	汕 [IMH]	疝 [UMK]	讪 [YMH]
Shang	商 [UM]	熵 [OUM]	墒 [FUM]	伤 [WTL]	汤 [INR]
	殇 [GQTR]	觞 [QETR]	赏 [IPKM]	上 [H]	垧 [FTM]
	晌 [JTM]	尚 [IMKF]	绱 [XIM]	裳 [IPKE]	
Shao	烧 [OAT]	鞘 [AFIE]	梢 [SIE]	捎 [RIE]	蛸 [JIE]
	筲 [TIEF]	稍 [TIE]	艄 [TEIE]	勺 [QYI]	芍 [AQY]
	韶 [UJV]	苕 [AVKF]	少 [IT]	哨 [KIE]	潲 [ITI]
	召 [VKF]	邵 [VKB]	劭 [VKL]	绍 [XVK]	
She	奢 [DFT]	畲 [WFIL]	赊 [MWF]	猞 [QTWK]	摞 [RANS]
	折 [RR]	蛇 [JPX]	佘 [WFIU]	舌 [TDD]	舍 [WFK]
	涉 [IHI]	社 [PYF]	设 [YMC]	赦 [FOT]	滠 [IBC]
	慑 [NBC]	摄 [RBCC]	庫 [DLK]	歙 [WGKW]	射 [TMDF]
	麝 [YNJF]				
Shei	谁 [YWYG]				
Shen	深 [IPW]	莘 [AUJ]	申 [JHK]	砷 [DJH]	呻 [KJH]
	伸 [WJH]	绅 [XJH]	诜 [YTFQ]	身 [TMD]	参 [CD]
	穇 [OCD]	神 [PYJ]	什 [WFH]	沈 [IPQ]	审 [PJ]
	沊 [IPJ]	婶 [VPJ]	谂 [YWYN]	哂 [KSG]	矧 [TDXH]

慎 [NFH]	甚 [ADWN]	葚 [AADN]	椹 [SADN]	蜃 [DFEJ]
肾 [JCE]	胂 [EJHH]	渗 [ICD]		

Sheng

声 [FNR]	生 [TG]	甥 [TGLL]	笙 [TTGF]	牲 [TRTG]
胜 [ETG]	升 [TAK]	渑 [IKJ]	绳 [XKJN]	省 [IHT]
眚 [TGHF]	晟 [JDN]	盛 [DNNL]	乘 [TUX]	剩 [TUXJ]
嵊 [MTU]	圣 [CFF]			

Shi

湿 [IJO]	诗 [YFF]	蓍 [AFTJ]	师 [JGMH]	狮 [QTJH]
醄 [SGGY]	嘘 [KHAG]	失 [RW]	施 [YTB]	尸 [NNGT]
鲺 [QGN]	实 [PU]	识 [YKW]	十 [FGH]	石 [DGTG]
炻 [ODG]	拾 [RWGK]	时 [JF]	埘 [FJFY]	莳 [AJFU]
鲥 [QGJF]	食 [WYV]	蚀 [QNJ]	豕 [EGT]	史 [KQ]
使 [WGKQ]	驶 [CKQ]	矢 [TDU]	屎 [NOI]	始 [VCK]
室 [PGC]	市 [YMHJ]	柿 [SYMH]	铈 [QYMH]	谥 [YUW]
式 [AA]	试 [YAA]	拭 [RAA]	轼 [LAA]	弑 [QSA]
示 [FI]	视 [PYM]	士 [FGHG]	仕 [WFG]	恃 [NFF]
峙 [MFF]	侍 [WFF]	螫 [FOTJ]	世 [AN]	贳 [ANM]
莳 [AJFU]	事 [GK]	誓 [RRYF]	逝 [RRP]	势 [RVYL]
是 [J]	嗜 [KFTJ]	释 [TOC]	筮 [TAW]	适 [TDP]
似 [WNY]	氏 [QA]	舐 [TDQA]	饰 [QNTH]	殖 [GQF]
匙 [JGHX]				

Shou

收 [NH]	熟 [YBV]	守 [PF]	首 [UTH]	艏 [TEUH]
手 [RT]	瘦 [UVH]	兽 [ULG]	寿 [DTF]	受 [EPC]
授 [REP]	绶 [XEP]	售 [WYK]	狩 [QTPF]	

Shu

梳 [SYC]	疏 [NHY]	蔬 [ANH]	枢 [SAQ]	摅 [RHNA]
叔 [HIC]	淑 [IHIC]	菽 [AHI]	输 [LWG]	鱼危 [WGEN]
殊 [GQR]	姝 [VRI]	倏 [WHTD]	殳 [MCU]	抒 [RCB]
舒 [WFKB]	纾 [XCB]	书 [NNH]	孰 [YBVY]	熟 [YBV]
塾 [YBVF]	赎 [MFN]	秫 [TTSY]	数 [OVT]	暑 [JFT]
署 [LFTJ]	薯 [ALFJ]	曙 [JL]	蜀 [LQJ]	黍 [TWI]
鼠 [VNU]	属 [NTK]	澍 [IFKF]	树 [SCF]	竖 [JCU]
漱 [IGKW]	庶 [YAO]	术 [SY]	述 [SYP]	束 [GKI]
戍 [DGN]	墅 [JFCF]	腧 [EWGJ]	恕 [VKN]	

Shua

刷 [NMHJ]	耍 [DMJV]

Shuai

衰 [YKGE]	摔 [RYX]	甩 [EN]	率 [YX]	蟀 [JYX]
帅 [JMH]				

Shuan

闩 [UGD]	拴 [RWG]	栓 [SWG]	涮 [INM]

Shuang

泷 [IDX]	霜 [FS]	孀 [VFS]	双 [CC]	爽 [DQQ]

Shui

谁 [YWYG]	水 [II]	税 [TUK]	睡 [HT]

Shun

吮 [KCQ]	舜 [EPQH]	瞬 [HEP]	顺 [KD]

Shuo	说 [YU]	朔 [UBTE]	蒴 [AUB]	槊 [UBTS]	搠 [RUB]
	硕 [DDM]	烁 [OQI]	铄 [QQI]	妁 [VQY]	
Si	斯 [ADWR]	澌 [IADR]	厮 [DADR]	撕 [RAD]	嘶 [KAD]
	蛳 [JJG]	思 [LN]	锶 [QLN]	缌 [XLNY]	厶 [CNY]
	私 [TCY]	司 [NGK]	丝 [XXG]	咝 [KXXG]	鸶 [XXGG]
	死 [GQX]	肆 [DV]	寺 [FF]	四 [LH]	食 [WYV]
	似 [WNY]	姒 [VNY]	耜 [DIN]	俟 [WCT]	嗣 [KMA]
	笥 [TNG]	伺 [WNG]	巳 [NNGN]	汜 [INN]	祀 [PYNN]
	厕 [DMJK]				
Song	松 [SWC]	淞 [ISWC]	凇 [USW]	菘 [ASWC]	忪 [NWC]
	嵩 [MYM]	诵 [YCEH]	讼 [YWC]	怂 [WWN]	耸 [WWB]
	宋 [PSU]	送 [UDP]	嗖 [KVH]	蜙 [JVH]	锼 [QVHC]
	薮 [AOVT]	擞 [ROVT]	叟 [VHC]	嗦 [KGXI]	涑 [KGKI]
	速 [GKIP]				
Su	苏 [ALW]	酥 [SGTY]	稣 [QGTY]	俗 [WWWK]	宿 [PWDJ]
	缩 [XPW]	溯 [IUB]	塑 [UBTF]	谡 [YLW]	诉 [YR]
	素 [GXI]	愫 [NGX]	嗦 [KGXI]	涑 [IGKI]	夙 [MGQ]
Suan	酸 [SGC]	狻 [QTCT]	蒜 [AFI]	算 [THA]	
Sui	荽 [AEV]	眭 [HFF]	睢 [HWYG]	濉 [IHW]	虽 [KJ]
	尿 [NII]	遂 [UPE]	隋 [BDA]	随 [BDE]	绥 [XEV]
	髓 [MED]	谇 [YYW]	碎 [DYW]	邃 [PWUP]	燧 [OUE]
	隧 [BUE]	岁 [MQU]	穗 [TGJN]	祟 [BMF]	
Sun	飧 [QWYE]	孙 [BI]	狲 [QTBI]	损 [RKM]	笋 [TVT]
	隼 [WYFJ]	榫 [SWYF]			
Suo	莎 [AIIT]	杪 [SII]	娑 [IITV]	蓑 [AYK]	嗍 [KUB]
	嗦 [KFPI]	羧 [UDCT]	梭 [SCW]	唆 [KCW]	睃 [HCW]
	缩 [XPW]	索 [FPX]	琐 [GIM]	唢 [KIM]	锁 [QIM]
	所 [RN]				
Ta	他 [WB]	她 [VBN]	它 [PX]	铊 [QPX]	溻 [IJN]
	遢 [JNP]	塌 [FJN]	趿 [KHEY]	踏 [KHIJ]	塔 [FAWK]
	鳎 [QGJN]	獭 [QTGM]	漯 [ILX]	闼 [UDPI]	挞 [RDP]
	拓 [RD]	嗒 [KAWK]	榻 [SJN]	蹋 [KHJN]	沓 [IJF]
	踏 [KHIJ]				
Tai	台 [CKF]	苔 [ACK]	胎 [ECK]	臺 [AFKF]	炱 [CKO]
	抬 [RCK]	鲐 [QGCK]	邰 [CKB]	骀 [CCK]	呔 [KDYY]
	泰 [DWYU]	太 [DY]	汰 [IDY]	态 [DYN]	酞 [SGDY]
	钛 [QDY]	肽 [EDY]			
Tan	坍 [FMYG]	贪 [WYNM]	滩 [ICW]	瘫 [UCWY]	摊 [RCW]
	澹 [IQDY]	痰 [UOO]	谈 [YOO]	锬 [QOO]	郯 [OOB]

坛 [FFC]　昙 [JFCU]　檀 [SYL]　罩 [SJJ]　潭 [ISJ]

谭 [YSJ]　镡 [QSJH]　弹 [XUJ]　毯 [TFNO]　忐 [HNU]

袒 [PUJG]　坦 [FJG]　钽 [QJG]　探 [RPWS]　叹 [KCY]

炭 [MDO]　碳 [DMD]

Tang　汤 [INR]　钖 [QIN]　镗 [QIPF]　糖 [DIIK]　趟 [FHI]

羰 [UDMO]　唐 [YVH]　铴 [QIN]　糖 [OYVK]　瑭 [GYVK]

塘 [FYV]　搪 [RYV]　螗 [JYVK]　堂 [IPKF]　棠 [IPKS]

樘 [SIP]　螳 [JIP]　膅 [EI]　饧 [QNNR]　淌 [IIM]

惝 [NIM]　倘 [WIM]　躺 [TMDK]　傥 [WIPQ]　帑 [VCM]

烫 [INRO]

Tao　泰 [DTFO]　涛 [IDT]　掏 [RQR]　滔 [IEV]　韬 [FNHV]

绦 [XTS]　饕 [KGNE]　叨 [KVN]　洮 [IIQ]　逃 [IQP]

鼗 [IQF]　桃 [SIQ]　淘 [IQR]　萄 [AQR]　啕 [KQRM]

陶 [BQR]　讨 [YFY]　套 [DDU]

Te　忒 [ANI]　铽 [QANY]　慝 [AADN]　忑 [GHNU]　特 [TRF]

Teng　疼 [UTU]　滕 [EUDI]　藤 [AEU]　腾 [EUD]

Ti　梯 [SUX]　锑 [QUX]　剔 [JQRJ]　踢 [KHJ]　体 [WSG]

啼 [KUP]　蹄 [KHUH]　鹈 [UXHG]　绨 [XUXT]　荑 [AGX]

醍 [SGJH]　题 [JGHM]　提 [RJ]　缇 [XJG]　涕 [IUXT]

悌 [NUX]　剃 [UXHJ]　替 [FWF]　惕 [NJQ]　裼 [PUJR]

嚏 [KFPH]　逖 [QTOP]　偍 [WMF]　屉 [NAN]

Tian　天 [GD]　添 [ITDN]　甜 [TDAF]　恬 [NTD]　阗 [UFH]

填 [FFH]　田 [LLLL]　钿 [QLG]　畋 [LTY]　佃 [WLG]

舔 [TDGN]　忝 [GDN]　珍 [GQWE]　腆 [EMA]　掭 [RGDN]

Tiao　桃 [PYIQ]　挑 [RIQ]　佻 [WIQ]　条 [TS]　鲦 [QGTS]

调 [YMF]　蜩 [JMFK]　迢 [VKP]　髫 [DEVK]　苕 [AVKF]

笤 [TVK]　窕 [PWI]　眺 [HIQ]　跳 [KHI]　粜 [BMO]

Tie　帖 [MHHK]　萜 [AMHK]　巾 [MHK]　铁 [QRW]　餮 [GQWE]

Ting　汀 [ISH]　厅 [DS]　听 [KR]　烃 [OC]　亭 [YPS]

葶 [AYPS]　停 [WYP]　婷 [VYP]　廷 [TFPD]　庭 [YTFP]

霆 [FTFP]　艇 [TETP]　蜓 [JTFP]　町 [LSH]　梃 [STFP]

挺 [RTF]　铤 [QTFP]　艇 [TETP]

Tong　恫 [NMG]　通 [CEP]　嗵 [KCE]　童 [UJFF]　潼 [IUJF]

瞳 [HU]　同 [M]　峒 [FMG]　苘 [AMG]　桐 [SMGK]

酮 [SGMK]　峒 [MMGK]　铜 [QMGK]　侗 [WMGK]　仝 [WAF]

砼 [DWA]　佟 [WTUY]　彤 [MYE]　筒 [TMGK]　桶 [SCE]

捅 [RCE]　统 [XYC]　恸 [NFCL]　痛 [UCE]

Tou　偷 [WWGJ]　头 [UDI]　投 [RMC]　骰 [MEM]　钭 [QUF]

透 [TEP]

Tu	突 [PWD]	凸 [HGMG]	秃 [TMB]	屠 [NFT]	菟 [AQKY]
	图 [LTU]	涂 [IWT]	途 [WTP]	荼 [AWT]	酴 [SGWT]
	徒 [TFHY]	土 [FFFF]	吐 [KFG]	钍 [QFG]	兔 [QKQY]
	堍 [FQKY]				
Tuan	湍 [IMD]	抟 [RFN]	团 [LFT]	疃 [LUJ]	彖 [XEU]
Tui	推 [RWYG]	颓 [TMDM]	腿 [EVE]	蜕 [JUK]	退 [VEP]
	煺 [OVE]	褪 [PUVP]			
Tun	吞 [GDKF]	暾 [JYB]	屯 [GB]	囤 [LGB]	饨 [QNGN]
	豚 [EEY]	臀 [NAWE]	余 [WIU]		
Tuo	脱 [EUK]	拖 [RGB]	乇 [TAV]	托 [RTA]	沱 [IPX]
	坨 [FPXN]	椭 [SPX]	酡 [SGP]	砣 [DPX]	跎 [KHPX]
	佗 [WPX]	鸵 [QYNX]	陀 [BPX]	驼 [CP]	鼍 [KKL]
	驮 [CDY]	庹 [YANY]	妥 [EV]	柝 [SRYY]	拓 [RD]
	箨 [TRCH]	唾 [KTG]	魄 [RRQC]		
Wa	挖 [RPWN]	洼 [IFFG]	哇 [KFF]	蛙 [JFF]	娲 [VKM]
	娃 [VFF]	瓦 [GNY]	佤 [WGN]	袜 [PUGS]	腽 [EJL]
Wai	歪 [GIG]	崴 [MDGT]	外 [QH]		
Wan	豌 [GKUB]	剜 [PQBJ]	蜿 [JPQ]	弯 [YOX]	湾 [IYO]
	完 [PFQ]	烷 [OPF]	玩 [GFQ]	顽 [FQD]	丸 [VYI]
	纨 [XVYY]	莞 [APFQ]	皖 [RPF]	脘 [EPF]	宛 [PQ]
	惋 [NPQB]	琬 [GPQ]	菀 [APQB]	碗 [DPQ]	畹 [LPQ]
	婉 [VPQ]	挽 [RQKQ]	晚 [JQ]	娩 [VQKQ]	绾 [XPN]
	蔓 [AJL]	万 [DNV]	腕 [EPQ]		
Wang	汪 [IG]	亡 [YNV]	忘 [YNNU]	芒 [AYN]	王 [GGGG]
	枉 [SGG]	罔 [MUY]	惘 [NMU]	辋 [LMU]	魍 [RQCN]
	网 [MQQ]	往 [TYG]	妄 [YNVF]	望 [YNEG]	旺 [JGG]
Wei	威 [DGV]	葳 [ADG]	崴 [MDGT]	煨 [OLG]	偎 [WLGE]
	隈 [BLGE]	微 [TMG]	薇 [ATM]	委 [TV]	逶 [TVP]
	巍 [MTV]	危 [QDB]	为 [O]	沩 [IYLY]	韦 [FNH]
	闱 [UFN]	违 [FNHP]	围 [LFNH]	涠 [ILF]	帏 [MHF]
	圩 [FGF]	嵬 [MRQ]	惟 [NWY]	唯 [KWYG]	帷 [MHW]
	维 [XWY]	潍 [IXW]	桅 [SQD]	伪 [WYL]	炜 [OFN]
	玮 [GFN]	苇 [AFN]	趄 [JGHH]	伟 [WFN]	纬 [XFNH]
	洧 [IDEG]	鲔 [QGDE]	唯 [KWYG]	委 [TV]	痿 [UTV]
	诿 [YTV]	萎 [ATV]	隗 [BRQ]	猥 [QTLE]	尾 [NTF]
	舾 [TEN]	娓 [VNTN]	未 [FII]	味 [KFI]	畏 [LGE]
	喂 [KLGE]	胃 [LE]	渭 [ILE]	谓 [YLE]	猬 [QTLE]
	遗 [KHGP]	魏 [TVR]	位 [WUG]	尉 [NFIF]	慰 [NFI]
	卫 [BG]				

Wen	温 [IJL]	瘟 [UJL]	文 [YYGY]	雯 [FYU]	蚊 [JYY]
	纹 [XYY]	闻 [UB]	阌 [UEPC]	紊 [YXIU]	稳 [TQV]
	刎 [QRJ]	吻 [KQR]	汶 [IYY]	问 [UKD]	璺 [WFM]
Weng	翁 [WCN]	嗡 [KWC]	蓊 [AWC]	蕹 [AYXY]	瓮 [WCG]
Wo	挝 [RFP]	涡 [IKM]	窝 [PWKW]	萵 [AKM]	蜗 [JKM]
	喔 [KNGF]	倭 [WTV]	我 [Q]	沃 [ITDY]	斡 [FJWF]
	卧 [AHNH]	肟 [EFN]	渥 [ING]	握 [RNG]	龌 [HWBF]
	幄 [MHNF]				
Wu	於 [YWU]	污 [IFN]	圬 [FFN]	兀 [GQV]	恶 [GOGN]
	巫 [AWW]	诬 [YAW]	乌 [QNG]	呜 [KQNG]	钨 [QQN]
	邬 [QNGB]	屋 [NGC]	无 [FQ]	芜 [AFQB]	吾 [GKF]
	浯 [IGKG]	梧 [SGK]	捂 [RGKG]	唔 [KGKG]	吴 [KGD]
	蜈 [JKG]	毋 [XDE]	武 [GAH]	鹉 [GAHG]	庑 [YFQ]
	怃 [NFQ]	妩 [VFQ]	五 [GG]	伍 [WGG]	捂 [RGKG]
	牾 [TRGK]	午 [TFJ]	仵 [NTFH]	迕 [TFPK]	仵 [WTFH]
	舞 [RLG]	侮 [WTX]	鋈 [ITDQ]	误 [YKG]	恶 [GOGN]
	寤 [PNHK]	痦 [UGKD]	悟 [NGKG]	焐 [OGK]	晤 [JGK]
	杌 [SGQN]	阢 [BGQ]	戊 [DNY]	务 [TL]	雾 [FTL]
	勿 [QRE]	芴 [AQRR]	物 [TR]	坞 [FQNG]	鹜 [CBTG]
	婺 [CBTV]	骛 [CBTC]			
Xi	曦 [JUG]	熹 [FKUO]	嘻 [KFK]	僖 [WFKK]	嬉 [VFK]
	昔 [AJF]	惜 [NAJG]	腊 [EAJ]	熙 [AHKO]	析 [SR]
	淅 [ISR]	晰 [JSR]	皙 [SRR]	蜥 [JSRH]	西 [SGHG]
	栖 [OSG]	茜 [ASF]	栖 [SSG]	硒 [DSG]	牺 [TRS]
	舾 [TESG]	醯 [SGYL]	裼 [PUJR]	锡 [QJQ]	吸 [KE]
	奚 [EXD]	溪 [IEX]	蹊 [KHED]	翁 [WGKN]	歙 [WGKW]
	希 [QDM]	浠 [IQDH]	烯 [OQD]	唏 [KQD]	稀 [TQD]
	欷 [QDMW]	兮 [WGNB]	悉 [TON]	蟋 [JTO]	息 [THN]
	熄 [OTHN]	螅 [JTHN]	夕 [QTNY]	汐 [OQY]	穸 [PWQ]
	矽 [DQY]	膝 [ESW]	犀 [NIR]	榍 [SNI]	席 [YAM]
	樨 [SRY]	袭 [DXY]	媳 [VTHN]	习 [NU]	隰 [BJX]
	喜 [FKU]	禧 [PYFK]	蓟 [ALNU]	洗 [ITF]	铣 [QTFQ]
	徙 [THH]	葸 [ATH]	屣 [NTHH]	玺 [QIG]	阋 [UVQ]
	禊 [PYDD]	隙 [BIJ]	舄 [VQO]	系 [TXI]	饩 [QNRN]
	戏 [CA]	细 [XL]			
Xia	瞎 [HP]	虾 [JGHY]	呷 [KLH]	硖 [DGUW]	峡 [MGU]
	侠 [WGU]	遐 [NHF]	霞 [FNHC]	瑕 [GNH]	下 [GH]
	吓 [KGH]	夏 [DHT]	厦 [DDHT]	唬 [KHAM]	鳎 [RMHH]
Xian	粞 [OMH]	仙 [WM]	氙 [RNM]	袄 [PYGD]	莶 [AWGI]

快乐学电脑

遑 [JWY]	趾 [KHTP]	先 [TFQ]	酰 [SGTQ]	鲜 [QGU]
掀 [RRQ]	锨 [QRQ]	纤 [XTF]	涎 [ITHP]	舷 [TEYX]
弦 [XYX]	闲 [USI]	痫 [UUS]	鹇 [USQ]	娴 [VUS]
咸 [DGK]	贤 [JCM]	衔 [TQF]	嫌 [VUV]	燹 [EEO]
显 [JOG]	蚬 [JMQ]	猃 [QTWI]	险 [BWG]	洗 [ITF]
冼 [UTF]	跣 [KHTQ]	筅 [TTFQ]	铣 [QTFQ]	薛 [AQGD]
线 [XG]	宪 [PTF]	羡 [UGU]	霰 [FAE]	献 [FMUD]
县 [EGC]	现 [GM]	苋 [AMQ]	岘 [MMQN]	腺 [ERI]
馅 [QNQV]	陷 [BQV]	限 [BV]		

Xiang
襄 [YKK]	镶 [QYK]	骧 [CYKE]	相 [SH]	湘 [ISHG]
葙 [ASH]	箱 [TSH]	缃 [XSH]	香 [TJF]	乡 [XTE]
芗 [AXT]	庠 [YUDK]	详 [YUD]	祥 [PYU]	翔 [UDNG]
降 [BT]	享 [YBF]	鲞 [UDQG]	想 [SHN]	响 [KTM]
饷 [QNTK]	绱 [XTW]	项 [ADM]	巷 [AWNB]	向 [TM]
象 [QJE]	橡 [SQJ]	像 [WQJ]		

Xiao
哓 [KAT]	骁 [CATQ]	肖 [IE]	消 [IIE]	宵 [PI]
逍 [IEP]	霄 [FIE]	硝 [DIE]	削 [IEJ]	蛸 [JIE]
销 [QIE]	魈 [RQCE]	绡 [XIE]	哮 [KFTB]	枵 [SKGN]
嚣 [KKDK]	枭 [QYNS]	萧 [AVIJ]	潇 [IAVJ]	箫 [TVIJ]
淆 [IQDE]	晓 [JKATQ]	筱 [TWH]	小 [IH]	校 [SUQ]
效 [UQT]	孝 [FTB]	啸 [KVI]	笑 [TTD]	

Xie
楔 [SDH]	些 [HXF]	蝎 [JJQ]	歇 [JQW]	鞋 [AFFF]
鲑 [QGFF]	颉 [FKD]	缬 [XFKM]	挟 [RGUW]	携 [RWYE]
谐 [YXXR]	偕 [WXXR]	邪 [AHTB]	叶 [KF]	斜 [WTUF]
协 [FL]	胁 [ELW]	飔 [LLLN]	写 [PGN]	血 [TLD]
燮 [OYOC]	蹀 [KHOC]	亵 [YRVE]	泻 [IPGG]	契 [DHVD]
械 [SA]	泄 [IANN]	绁 [XANN]	渫 [IANS]	瀣 [IHQG]
薤 [AGQG]	卸 [RHB]	谢 [YTM]	榭 [STM]	解 [QEV]
廨 [YQEH]	懈 [NQ]	邂 [QEVP]	蟹 [QEVJ]	獬 [QTQH]
屑 [NIED]				

Xin
心 [NY]	芯 [ANU]	辛 [UYGH]	莘 [AUJ]	锌 [QUH]
新 [USR]	薪 [AUS]	忻 [NRH]	听 [KR]	欣 [RQW]
歆 [UJQW]	镡 [QSJH]	寻 [VF]	信 [WY]	衅 [TLU]
囟 [TLQI]				

Xing
兴 [IW]	星 [JTG]	惺 [NJT]	腥 [EJT]	猩 [QTJG]
形 [GAE]	邢 [GAB]	刑 [GAJH]	型 [GAJF]	硎 [DGAJ]
荥 [API]	行 [TF]	陉 [BCA]	醒 [SGJG]	擤 [RTHJ]
省 [ITH]	幸 [FUF]	悻 [NFUF]	荇 [ATFH]	杏 [SKF]
性 [NTG]	姓 [VTG]			

Xiong	芎 [AXB]	兄 [KQB]	凶 [QB]	汹 [IQBH]	匈 [QQB]
	胸 [EQ]	雄 [DCW]	熊 [CEXO]		
Xiu	羞 [UDN]	馐 [QNUF]	修 [WHT]	休 [WS]	庥 [YWS]
	鬃 [DEW]	咻 [KWS]	貅 [EEW]	鸺 [WSQ]	宿 [PWDJ]
	朽 [SGNN]	袖 [PUM]	岫 [MMG]	秀 [TE]	锈 [QTEN]
	绣 [XTEN]	臭 [THDU]	溴 [ITHD]	嗅 [KTHD]	
Xu	需 [FDM]	耆 [DHDF]	圩 [FGF]	吁 [KGFH]	盱 [HGF]
	顼 [GDM]	须 [EDM]	戌 [DGN]	虚 [AHO]	墟 [FHAG]
	嘘 [KHAG]	胥 [NHE]	徐 [TWT]	许 [YTF]	浒 [IYTF]
	诩 [YNG]	栩 [SNG]	糈 [ONH]	醑 [SGNE]	畜 [YXL]
	蓄 [AYXL]	酗 [SGQB]	勖 [JHL]	煦 [JQKO]	叙 [WTC]
	淑 [IWTC]	溆 [ITLG]	恤 [NTL]	旭 [VJ]	序 [YCB]
	絮 [VKX]	婿 [VNHE]	绪 [XFT]	续 [XFN]	蓿 [APWJ]
Xuan	宣 [PGJ]	煊 [OPG]	萱 [APGG]	揎 [RPG]	喧 [KGP]
	暄 [JPG]	轩 [LF]	儇 [WLGE]	谖 [YEF]	旋 [YTN]
	漩 [IYTH]	璇 [GYTH]	玄 [YXU]	痃 [UYX]	雪 [FV]
	鳕 [QGFV]	谑 [YHA]			
Xun	窨 [PWUJ]	荤 [APLF]	埙 [FKMY]	勋 [KML]	熏 [TGLO]
	薰 [ATGO]	醺 [SGTO]	曛 [JTGO]	獯 [QTTO]	驯 [CKH]
	循 [TRFH]	旬 [QJ]	洵 [IQJ]	恂 [NQJ]	询 [YQJ]
	荀 [AQJ]	峋 [MQJG]	郇 [QJB]	巡 [VP]	寻 [VF]
	浔 [IVFY]	鲟 [QGV]	浚 [ICWT]	训 [YK]	蕈 [ASJJ]
	汛 [INF]	讯 [YNF]	迅 [NFP]	殉 [GQQ]	徇 [TQJ]
	巽 [NNA]	逊 [BIP]			
Ya	丫 [UHK]	垭 [FGOG]	桠 [SGOG]	哑 [KGO]	压 [DFY]
	呀 [KA]	雅 [AHTY]	鸦 [AHTG]	押 [RL]	鸭 [LQY]
	涯 [IDF]	睚 [HDF]	崖 [MDFF]	牙 [AH]	芽 [AAH]
	蚜 [JAH]	岈 [MAH]	伢 [WAH]	衙 [TGKH]	疴 [UGOG]
	疋 [NHI]	亚 [GOG]	氩 [RNGG]	娅 [VGO]	揠 [RAJV]
	轧 [LNN]	讶 [YAH]	砑 [DAH]		
Yan	恹 [NDDY]	阏 [UYWU]	焉 [GHG]	鄢 [GHGB]	嫣 [VGH]
	燕 [AU]	淹 [IDJN]	阉 [UDJN]	崦 [MDJ]	腌 [EDJN]
	湮 [ISFG]	烟 [OL]	咽 [KLD]	胭 [ELD]	殷 [RVNC]
	颜 [UDEM]	言 [YYYY]	阎 [UQVF]	炎 [OO]	研 [DGA]
	妍 [VGA]	盐 [FHL]	严 [GOD]	芫 [AFQB]	檐 [SQDY]
	岩 [MDF]	延 [THP]	蜒 [JTHP]	筵 [TTHP]	沿 [IMK]
	铅 [QMK]	阽 [BHGK]	演 [IPG]	琰 [GOO]	剡 [OOJ]
	偃 [WAJV]	郾 [AJVB]	奄 [DJN]	掩 [RDJN]	罨 [LDJN]
	厣 [DDLK]	魇 [DDRC]	眼 [HV]	俨 [WGOD]	鼹 [VNUV]

衍 [TIFH]	沿 [IMK]	宴 [PJV]	堰 [FAJV]	彦 [UDEE]
谚 [YUDE]	焱 [OOOU]	谳 [YFM]	艳 [DHQ]	滟 [IDHC]
酽 [SGGD]	厌 [DDI]	餍 [DDWE]	雁 [DWW]	赝 [DWWM]
唁 [KYG]	晏 [JPV]	砚 [DMQ]	焰 [OQV]	验 [CWG]
央 [MDI]	泱 [IMDY]	鞅 [AFMD]	殃 [GQMD]	秧 [TMDY]
鸯 [MDQ]	羊 [UDJ]	洋 [IU]	烊 [OUD]	蛘 [JUD]
佯 [WUDH]	徉 [TUD]	阳 [BJ]	疡 [UNR]	炀 [ONRT]
扬 [RNR]	痒 [UUD]	怏 [NMDY]	鞅 [AFMD]	
要 [S]	腰 [ESV]	夭 [TDI]	妖 [VTD]	邀 [RYTP]
幺 [XNNY]	吆 [KXY]	约 [XQ]	尧 [ATGQ]	侥 [WATQ]
珧 [GIQ]	铫 [QIQ]	姚 [VIQ]	轺 [LVK]	肴 [QDE]
爻 [QQU]	窑 [PWRM]	谣 [YER]	瑶 [GER]	摇 [RER]
徭 [TERM]	鳐 [QGEM]	繇 [ERMI]	谣 [YER]	窈 [PWXL]
杳 [SJF]	咬 [KUQ]	舀 [EVF]	疟 [UAGD]	药 [AX]
鹞 [ERMG]	钥 [QEG]	耀 [IQNY]	曜 [JNW]	遥 [ER]
耶 [BBH]	椰 [SBB]	掖 [RYWY]	噎 [KFP]	揶 [RBB]
邪 [AHTB]	爷 [WQB]	冶 [UCK]	野 [JFC]	也 [BN]
夜 [YWT]	液 [IYW]	掖 [RYW]	腋 [EYWY]	谒 [YJQ]
谒 [DDDL]	页 [DMU]	叶 [KF]	业 [OG]	邺 [OGB]
咽 [KLD]	烨 [OWX]	晔 [JWX]		
衣 [YE]	铱 [QYE]	依 [WYE]	一 [G]	壹 [FPG]
椅 [SDS]	猗 [QTDK]	漪 [IQTK]	医 [ATD]	揖 [RKB]
黟 [LFOQ]	噫 [KUJN]	伊 [WVT]	咿 [KWVT]	沂 [IRH]
宜 [PEG]	颐 [AHKM]	夷 [GXW]	痍 [UGXW]	羡 [AGX]
咦 [KGX]	胰 [EGXW]	姨 [VG]	蛇 [JPX]	遗 [KHGP]
仪 [WYQ]	移 [TQQ]	疑 [XTDH]	嶷 [MXTH]	怡 [NCK]
诒 [YCK]	眙 [HCK]	贻 [MCK]	饴 [QNC]	迤 [TBP]
彝 [XGO]	旖 [YTDK]	倚 [WDS]	蛾 [JTR]	蚁 [JYQ]
舣 [TEYQ]	乙 [NNL]	钇 [QNN]	已 [NNNN]	尾 [NTF]
酏 [SGB]	以 [C]	苡 [ANY]	矣 [CT]	意 [UJN]
癔 [UUJN]	薏 [AUJN]	镱 [QUJN]	臆 [EUJ]	瘗 [UGUF]
亦 [YOU]	奕 [YOD]	弈 [YOA]	裔 [YEM]	益 [UWL]
溢 [IUW]	嗌 [KUW]	镒 [QUW]	缢 [XUW]	谊 [YPE]
懿 [FPGN]	殪 [GQFU]	瑿 [ATDN]	弋 [AGNY]	抑 [RQB]
易 [JQR]	埸 [FJQ]	蜴 [JJQR]	邑 [KCB]	悒 [NKC]
挹 [RKC]	义 [YQ]	议 [YYQ]	艾 [AQU]	刈 [QJH]
食 [WYVE]	轶 [LRW]	佚 [WRW]	屹 [TMNN]	亿 [WTN]
俋 [WWE]	劓 [THLJ]	诣 [YXJ]	逸 [QKQP]	肆 [XTDH]
毅 [UEMC]	疫 [UMC]	役 [TMC]	忆 [NN]	亿 [WN]

艺 [ANB]	呹 [KAN]	怿 [NCFH]	译 [YCFH]	峄 [MCFH]
驿 [CCFH]	绎 [XCF]	翌 [NUF]	翊 [UNG]	熠 [ONRG]
羿 [NAJ]	异 [NAJ]	翼 [NLA]		

Yin
音 [UJF]	暗 [KUJ]	堙 [FSF]	因 [LD]	洇 [ILDY]
烟 [OLD]	茵 [ALD]	铟 [QLDY]	氤 [RNLD]	姻 [VLD]
殷 [RVNC]	阴 [BE]	荫 [ABE]	淫 [IETF]	霪 [FIEF]
寅 [PGMW]	夤 [QPGW]	狺 [QTYG]	鄞 [AKGB]	吟 [KWYN]
圻 [FRH]	垠 [FVE]	龈 [WHBE]	银 [QVE]	饮 [QNQ]
尹 [VTE]	引 [XH]	呁 [KXH]	蚓 [JXH]	隐 [BQ]
瘾 [UBQ]	印 [QGB]	茚 [AQGB]	胤 [TXEN]	

Ying
应 [YID]	鹰 [YWWG]	英 [AMD]	瑛 [GAM]	罂 [MMRM]
婴 [MMV]	瓔 [GMMV]	樱 [SMMV]	嘤 [KMM]	缨 [XMM]
哩 [KJF]	莺 [APQ]	赢 [YNKY]	蠃 [YNLY]	瀛 [IYNY]
荧 [APO]	莹 [APGY]	滢 [IAPY]	荜 [APFF]	萤 [APJ]
营 [APK]	鎣 [APQF]	萦 [APXI]	潆 [IAPI]	荥 [API]
蝇 [JKJ]	盈 [ECL]	楹 [SEC]	迎 [QBP]	瓔 [UMMV]
影 [JYIE]	郢 [KGBH]	颖 [XTDM]	颍 [XID]	硬 [DJG]
映 [JMD]	膡 [EUDV]	育 [YCE]	唷 [KYC]	哟 [KXQ]

Yong
庸 [YVEH]	慵 [NYVH]	墉 [FYVH]	镛 [QYVH]	鳙 [QGYH]
雍 [YXTY]	壅 [YXTF]	臃 [EYXY]	痈 [UEK]	拥 [REH]
佣 [WEH]	邕 [VKC]	喁 [KJM]	永 [YNI]	泳 [IYNI]
咏 [KYNI]	甬 [CEJ]	用 [ET]	恿 [CEN]	蛹 [JCEH]
踊 [KHCE]	俑 [WCE]	勇 [CEL]	涌 [ICE]	

You
忧 [NDN]	优 [WDN]	呦 [KXL]	幽 [XXM]	攸 [WHTY]
悠 [WHTN]	游 [IYTB]	蝣 [JYTB]	猷 [USGD]	蝤 [JUSG]
莸 [AWHT]	尤 [DNV]	疣 [UDNV]	鱿 [QGDN]	犹 [QTDN]
莸 [AQTN]	由 [MH]	油 [IMG]	柚 [SMG]	蚰 [JMG]
铀 [QMG]	邮 [MB]	繇 [ERMI]	莠 [ATE]	酉 [SGD]
有 [E]	铕 [QDEG]	友 [DC]	卣 [HLN]	黝 [LFOL]
牖 [THGY]	又 [CCCC]	右 [DK]	佑 [WDK]	宥 [PDEF]
囿 [LDE]	侑 [WDE]	釉 [TOM]	鼬 [VNUM]	幼 [XLN]
蚴 [JXL]	诱 [YTE]			

Yu
於 [YWU]	淤 [IYWU]	迂 [GFP]	吁 [KGFH]	纡 [XGF]
于 [GF]	盂 [GFL]	竽 [TGF]	雩 [FFNB]	与 [GN]
欤 [GNGW]	舆 [WFL]	虞 [HAKD]	娱 [VKGD]	禹 [JMHY]
愚 [JMHN]	隅 [BJM]	余 [WTU]	狳 [QTWT]	馀 [QNWT]
俞 [WGEJ]	渝 [IWGJ]	窬 [PWWJ]	愉 [NW]	逾 [WGEP]
瑜 [GWGJ]	榆 [SWGJ]	揄 [RWGJ]	蝓 [JWGJ]	崳 [MWGJ]
觎 [WGEQ]	舁 [VAJ]	臾 [VWI]	谀 [YVWY]	萸 [AVW]

	腴［EVW］	鱼［QGF］	渔［IQGG］	予［CBJ］	妤［VCBH］
	宇［PGF］	窳［PWRY］	语［YGK］	圄［LGKD］	龉［HWBK］
	雨［FGHY］	屿［MGN］	圉［LFUF］	伛［WAQY］	俣［WKGD］
	瘐［UVW］	庾［YVWI］	禹［TKMY］	羽［NNY］	育［YCE］
	玉［GY］	芋［AGF］	菀［AQPB］	阈［UAKG］	域［FAKG］
	蜮［JAKG］	郁［DEB］	誉［IWYF］	昱［JUF］	煜［OJUG］
	寓［PJM］	遇［JM］	谷［WWK］	浴［IWWK］	裕［PUWK］
	峪［MWWK］	鹆［WWKG］	欲［WWKW］	谕［WYGJ］	愈［WGEN］
	喻［KWGJ］	毓［TXGQ］	燠［OTMD］	御［TRH］	狱［QTYD］
	饫［QNTD］	豫［CBQ］	预［CBD］	蓣［ACBM］	鹬［CBTG］
	聿［VFHK］	尉［NFIF］	熨［NFIO］	蔚［ANF］	粥［XOX］
	鬻［XOXH］	妪［VAQ］	驭［CCY］		
Yuan	渊［ITOH］	冤［PQKY］	鸢［AQYG］	眢［QBHF］	鸳［QBQ］
	箢［TPQB］	元［FQB］	沅［IFQ］	芫［AFQB］	园［LFQ］
	鼋［FQKN］	袁［FKE］	辕［LFK］	猿［QTFE］	垣［FGJG］
	原［DR］	源［IDR］	塬［FDR］	螈［JDR］	员［KMU］
	圆［LKMI］	圜［LLGE］	爰［EFTC］	援［REFC］	媛［VEFC］
	缘［XXE］	橼［SXXE］	远［FQP］	垸［FPFQ］	院［BPFQ］
	愿［DRIN］	掾［RXE］	瑗［GEFC］	怨［QBN］	苑［AQB］
Yue	曰［JHNG］	约［XQ］	哕［KMQ］	悦［NUK］	阅［UUK］
	栎［SQI］	越［FHA］	樾［SFHT］	钺［QANT］	跃［KHTD］
	龠［WGKA］	瀹［IWGA］	岳［RGM］	粤［TLON］	月［EEEE］
	刖［EJH］	钥［QEG］	乐［QI］		
Yun	晕［JPL］	氲［RNJL］	云［FCU］	耘［DIFC］	芸［AFCU］
	郧［KMB］	匀［QU］	昀［JQUG］	筠［TFQU］	殒［GQK］
	陨［GKM］	允［CQ］	狁［QTCQ］	恽［NPL］	郓［PLB］
	运［FCP］	酝［SGFC］	愠［NJLG］	韫［FNHL］	蕴［AXJL］
	韵［UJQU］	孕［EBF］	熨［NFIO］		
Za	匝［AMH］	咂［KAMH］	扎［RNN］	拶［RVQY］	砸［DAMH］
	咱［KTH］	杂［VS］	咋［KTHF］		
Zai	灾［PO］	栽［FAS］	哉［FAK］	甾［VLF］	宰［PUJ］
	载［FA］	崽［MLNU］	再［MGF］	在［D］	糌［OTHJ］
Zan	拶［RVQY］	趱［FHTM］	攒［RTFM］	昝［THJF］	錾［LRQ］
	赞［TFQM］	瓒［GTFM］			
Zang	赃［MYF］	脏［EYF］	驵［CEG］	葬［AGQA］	藏［ANDT］
Zao	糟［OGMJ］	遭［GMAP］	凿［OGUB］	枣［GMIU］	早［JH］
	澡［IK］	藻［AIKS］	蚤［CYJU］	灶［OF］	皂［RAB］
	唣［KRAN］				

Ze	责 [GMU]	赜 [AHKM]	喷 [KGMY]	帻 [MHGM]	箦 [TGMU]
	则 [MJ]	迮 [THFP]	笮 [TTHF]	舴 [TETF]	泽 [ICFH]
	择 [RCF]	仄 [DWI]	昃 [JDW]	侧 [WMJ]	
Zei	贼 [MADT]				
Zen	怎 [THFN]	潜 [YAQJ]			
Zeng	曾 [ULJ]	憎 [NUL]	增 [FU]	罾 [LULJ]	缯 [XULJ]
	甑 [ULJN]	赠 [MU]	锃 [QKGG]	综 [XP]	
Zha	查 [SJ]	渣 [ISJG]	楂 [SSJG]	揸 [RSJ]	喳 [KSJ]
	齄 [THLG]	扎 [RNN]	喃 [KRRH]	咋 [KTHF]	吒 [KTAN]
	闸 [ULK]	喋 [KANS]	铡 [QMJ]	炸 [OTHF]	札 [SNN]
	轧 [LNN]	眨 [HTP]	砟 [DTHF]	咤 [KPTA]	栅 [SMM]
	蜡 [JAJ]	乍 [THF]	痄 [UTHF]	炸 [OTHF]	诈 [YTHF]
	柞 [STHF]	蚱 [JTHF]	榨 [SPWF]		
Zhai	斋 [YDM]	摘 [RUM]	宅 [PTAB]	翟 [NWYF]	窄 [PWTF]
	寨 [PFJS]	砦 [HXDF]	债 [WGMY]	祭 [WFI]	瘵 [UWF]
Zhan	占 [HK]	沾 [IHK]	粘 [OH]	毡 [TFNK]	詹 [QDWY]
	谵 [YQDY]	瞻 [HQDY]	盏 [GLF]	斩 [LR]	崭 [ML]
	展 [NAE]	搌 [RANE]	辗 [LNAE]	湛 [IADN]	蘸 [ASGO]
	栈 [SGT]	站 [UH]	战 [HKA]	颤 [YLKM]	绽 [XPGH]
Zhang	章 [UJJ]	漳 [IUJ]	璋 [GUJ]	樟 [SUJ]	蟑 [JUJH]
	彰 [UJE]	獐 [QTUJ]	鄣 [UJB]	嫜 [VUJH]	张 [XTAY]
	掌 [IPKR]	长 [TA]	涨 [IX]	仉 [WMN]	瘴 [UUJK]
	嶂 [MUJH]	幛 [MHUJ]	障 [BUJH]	丈 [DYI]	杖 [SDI]
	仗 [WDYY]	帐 [MHT]	胀 [ETA]		
Zhao	着 [UDH]	朝 [FJE]	嘲 [KFJE]	啁 [KMF]	钊 [QJH]
	招 [RVK]	昭 [JVK]	沼 [IVK]	找 [RA]	爪 [RHYI]
	肇 [YNTH]	赵 [FHQ]	棹 [SHJH]	罩 [LHJ]	兆 [IQV]
	笊 [TRHY]	召 [VKF]	诏 [YVK]	照 [JVKO]	
Zhe	遮 [YAOP]	折 [RR]	蜇 [RRJ]	谪 [YUMD]	磔 [DQAS]
	哲 [RRK]	蛰 [RVYJ]	辙 [LYCT]	辄 [LBN]	褶 [PUNR]
	者 [FTJ]	赭 [FOFJ]	锗 [QFTJ]	浙 [IRR]	这 [P]
	蔗 [AYAO]	鹧 [YAOG]	柘 [SDG]		
Zhen	溱 [IDWT]	蓁 [ADWT]	榛 [SDWT]	臻 [GCFT]	斟 [ADWF]
	椹 [SADN]	砧 [DHKG]	甄 [SFGN]	真 [FHW]	贞 [HMU]
	浈 [IHM]	祯 [PYHM]	桢 [SHM]	侦 [WHM]	箴 [TDGT]
	珍 [GW]	胗 [EWE]	针 [QFH]	枕 [SPQ]	缜 [XFHW]
	疹 [UWE]	诊 [YWE]	轸 [LWE]	畛 [LWET]	鸩 [PQQG]
	震 [FDF]	振 [RDFE]	赈 [MDFE]	圳 [FKH]	镇 [QFHW]

朕 [EUDY]　　阵 [BL]

Zheng	正 [GHD]	症 [UGH]	怔 [NGH]	钲 [QGHG]	征 [TGH]
	丁 [SGH]	鲭 [QGGE]	争 [QV]	挣 [RQVH]	睁 [HQVH]
	峥 [MQVH]	筝 [TQVH]	铮 [QQVH]	狰 [QTQH]	蒸 [ABIO]
	整 [GKIH]	拯 [RBIG]	郑 [UDB]	闰 [UG]	证 [YGH]
	政 [GHT]	帧 [MHHM]	诤 [YQVH]	挣 [RQVH]	

Zhi	汁 [IFH]	之 [PP]	芝 [AP]	支 [FC]	枝 [SFC]
	吱 [KFC]	肢 [EFC]	掷 [RUDB]	只 [KW]	织 [XKW]
	知 [TD]	蜘 [JTDK]	卮 [RGBV]	栀 [SRGB]	氏 [QA]
	祇 [PYQY]	胝 [EQA]	指 [RXJ]	脂 [EXJ]	摭 [RYA]
	职 [BK]	直 [FH]	埴 [FFHG]	植 [SFHG]	殖 [GQF]
	值 [WFHG]	执 [RVY]	絷 [RVYI]	踯 [KHUB]	跖 [KHDG]
	侄 [WGCF]	止 [HH]	祉 [PYH]	址 [FHG]	芷 [AHF]
	趾 [KHHG]	黹 [OGUI]	只 [KW]	枳 [SKW]	织 [LKW]
	咫 [NYKW]	徵 [TMGT]	抵 [RQAY]	纸 [XQA]	旨 [XJ]
	酯 [SGXJ]	滞 [IGKH]	治 [ICK]	忮 [NFCY]	志 [FN]
	痣 [UFNI]	痔 [UFFI]	峙 [MFF]	栉 [SAB]	至 [GCF]
	室 [PWGF]	桎 [SGCF]	轾 [LGCF]	蛭 [JGCF]	致 [GCFT]
	郅 [GCFB]	膣 [EPWF]	贽 [RVYM]	挚 [RVYR]	鸷 [RVYG]
	识 [YKW]	帜 [MHKW]	置 [LFHF]	豸 [EER]	制 [RMHJ]
	峡 [MHRW]	秩 [TRW]	智 [TDKJ]	雉 [TDWY]	稚 [TWYG]
	质 [RFM]	踬 [KHRM]	炙 [QO]	觯 [QEUF]	陟 [BHIT]
	巇 [XGXX]				

Zhong	中 [K]	衷 [YKHE]	忠 [KHN]	盅 [KHL]	钟 [QKHH]
	蠡 [TUJJ]	终 [XTU]	松 [NWC]	种 [TKH]	肿 [EK]
	踵 [KHTF]	仲 [WKHH]	众 [WWW]	重 [TGJ]	

Zhou	州 [YTYH]	洲 [IYT]	诌 [YQVG]	舟 [TEI]	周 [MFK]
	啁 [KMF]	粥 [XOX]	碡 [DGX]	轴 [LM]	肘 [EFY]
	帚 [VPM]	酎 [SGFY]	纣 [XFY]	荮 [AXF]	宙 [PM]
	胄 [MEF]	咒 [KKM]	繇 [ERMI]	籀 [TRQL]	皱 [QVHC]
	绉 [XQV]	昼 [NYJ]	骤 [CBC]		

Zhu	诸 [YFT]	槠 [SYFJ]	猪 [QTFJ]	潴 [IQTJ]	橥 [QTFS]
	朱 [RI]	洙 [IRI]	诛 [YRI]	珠 [GR]	茱 [ARI]
	株 [SRI]	蛛 [JRI]	铢 [QRI]	侏 [WRI]	邾 [RIB]
	烛 [OJ]	蹰 [KHLJ]	术 [SY]	逐 [EPI]	竺 [TFF]
	筑 [TAM]	竹 [TTG]	舳 [TEMG]	主 [Y]	麈 [YNJG]
	拄 [RYG]	煮 [FTJO]	渚 [IFT]	褚 [PUFJ]	属 [NTK]
	嘱 [KNT]	瞩 [HNT]	苎 [APGF]	贮 [MPG]	伫 [WPG]
	注 [IY]	疰 [UYGD]	炷 [OYG]	柱 [SYG]	蛀 [JYG]

	住 [WYGG]	驻 [CY]	祝 [PYK]	著 [AFT]	箸 [TFTJ]
	翥 [FTJN]	助 [EGL]	铸 [QDT]	杼 [SCB]	
Zhua	挝 [RFP]	抓 [RRHY]	爪 [RHYI]		
Zhua	拽 [RJX]	转 [LFN]			
Zhuan	专 [FNY]	砖 [DFNY]	颛 [MDMM]	啭 [KLFY]	传 [WFNY]
	赚 [MUV]	撰 [RNNW]	馔 [QNNW]	篆 [TXE]	沌 [IGB]
Zhuang	装 [UFY]	妆 [UV]	庄 [YFD]	桩 [SYF]	撞 [RUJ]
	幢 [MHU]	僮 [WUJ]	戆 [UJTN]	壮 [UFG]	
Zhui	隹 [WYG]	椎 [SWYG]	锥 [QWY]	雅 [CWYG]	追 [WNNP]
	惴 [NMDJ]	赘 [GQTM]	缒 [XWNP]	缀 [XCC]	坠 [BWFF]
Zhun	谆 [YYBG]	屯 [GBN]	窀 [PWGN]	肫 [EGB]	准 [UWY]
Zhuo	涿 [IEYY]	捉 [RKH]	拙 [RBM]	卓 [HJJ]	桌 [HJS]
	倬 [WHJH]	浊 [IJ]	镯 [QLQJ]	涩 [IKHY]	灼 [OQY]
	酌 [SGQ]	糕 [PYUO]	茁 [ABM]	诼 [YEY]	琢 [GEY]
	啄 [KEYY]	斫 [DRH]	濯 [INWY]	缴 [XRY]	
Zi	粢 [UQWO]	赼 [FHUW]	咨 [UQWK]	资 [UQWM]	姿 [UQWV]
	兹 [UXX]	滋 [IUX]	嵫 [MUX]	孳 [UXXB]	訾 [HXY]
	髭 [DEHX]	龇 [HWBX]	赀 PHXM]	觜 [HXQ]	吱 [KFC]
	孜 [BTY]	仔 [WBG]	淄 [IVL]	辎 [LVL]	锱 [QVL]
	鲻 [QGVL]	缁 [XVL]	滓 [IPU]	梓 [SUH]	茈 [AHX]
	紫 [HXX]	第 [TX]	秭 [TTNT]	姊 [VTNT]	子 [BB]
	籽 [OB]	籽 [DIB]	字 [PB]	恣 [UQWN]	眦 [HHX]
	自 [THD]	渍 [IGM]			
Zong	宗 [PFI]	鬃 [DEP]	棕 [SP]	踪 [KHP]	腙 [EPFI]
	综 [XP]	纵 [SWW]	总 [UKN]	偬 [WQRN]	粽 [OPFI]
	纵 [XWW]	诹 [YBC]	鲰 [QGBC]	陬 [BBC]	鄹 [BCTB]
	邹 [QVB]	驺 [CQV]			
Zou	走 [FHU]	奏 [DWG]	揍 [RDWD]		
Zu	菹 [AIE]	租 [TEG]	卒 [YWWF]	族 [YTT]	镞 [QYTD]
	足 [KHU]	诅 [YEG]	祖 [PYE]	俎 [WWEG]	阻 [BEG]
	组 [XEG]				
Zuan	躜 [KHTM]	钻 [QHK]	纂 [THDI]	缵 [XTFM]	攥 [RTHI]
Zui	堆 [FWY]	觜 [HXQ]	咀 [KEG]	醉 [SGY]	最 [JB]
	蕞 [AJB]	罪 [LDJ]			
Zun	尊 [USG]	遵 [USGP]	樽 [SUSF]	鳟 [QGUF]	撙 [RUS]
Zuo	唑 [KJB]	作 [WT]	琢 [GEY]	昨 [JT]	笮 [TTH]
	左 [DA]	佐 [WDA]	撮 [RJB]	凿 [OGU]	坐 [WWF]
	座 [YWW]	唑 [KWW]	作 [NTH]	祚 [PYT]	柞 [STH]
	酢 [SGTF]	胙 [ETH]	阼 [BTH]	做 [WDT]	

259

附录 B 86版五笔字型键盘字根分布图

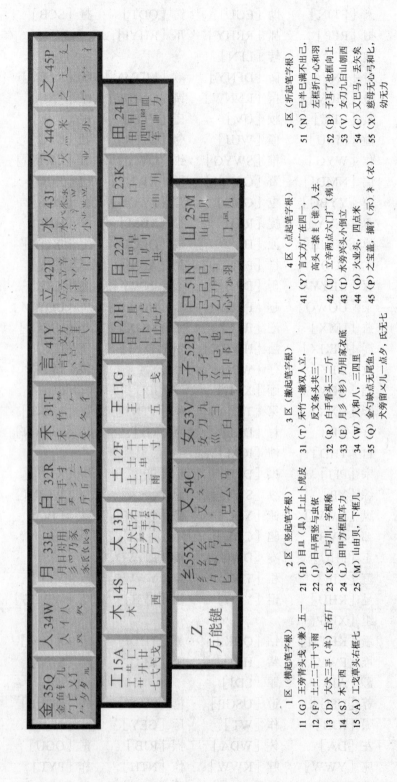

1 区（横起笔字根）
11 (G) 王旁青头戋(兼)五一
12 (F) 土士二干十寸雨
13 (D) 大犬三羊古石厂
14 (S) 木丁西
15 (A) 工戈草头右框七

2 区（竖起笔字根）
21 (H) 目具(貝)上止卜虎皮
22 (J) 日早两竖与虫依
23 (K) 口与川，字根稀
24 (L) 田甲方框四车力
25 (M) 山由贝，下框几

3 区（撇起笔字根）
31 (T) 禾竹一撇双人立，反文条头共三一
32 (R) 白手看头三二斤
33 (E) 月彡(衫)乃用家衣底
34 (W) 人和八，三四里
35 (Q) 金勺缺点无尾鱼，犬旁留叉儿一点夕，氏无七

4 区（点起笔字根）
41 (Y) 言文方广在四一，高头一捺谁(主)人去
42 (U) 立辛两点六门疒(病)
43 (I) 水旁兴头小倒立
44 (O) 火业头，四点米
45 (P) 之宝盖，摘ネ(示)衤(衣)

5 区（折起笔字根）
51 (N) 已半巳满不出己，左框折尸心和羽
52 (B) 子耳了也框向上
53 (V) 女刀九臼山朝西
54 (C) 又巴马，丢矢矣
55 (X) 慈母无心弓和匕，幼无力

附录C 五笔字型汉字编码流程图

汉字

键面有

键名汉字：把所在键连按四下
例：言 言言言言； 又 又又又又； 山 山山山山
　　Y Y Y Y　　C C C C　　M M M M

成字字根：键名，加打第一、二、末笔画(不足四码，补空格键)
例：西 西一丨一； 方 方、一乙； 厂 厂一丿(空格)
　　S G H G　　Y Y G N　　D G T

五个单笔画：键名+LL
例：一 G G L L； 丨 H H L L； 丿 T T L L
　　、 Y Y L L； 乙 N N L L

键面无

书写顺序
例：新 立木斤 (正)
　　　立斤木 (误)

取大优先
例：克 古 儿 (正)
　　　十口儿 (误)

兼顾直观
例：自 丿 目 (正)
　　　亻 三 (误)

能连不交
例：天 一 大 (正)
　　　二 人 (误)

能散不连
例：午 亻 十 (正)
　　　丿 干 (误)

拆

超过四码：取1、2、3、末字根编码
例：赣 立早攵贝； 攀 木乂乂手

刚好四码：依次键入即可
例：照 日刀口灬； 到 一厶土刂

不足四码：键入字根后，补打末笔字型识别码
例：汉 氵又Y 会 人二厶U

末笔字型识别码

末笔画	字型	左右型 1	上下型 2	杂合型 3
横	1	G	F	D
竖	2	H	J	K
撇	3	T	R	E
捺	4	Y	U	I
折	5	N	B	V

附录D　86版五笔字型二级简码表

		GFDSA 11-------15	HJKLM 21-------25	TREWQ 31-------35	YUIOP 41-------45	NBVCX 51-------55
G	11	五于天末开	下理事画现	玫珠表珍列	玉平不来	与屯妻到互
F	12	二寺城霜载	直进吉协南	才垢圾夫无	坟增示赤过	志地雪支
D	13	三夯大厅左	丰百右历面	帮原胡春构	太磁砂灰达	成顾肆友龙
S	14	本村枯林械	相查可楞机	格析极检构	术样档杰棕	杨李要权楷
A	15	七革基苛式	牙划或功贡	攻匠菜共区	芳燕东　芝	世节切芭药
H	21	睛睦睚盯虎	止旧占卤贞	睡睥肯具餐	眩瞳步眯瞎	卢眼皮　此
J	22	量时晨果虹	早昌蝇曙遇	昨蝗明蛤晚	景暗晃显晕	电最归紧昆
K	23	呈叶顺呆呀	中虽吕另员	呼听吸只史	嘛啼吵　喧	叫啊哪吧哟
L	24	车轩因困	四辊加男轴	力斩胃办罗	罚较辚　边	思团轨轻累
M	25	同财央朵曲	由则　崭册	几贩骨内风	凡赠峭　迪	岂邮凤　嶷
T	31	生行知条长	处得各务向	笔物秀答称	入科秒秋管	秘季委么第
R	32	后持拓打找	年提扣押抽	手折扔失换	扩拉朱搂近	所报扫反批
E	33	且肝须采肛	胆肿肋肌	用遥朋脸胸	及胶膛　爱	甩服妥肥脂
W	34	全会估休代	个介保佃仙	作伯仍从你	信们偿伙	亿他分公化
Q	35	钱针然钉氏	外旬名甸负	儿铁角欠多	久匀乐炙锭	包凶争色
Y	41	主计庆订度	让刘训为高	放诉衣认义	方说就变这	记离良充率
U	42	闰半关亲并	站间部曾商	产瓣前闪交	六立冰普帝	决闻妆冯北
I	43	汪法尖洒江	小浊澡渐没	少泊肖兴光	注洋水淡学	沁池当汉涨
O	44	业灶类灯煤	粘烛炽烟灿	烽煌粗粉炮	米料炒炎迷	断籽娄烃糨
P	45	定守害宁宽	寂审宫军宙	客宾家空宛	社实宵灾之	官字安它
N	51	怀导居　民	收慢避惭届	必怕　愉懈	心习悄屡忧	忆敢恨怪尼
B	52	卫际承阿陈	耻阳职阵出	降孤阴队隐	防联孙耿辽	也子限取陛
V	53	姨寻姑杂毁	旭如舅妯	九　奶　婚	妨嫌录灵巡	刀好妇妈姆
C	54	骊对参骠戏	骒台劝观	矣牟能难允	驻　　驼	马邓艰双
X	55	线结顷　红	引旨强细纲	张绵级给约	纺弱纱继综	纪弛绿经比

附录E　第3、4、5章"练一练"答案

第3章

3．标出下列基本字根的编码。

方(Y)	丩(X)	彳(P)	儿(Q)	亠(Y)	亻(W)
乙(N)	七(A)	匚(A)	宀(P)	米(O)	氵(I)
匚(Q)	川(K)	戈(G)	勹(Q)	纟(X)	弓(X)
灬(O)	冂(M)	水(I)	广(Y)	王(G)	也(B)
凵(B)	竹(T)	辶(P)	丷(U)	手(R)	又(C)
豕(E)	彳(T)	彡(E)	彐(R)	刂(J)	镸(D)
尸(N)	文(Y)	石(D)	米(O)	犬(D)	乃(E)
雨(F)	臼(V)	廿(A)	木(S)	舟(E)	八(W)
扌(R)	虫(J)	乂(Q)	羽(N)		

4．鉴别字根与非字根，如果是字根，请在括号中写出它的编码，如果是非字根请拆成几个已知字根。

圭(G)	士(F)	石(D)	戋(G)	镸(D)	廿(A)
丁(S)	严(D)	区(匚 乂)	艹(A)	昔(艹 日)	犬(D)
龙(尢 匕)	寸(F)	划(戈 刂)	弋(A)	世(廿 乙)	夺(大 寸)
丰(D)	东(七 小)	廾(A)	码(石 马)	十(F)	杰(木 灬)
冂(M)	辵(H)	曰(J)	目(H)	足(口 龰)	罒(L)
具(且 八)	早(J)	骨(冎 月)	卢(H)	皿(L)	虹(虫 工)
由(M)	皿(L)	仆(亻 卜)	川(K)	田(J)	归(刂 彐)
刂(J)	贝(M)	则(贝 刂)	自(丿 目)	且(H)	广(H)
手(R)	勺(勹 丶)	竹(T)	奶(女 乃)	月(E)	且(月 一)
匕(R)	钅(Q)	处(夂 卜)	爫(E)	受(爫 冖 又)	乡(E)
丘(斤 一)	斤(R)	儿(Q)	氏(𠃊 七)	豕(E)	哀(亠 𧘇)
丿(R)	夭(丿 大)	鱼(Q)	角(𠂉 用)	失(𠂉 人)	舟(E)
米(O)	益(丷 八 皿)	亠(Y)	门(U)	详(讠 丰)	辛(U)
冫(U)	宀(P)	礻(P)	补(礻 卜)	兴(䒑 八)	火(O)
扩(U)	沟(氵 勹 厶)	业(业 一)	水(I)	辶(P)	准(冫 亻 圭)
小(O)	迹(亠 小 辶)	丷(I)	讠(Y)	廴(P)	卷(䒑 大 𠁢)
匕(X)	臼(V)	寻(彐 寸)	幺(X)	巴(N)	线(纟 戋)
乀(C)	耳(B)	九(V)	羽(N)	眉(尸 目)	忄(N)
互(一 彐)	厶(C)	叁(厶 大 三)	巴(B)	弓(X)	必(心 丿)
细(纟 田)	子(B)	令(人 丶 乛)	凵(B)	陡(阝 土 龰)	飞(乙 冫)

5．用字根组字。本练习能帮助用户辨认字根表中的每一个字根。以下汉字中的实心部分都是字根，请把其编码填在括号中。

字	码	字	码	字	码	字	码	字	码
卢	(H)	世	(A)	益	(L)	要	(S)	滑	(M)
家	(E)	周	(M)	鲁	(Q)	训	(K)	亮	(Y)
弥	(X)	鉴	(Q)	翔	(N)	试	(Y)	旬	(Q)
革	(F)	珍	(G)	幻	(X)	贡	(A)	声	(F)
关	(U)	邮	(M)	扒	(W)	秒	(T)	添	(N)
枪	(B)	章	(J)	皮	(H)	眯	(H)	龙	(D)
流	(Q)	疗	(U)	切	(V)	粼	(B)	每	(X)
显	(J)	旭	(V)	纺	(Y)	绝	(Q)	虹	(J)
涂	(T)	盖	(U)	析	(R)	有	(D)	责	(G)
甘	(A)	床	(Y)	池	(B)	异	(N)	登	(W)
泰	(I)	她	(V)	享	(B)	虎	(H)	卡	(H)
保	(W)	亿	(N)	饭	(Q)	结	(X)	花	(A)
叶	(K)	腊	(E)	轩	(L)	罗	(L)	却	(B)
具	(H)	肆	(E)	霜	(F)	般	(E)	猎	(Q)
北	(U)	衫	(J)	象	(E)	泗	(L)	页	(D)
坦	(F)	而	(B)	舞	(L)	后	(R)	乡	(X)
矛	(C)	画	(T)	钉	(Q)	压	(D)	昔	(A)
羊	(D)	各	(T)	升	(A)	肯	(H)	吧	(C)
巢	(V)	知	(E)	区	(A)	克	(D)	曾	(L)
亲	(U)	仍	(U)	这	(Y)	么	(C)	充	(Q)
察	(W)	辞	(T)	井	(J)	业	(O)	屋	(N)
跳	(I)	处	(V)	旧	(H)	可	(S)	差	(D)
承	(I)	扫	(R)	助	(E)	岸	(M)	拿	(R)
拥	(E)	拜	(C)	足	(H)	协	(F)	临	(J)
宽	(P)	对	(V)	之	(P)	轻	(C)	列	(Q)
此	(X)	霓	(A)	互	(X)	取	(B)	易	(R)
旱	(F)	代	(Y)	伏	(D)	管	(T)	开	(G)
钱	(G)	唯	(G)	则	(J)	长	(T)	革	(F)
建	(P)	吾	(K)	炬	(O)	孩	(B)	炙	(Q)
愉	(N)	带	(J)	豹	(E)	贻	(M)	袤	(E)
让	(H)	映	(Y)	归	(J)	赤	(O)	敝	(I)
辽	(P)	亩	(F)	初	(P)	问	(U)	纸	(Q)
沁	(N)	云	(X)	砂	(D)	东	(I)	冰	(L)
陈	(B)	顷	(E)	眉	(N)	纪	(N)	囡	(Q)
展	(E)	寺		好	(B)	冠	(P)	义	

点(O) 灰(D) 的(R) 礼(P) 江(I) 壮(U) 肖(I)

头(U) 会(W) 风(M) 学(I) 村(S) 玉(Y) 尺(Y)

粗(O) 兵(R) 找(R) 巨(N) 钟(L) 沿(M) 交(U)

信(W) 气(N) 举(I) 乐(Q) 伐(A) 界(L) 加(L)

庆(D) 彼(T) 京(I) 光(I) 采(E) 旁(U)

第4章

3. 用五笔字型编码输入下列键名汉字、成字字根和单笔画字根。

王(GGGG)	土(FFFF)	大(DDDD)	木(SSSS)	工(AAAA)	目(HHHH)
日(JJJJ)	口(KKKK)	田(LLLL)	山(MMMM)	禾(TTTT)	白(RRRR)
月(EEEE)	人(WWWW)	金(QQQQ)	言(YYYY)	立(UUUU)	水(IIII)
火(OOOO)	之(PPPP)	一(GGLL)	五(GGHG)	戈(GGGT)	士(FGHG)
二(FGG)	干(FGGH)	十(FGHG)	寸(FGHY)	雨(FGHY)	犬(DGTY)
三(DGGG)	古(DGHG)	石(DGTG)	厂(DGT)	丁(SGH)	西(SGHG)
戈(AGNT)	弋(AGNY)	廾(AGHH)	卅(AGTH)	匚(AGN)	七(AGN)
丨(HHLL)	卜(HHY)	上(HHGG)	止(HHHG)	曰(JHNG)	刂(JHH)
早(JHNH)	虫(JHNY)	川(KTHH)	甲(LHNH)	口(LHNG)	四(LHNG)
皿(LHNG)	车(LGNH)	力(LTN)	由(MHNG)	贝(MHNY)	门(MHN)
几(MTN)	丿(TTLL)	竹(TTGH)	攵(TTGY)	夂(TTNY)	丿(TTLL)
彳(TTTH)	手(RTGH)	扌(RGHG)	斤(RTTH)	乡(ETTT)	乃(ETN)
用(ETNH)	豕(EGNY)	亻(WTH)	八(WTY)	钅(QTGN)	勹(QTN)
儿(QTN)	夕(QTNY)	辶(YYN)	文(YYGY)	方(YYGN)	广(YYGT)
亠(YYG)	丶(YYLL)	辛(UYGH)	六(UYGY)	疒(UYGG)	门(UYHN)
冫(UYG)	氵(IYYG)	小(IHTY)	灬(OYYY)	米(OYTY)	辶(PYNY)
又(PNY)	冖(PYN)	宀(PYYN)	巳(NNGN)	己(NNGN)	尸(NNGT)
心(NYNY)	忄(NYHY)	羽(NNYG)	乙(NNLL)	子(BNHG)	耳(BGHG)
阝(BNH)	卩(BNH)	了(BNH)	也(BNHN)	凵(BNH)	刀(VNT)
九(VTN)	臼(VTHG)	彐(VNGG)	厶(CNY)	巴(CNHN)	马(CNNG)
幺(XNNY)	弓(XNGN)	匕(XTN)			

4. 判定汉字的字型(上下、左右、杂合)。

卡(杂合)	应(杂合)	彪(左右)	滑(左右)
程(左右)	判(左右)	座(杂合)	范(上下)
曳(杂合)	场(左右)	磨(杂合)	够(左右)
看(上下)	住(左右)	宣(上下)	圈(杂合)
麻(杂合)	美(上下)	承(杂合)	激(左右)
粥(左右)	瀛(左右)	菹(上下)	适(杂合)
若(上下)	东(杂合)	览(上下)	司(杂合)
乘(杂合)	养(上下)	应(杂合)	藏(上下)

快乐学电脑

圆(杂合)　　逐(杂合)　　亲(上下)　　迭(杂合)

还(杂合)　　两(杂合)　　堪(左右)　　纠(左右)

5. 判定下列汉字的字根结构关系(单、连、散、交)。

二(单)　　　兴(散)　　　丰(交)　　　什(散)

十(单)　　　吕(散)　　　末(交)　　　三(单)

义(连)　　　养(散)　　　叉(连)　　　于(连)

金(单)　　　你(散)　　　目(单)　　　舟(连)

晶(散)　　　仍(散)　　　百(散)　　　牛(交)

写(散)　　　光(散)　　　少(连)　　　顺(散)

附(散)　　　混(散)　　　制(散)　　　头(连)

内(交)　　　系(散)　　　然(散)　　　命(散)

击(交)　　　最(散)　　　入(连)　　　匹(交)

都(散)　　　对(散)　　　新(散)　　　的(散)

荣(散)　　　牢(散)　　　蹀(散)　　　夷(交)

疗(散)　　　苊(散)　　　几(单)　　　脚(散)

闻(散)　　　兼(交)　　　铤(散)　　　张(散)

6. 常用 500 汉字编码练习。要求按全码编码，即不足 4 码者要补加识别码。例如：
格(STKG)、月(EEEE)。

大(DDDD)	人(WWWW)	的(RQYY)	了(BNH)
地(FBN)	高(YMKF)	产(UTE)	他(WBN)
关(UDU)	学(IPBF)	就(YIDN)	力(LTN)
出(BMK)	同(MGKD)	种(TKHH)	革(AFJ)
后(RGKD)	小(IHTY)	成(DNNT)	时(JFY)
得(TJGF)	深(IPWS)	水(IIII)	现(GMQN)
政(GHTY)	战(HKAT)	性(NTGG)	体(WSGG)
图(LTUI)	里(JFD)	论(YWXN)	当(IVF)
天(GDI)	批(RXXN)	想(SHNU)	干(FGGH)
分(WVB)	其(ADWU)	轮(LWXN)	积(TKWY)
节(ABJ)	整(GKIH)	集(WYSU)	装(UFYE)
知(TDKG)	坚(JCFF)	史(KQI)	达(DPI)
历(DLV)	传(WFNY)	采(ESU)	品(KKKF)
止(HHHG)	万(DNV)	低(WQAY)	须(EDMY)
海(ITXU)	儿(QTN)	越(FHAT)	规(FWMQ)
办(LWI)	需(FDMJ)	兵(RGWU)	般(TEMC)
胜(ETGG)	白(RRRR)	推(RWYG)	叶(KFH)
养(UDYJ)	差(UDAF)	片(THGN)	华(WXFG)
名(QKF)	药(AXQY)	存(DHBD)	紧(JCXI)
斥(RTTH)	板(SRCY)	技(RFCY)	田(LLLL)
往(TYGG)	村(SFY)	一(GGLL)	不(GII)

这(YPI)	上(HHGG)	个(WHJ)	要(SVF)
以(NYWY)	会(EFCU)	生(TGD)	下(GHI)
年(RH)	部(UKBH)	能(CEXX)	行(TFHH)
过(FPI)	而(DMJJ)	自(THD)	机(SMN)
线(XGT)	量(JGJF)	实(PUDU)	法(IFCY)
理(GJFG)	所(RNRH)	三(DGGG)	无(FQV)
前(UEJJ)	合(WGKF)	把(RCN)	正(GHD)
之(PPPP)	两(GMWW)	资(UQWM)	如(VKG)
制(RMHJ)	都(FTJB)	点(HKWU)	思(LNU)
科(TUFH)	车(LGNH)	做(WDTY)	联(BUD)
号(KGNB)	即(VCBH)	研(DGAH)	据(RNDG)
拉(RUG)	达(DPI)	尔(QIU)	花(AWXB)
口(KKKK)	精(OGEG)	判(UDJH)	边(LPV)
确(DQEH)	术(SYI)	离(YBMC)	交(UQU)
青(GEF)	际(BFIY)	斯(ADWR)	布(DMHJ)
走(FHU)	虫(JHNY)	引(XHH)	细(XLG)
格(STKG)	空(PWAF)	率(YXIF)	德(TFLN)
半(UFK)	施(YTBN)	华(WXFJ)	红(XAG)
标(SFIY)	测(IMJH)	液(IYWY)	角(QEJ)
许(YTFH)	消(IIEG)	势(RVYL)	神(PYJH)
构(SQCY)	搞(RYMK)	是(JGHU)	和(TKG)
主(YGD)	为(YLYI)	用(ETNH)	动(FCLN)
我(TRNT)	作(WTHF)	对(CFY)	级(XEY)
阶(BWJH)	民(NAV)	方(YYGN)	面(DMJD)
命(WGKB)	多(QQU)	社(PYFG)	也(BNHN)
本(SGD)	长(TAYI)	家(PEU)	表(GEU)
化(WXN)	二(FGG)	好(VBG)	农(PEI)
等(TFFU)	斗(UFK)	结(XFKG)	新(USRH)
物(TRQU)	些(HXFF)	事(GKVH)	应(YID)
心(NYNY)	向(TMKD)	育(YCEF)	广(YYGT)
北(UXN)	计(YFH)	务(TLB)	步(HI)
列(GQJH)	毫(YPTN)	单(UJFJ)	速(GKIP)
世(ANV)	场(FNRT)	受(EPCU)	断(ONRH)
金(QQQQ)	参(CDER)	清(IGEG)	究(PWVB)
状(UDY)	再(GMFD)	权(SCY)	才(FTE)
八(WTY)	近(RPK)	门(UYHN)	议(YYQY)
固(LDD)	齿(HWBJ)	影(JYIE)	效(UQTY)
配(SGNN)	今(WYNB)	话(YTDG)	敌(TDTY)
响(KTMK)	觉(IPMQ)	续(XFND)	记(YNN)

士(FGHG)　　　派(IREY)　　　降(BTAH)　　　破(DHC)

底(YQAY)　　　端(UMDJ)　　　便(WGJQ)　　　照(JVKO)

亚(GOGD)　　　在(DHFD)　　　有(DEF)　　　中(KHK)

门(UYHN)　　　工(AAAA)　　　国(LGYI)　　　到(GCFJ)

来(GOI)　　　于(GFK)　　　义(YQI)　　　发(NTCY)

可(SKD)　　　进(FJPK)　　　说(YUKQ)　　　度(YACI)

子(BBBB)　　　加(LKG)　　　经(XCAG)　　　电(JNV)

党(IPKQ)　　　着(UDHF)　　　争(QVHJ)　　　起(FHNV)

十(FGH)　　　使(WGKQ)　　　反(RCI)　　　路(KHTK)

第(TXHT)　　　开(GAK)　　　从(WWY)　　　还(GIPI)

队(BWY)　　　形(GAET)　　　样(SUDH)　　　变(YOCU)

重(TGJF)　　　劳(APLB)　　　打(RSH)　　　给(XWGK)

被(PUHC)　　　类(ODU)　　　温(IJLG)　　　轴(LMG)

色(QCB)　　　防(BYN)　　　设(YMCY)　　　织(XKWY)

求(FIYI)　　　况(UKQN)　　　界(LWJJ)　　　层(NFCI)

至(GCFF)　　　书(NNHY)　　　厂(DGT)　　　目(HHHH)

且(EGD)　　　证(YGHG)　　　试(YAAG)　　　注(IYGG)

铁(QRWY)　　　县(EGCU)　　　除(BWTY)　　　千(TFK)

济(IYJH)　　　置(LFHF)　　　刀(VNT)　　　选(TFQP)

查(SJGF)　　　始(VCKG)　　　收(NHTY)　　　备(TLF)

均(FQUG)　　　难(CWYG)　　　身(TMDT)　　　准(UWYG)

维(XWYG)　　　述(SYPI)　　　床(YSI)　　　感(DGKN)

圆(LKMI)　　　容(PWWK)　　　磨(YSSD)　　　非(DJDD)

第5章

4. 下列汉字只要按一区的两个键并加一个空格键即可输入。

五	于	天	末	开	寺	二	城	霜	载	大	三	夺
GG	GF	GD	GS	GA	FF	FG	FD	FS	FA	DD	DG	DF
厅	左	林	本	村	枯	械	式	七	革	基	苛	
DS	DA	SS	SG	SF	SD	SA	AA	AG	AF	AD	AS	

5. 下列汉字只要按二区的两个键并加一个空格键即可输入。

止	旧	占	卤	贞	昌	早	蝇	曙	遇	吕	中
HH	HJ	HK	HL	HM	JJ	JH	JK	JL	JM	KK	KH
虽	另	员	男	四	辊	加	轴	册	由	则	崭
KJ	KL	KM	LL	LH	LJ	LK	LM	MM	MH	MJ	ML

6. 下列汉字只要按一区和二区各一个键并加一个空格键即可输入。

下	理	事	画	现	直	进	吉	协	南	丰	百	右
GH	GJ	GK	GL	GM	FH	FJ	FK	FL	FM	DH	DJ	DK
历	面	相	查	可	楞	机	牙	划	或	功	贡	晴
DL	DM	SH	SJ	SK	SL	SM	AH	AJ	AK	AL	AM	HG
睦	睚	盯	虎	量	时	晨	果	虹	呈	叶	顺	呆

HF	HD	HS	HA	JG	JF	JD	JS	JA	KG	KF	KD	KS
呀	车	轩	因	困	轼	同	财	央	朵	曲		

KA	LG	LF	LD	LS	LA	MG	MF	MD	MS	MA

7. 下列汉字只要按三区的两个键并加一个空格键即可输入。

笔	物	秀	答	称	折	手	扔	失	换	朋	用	遥
TT	TR	TE	TW	TQ	RR	RT	RE	RW	RQ	EE	ET	ER
脸	胸	从	作	伯	仍	你	多	儿	铁	角	欠	
EW	EQ	WW	WT	WR	WE	WQ	QQ	QT	QR	QE	QW	

8. 下列汉字只要按一区和三区各一个键并加一个空格键即可输入。

玫	珠	表	珍	列	才	垢	圾	夫	无	帮	原	胡	春
GT	GR	GE	GW	GQ	FT	FR	FE	FW	FQ	DT	DR	DE	DW
克	格	析	极	检	构	攻	匠	菜	共	区	生	行	知
DQ	ST	SR	SE	SW	SQ	AT	AR	AE	AW	AQ	TG	TF	TD
条	长	后	持	拓	采	找	且	肝	须	采	肛	全	会
TS	TA	RG	RF	RD	ES	RA	EG	EF	ED	ES	EA	WG	WF
估	休	代	钱	针	然	钉	氏						
WD	WS	WA	QG	QF	QD	QS	QA						

9. 下列汉字只要按二区和三区各一个键并加一个空格键即可输入。

睡	睥	肯	具	餐	昨	蝗	明	蛤	晚	呼	听	吸	只
HT	HR	HE	HW	HQ	JT	JR	JE	JW	JQ	KT	KR	KE	KW
史	力	斩	胃	办	罗	几	贩	骨	内	风	处	得	各
KQ	LT	LR	LE	LW	LQ	MT	MR	ME	MW	MQ	TH	TJ	TK
务	向	年	提	扣	押	抽	胀	胆	肿	肋	肌	个	介
TL	TM	RH	RJ	RK	RL	RM	EH	EJ	EK	EL	EM	WH	WJ
保	佃	仙	外	旬	名	甸	负						
WK	WL	WM	QH	QJ	QK	QL	QM						

10. 下列汉字只要按四区的两个键并加一个空格键即可输入。

方	说	就	变	这	立	六	冰	普	帝	水	注	洋
YY	YU	YI	YO	YP	UU	UY	UI	UO	UP	II	IY	IU
淡	学	炎	米	料	炒	迷	之	社	实	宵	灾	
IO	IP	OO	OY	OU	OI	OP	PP	PY	PU	PI	PO	

11. 下列汉字只要按一区和四区各一个键并加一个空格键即可输入。

玉	平	不	来	坟	增	示	赤	过	太	磁	砂	灰	达	术
GY	GU	GI	GO	FY	FU	FI	FO	FP	DY	DU	DI	DO	DP	SY
样	档	杰	棕	芳	燕	东	业	芝	主	计	庆	订	度	闰
SU	SI	SO	SP	AY	AU	AI	OG	AP	YG	YF	YD	YS	YA	UG
半	关	亲	并	汪	法	尖	洒	江	业	灶	类	灯	煤	定
UF	UD	US	UA	IG	IF	ID	IS	IA	OG	OF	OD	OS	OA	PG
守	害	宁	宽											
PF	PD	PS	PA											

12. 下列汉字只要按二区和四区各一个键并加一个空格键即可输入。

眩	瞳	步	眯	瞎	景	暗	晃	显	晕	嘛	啼	吵	噗	喧
HY	HU	HI	HO	HP	JY	JU	JI	JO	JP	KY	KU	KI	KO	KP
罚	较	辚	边	凡	赠	峭	赈	迪	让	刘	训	为	高	站
LY	LU	LO	LP	MY	MU	MI	MO	MP	YH	YJ	YK	YL	YM	UH
间	部	曾	商	小	浊	澡	渐	没	粘	烛	炽	烟	灿	寂

UJ	UK	UL	UM	IH	IJ	IK	IL	IM	OH	OJ	OK	OL	OM	PH
审	宫	军	宙											

PJ	PK	PL	PM

13. 下列汉字只要按三区和四区各一个键并加一个空格键即可输入。

入	科	秒	秋	管	扩	拉	朱	搂	近	及	胶	膛	磷	爱
TY	TU	TI	TO	TP	RY	RU	RI	RO	RP	EY	EU	EI	EO	EP

信	们	偿	伙	久	匀	乐	炙	锭	放	诉	衣	认	义
WY	WU	WI	WO	QY	QU	QI	QO	QP	YT	YR	YE	YW	YQ

产	瓣	前	闪	交	少	泊	肖	偿	光	烽	煌	粗	伙	炮
UT	UR	UE	UW	UQ	IT	IR	IE	WI	IQ	OT	OR	OE	WO	OQ

客	宾	家	空	宛
PT	PR	PE	PW	PQ

14. 下列汉字只要按五区的两个键并加一个空格键即可输入。

经	绿	弛	纪	艰	邓	马	姆	妈	好	刀	也	限
XC	XV	XB	XN	CV	CB	CN	VX	VC	VB	VN	BN	BV

取	陡	敢	恨	怪	尼	比	双	妇	子	忆
CB	BX	NB	NV	NC	NX	XX	CC	VV	BB	NN

15. 下列汉字只要按一区和五区各一个键并加一个空格键即可输入。

药	芭	切	节	世	楷	权	要	李	杨	龙	友	肆	顾	成
AX	AC	AV	AB	AN	SX	SC	SV	SB	SN	DX	DC	DV	DB	DN

雪	地	志	互	到	妻	屯	与	红	顷	结	线	戏	骠	参
FV	FB	FN	GX	GC	GV	GB	GN	XA	XD	XF	XG	CA	CS	CD

对	姨	骊	陈	阿	承	际	卫	民	居	导	怀
CF	VG	CG	BA	BS	BD	BF	BG	NA	ND	NF	NG

16. 下列汉字只要按二区和五区各一个键并加一个空格键即可输入。

此	皮	眼	卢	昆	紧	归	最	电	哟	吧	哪	啊	叫	累
HX	HC	HV	HN	JX	JC	JV	JB	JN	KX	KC	KV	KB	KN	LX

轻	轨	团	思	嵩	凤	岂	引	旨	强	细	纲	骡	台	劝
LC	LV	LB	LN	MX	MC	MN	XH	XJ	XK	XL	XM	CJ	CK	CL

观	叟	旭	如	舅	妯	耻	阳	职	阵	收	慢	避	惭
CM	VH	VJ	VK	VL	VM	BH	BJ	BK	BL	NH	NJ	NK	NL

17. 下列汉字只要按三区和五区各一个键并加一个空格键即可输入。

色	争	凶	包	化	公	分	他	亿	脂	肥	妥	服	甩	批
QC	QV	QB	QN	WX	WC	WV	WB	WN	EX	EC	EV	EB	EN	RX

反	扫	报	所	第	么	委	季	秘	约	给	级	绵	张	允
RC	RV	RB	RN	TX	TC	TV	TB	TN	XQ	XW	XE	XR	XT	CQ

难	能	牟	矣	婚	奶	九	隐	队	阴	孤	降	懈	愉	怕
CW	CE	CR	CT	VQ	VE	VT	BQ	BW	BE	BR	BT	NQ	NW	NR

18. 下列汉字只要按四区和五区各一个键并加一个空格键即可输入。

率	充	良	离	记	北	冯	妆	闻	决	涨	汉	当	池	沁
YX	YC	YV	YB	YN	UX	UC	UV	UB	UN	IX	IC	IV	IB	IN

糯	烃	娄	籽	断	它	安	字	官	纺	弱	纱	继	综	驻
OX	OC	OV	OB	ON	PX	PV	PB	PN	XY	XU	XI	XO	XP	CY

骈	驼	妨	嫌	录	灵	孙	耿	辽	心	习	悄	屡	忧
CU	CP	VY	VU	VI	VO	BI	BO	BP	NY	NU	NI	NO	NP

21. 五笔字型词组编码练习。

实践(PUKH)	计策(YFTG)	程序(TKYC)	北京(UXYI)
掌握(IPRN)	学习(IPNU)	通过(CEFP)	文化(YYWX)
规则(FWMJ)	速度(GKYA)	输入(LWTY)	利用(TJET)
选择(TFRC)	方便(YYWG)	办法(LWIF)	计划(YFAJ)
注意(IYUJ)	学校(IPSU)	如果(VKJS)	清楚(IGSS)
软件(LQWR)	掌握(IPRN)	科技(TURF)	爱好(EPVB)
劳动(APFC)	知识(TDYK)	教育(FTYC)	生活(TGIT)
考试(FTYA)	技巧(RFAG)		

董事会(AGWF)	计算机(YTSM)	生物学(TTIP)	工程师(ATJG)
北京市(UYYM)	科学家(TIPE)	省军区(IPAQ)	操作员(RWKM)
电视机(JPSM)	电视台(JPCK)	办公室(LWPG)	团体赛(LWPF)
黑板报(LSRB)	联合国(BWLG)	邮递员(MUKM)	表决权(GUSC)
产品税(UKTU)	存储器(DWKK)	行政区(TGAQ)	畜牧业(YTOG)
责任制(GWRM)			

繁荣富强(TAPX)	风起云涌(MFFI)	服务态度(ETDY)
基础理论(ADGY)	分秒必争(WTNQ)	调查研究(YSDP)
国家机关(LPSU)	环境保护(GFWR)	丰富多彩(DPQE)
百家争鸣(DPQK)	海外侨胞(IQWE)	见义勇为(MYCY)
精益求精(OUFO)	科研成果(TDDJ)	人尽其才(WNAF)
机构改革(SSNA)	名胜古迹(QEDY)	光彩夺目(IEDH)
后顾之忧(RDPN)	后来居上(RGNH)	兴旺发达(IJND)

中华人民共和国(KWWL)	中国共产党(KLAI)
中国科学院(KLTB)	发展中国家(NNKP)
新技术革命(URSW)	人民代表大会(WNWW)
中央人民广播电台(KMWC)	中央书记处(KMNT)

读者回执卡

欢迎您立即填妥回函

您好！感谢您购买本书，请您抽出宝贵的时间填写这份回执卡，并将此页剪下寄回我公司读者服务部。我们会在以后的工作中充分考虑您的意见和建议，并将您的信息加入公司的客户档案中，以便向您提供全程的一体化服务。您享有的权益：

★ 免费获得我公司的新书资料；　　　　　　　★ 免费参加我公司组织的技术交流会及讲座；

★ 寻求解答阅读中遇到的问题；　　　　　　　★ 可参加不定期的促销活动，免费获取赠品；

读者基本资料

姓　　名＿＿＿＿＿＿＿　性　别 □男　　□女　年　　龄＿＿＿＿＿＿＿

电　　话＿＿＿＿＿＿＿　职　业＿＿＿＿＿＿　文化程度＿＿＿＿＿＿＿

E-mail＿＿＿＿＿＿＿　邮　编＿＿＿＿＿＿

通讯地址＿＿＿＿＿＿＿＿＿＿＿＿＿＿＿＿＿＿＿＿＿＿＿＿＿＿＿

请在您认可处打√ （6至10题可多选）

1、您购买的图书名称是什么：＿＿＿＿＿＿＿＿＿＿＿＿＿＿＿＿＿＿＿＿＿＿＿＿＿

2、您在何处购买的此书：＿＿＿＿＿＿＿＿＿＿＿＿＿＿＿＿＿＿＿＿＿＿＿＿

3、您对电脑的掌握程度：　　　　□不懂　　　　□基本掌握　　　□熟练应用　　　□精通某一领域

4、您学习此书的主要目的是：　　□工作需要　　□个人爱好　　　□获得证书

5、您希望通过学习达到何种程度：□基本掌握　　□熟练应用　　　□专业水平

6、您想学习的其他电脑知识有：　□电脑入门　　□操作系统　　　□办公软件　　　□多媒体设计

　　　　　　　　　　　　　　　□编程知识　　□图像设计　　　□网页设计　　　□互联网知识

7、影响您购买图书的因素：　　　□书名　　　　□作者　　　　　□出版机构　　　□印刷、装帧质量

　　　　　　　　　　　　　　　□内容简介　　□网络宣传　　　□图书定价　　　□书店宣传

　　　　　　　　　　　　　　　□封面，插图及版式　□知名作家（学者）的推荐或书评　□其他

8、您比较喜欢哪些形式的学习方式：□看图书　　□上网学习　　　□用教学光盘　　□参加培训班

9、您可以接受的图书的价格是：　□ 20 元以内　□ 30 元以内　　□ 50 元以内　　□ 100 元以内

10、您从何处获知本公司产品信息：□报纸、杂志　□广播、电视　　□同事或朋友推荐　□网站

11、您对本书的满意度：　　　　　□很满意　　　□较满意　　　　□一般　　　　　□不满意

12、您对我们的建议：＿＿＿＿＿＿＿＿＿＿＿＿＿＿＿＿＿＿＿＿＿＿＿＿＿＿＿＿＿＿

请剪下本页填写清楚，放入信封寄回，谢谢！

| 1 | 0 | 0 | 0 | 8 | 4 |

贴　邮
票　处

北京100084—157信箱

读者服务部　　　　　　收

邮政编码：□□□□□□

技术支持与课件下载：http://www.tup.com.cn　http://www.wenyuan.com.cn

读 者 服 务 邮 箱：service@wenyuan.com.cn

邮 购 电 话：62791864　62791865　62792097-220

组 稿 编 辑：章忆文

投 稿 电 话：62770604

投 稿 邮 箱：bjyiwen@263.net